MARIANA ZAPATA
AUTORA BESTSELLER DO *NEW YORK TIMES* E *USA TODAY*

Querido Aaron

DO MESMO
DE LUKOV, COM AMOR
UNIVERSO DO LIVRO

Alguns dias, tudo o que você precisa é
de uma mensagem de um estra...

Copyright © 2017. Dear Aaron by Mariana Zapata.
Direitos autorais de tradução © 2023 Editora Charme.

Todos os direitos reservados.
Nenhuma parte desta publicação pode ser reproduzida, distribuída ou transmitida sob qualquer forma ou por qualquer meio, incluindo fotocópias, gravação ou outros métodos mecânicos ou eletrônicos, sem a permissão prévia por escrito da editora, exceto no caso de breves citações consubstanciadas em resenhas críticas e outros usos não comerciais permitido pela lei de direitos autorais.

Este livro é um trabalho de ficção.
Todos os nomes, personagens, locais e incidentes são produtos da imaginação da autora. Qualquer semelhança com pessoas reais, coisas, vivas ou mortas, locais ou eventos é mera coincidência.

1ª Impressão 2023

Capa - Letitia Hasser, RBA Designs
Adaptação de Capa e Produção Editorial - Verônica Góes
Tradução - Mariana C. Dias
Preparação - Aline Sant'Ana
Revisão - Editora Charme
Imagens internas - AdobeStock

Esta obra foi negociada por Agência Literária Riff Ltda, em nome de
DYSTEL, GODERICH & BOURRET LLC.

CIP-BRASIL. CATALOGAÇÃO NA PUBLICAÇÃO
SINDICATO NACIONAL DOS EDITORES DE LIVROS, RJ

Z37q

    Zapata, Mariana
        Querido Aaron / Mariana Zapata ; tradução Mariana C. Dias. - 1. ed. - Campinas [SP] : Charme, 2023.
        520 p.

    Tradução de: Dear Aaron
    ISBN 9786559331130

    1. Romance americano. I. Dias, Mariana C. II. Título.

23-83173   CDD: 813
                          CDU: 82-31(73)

Gabriela Faray Ferreira Lopes - Bibliotecária - CRB-7/6643

www.editoracharme.com.br

Editora
Charme

Tradução: Mariana C. Dias

Querido Aaron

MARIANA ZAPATA

AUTORA BESTSELLER DO *NEW YORK TIMES* E *USA TODAY*

QUERIDO AARON 4 MARIANA ZAPATA

Para meu Isaac,
o melhor sobrinho
na história dos sobrinhos.

@capítulo um

Junho

3 de junho de 2008

Querido Aaron,

Meu nome é Ruby Santos, e sou sua amiga por correspondência pela Fundação Ajude um Soldado.

Não sei se você já participou da Ajude um Soldado, ou se é sua primeira vez, mas, se não estiver familiarizado com as letrinhas miúdas do programa, vou te explicar, para que não fique imaginando o motivo de uma pessoa chamada Ruby, de Houston, no Texas, estar te enviando e-mails e cartas. (A partir de hoje, só daqui a um mês ou mais, provavelmente, é que você vai começar a receber minhas cartas, então talvez seja meio estranho. Depois que pegarmos o jeito, vou tentar não repetir as mensagens das cartas nos e-mails, porque seria entediante.)

De acordo com as orientações da fundação, devo entrar em contato uma vez por semana enquanto você estiver em missão… onde quer que isso seja. Eles não me contam esse tipo de coisa. Só sei que você é primeiro-sargento. Por favor, não se sinta obrigado a me contar onde está, a não ser que queira. Para mim, não importa. E já que não sei se você prefere receber e-mails ou cartas, vou enviar os dois por enquanto. Pode me avisar qual prefere.

Não estou nem perto de ser rica, mas, de vez em quando, posso tentar te enviar alguns presentes. Espero que entenda. Tenho certeza de que está ocupado, então não vou te chatear mais.

Já que nos falaremos por um bom tempo, vou te fazer algumas perguntas para que possamos nos conhecer. Espero que tudo bem pra você. ☺

1. Você prefere que os outros te chamem de Aaron, ou de outra coisa?

2. Quantos meses ainda tem pela frente na missão?

3. Se eu pudesse te enviar uma coisa de casa, o que seria?

Estou ansiosa pela sua resposta, mas, se estiver ocupado, não tem problema. Prometo que, mesmo assim, vou te escrever toda semana.

Tudo de bom,

Ruby

8 de junho de 2008

Querido Aaron,

É sua amiga por correspondência da Ajude um Soldado: Ruby, de Houston.

Espero que esteja bem e que tenha recebido meu e-mail e/ou minha carta.

Vou responder às perguntas que te fiz semana passada, para que você possa me conhecer um pouco.

1. As pessoas me chamam de Ruby. Rubes. Rubella (só a minha mãe me chama assim). Pequenina (todos os meus parentes, e todo mundo que me conhece através da minha família, me chama assim).

2. Não vou responder, porque não sou eu que estou em missão.

3. Se os nossos papéis estivessem invertidos, aqueles pacotes de macarrão com queijo prontos para consumo que esquentamos no micro-ondas seriam exatamente o que eu ia querer, porque sentiria muita falta. Por favor, não me pergunte quantos sou capaz de comer de uma só vez.

Não tenho muito o que dizer sobre mim, mas, se você tiver alguma pergunta, pode me falar.

Tudo de bom,

Ruby

15 de junho de 2008

Querido Aaron,

É a Ruby de novo. Espero que você esteja bem. Alguma das minhas cartas chegou? Ou meus e-mails? Não vou te mandar mais nada por e-mail até ter certeza de que estão indo para o lugar certo. Nenhuma carta voltou para mim com o aviso de que não pôde ser entregue, mas prefiro não arriscar. ☺

Se você me mandou uma resposta pelo correio, ainda não recebi, e, se não mandou, tudo bem também. Sei que essas coisas demoram um pouco.

Também sei que já te perguntei, mas você já participou da AuS? Você é o terceiro soldado com quem faço essa troca e, geralmente, fazemos perguntas para nos conhecermos. Espero que não pense que estou sendo invasiva. Tive amigos por correspondência em outros países quando criança, por causa de um programa no ensino fundamental, e achei divertido. A AuS é como uma versão adulta disso.

Tenho mais perguntas para você:

1. Você joga videogames?
2. Você é filho único ou tem irmãos?
3. Pizza ou hambúrguer?

Espero receber uma resposta em breve,
Ruby

23 de junho de 2008

Querido Aaron,

Aqui é a Ruby Santos, sua amiga por correspondência na Ajude um Soldado de novo.

Abaixo, vou responder às perguntas que te mandei semana passada, se não tiver problema:

1. Videogames: eu gosto muito de jogar quando tenho tempo. Meu Nintendo velho ainda funciona, e sou famosa por jogar Duck Hunt por horas quando estou estressada.

2. Irmãos ou não: eu (in)felizmente tenho dois irmãos e duas irmãs. Fui a quarta a nascer.

3. Pizza ou hambúrguer: hambúrguer ao infinito e além.

Espero que esteja tudo bem do seu lado do mundo.

Tudo de melhor,

Ruby

29 de junho de 2008

Querido Aaron,

É a Ruby.

Espero que você esteja bem. Não tive notícias suas, e sei que esse tipo de coisa acontece, mas, mesmo assim, estou preocupada. Ainda estou enviando as mesmas cartas, então espero que eu não esteja te incomodando.

Não sei bem o que te mandar, porque mais perguntas me parece irritante, então vou te dar uma folga. Espero que não ligue para piadas horríveis, porque são minhas preferidas. Aqui vai uma piada militar:

O sargento-chefe disse para um jovem soldado:

— Eu não o vi no treino de camuflagem hoje cedo, soldado.

O soldado responde:

— Muito obrigado, senhor.

Tudo de bom,

Ruby

@capítulo dois
Julho

5 de julho de 2008

Oi, Aaron,

É a Ruby, sua "adotante" de Houston.

Espero que você esteja bem. Vou te poupar de piadas, caso não tenha gostado da que te mandei semana passada. Então, mais perguntas! De novo!

1. Pretzels ou salgadinho?
2. Esportes de verão ou de inverno?
3. Cães ou gatos?

Espero que esteja tudo bem.
Tudo de melhor,
Ruby Santos

12 de julho de 2008

Querido Aaron,

É a Ruby, sua amiga por correspondência da AuS/disco arranhado.

Realmente espero que você esteja bem. Ainda não tive notícias suas por e-mail nem por carta, mas espero que as mensagens estejam chegando de alguma forma.

Vou responder às perguntas que te fiz semana passada:

1. Pretzels ou salgadinhos: salgadinhos, de preferência os da marca Fritos.

2. Esportes de verão ou de inverno: esportes de inverno.

3. Cães ou gatos: os dois, mas mini porcos ganham de cães e gatos.

Espero que você esteja conseguindo segurar as pontas aí.

Tudo de bom,

Ruby Santos

19 de julho de 2008

Oi, Aaron,

É a Ruby. Estou enviando um cartão-postal para variar um pouco. Estou em Orlando com minha família (preste atenção, o Mickey Mouse está do outro lado.) Espero que o Mickey te faça sorrir tanto quanto ele me faz sorrir.

Ruby S.

Oi, Aaron,

É a Ruby. Estou enviando um cartão-postal para variar um pouco. Estou em Orlando com minha família (preste atenção, o Mickey Mouse está do outro lado.) Espero que o Mickey te faça sorrir tanto quanto ele me faz sorrir.

Ruby S.

26 de julho de 2008

Querido Aaron,

É a Ruby. Estou em casa de novo, em Houston. Se você estiver curioso, minhas férias foram ótimas. Até consegui um bronzeado. Foi a sexta vez que fui a Orlando com minha família, e nunca enjoo.

Tenho mais algumas perguntas para você:

1. Você já foi para Orlando/Disney?
2. Maçãs ou laranjas?
3. Bolo ou torta?

Tudo de melhor,
Ruby

@capítulo três
Agosto

2 de agosto de 2008

Querido Aaron,

Espero que você esteja bem. Entrei em contato com a Fundação Ajude um Soldado para confirmar seu endereço e e-mail, porque ainda não recebi resposta. Devo estar exagerando. Sei que te disse que já fiz isso, mas todos os outros soldados sempre entravam em contato comigo, pelo menos por e-mail, uma vez por mês (não que eu esteja te pressionando, só quero ter certeza de que tenho as informações corretas e de que não estou enviando coisas para a pessoa ou o endereço errados).

Acabei de perceber quão grudento isso parece, mas não foi minha intenção.

Espero que esteja tudo bem, e vou te deixar com outra piada, já que o poupei de ler uma no mês passado. ☺

Um grupo de soldados estava parado em formação quando o instrutor disse:

— Tudo bem, todos vocês, idiotas, podem ir embora.

Apenas um homem no pelotão ficou em posição de sentido enquanto os outros saíram andando.

O instrutor caminhou até o soldado que não tinha se movido e o encarou bem nos olhos.

O soldado sorriu e falou:

— Caramba, tinha muitos deles, né, senhor?

Tudo de melhor,
Ruby Santos

9 de agosto de 2008

Querido Aaron,

Resolvi inovar esta semana (de novo) e estou te mandando algo diferente. A foto que enviei é uma das minhas preferidas. Eu a comprei quando tinha dezoito anos. Minha irmã me levou à Islândia como seu presente de graduação, e encontrei a foto em uma lojinha. Comprei três cópias e dei uma delas para minha melhor amiga. Às vezes, quando tenho um dia ruim, é bom me lembrar de que o mundo é muito maior do que eu ou do que qualquer coisa ruim que esteja acontecendo na minha vida. A Aurora Boreal tem esse efeito em mim. Não é linda?

Espero que você esteja bem.
Tudo de bom,
Ruby

P.S.: Ainda não obtive resposta da fundação.

19 de agosto de 2008

Aaron,

A Fundação Ajude um Soldado me respondeu há alguns dias, e confirmou que você continua em missão e que me passaram suas informações corretas.

Pensei muito no assunto, e talvez não tenhamos nos dado bem, ou eu fiz/escrevi algo errado, e tudo bem. Esta vai ser minha última carta/e-mail para você. Eles vão te colocar com outra pessoa da Fundação, assim, você continua recebendo cartas de acordo com o esperado.

Meu irmão era fuzileiro, e entrei para o programa porque ele me contou o quanto os soldados se sentem sozinhos e entediados no exterior. É fácil esquecer que nem todo mundo tem uma família enorme e sufocante como a minha. Trocar cartas enquanto ele (meu irmão) esteve no Iraque nos aproximou muito. A solidão, mesmo quando estamos rodeados por pessoas, é algo que entendo bem.

Te desejo tudo de bom enquanto você estiver aquartelado em algum lugar no mundo. Obrigada pelo seu sacrifício e coragem. Se cuide.

Tudo de melhor sempre,

Ruby Santos

De: aaron.tanner.hall.mil@mail.mil
Data: 24 de agosto de 2008, 13:08
Para: rubymars@mail.com
Assunto: RE: Ajude um Soldado
Ruby,
Aqui é o Aaron, da Ajude um Soldado.
Todas os seus e-mails e cartas chegaram… desculpa por demorar tanto para responder.
A

De: aaron.tanner.hall.mil@mail.mil
Data: 28 de agosto de 2008, 13:46
Para: rubymars@mail.com
Assunto: RE: RE: Ajude um Soldado
Ruby,
É o Aaron de novo. Não recebi nenhuma resposta sua… podemos recomeçar?
A

@capítulo quatro
Setembro

De: rubymars@mail.com
Data: 1 de setembro de 2008, 2:05
Para: aaron.tanner.hall.mil@mail.mil
Assunto: Oi

Oi, Aaron,

Meu nome é Ruby, e moro no Texas. Sou sua amiga por correspondência pela Fundação Ajude um Soldado.

Se você não conhece o programa, vou te explicar para que não se pergunte por que estou te enviando cartas e e-mails. De acordo com as orientações do programa, devo entrar em contato com você toda semana. Não estou nem perto de ser rica, mas espero que, de vez em quando, eu possa te enviar algum presente.

Com certeza, você está ocupado, então não vou enrolar.

Já que vamos conversar por alguns meses, vou te fazer perguntas para que possamos nos conhecer.

1. Você prefere que os outros te chamem de Aaron, ou de outra coisa?
2. Quantos meses ainda tem pela frente na missão?
3. Se eu pudesse te enviar uma coisa de casa, o que seria?

Estou ansiosa pela sua resposta.
Tudo de bom,
Ruby

P.S.: Isso conta como um recomeço?
P.P.S.: Tudo bem você não ter respondido até agora. Eu fiquei adiando responder à AuS sobre a troca.

De: aaron.tanner.hall.mil@mail.mil
Data: 5 de setembro de 2008, 14:17
Para: rubymars@mail.com
Assunto: RE: Oi

Ruby,

Obrigado pela mensagem.

Você é a sexta pessoa com quem converso pela AuS, e a segunda nesta missão. Você é a primeira que mora no Texas. Você nasceu aí?

Cartas e e-mails são suficientes para mim. Obrigado por ter tirado um tempo para escrever. Você não precisa fazer mais nada.

Aqui estão minhas respostas ao que você perguntou:

1. Meus amigos e família me chamam de Aaron ou de Hall, nada original… às vezes, de babaca. Por que sua família te chama de Pequenina?

2. Eu tenho mais oito meses antes da missão acabar.

3. Se eu pudesse receber algo de casa seria uma pizza… macarrão com queijo vem em segundo lugar na minha lista das coisas de que sinto falta.

Espero que responda em breve.

A

P.S.: Isso conta como um recomeço, sim. Desculpa não ter respondido antes. Não tenho uma boa razão. Tive que lidar com um problema pessoal… nada relacionado a você. Espero que entenda. Desculpa de novo.

De: rubymars@mail.com
Data: 7 de setembro de 2008, 1:05
Para: aaron.tanner.hall.mil@mail.mil
Assunto: Texas e apelidos

Querido Aaron,

De nada por escrever. Tenho certeza de que está ocupado. Não tem problema. Tudo o que eu queria era ter certeza de que alguém estava recebendo as cartas.

Você é o terceiro soldado que "adotei". Essa é uma palavra estranha, não é? Como se você não fosse adulto. Se eu sou sua segunda amiga por correspondência nesta missão, quer dizer que você tem outra pessoa ou parente que ainda te envia mensagens, ou as coisas não deram certo? Não se sinta obrigado a responder.

Eu nasci na Califórnia, mas moro em Houston desde os quatro anos. Você é do Texas por acaso?

Vou continuar te chamando de Aaron. Estou curiosa, e você não tem que me contar, mas quem te chama de babaca?

Pequenina... Todo mundo me chama assim porque fui o bebê da família por quase seis anos. Também sou a mais baixa. Minha irmã mais nova foi um "acidente" no qual não gosto de pensar. ☺

Você me deixou em uma situação complicada com relação à pizza. Vou ter que pensar em um jeito de fazer isso dar certo, mas, por sorte, gosto de resolver problemas.

Tudo bem, aqui estão mais três perguntas aleatórias (troquei uma daquela vez que estamos fingindo não ter acontecido. Reativarei minha amnésia depois disso):

1. Você joga videogames?
2. Você é filho único ou tem irmãos?
3. Que tipo de filmes você gosta de assistir?

Espero que esteja bem.
Tudo de melhor,
Ruby Santos

P.S.: Está tudo perdoado. Não se preocupe. Você não tem que me responder toda semana. Juro que não estava tentando fazer com que você se sentisse culpado. Estava preocupada se te ofendi ou se as mensagens não estavam chegando.

De: aaron.tanner.hall.mil@mail.mil
Data: 8 de setembro de 2008, 14:17
Para: rubymars@mail.com
Assunto: RE: Texas e apelidos

Ruby,

Você foi a amiga por correspondência dos seus outros soldados durante toda a missão deles? A outra família que tenho no programa me escreve toda semana. Acho que a AuS não teve tantos soldados inscritos esse ano como no ano passado, e, por isso, alguns de nós andam recebendo mensagens de diversas famílias… não que eu esteja reclamando.

Eu nasci e cresci na Louisiana, mas me mudei diversas vezes depois que me alistei. Já fui ao Texas algumas vezes com amigos.

Meus melhores amigos me chamam de babaca.

Vou continuar te chamando de Ruby, se não tiver problema.

Aqui estão as respostas para as suas perguntas:

1. Se não fossem os videogames, metade do meu pelotão estaria muito entediado. Sempre tem alguém por aqui organizando um torneio de Halo.

2. Tenho uma irmã e um irmão.

3. Filmes preferidos… Eu gosto de filmes de ação dos anos 1980, mas não sou seletivo. Assisto a qualquer coisa. E você?

Espero que responda em breve.
A

De: rubymars@mail.com
Data: 12 de setembro de 2008, 12:05
Para: aaron.tanner.hall.mil@mail.mil
Assunto: Filmes e coisas do tipo

Querido Aaron,

Antes de você, um dos soldados terminou a missão e voltou para casa. Fomos amigos por correspondência por onze meses. O outro... eu pedi para a AuS nos trocar. As coisas tinham começado a ficar estranhas. É ótimo você ter mais pessoas te enviando mensagens. Eu estava falando com alguém que conheço sobre trocar cartas com os militares, e ela me disse que existem muito mais sites de namoro entre militares e civis do que antes. Aposto que deve ser por isso que há muito menos soldados na AuS. É o que eu acho.

Onde exatamente você nasceu na Louisiana, se não tiver problema eu perguntar? Tudo bem se não quiser responder.

Ruby está ótimo. ☺

Filmes de ação dos anos 1980... quais? Jean-Claude? Arnold? Steven? Não estou julgando, só perguntando.

Meus filmes preferidos? Que pergunta difícil. Assisti ao Cleópatra original centenas de vezes, Alien, milhares de vezes, Os Fantasmas se Divertem, milhões, e a trilogia Guerra nas Estrelas ainda mais vezes. E você?

Vocês jogam outra coisa além de Halo?

Uma irmã e um irmão me parece bom. Eu tenho duas irmãs e dois irmãos.

Aqui estão mais algumas perguntas para você:

1. **Pretzels ou salgadinhos?**
2. **Esportes de verão ou de inverno?**
3. **Cães ou gatos?**

Tudo de bom para você,
Ruby

De: aaron.tanner.hall.mil@mail.mil
Data: 17 de setembro de 2008, 13:17
Para: rubymars@mail.com
Assunto: RE: Filmes e coisas do tipo
Ruby,
Estranho como?

Vi um monte de propagandas desses sites de namoro. Aposto que deve ser por isso que tem menos soldados aqui, acho que nunca parei para pensar nisso.

Eu morei em Shreveport até os dezoito anos. Você já foi lá?

Todos os atores que você mencionou... Mas você se esqueceu do Bruce.

Tem um filme sobre a Cleópatra? Nunca ouvi falar.

Os três jogos que a gente sempre joga são Halo 3, Rock Band e Bioshock. Call of Duty e Guitar Hero vêm em segundo lugar.

Aqui estão minhas respostas para suas perguntas:

1. Salgadinhos, mas nada da marca Fritos. Sabor sal e vinagre, na maioria das vezes.

2. Antes, você disse esportes de inverno, por quê? Eu gosto de esportes de verão, acho. Não temos muitos esportes de inverno na Louisiana. Eu jogava bola no ensino médio.

3. Cães, mas eu te entendo em relação aos mini porcos (no e-mail que estamos fingindo não existir...), eles são fofos. Meu pai tem um pastor-rei. Eu amo aquele cachorro.

Quatro irmãos me parece... interessante. Vocês são próximos?

Nos falamos em breve.

A

De: rubymars@mail.com
Data: 20 de setembro de 2008, 2:05
Para: aaron.tanner.hall.mil@mail.mil
Assunto: Videogames, irmãos etc.

Querido Aaron,

Sobre os meus outros amigos por correspondência militares: estranho tipo estranho. Foi inapropriado e... estranho. HAHA. Posso te contar se você quiser mesmo saber.

Nunca estive em Shreveport. Fui a Nova Orleans uma vez

para o Mardi Gras[1], e passei de carro pela Louisiana durante as férias, mas só parei para abastecer. Uma visita a Nova Orleans foi o bastante.

Como pude me esquecer do Bruce? Perdi a conta de quantas vezes assisti Máquina Mortífera. Minha mãe fala que o Bruce é o seu namorado. Cleópatra é um filme antigo. É um clássico dos anos 1960. O figurino é incrível. Por isso o assisti tantas vezes.

Halo e Bioshock, eu entendo. Mas Rock Band?

Que tipo de esporte você jogava no ensino médio? O único que acompanho é patinação artística. Não gosto muito dos outros, a não ser que assistir a Friday Night Lights conte (é uma série de TV).

Tive que pesquisar o que era um pastor-rei. Eu só tive pastores-alemães. Qual é o nome dele(a)? Por mais que eu ame mini porcos, o único animalzinho de estimação que tenho é um furão chamado Sylvester.

Meus irmãos, irmãs e eu nos damos muito bem. Eu falo isso, mas, amanhã, vou reclamar de como um deles me deixou irritada. Você deve saber do que estou falando, e, se não souber, você é sortudo.

Quer que eu continue te fazendo perguntas aleatórias? Tem algo que quer que eu te conte? Ou algo sobre o que quer conversar? Sou uma ótima ouvinte. Me conte o que prefere.

Ou quer mais piadas? É só pedir.

Espero que você esteja bem.

Tudo de melhor,

Ruby

De: aaron.tanner.hall.mil@mail.mil
Data: 22 de setembro de 2008, 15:17
Para: rubymars@mail.com
Assunto: RE: Videogames, irmãos etc.

---

1   A celebração do Mardi Gras se resume a uma versão muito particular do feriado que é realizada em Nova Orleans. Uma festa comparada ao nosso Carnaval, que pode envolver miçangas, máscaras e certos comportamentos lascivos. (N.E.)

Ruby,

Agora eu quero muito saber o que aconteceu com esse soldado com quem você trocou cartas. Me fez imaginar coisas.

Eu nunca fui a Nova Orleans para o Mardi Gras…

Não sei se foi sarcástica sobre Máquina Mortífera ou não, mas vou chutar que não. Cleópatra ainda não me soa familiar, mas não sou de ver clássicos. O único clássico em que consigo pensar é E o Vento Levou, mas só porque minha madrasta costumava ver pelo menos uma vez por mês… Eu odiava. Você gosta dos figurinos dos filmes?

Você sabe o que é Bioshock? Antes, disse que jogava Duck Hunt, então era algo assim que eu estava esperando. Você gosta de jogar?

Eu jogava futebol. Não porque gostava… ou pensava que viraria jogador profissional, nada assim, mas era o que eu tinha para fazer.

Patinação no gelo é o único esporte que você acompanha? Mas isso conta como esporte? Hóquei, sim. Patinação no gelo, não. Como assim? Eu nunca vi a série do Friday Night Lights, mas o filme, sim.

O cachorro se chama Aries. Se eu não fosse do exército, eu o traria para viver comigo, mas viajo a maior parte do tempo… não seria justo com ele.

Por que o seu furão se chama Sylvester?

Entendo a coisa com os irmãos. Todos se dão bem, mas não os vejo muito, então deve ser por isso. Você disse que é quase o bebê; quantos anos os seus irmãos/irmãs têm?

Pode falar do que quiser comigo. Meus outros amigos por correspondência me escrevem sobre a vida e os filhos deles. É bom ter algo para se distrair às vezes, qualquer coisa é bem-vinda, mesmo se você achar que é chato, porque não é quando comparo com as coisas aqui.

Você tem filhos?

Eu passei as suas piadas a alguns dos caras no meu esquadrão. Pode me mandar outras. Ou qualquer outro tipo de mensagem.

Posso te perguntar por que você sempre está acordada no meio da noite?

A

De: rubymars@mail.com
Data: 24 de setembro de 2008, 3:05
Para: aaron.tanner.hall.mil@mail.mil
Assunto: Oi (Parte 2)

Oi, Aaron,

Vou te contar o que aconteceu com o outro soldado, já que você insiste. Ele começou a me enviar fotos da "virilha" (ou, se você quiser ser mais técnico, a palavras que quero rima com "tênis") e a pedir fotos minhas (não fotos do meu "tênis", mas deu para entender). Tem um limite nas coisas que estou disposta a fazer pelo meu país. Nudes não são uma delas. Por favor, me desculpe por ter falado sobre partes íntimas. Você que pediu.

Ah, você é mais esperto do que eu. O Mardi Gras foi uma experiência que eu não quero ter de novo. Pensei que sabia o que esperar. Mas estava errada.

Não sei quem teria coragem de ser sarcástico em relação a Máquina Mortífera, mas não eu. Minha mãe me daria um safanão. Concordo com o seu ódio por E o Vento Levou. Odiei a história e os personagens, mas gostei do figurino. E, sim, eu gosto de filmes com roupas bonitas e maquiagem bem-feita. Vou te dizer duas coisas sobre Cleópatra: é um dos filmes mais caros já feitos, e a atriz principal troca de roupa sessenta e cinco vezes. Doideira, né? (Você não tem que responder isso. Sei que nem todo mundo acha esse tipo de coisa interessante, e tudo bem.)

Haha! Duck Hunt é o meu preferido, mas cheguei a jogar Bioshock algumas vezes. Dois dos meus amigos gostam muito de jogar — um no PC, e o outro, no console —, então sei um pouco do assunto.

O que tem de errado com patinação artística? Não faria parte das Olimpíadas se não fosse um esporte. É muito atlético. Você provavelmente deveria saber que minha irmã mais nova é patinadora artística, por isso que eu gosto. É o esporte oficial da família Santos.

Aries é um nome perfeito para um pastor-rei. Foi você que escolheu, ou o seu pai?

Eu tive que mudar o nome do meu furão depois de dois meses, porque o nome original dele, Logan, não combinou. Ele não tinha uma personalidade de "Logan". Ele só apronta. Furões têm muito mais personalidade do que você imagina.

Meu irmão mais velho tem vinte e nove, depois vem a minha irmã com vinte e seis, meu outro irmão com vinte e cinco, então, eu com vinte e três, e minha irmãzinha com dezoito. Você fica com saudade dos seus irmãos quando está longe?

Conhecer alguém é sempre meio esquisito, mas tenho certeza de que vamos nos dar bem. Eu não faço muita coisa. Trabalho, vejo TV e saio para fazer coisas aleatórias, com amigos e família, algumas vezes por semana. Às vezes, viajo com minha irmã caçula e, de vez em quando, a trabalho, mas não muito.

Você pode me perguntar qualquer coisa, caso pense em algo.

Ainda não tenho filhos, mas espero que, um dia, no futuro, eu tenha. E você?

Tenho uma piada boa.

Neto: Você esteve na guerra, vovô?

Avô: Sim, eu era piloto de caça.

Mãe da criança: Você não ficou em Illinois, pai?

Avô: Sim, e fiquem sabendo que nenhuma aeronave inimiga passou do Missouri![2]

Boa, mas um pouco boba, né?

Por último, mas não menos importante, antes que você caia no sono de tanto tédio, eu sou uma pessoa noturna, é nessa hora que trabalho melhor, por isso estou acordada até tarde toda noite.

Tudo de bom,

Ruby

---

2   A passagem faz referência a uma piada comum nos EUA sobre militares destacados para integrar o esforço de guerra, mas que ficam alocados dentro do próprio país, onde, obviamente, não é o local do conflito. O vovô se vangloria de ter participado da guerra, embora nunca tenha saído do território norte-americano, onde os inimigos nunca chegaram.

De: aaron.tanner.hall.mil@mail.mil
Data: 27 de setembro de 2008, 14:14
Para: rubymars@mail.com
Assunto: RE: Oi (Parte 2)

Ruby,

Deixa eu ver se entendi: o soldado antes de mim estava te enviando fotos do "tênis" dele? Como foi que a conversa chegou nisso? Ajudaria em algo eu te dizer que o país é grato pela sua dedicação, com ou sem nudes?... Isso deveria ter sido uma piada.

O que aconteceu no Mardi Gras? Você me fez imaginar um monte de coisas de novo, e tudo o que está na minha imaginação é ruim. Existe um motivo para eu nunca ter ido.

Cleópatra é um dos filmes mais caros já feito? Quando eu li sessenta e cinco trocas de roupa pela primeira vez não me pareceu tão... legal... mas, agora que parei para pensar, são muitas roupas, e imagino que não eram jeans e camisetas.

Não me faça começar a falar sobre videogames. Precisei de uma intervenção para me tirarem do WoW — World of Warcraft — na minha última licença longa. Não saí da frente do computador durante duas semanas, a não ser para ir ao banheiro ou pegar comida. Você já jogou?

Sua irmã é patinadora artística? Como as que aparecem na TV durante as Olimpíadas?

Minha ex-madrasta escolheu o nome Aries. Ela era professora de Mitologia e Folclore.

Por que você chamou seu furão de Logan? Por causa do Wolverine?

Você só tem vinte e três? Pensei que fosse mais velha. Onze anos entre o mais velho e o mais novo não é tão ruim assim. Você deixava os seus pais malucos? Tenho saudade dos meus, mas não muito. Sou o irmão do meio.

Tenho certeza de que sua vida é muito mais interessante do que a minha. É sério. Aqui é a mesma coisa todos os dias: trabalhar, comer, me exercitar, dormir, videogames.

Eu também não tenho filhos. Você é casada? Não quero soar como o Soldado nº 2, só estou curioso, porque você disse que queria ter alguns.

A piada... 😊 Boba, mas boa.

Com o que você trabalha que te faz ficar acordada a noite toda?

A

De: rubymars@mail.com
Data: 30 de setembro de 2008, 1:05
Para: aaron.tanner.hall.mil@mail.mil
Assunto: Fotos de tênis e outras curiosidades

Oi, Aaron,

É claro que você quer saber a história por trás das fotos de pau (foi mal pela linguagem). Eu não sei bem como chegamos a isso nos nossos e-mails. Vou chamar o Soldado nº 2 de Smith. Smith e eu estávamos trocando e-mails há mais ou menos cinco meses quando ele começou a me enviar fotos dele. Nada de mais. Sempre foi educado, fazendo perguntas sobre mim, tudo esperado no período em que se está conhecendo alguém. Cerca de dois meses depois, ele começou a mandar fotos só do rosto, depois, fotos de corpo inteiro que eram um pouco engraçadas, mas de um jeito positivo. Eu não disse nada. Quando vi, tinha um meio-mastro na tela do meu celular. Então, salsicha e ovos, se é que você me entende. Não, obrigada. Prefiro me voluntariar como enfermeira na linha de frente a enviar fotos das minhas partes íntimas a um cara aleatório.

Eu já te contei sobre o soldado, agora, me fale o que você acha que aconteceu no Mardi Gras, e vou confirmar ou negar.

Os únicos filmes em que consigo pensar que foram mais caros são: Titanic, Piratas do Caribe, Waterworld e Homem-Aranha. Todos esses foram lançados trinta anos depois de

Cleópatra. Doideira, né? Você tem razão, nenhuma das roupas eram jeans e camisetas. Eram todas cheias de detalhes. Acho que li em algum lugar que gastaram quase duzentos mil dólares só nas roupas da atriz principal.

Se já joguei WoW? Fique sabendo que fui a líder da minha guilda no WoW quando eu tinha dezoito anos. Só que eu tive que parar de jogar no segundo semestre na faculdade, porque comecei a perceber que reprovaria se não desse um jeito na minha vida. MMORPGs3 são perigosos. Eu não consigo nem olhar para o jogo nas lojas sem começar a ter coceira. Entendo bem demais a obsessão do Sméagol. Sem brincadeira. (Sméagol é um personagem de O Senhor dos Anéis, caso você não saiba.)

Minha irmã está tentando se classificar para as Olimpíadas. Ela foi bronze em uma competição júnior importante dois anos seguidos. Só começou a patinar aos nove anos, e a maioria das pessoas que vira profissional já está no gelo assim que começa a andar, então saiba que todos nós a achamos incrível por chegar tão longe em tão pouco tempo. Eu poderia falar dela o dia todo, não sei se você notou.

No ensino médio, tivemos um semestre inteiro sobre mitologia grega em Inglês. Eu ainda me lembro de grande parte. Também li muita coisa.

Não o chamei de Logan por causa dos X-Men. Logan é um personagem de uma das minhas séries preferidas de TV: Veronica Mars.

Quantos anos os seus irmãos têm? Eles ainda vivem na Louisiana? Você tem razão, cinco filhos em onze anos é muita coisa. Não sei como minha mãe sobreviveu, mas sinto que isso é parte da razão pela qual o casamento dela com meu pai não durou. Nunca concordavam em como lidar com a gente. Minha mãe também é doida.

Quantos anos você pensou que eu tinha...? Quantos anos você tem?

---

3   Massive Multiplayer Online Role-Playing Game são jogos de interpretação de personagens on-line em massa com múltiplos jogadores. (N.E.)

Por mais entediante que sua vida possa ou não ser, se algum dia precisar desabafar com alguém, estou disponível. Nunca vou te julgar.

Eu tenho uma sobrinha. Não sou casada, mas namoro. Toda a coisa de ter filhos é um sonho futuro, mas não estou com pressa nem nada assim. Quero ter quatro. Você é casado?

Com o que eu trabalho? Sou costureira. Minha tia é gerente de um lugar que faz lavagens a seco, e eu recebo um monte de pedidos dela. (UM MONTE.) Tenho outra tia que é dona de uma loja de noivas, e ajudo por lá também. Já fiz vestidos de casamento, de debutantes... Se algo precisa ser costurado e ajeitado, é muito provável que eu já tenha costurado e ajeitado. Também sou freelancer de figurinos e coisas assim, mas não é algo estável. Fora os dois dias por semana que minha tia da loja de noivas me pede para ir ajudar, posso trabalhar a hora que eu quiser. É bom, mas não durmo muito.

Há quanto tempo você é militar?

Tudo de bom,

Ruby

@capítulo cinco
Outubro

De: aaron.tanner.hall.mil@mail.mil
Data: 1 de outubro de 2008, 4:17
Para: rubymars@mail.com
Assunto: Fotos de tênis?

Ruby,

Meio-mastro... salsicha e ovos... assustei metade do quarto de tão alto que ri. Não consigo me lembrar da última vez que isso aconteceu. É sério, "Smith" pode arranjar um problemão te enviando coisas assim. Qual é o nome dele? Não sei o que te dizer sobre as suas partes privadas. Vou deixar o assunto morrer. ☺

Eu topo adivinhar o que aconteceu no Mardi Gras. Alguém vomitou em você no desfile?

Fiz uma pesquisa sobre o seu filme antes de te responder. Li que quase faliu. Agora estou imaginando que você também gostou dos figurinos nos outros filmes que viu milhares de vezes.

Você elevou o WoW a outro nível. Líder de uma guilda? Não me surpreende você ter quase reprovado. Você passava dias sem tomar banho? Um dos caras com quem fiz o TAP — Treinamento Avançado Personalizado, depois de ser recrutado — era viciado. Quando conversávamos sobre isso, os olhos dele brilhavam. Parei de tocar no assunto. Eu sei quem é Sméagol. Já assisti a O Senhor dos Anéis. Tenha um pouco de fé em mim. Não vejo só filmes dos anos 1980.

Sua irmã está tentando se classificar para as Olimpíadas? Nossa. Vou ser honesto, nunca assisti a nada de patinação artística na vida, mas todo mundo sabe que não dá para chegar nas Olimpíadas a não ser que você seja o melhor.

Veronica Mars é a razão do seu e-mail ser RubyMars?

Minha irmã tem vinte e cinco anos, e meu irmão, trinta e um. Os dois ainda moram em Shreveport. Seus pais são divorciados?

Eu te falei que a maioria das pessoas que se cadastra na AuS tem família. Assumi que você tivesse quase trinta, eu acho. Tenho vinte e oito.

Isso não é algo que se escuta muito hoje em dia (mulheres querendo ter filhos). Faça o que te deixar feliz. Eu também não sou casado. Você mora com o seu namorado?

Não quero parecer babaca, mas esse é o seu trabalho? Costurar?

Estou no exército há quase onze anos. O tempo passou rápido demais… Você disse que seu irmão era fuzileiro em um dos e-mails. Por quanto tempo ele serviu? Para onde foi enviado? Ele participou de alguma missão?

Espero uma resposta sua em breve.

A

De: rubymars@mail.com
Data: 3 de outubro de 2008, 5:05
Para: aaron.tanner.hall.mil@mail.mil
Assunto: Fotos de tênis, com certeza

Aaron,

Agradeço a preocupação, mas não precisa. Tenho certeza de que o comentário "Eca. O que é isso?" foi o suficiente para traumatizá-lo por um tempo. ☺ E o pessoal da AuS o expulsou do programa, ou, pelo menos, foi o que me disseram. Pensei em tentar encontrar o cara no MySpace há alguns meses, mas decidi não fazer isso. Já vi o suficiente dele nessa vida.

Sim, uma pessoa vomitou em mim no desfile, mas foi minha melhor amiga, e só meus sapatos foram atingidos. Continue tentando adivinhar.

A pergunta sobre o banho é um teste? Porque, já que somos

amigos (por correspondência), vou te dizer a verdade: sim. O tempo mais longo que fiquei sem banho foram cinco dias, quando eu estava muito viciada em WoW. Minha irmã me deu cinquenta dólares para eu acabar com o sofrimento da minha família e tomar um banho.

Os figurinos são o motivo exato de eu gostar de todos esses filmes. O figurino, os efeitos especiais, a maquiagem... é tudo incrível quando paramos para pensar. Se você não notou, eu notei. ☺

Você leu os livros de O Senhor dos Anéis ou só viu os filmes? Não estou julgando, só perguntando. Vai ganhar pontos extras se tiver lido os livros.

Duvido que você tenha tempo para navegar na internet, mas poderia dar uma olhada nos vídeos da minha irmã. O nome dela é Jasmine. O sobrenome é o mesmo.

Adivinhou! Você notou a conexão com Veronica Mars! Eu também tenho um e-mail de adulto para assuntos de trabalho. Esse é o meu e-mail para entretenimento e spam.

É ótimo os seus irmãos ainda morarem na mesma cidade. Seu pai ainda mora lá? Todos nós também moramos em Houston. Sim, meus pais são divorciados. Eles se divorciaram quando eu tinha oito anos, mas já estavam separados desde um ano antes.

Meu irmão mais velho me critica horrores toda vez que falo que quero ter filhos, como se ele não pudesse acreditar que quero fazer isso, que não quero ser solteira e ir a festas pelo resto da vida. Ele tem uma filha (que foi um acidente, na verdade). Acho que é a minha vida e o meu corpo, então posso fazer o que eu quiser. Não julgo outras pessoas que querem coisas diferentes na vida, por que ele deveria opinar sobre o que faço com a minha, certo?

Eu falei demais. Obviamente, não é uma insegurança que tenho. ☺

Você não é casado, mas tem alguém especial na sua vida? Eu não moro com meu namorado.

Você não faz ideia de quantas vezes as pessoas me perguntam isso. "É esse o seu trabalho?" "Você vive disso?" Estou acostumada. Se quiser saber, comecei a costurar quando tinha seis anos. Eu queria uma fantasia da Bela Adormecida, que não existia, para o Dia das Bruxas, então minha mãe me deu umas roupas aleatórias que ela não usava mais, e me disse para dar um jeito. (Foi assim que ela nos ensinou quase tudo. Outro dia, te conto como ela me ensinou a andar de bicicleta.) Uma das minhas outras tias tinha sido costureira, e me ajudou. Depois, continuou me ensinando enquanto eu crescia. Eu amava. Quando fiquei mais velha, precisei de um emprego de meio-período nos fins de semana, e minha outra tia (a que gerencia a lavanderia a seco) me contratou. Depois disso, continuei fazendo minhas próprias fantasias no tempo livre... e... outras pessoas me pediam para ajudá-las com as delas... e o resto é história. A loja de noivas da minha tia me contratou etc. Também faço vestidos para patinação no gelo como os que minha irmã usa para competir. Minha mãe não tinha como pagar pelos vestidos dela, então comecei a fazê-los. (Só para deixar claro que as primeiras peças que fiz para ela ficaram horríveis.)

Eu talvez tenha te dado mais informações do que o necessário. ☺

Você quer seguir carreira no exército? Meu irmão foi militar por cinco anos. Na última missão, ele teve um acidente com um explosivo e acabou ferido gravemente por um estilhaço. Tenho certeza de que quase morreu, mas ele e minha mãe guardaram segredo e nunca confirmaram nada. Ele manca, e é orgulhoso demais para mostrar a alguém as cicatrizes. Acho que teria continuado no exército se isso não tivesse acontecido, mas não dá para saber. Agora, estou feliz por ele estar vivo e bem. Ele tinha tantas histórias de outros caras que ele conhecia e não tinham ninguém esperando por eles. Se não fosse pelo meu irmão, eu não estaria aqui te escrevendo. Pensei comigo mesma: quantas pessoas estão por aí sozinhas, precisando de algum tipo de interação, mesmo que com um estranho?

Espero não ter matado você de tédio. Esse e-mail ficou muito mais longo do que eu imaginava.

Tudo de bom,

Ruby

De: aaron.tanner.hall.mil@mail.mil
Data: 5 de outubro de 2008, 13:17
Para: rubymars@mail.com
Assunto: Eca

Ruby,

Acho que metade dos caras aqui pensou que eu tinha enlouquecido por causa do tanto que eu ri do seu comentário. "Eca". Ainda estou rindo. Você vai me fazer criar uma expectativa de rir a cada e-mail seu. Se mudar de ideia sobre eu conversar com o tal do "Smith", me avise. A oferta ainda está de pé.

Continuar? O que mais aconteceu no Mardi Gras?

Menos de uma semana sem banho? Isso é coisa de novato. Eu passei um mês sem chegar perto de uma ducha durante uma missão. Estive no Iraque em 2003, e não tomamos banho por um bom tempo. Pense em toda uma força-tarefa que não passou sabão nas axilas por quase seis semanas. Também não trocamos de uniforme ou meias o tempo todo. Imagine.

Qual outro filme tem bons figurinos?

Sem pontos extras para mim. Só vi os filmes. Você deve ter lido os livros, né? Só li alguns de fantasia, todos eles em missão.

Vou procurar o nome da sua irmã no meu próximo dia de folga, quando eu tiver mais tempo.

Você é a primeira pessoa que conheço com diversos e-mails, mas a maioria dos meus amigos não precisaria ter mais de um, porque ninguém iria querer conversar com eles.

Meu irmão trabalha para o meu pai e mora sozinho, mas minha irmã caçula ainda mora com ele. Ela foi diagnosticada com Transtorno Espectro Autista. Acho que, um dia, se daria bem morando sozinha, caso queira. Por ora, ela está bem assim.

Nunca pensei em ter ou não filhos. Por que todo mundo quer meter o nariz no que você quer ou não fazer? A escolha é sua. Eu gosto de crianças. Talvez, um dia, eu possa ter uma ou duas... Quatro, eu já não sei.

Não tenho mais ninguém especial na minha vida. Para falar a verdade... é por isso que não te respondi por um tempo. Minha namorada terminou comigo logo depois que cheguei aqui. A notícia chegou do nada.

Há quanto tempo você está com seu namorado?

Vestidos de patinação no gelo? Em Houston? Esse é o último lugar de onde eu imaginaria que uma patinadora artística viesse. Pensei que todas fossem do Norte. Você faz aulas para melhorar na costura ou algo assim? Não quero parecer babaca de novo, mas eu não fazia ideia de que "figurinos de patinação no gelo" existiam. Eu consigo fazer uma bainha sem problema, mas só.

Sinto muito pelo seu irmão. Isso é muito mais comum do que você imagina. Aqui, entre nós... Eu não sei o que quero fazer. Tem dias, especialmente quando as coisas não estão boas por aqui, que me sinto pronto para mudar de ramo. Mas, às vezes, acho que eu aguentaria mais alguns anos. Não sei. Nunca fiz nada além do exército, só trabalhei em uma pizzaria quando estava no ensino médio e ajudei meu pai. O que mais eu poderia fazer?

Como você falou, acabei indo mais fundo do que imaginei. Não é uma insegurança que tenho, nem nada do tipo. ☺

Você não me matou de tédio. Gosto das cartas dos meus outros "adotantes", como você diz, mas as suas me fazem rir. Pode me contar qualquer coisa, que tenho certeza de que será engraçado.

Pode me mandar mais fotos como a da Aurora Boreal quando quiser... caso tenha outras.

Espero uma resposta sua em breve,
Aaron

De: rubymars@mail.com
Data: 6 de outubro de 2008, 2:05
Para: aaron.tanner.hall.mil@mail.mil
Assunto: Banhos, figurinos e coisas

Aaron,

Uma das minhas coisas preferidas é fazer as pessoas rirem. E, por "pessoas", quero dizer, na verdade, eu. Desafio aceito.

Sim, mais coisas aconteceram. Não posso nem dizer que terem vomitado em mim foi a pior delas. Continue tentando adivinhar.

Um mês e meio sem banho? Eca. ☺ Se eu não tomar banho todo dia, um perímetro de um quilômetro e meio precisa ser montado. Alguém em uma posição acima da sua finalmente mandou construir um chuveiro quando o cheiro ficou ruim demais? Eu me lembro vagamente do meu irmão ter mencionado trailers com banheiro. Quantos homens fazem parte de uma força-tarefa? Espero não me arrepender disso, mas por quanto tempo você usou (ou usa) o mesmo uniforme?

Melhores figurinos em filmes... Memórias de uma Gueixa, Moulin Rouge, E o Vento Levou, O Senhor dos Anéis. São tantos. Esses são só alguns dos meus preferidos por causa das roupas. Você já viu algum?

Eu li o livro de O Senhor dos Anéis, mas não os li de novo e de novo como muitas pessoas que conheço. Só uma vez. Você lê alguma coisa quando está em outro país?

Pode assistir aos vídeos quando der. Ela tem uma competição importante em Moscou daqui a duas semanas. Te conto depois como foi.

Por favor, não se sinta obrigado a responder a nenhuma das minhas perguntas invasivas sobre sua família. Conheço algumas pessoas com autismo de alto funcionamento. Uma delas é casada e tem um bom emprego.

Sua ex ter terminado com você enquanto você está longe é patético. Eu me lembro do meu irmão ter me contado que esse tipo de coisa é muito comum em destacamentos[4] ou missões. Do que vocês as chamam? Cartas de Querido John? Até parece que ela não sabia no que estava se metendo quando você partiu. Vocês namoraram por muito tempo? Eu quero perguntar se ela teve uma boa razão para terminar, mas, se foi inesperado,

---

4   Forças de destaque que são separadas da organização principal, a fim de realizar uma missão especial em outra área. (N.E.)

posso ligar os pontos sozinha. Lá vou eu, fazendo perguntas que não são da minha conta. Não responda se não quiser.

Criação e ajuste é tudo o que eu faço. Se algo precisa de uma agulha e linha ou de uma máquina de costura, eu sei usar. E não, nem tudo relacionado à patinação artística que eu vendo é para pessoas em Houston. Estou prestes a te deixar de boca aberta: eu tenho um site. As pessoas encomendam meu trabalho por lá. Elas me enviam medidas, e eu crio a peça. É uma pequena parte de tudo o que eu faço. Tenho que recusar pedidos porque ou não consigo arranjar tempo o bastante para os figurinos ficarem prontos dentro de um certo prazo, ou não posso ir tirar as medidas pessoalmente. Já vendi vestidos para patinação no gelo para a Rússia, França e uma vez para o Japão. Na maioria das vezes, faço roupas com desconto para patinadoras artísticas mais jovens que não têm como arcar com as costureiras renomadas. É um esporte caro, e a maioria dos patinadores costumava vir de famílias ricas, mas, hoje em dia, não é uma regra. Também ajudo alguns patinadores a revenderem os figurinos quando não podem mais usá-los.

Você perguntou sobre melhorar na costura/criação. Comecei a ter aulas de bordado na faculdade comunitária perto de casa, sobre fabricação de padrões e desenho de moda, e participei de algumas oficinas. Até fiz um estágio, uma vez, com uma senhora ucraniana que só gritava comigo, mas com certeza aprendi muito com ela.

Fiquei surpresa ao ver a grande quantidade de veteranos feridos. Sabe, meu irmão participa desses encontros duas vezes por mês, e fui com ele uma vez. Fico de coração partido. Nem toda lesão é física; ninguém parece perceber isso. Tenho certeza de que você vai descobrir o fazer quando chegar a hora certa.

O que te fez virar militar?

Tenho algumas outras fotos que colecionei ao longo dos anos que posso te enviar, se você quiser. Ouvi meu irmão falando, uma vez, para o meu outro irmão sobre quantas fotos de mulheres sem blusa os caras com quem ele trabalhava na marinha tinham coladas na parede. Aqui é uma zona livre de julgamentos. Você pode colocar suas fotos ao lado de quem ou do que quiser.

Já falei demais, mas você queria que eu te contasse algo engraçado, então aqui vai: eu estava falando ao telefone com meu amigo hoje cedo (começo da tarde, tanto faz) e me distraí tanto que coloquei suco de laranja na tigela com cereal.

Tudo de bom,
Ruby

De: aaron.tanner.hall.mil@mail.mil
Data: 8 de outubro de 2008, 14:17
Para: rubymars@mail.com
Assunto: RE: Banhos, figurinos e coisas
Ruby,

... Alguém fez xixi em você? Fique sabendo que não consegui digitar essa frase com o rosto sério.

Na verdade, ninguém mandou construir um chuveiro. Infelizmente, o trailer com banheiros tinha quebrado, alguns caras se desesperaram, encontraram uma cafeteira industrial e improvisaram o que conseguiram para que tivéssemos água quente. O chuveiro foi construído assim. Não funcionava muito bem, e tínhamos que ficar em pé na lama o tempo todo, mas foi melhor do que nada. No último destacamento, levei uma daquelas bolsas que enchemos de água e deixei no sol para tomar banho do lado de fora, caso aquilo voltasse a acontecer... e deu certo. Duzentos caras fedorentos no meu batalhão eram um pesadelo. Eu trocava a camiseta e as meias a cada duas semanas... é, foi tão ruim quanto você deve estar imaginando.

Nunca vi nenhum desses filmes. Vou ter que confiar no que está dizendo sobre o figurino ser legal. Talvez, quando eu chegar em casa, possa dar uma olhada.

Você vai acompanhar sua irmãzinha na competição em Moscou?

Eu li alguns... Só comecei a ler quando passei a viajar para fora do país e não ter nada para fazer. Muitos de nós lemos enquanto estamos aqui para passar o tempo. Quando estou em casa, prefiro ver filmes.

Você não está sendo enxerida. Eu também perguntaria. Paige tem autismo de alto funcionamento. Meu pai se preocupa muito com ela... acho que eu também... mas sei que ela poderia viver sozinha, se quisesse. Encontros sociais são um problema, mas, enfim, qualquer um que não sabe apreciar o quanto ela é honesta e bondosa não precisa estar na vida dela.

Você é uma designer famosa e está sendo humilde? Onde foi seu estágio com a senhora ucraniana? Você poderia arranjar outro estágio ou já sabe... tudo o que se tem para saber? Mande fotos desses... figurinos... que você fez.

Você tem razão. As piores feridas que alguém pode ter nem sempre são vistas do lado de fora.

Entrei para o exército porque não tinha mais nada rolando na minha vida... e ainda não tem. Eu não queria ficar sentado tendo aulas o dia todo na faculdade, e não havia nenhum curso técnico em que eu estava interessado na época. Também não quis trabalhar para o meu pai. O exército me pareceu uma boa ideia. Pensando melhor agora, sei que fiz a coisa certa ao me alistar. Se tivesse ficado em casa, quem sabe o que eu teria acabado fazendo ou como eu teria me saído? Talvez bem, talvez mal. Não dá para saber.

O exército é o que mantém um monte de revistas sendo publicadas. Sem brincadeira. Para constar, não tenho uma mulher "sem blusa" na minha parede há pelo menos oito anos.

Tive um dia péssimo hoje, mas sua mensagem me fez sentir melhor. Talvez tudo dê certo no fim. Ainda tenho quase dois anos neste alistamento. Vou dar um jeito.

A história do suco de laranja me fez rir. Você está se saindo muito bem. O que mais você tem para me contar?

Aaron

De: rubymars@mail.com
Data: 10 de outubro de 2008, 3:05
Para: aaron.tanner.hall.mil@mail.mil
Assunto: Gambiarra

Aaron,

Bingo. Alguém fez xixi nos meus sapatos no Mardi Gras. Acho que isso foi pior, porque foi um completo estranho. Continue adivinhando. A história de filme de terror ainda não acabou.

Um banho de cafeteira? Bom, é melhor do que nada. Você tem um trailer de banheiro onde está agora? Eu também não vou comentar sobre você trocar de roupa a cada duas semanas.

Não, não vou com ela para Moscou. É caro demais. Ela viaja só com a treinadora para eventos classificatórios internacionais. Se for para a final, vou passar a viagem no meu cartão de crédito. É o que geralmente faço.

Agora estou curiosa. O que vocês leem por aí? Sei que você disse um pouco de fantasia, mas o que mais?

Espero não me arrepender de perguntar, mas você é próximo do seu pai? Ele ou os seus irmãos escrevem para você quando não está aqui?

Famosa! Agora é você que está me fazendo rir. Vou te mandar uma foto do vestido que fiz para minha irmã para o programa curto (é uma das rotinas dela. É a mais curta, se você não notou pelo nome). Eu poderia fazer outro estágio. Tem sempre algo mais para aprender, mas não sei. Todo mundo chorou da última vez que viajei, e isso foi na Filadélfia, onde meu primo mora. Eu tinha dezenove anos na época. Tenho mais responsabilidades agora. Ficaria com medo de largar meus dois empregos.

Entrar para o exército por essa razão faz muito sentido. Quem sabe o que quer fazer da vida quando se tem dezoito anos? Talvez algumas pessoas saibam, mas a maioria não. Com meu irmão, ele aprendeu a ser disciplinado e amadureceu. Isso deu a ele mais estabilidade e responsabilidade do que minha mãe o ensinou. Ela o deixava se safar de tudo quando éramos pequenos. Ela nunca admitiria, mas ele é o filho preferido dela.

Não culpo ninguém por colar fotos de mulheres sem blusa

nas paredes. Então que bom que você vai ter algo legal para olhar quando estiver por aí. ☺

Sinto muito pelo seu dia péssimo. Como eu te disse antes, se quiser desabafar, estou aqui. Basta falar que não quer uma resposta, e não falarei nada. Sei que, às vezes, só precisamos desabafar e não necessariamente queremos ouvir uma opinião.

Estou feliz pelo meu café da manhã arruinado ter deixado pelo menos um de nós contente. :P Não é tão engraçado, mas, ontem à noite, eu estava tentando colocar pimenta no meu jantar e a tampa caiu. Havia o que parecia ser literalmente três colheres de sopa de pimenta no meu prato. Minha irmã caçula e eu pregamos peças uma na outra, então sei que foi obra dela. De propósito, não liguei para culpá-la. Não quero que ela saiba que me pegou. Planejarei minha vingança quando ela menos esperar.

Espero que você esteja bem,
Ruby

De: aaron.tanner.hall.mil@mail.mil
Data: 13 de outubro de 2008, 13:22
Para: rubymars@mail.com
Assunto: RE: Gambiarra
Ruby,

Filme de terror... está tentando me passar uma mensagem subliminar? Você foi com mais alguém além da sua amiga? Eu queria perguntar se choveu, mas isso é óbvio demais. Você pisou em cocô? Cocô de gente, se quiser que eu seja mais específico.

É, temos chuveiros, mas a água não é das melhores; nos falam para não abrir os olhos nem deixar entrar na boca, mas damos um jeito. Uma vez, em outro destacamento, eles pagaram um caminhão-pipa para nos molhar, porque também estávamos sem ter onde tomar banho. Realmente aprendemos a ser gratos pela água quente aqui.

Se ela passar pelas fases classificatórias, você já sabe onde vai ser a final?

O que nós lemos... muita fantasia, thriller, mistério, dramas que se passam em tribunais... alguns livros de romance também. Halo é o máximo de ação com que gostamos de lidar. O resto tira nossa mente das coisas acontecendo ao redor. Trocamos livros por aqui o tempo todo. Você lê? Não lembro se você disse que lê ou não.

Eu e meu pai nos damos bem, sim. Ele não gosta de eu ser militar, mas conversamos e trocamos mensagens pelo menos uma vez por semana. Não tenho muito do que reclamar. Meus irmãos me escrevem, mas não com tanta frequência... talvez uma vez por mês.

Aquela foto que você me mandou da roupa da sua irmã para patinação no gelo parece algo que deveria estar em um museu. Foi você que fez? Sério?

Vou te contar por que fiquei chateado. Você já deve ter visto no noticiário, mas dois soldados foram mortos enquanto faziam a patrulha. Eu conheci um deles há alguns anos. Fomos destacados juntos para a Alemanha. Nossa internet é desligada toda vez que um incidente assim acontece, para os militares terem tempo de identificar os corpos e entrarem em contato com as famílias. Desta vez, eles a desligaram por dois dias. A irmã de um dos caras me mandou uma mensagem depois que foi avisada; ele contou a ela que estaríamos juntos e passou meu e-mail "só por precaução". "Só por precaução" são as três piores palavras do mundo, não deixe ninguém te convencer do contrário. Não dá para não esperar o pior... Seria idiotice, mas... Eu sei lá... O que me deixou mal é que parte de mim queria que ele não tivesse feito isso. Como é que se conta para a irmã de alguém... alguém que não quer acreditar que o irmão caçula se foi... que o que aconteceu é verdade? Não vou mentir, respondê-la me deixou com dor de estômago.

Pegadinhas são bem populares aqui, apesar de metade dar errado por causa de todas as emoções à flor da pele e do estresse que sentimos o tempo todo. Há alguns dias, alguém recebeu um pacote cheio de presentes de casa e teve a ideia de dividir as coisas que havia ganhado. Quase virou uma briga. Ele misturou pacotes de M&M e de Skittles no mesmo pote. Separados, ótimo. Juntos? Nem tanto.

Espero uma resposta sua em breve.

A

De: rubymars@mail.com
Data: 15 de outubro de 2008, 1:05
Para: aaron.tanner.hall.mil@mail.mil
Assunto: Água de cocô?

Aaron,

... Como você descobriu que pisei em um monte de cocô? Isso já aconteceu com você?

Estou com medo de perguntar, e sinto muito em trazer à tona a palavra com "c" de novo, mas tem cocô na água? É por isso que eles não querem que entre na boca? Como você faz para escovar os dentes? Água engarrafada?

Se minha irmãzinha conseguir (e acho que ela vai), a final será na França em dezembro. Minha mãe e o marido dela me disseram que vão para a Rússia com minha irmã. Eles entraram com um pedido de visto, mas ainda não foi aprovado, então estão atrás de passagens de avião. Ela é o bebê, e todo mundo a mima.

Trocar livros faz muito sentido. É bom saber que não são egoístas. Você poderia começar um negócio de troca de livro e ganhar dinheiro. Não estou dizendo que precise, mas talvez funcione. Acho que ouvi histórias de pessoas fazendo isso na cadeia, montando um sistema de permuta ou algo assim. Livros de romance e fantasia rodando a base não me parece loucura. Todo mundo precisa de um felizes para sempre. Agora, me conte a verdade. Não estou julgando. Quantos deles você leu?

Eu gosto de ler de tudo um pouco. ☺

Você me deixou envergonhada. Sim, fui eu que fiz o vestido. Levei quase cem horas para fazê-lo.

Você tem um bom coração e uma boa consciência, perder alguém conhecido é sempre difícil. Duvido que algum dia será fácil. Sinto muito pelo seu amigo e pelo outro soldado. Não sei o que falar, a não ser sinto muito, e até isso me parece patético, mas espero que entenda a intenção.

Misturar M&M e Skittles? Que maldade. Eu nunca faria isso. Estou mentindo. Minha irmã e eu improvisamos uma bolsa explosiva, tipo um airbag, para nosso irmão que não é fuzileiro. Foram os melhores cem dólares que já gastei na vida.

Espero que você esteja bem.

Ruby

De: aaron.tanner.hall.mil@mail.mil
Data: 19 de outubro de 2008, 13:44
Para: rubymars@mail.com
Assunto: RE: Água de cocô

Ruby,

O servidor ficou desligado nos últimos dias. Desculpa não ter respondido antes.

Nunca admiti para ninguém, exceto meus amigos que estavam comigo, mas, sim, pisei em uma pilha de cocô quente uma vez. Fico feliz em te dar às boas-vindas ao clube.

Tem todo tipo de coisa na água, não se limita ao treco marrom. Temos que enxaguar a boca com água engarrafada. Eles a purificam tão rápido para atender à demanda que não é nem filtrada, mas está melhor do que anos atrás. Alguns de nós ficamos com pedras nos rins de tantos minerais que havia. Adicione a constipação por causa das refeições prontas... e temos uma festa rolando no intestino.

Por que tenho a sensação de que você é uma traficante? Tentando me fazer montar um sistema de permuta... Isso me fez sorrir. E o que vou falar fica entre nós, combinado? Eu li quatro romances. Dois eram bem bregas, mas os outros dois não foram tão ruins assim. Entendo por que estão nas prateleiras do mercado lá perto de casa. Às vezes, é bom lidar com coisas que não têm nada a ver com vida ou morte.

O que você gosta de ler?

Cem horas para fazer um vestido? Isso é normal?

O que o seu irmão fez para merecer a pegadinha?

Desculpa pela mensagem curta. Todo mundo quer dar uma olhada nos e-mails.

Espero que você tenha tido uma boa semana.

Aaron

De: rubymars@mail.com
Data: 22 de outubro de 2008, 3:05
Para: aaron.tanner.hall.mil@mail.mil
Assunto: O clube do cocô

Aaron,

Nem se preocupe com isso. Estou feliz por você estar bem.

Obrigada por me receber no clube exclusivo do qual me arrependo de ter admitido ser membra. 😊 Quando e por que você pisou nisso? Nisso = cocô.

Pedras no rim por causa da água? Nossa. Vocês bebem um bocado também para ficarem hidratados, né? Tenho uma amiga que expeliu as pedras. Ela disse que é quase tão ruim quanto um parto, e ela não tem as suas... partes... genitais... Você entendeu.

Eu? Traficante? Você me pegou. Depois que meus pais se separaram, o dinheiro estava apertado (lembra que eu falei sobre fazer minha fantasia de Dia das Bruxas?). Eu vendia limonada e era babá todo fim de semana. Quando tive idade suficiente para arranjar um trabalho, eu não tinha carro, então não pude ter um emprego normal, e morávamos longe demais para ir andando (sem mencionar minha mãe achando que, se eu pegasse o ônibus, minha foto acabaria em uma caixa de leite — tenha em mente que as pessoas colocam fotos de crianças em caixas de leite desde os anos 1980). O que eu ganhava nos fins de semana ajudando minha tia a fazer consertos e criando figurinos de patinação no gelo foi suficiente para compensar não trabalhar depois da aula.

Se quiser, pode me contar quais foram os dois romances que você leu e gostou. Estou curiosa, e, por curiosa, quero dizer que quero lê-los.

Não me julgue, tá? Já li Crepúsculo mais vezes do que me lembro, O Alquimista, Orgulho e Preconceito e As Crônicas de Nárnia de novo e de novo e mais outra vez.

É muito difícil trabalhar com o tecido que usei para o vestido dela, mas os ornamentos (as miçangas e as lantejoulas) foram um saco. Se outra pessoa tivesse feito a encomenda, eu teria cobrado os olhos da cara ou me negado a fazer, mas não pude falar isso para minha irmã. Não queria que ela patinasse usando farrapos na frente de centenas de pessoas.

Meus irmãos trocaram o açúcar pelo sal no dia anterior ao Dia de Ação de Graças. Todas as sobremesas foram arruinadas, e o peru... não. Não. Ele mereceu o que recebeu. Acabamos tendo que ir ao KFC comprar comida. Eu tenho o vídeo no meu celular dele com a bolsa explosiva, se você quiser ver. É minha coisa preferida no mundo.

Minha história idiota da semana: dei de cara com a porta de vidro do terraço ontem. Ainda tem um machucado vermelho na minha testa. Divirta-se.

Cuide-se,
Ruby

De: aaron.tanner.hall.mil@mail.mil
Data: 26 de outubro de 2008, 13:41
Para: rubymars@mail.com
Assunto: RE: O clube do cocô

Ruby,

Você também fez xixi em um cantinho escuro no Mardi Gras? Pisei em cocô em um festival de música uma vez. Me deixou irritado por dias, e tive que jogar fora os sapatos.

É difícil ficar hidratado no deserto. Bebo galões de água por dia e faço xixi o tempo todo. Suamos sem parar por horas, mas tem dias que, mesmo achando que se está bebendo água o bastante, você acaba indo ao banheiro só duas vezes. É nesses dias que temos de nos preocupar.

Não me lembro dos títulos dos livros que li. E não estou mentindo. É verdade. Mas os nomes me eram familiares. Com certeza, devem vender em algum mercado.

O único dos que você mencionou que já li foi As Crônicas de Nárnia, mas os outros não. Vampiros que brilham não são minha praia. 😊 O único que reli na vida foi O Jogo do Exterminador. Você já leu esse?

A história da sua mãe achar que você seria sequestrada me fez rir. Se ela não te amasse, não teria se preocupado. Você usou o dinheiro da limonada para comprar uma máquina de costura? Minha irmã costumava ter uma daquelas coisas que colocava miçangas nas roupas. Você tem uma também? Acabei de perceber que você mencionou ser próxima dos seus irmãos, mas não dos seus pais. Eles moram perto de você? Eles se casaram de novo?

Você costurou cada ornamento no vestido da sua irmã? Parece ter milhares.

Tudo bem, a coisa toda com o seu irmão faz sentido. Ninguém pode arruinar o jantar de Ação de Graças. Ele aprendeu a lição? Minha família nunca foi de pregar peças. Se eu tivesse feito isso, todo mundo teria surtado, e não do mesmo jeito.

Mande uma foto da sua testa.

A

De: aaron.tanner.hall.mil@mail.mil
Data: 30 de outubro de 2008, 12:17
Para: rubymars@mail.com
Assunto: Obrigado

Ruby,

Recebi seu pacote pelo correio hoje. Obrigado pelo meu kit de pizza. Queijo liofilizado? Eu li suas instruções de passo a passo duas vezes. Como você descobriu que dava para derretê-lo? Já recebi ofertas de pessoas querendo comprar o kit... os filmes, as fotos e os petiscos também. As batatinhas de sal e vinagre vão durar uns dois dias, no máximo. Muito obrigado.

Espero que você esteja bem.

Aaron

@capítulo seis
Novembro

De: rubymars@mail.com
Data: 1 de novembro de 2008, 2:01
Para: aaron.tanner.hall.mil@mail.mil
Assunto: Surpresa!

Aaron,

Que bom que você recebeu o pacote! Eu não tinha certeza de quanto tempo levaria para chegar. Além de enviar coisas para o meu irmão (e ele nunca me disse se as recebeu nem agradeceu), só enviei para uma outra pessoa (não para o cara das fotos do "tênis"). Arrastei meu irmão comigo até a Target e o obriguei a me ajudar a escolher algumas coisas para você. Tentei descobrir como eu poderia te mandar queijo que não fosse perecível (não existem muitas opções) e, então, fiz muitos experimentos. Arruinei meio quilo de queijo liofilizado antes de acertar a proporção de água para queijo reidratado. Não é a pizza mais gostosa do mundo, e, se você odiar, não vou ficar magoada. ☺

Comprei e te enviei alguns livros ontem. Só livros, mais nada, não fique muito animado. Espero que não se importe com surpresas. Eu não me importo.

Eu? Encontrar um cantinho escuro para fazer xixi? Culpada. Ri tanto quando li seu e-mail. Mas, sim, fiz minha amiga ficar de olho enquanto eu esvaziava a bexiga. Agora tenho que mandar uma mensagem para ela e lembrá-la disso para que também possa rir. Alguém que você conhece te disse que precisava fazer isso? Não tem lugar nenhum para fazer xixi!

Se preocupar com o quanto de xixi você faz em um dia é algo que nunca sequer passou pela minha cabeça. Eles te dão garrafas de água, ou você tem que reutilizá-las?

Você "não se lembra dos títulos". Aham. Sei. Juro de dedinho que não vou julgar seja lá o que você leu. Dica, dica, dica.

Eu li Crepúsculo logo que foi lançado. Eu tinha dezenove anos. Aqui é uma zona livre de julgamentos, lembra? ☺ Se eu li O Jogo do Exterminador? É como se você me perguntasse se existe uma lua no céu. Estou brincando. Sim, eu li, e gostei muito.

Sei que minha mãe me ama. Não dá para ser tão superprotetor assim se você não ama a pessoa, e não tem ninguém mais protetor do que ela. Se pudesse teria me dado tudo o que um dia desejei. Depois que meus pais se separaram, ficamos com ela. Meu pai voltou a morar em São Francisco. É onde a maior parte da família dele mora. Ele tem uma irmã que mora aqui em Houston. A única razão para os meus pais terem se mudado para cá (Houston) foi por causa da família da minha mãe. Meu pai odiava morar aqui. Ele diz que a umidade o fazia se lembrar demais das Filipinas quando era criança.

Ainda vejo meu pai pelo menos uma vez por ano. Ele vem nos visitar, e eu tento ir vê-lo algumas vezes na Califórnia. Ele se casou de novo há alguns anos com uma mulher simpática. Ela tem três filhos legais. Minha mãe, por outro lado... já se casou mais três vezes depois dele. O marido nº 4 é cinco anos mais velho do que eu.

Tem mil duzentas e quatro miçangas e lantejoulas no vestido que fiz para ela. Bom chute.

Meu irmão aprendeu a lição. No Natal daquele ano, ele trouxe uma bandeja de brownies. Brownies de maconha. Todo mundo, exceto minha irmã, ficou completamente chapado. Provavelmente, foi o melhor Natal que tive desde criança. Foi muito divertido, apesar de a minha mãe ter ficado bravíssima depois.

Por que seus pais não gostam de pegadinha? Eles são super sérios? Não que tenha algo de errado com isso, só estou curiosa.

Não tem nenhuma foto nem vídeo meu dando de cara na porta, mas aconteceu. Ben, o marido nº 4 caiu no chão de tanto rir. Minha mãe saiu da cozinha. Por sorte, só eles viram, se não, eu levaria umas duas vidas para superar. Minha mãe enviou mensagens contando para todo mundo o que aconteceu. Minha família é assim, caso você não tenha percebido.

Acabei de chegar em casa de um show. Me esqueci de levar os tampões de ouvido e acho que eles nunca mais serão os mesmos. Estou prestes a cair no sono. Espero que você esteja bem.

Ruby

De: aaron.tanner.hall.mil@mail.mil
Data: 3 de novembro de 2008, 15:27
Para: rubymars@mail.com
Assunto: Coisa esquisita

Ruby,

Fiquei muito feliz por você ter me mandado a caixa. Reli a mensagem que te enviei, e acho que não cheguei nem perto de soar tão agradecido quanto eu queria. Não sei nem como você conseguiu pensar em tentar desidratar o queijo, mas foi genial. Já comi uma pizza e tenho zero reclamações. Foi um pedacinho de casa de que eu precisava depois de uma semana terrível. Enfiei tudo no micro-ondas de acordo com suas instruções e… Estou pensando se guardo o que sobrou ou se como outra amanhã. Tento não guardar as coisas, caso eu não tenha outra oportunidade, sabe? Estou ansioso para ver quais livros você mandou. Obrigado. É sério.

Ruby, eu estava brincando sobre o xixi…

Já participei de uma patrulha na qual só tínhamos um cantil por dia. Mas, hoje, temos acesso a quanta água quisermos. Não presumo que vá ser sempre assim. Eles nos falam para amassar as garrafas de água quando terminarmos. Assim, a empresa que faz as garrafas não tenta reutilizá-las.

Eu juro que não me lembro do título dos livros. Se visse as capas, eu as reconheceria. Te conto se as vir.

O Jogo do Exterminador é um daqueles livros que eu queria que transformassem em filme… mas aposto que não seria tão bom quanto o livro.

Que bom que você ainda mantém contato com seu pai, mas não consigo aceitar o fato de a sua mãe ter se casado com alguém só alguns anos mais velho do que você. Isso não é estranho? Você se incomoda?

Seu irmão deixou todos chapados?

Enquanto eu crescia, meus pais eram batistas rigorosos, e os meus avós também eram bem rígidos. Não me lembro de nenhum deles rindo ou sorrindo. Meu pai é um cara legal. Mas eu não chamaria minha mãe biológica de boa pessoa, ela era tranquila quando eu era pequeno. Nada parecia... estranho... Até eu estar no ensino fundamental, que foi quando comecei a passar um tempo na casa do meu melhor amigo e perceber o quanto as coisas eram diferentes. Isso não é um problema hoje. Meu pai está feliz, e minha mãe biológica... não sei se ela um dia será feliz, mas depende dela.

A qual show você foi? Se divertiu? O que faz quando não está trabalhando? Eu sei que disse que mata patos para se divertir, mas o que mais?

Minha ex me enviou um e-mail. Ela queria me avisar que me colocou como referência em uma candidatura de emprego. Não sei por que pensou que isso fosse uma boa ideia. Será que espera que eu atenda ao meu celular imaginário ou que digite um e-mail dizendo para alguém a contratar? Você pediria uma referência para um ex, ou isso é um pedido tão ridículo quanto acho que é? Estou chocado, mas talvez eu esteja cansado. Me fale o que acha.

Não precisa responder 😊 se não quiser. Às vezes, sinto que não entendo nem nunca entenderei as mulheres. Sem ofensas... não estou falando de você.

A

De: rubymars@mail.com
Data: 4 de novembro de 2008, 1:01
Para: aaron.tanner.hall.mil@mail.mil
Assunto: Não

Aaron,

Sua mensagem deu conta do recado, e estou aliviada pelos meus experimentos com queijo não terem sido em vão. ☺ Fiz o marido da minha mãe experimentar alguns para ter uma segunda opinião. Não que tenha servido de algo, porque já o vi comer comida com mofo logo depois de cortar a parte mofada.

Se você fosse qualquer outra pessoa e nossas conversas fossem diferentes, eu me sentiria mais envergonhada do que me sinto agora, mas acho que já passamos desse ponto. Eu fiz xixi em público. Assumo.

Falando em xixi... Você faz xixi nas garrafas? Meu irmão me disse que, quando estava no Afeganistão e estava frio, ele não saía de jeito nenhum da cama para ir ao banheiro. Em vez disso, virava para o lado e fazia xixi em uma garrafa. Não que ele tenha aprendido a fazer isso com os militares ou algo do tipo. Ele e meu irmão se tornaram mestres nisso nas viagens de carro em família quando minha mãe se recusava a parar para usarem o banheiro, a não ser quando ela precisasse, para poupar tempo.

Eu concordo. Adoraria que fizessem um filme, mas duvido que seria tão bom quanto o livro. (Mas os figurinos!)

Haha! Cada marido foi ficando mais jovem e mais bonito. Minha mãe tinha vinte e oito anos quando me teve, então leve isso em consideração. Depois do meu pai, o marido nº 2 era três anos mais novo do que ela. (Minha mãe é dez anos mais nova do que meu pai). Eles ficaram juntos por dois anos. O marido nº 3 era dez anos mais novo do que ela, e eles ficaram juntos por oito. Foi meu preferido. O marido nº 4 apareceu há um ano. Eles trabalham na mesma empresa, e foi assim que se conheceram. Quando vi, ela o tinha trazido para o jantar de Ação de Graças e, no Natal, estavam casados.

Minha irmã mais velha não gosta muito do número de vezes que nossa mãe se casou, e ela odeia o fato de os homens serem tão novos. Mas o resto de nós não se importa. Eu não me importo. Minha mãe não parece ter a idade que tem. Se você procurar "puma" no dicionário, vai encontrar o nome dela como exemplo em uma frase. Quem sou eu para dizer a ela para não pegar um cara mais novo? Acho que, por um bom tempo, ela ficou magoada por ter se separado do meu pai, e quis provar algo, mas não se deixou abalar. Sinceramente, acho que meu pai ainda sente um pouco de ciúmes. Talvez eu não devesse escolher um favorito, mas... Estou torcendo por você, mãe! Você entende?

Isso foi um monte de informação desnecessária.

Ficamos chapadíssimos graças àqueles brownies no Natal, Aaron. Não estou exagerando. Geralmente, as pessoas reúnem a família e sabem que vai sobrar um monte de comida que todo mundo tem que levar embora, né? Não sobrou nada. NADA. Se o mercado estivesse aberto, tenho certeza de que teríamos chamado um táxi para comprar guloseimas. Rimos a noite toda. Eu deveria saber que algo estava errado quando minha irmãzinha ia quebrar a dieta e pegar um pedaço, e ele não deixou. Parte de mim espera que ele faça a mesma coisa esse ano, mas veremos. Talvez eu possa jogar um verde. Por favor, não mande a polícia aqui em casa.

Entendo a questão religiosa. Tenho uma amiga que foi criada em uma família que fazia parte de um tipo de seita religiosa. Ela não podia usar saias, prender o cabelo ou ver TV. Acabou fugindo quando estávamos no ensino médio. Minha mãe era católica fervorosa até ela e meu pai se separarem. Então, decidiu que a Igreja não era tão importante haha. Agora, só vai lá para batismos e, às vezes, na Páscoa. Sinto muito pelo seu relacionamento com sua mãe biológica não ser dos melhores.

Há quanto tempo você e seu amigo se conhecem?

Fui ver minha banda preferida, The Cloud Collision. Você provavelmente não ouviu falar deles. É uma banda de indie rock com uma quantidade equilibrada de gritos e vocais incríveis. É meio difícil explicar. Sou fã há alguns anos. Toda vez que tocam aqui perto, vou vê-los.

Quando não estou matando patos, lendo ou pregando peças na minha família, gosto de ir ao cinema. Eu gostava muito de cosplay (se você não sabe o que é isso, posso explicar, mas não quero assumir nada, já que você joga videogame), mas meus amigos pararam de ir às convenções, e, já que trabalho muito, não crio mais fantasias por diversão como antes. Também gosto de experimentar coisas novas. Eu estava fazendo aulas de kickboxing recentemente, e, antes disso, fiz aikido por um tempo. Também gosto de ir a festivais e museus.

Espero não estar passando dos limites ao te falar que sua ex enlouqueceu. No que ela estava pensando ao te usar como referência? Se vocês dois tivessem se separado de maneira amigável, eu entenderia, mas, pelo pouco que você me falou, esse não parece ser o caso.

Só para você saber, sou uma mulher há vinte e três anos e ainda não me entendo metade do tempo. Boa sorte.

Espero que você esteja bem.

Ruby

De: aaron.tanner.hall.mil@mail.mil
Data: 9 de novembro de 2008, 14:51
Para: rubymars@mail.com
Assunto: Sim

Ruby,

Desculpa pelo atraso de novo. Tivemos outro bloqueio. A semana foi difícil.

Acho que podemos dizer que chegamos a um ponto em que tudo bem conversarmos sobre... fluídos corporais. ☺

Sou mestre em fazer xixi em garrafas. Eu poderia dar aulas de como fazer isso sem se levantar. Os invernos no Afeganistão não são brincadeira, seu irmão estava certo. Não se sai do catre quentinho para fazer xixi do lado de fora.

Você e seus figurinos... O pessoal aqui viu O Cavaleiro das Trevas e me peguei observando o que os atores vestiam. A culpa é sua.

O nº 4 tem mais de vinte anos a menos que sua mãe? Seu pai tem razão em ficar com ciúmes. Eu ficaria. Ela deve ser uma mulher e tanto.

Bem pensado da parte dele não deixar sua irmã comer. Aposto que fazem testes toxicológicos nela, não é? Eu não como brownies especiais desde o ensino médio. Se o seu irmão levar alguns para o Natal, vou ter que viver através de você. Faça um vídeo. Eu não mandaria a polícia ir aí.

Não sinta pela minha mãe biológica. Ela não faz parte da minha vida há vinte anos.

Tenho dois melhores amigos. O que mencionei conheço desde a sétima série, há uns dezoito anos. Conheci meu outro melhor amigo no primeiro ano do ensino médio.

Nunca ouvi falar de The Cloud Collision, mas gostei do nome.

Eu sei o que é cosplay. Quais personagens você fazia? Eu sempre quis ir a uma daquelas convenções grandes. Por que você começou a fazer aulas de aikido? O único tipo de festivais ao quais já fui foram os de música... lembre-se do acidente da pisada no cocô... mas só fui a dois, um deles na Alemanha. Foi... doido.

Não sei o que minha ex bebeu para me mandar aquilo. Ela tem outras pessoas para quem poderia ter pedido... Eu não entendo. Você já teve algum ex que fez coisas idiotas assim? Diga sim, eu não ligaria de saber que alguém sofreu mais do que eu. Toda garota com quem namorei foi o diabo em pessoa. Meu melhor amigo diz que sou um ímã para as doidas e mentirosas.

Espero que você esteja bem.

Aaron

De: rubymars@mail.com
Data: 10 de novembro de 2008, 00:05
Para: aaron.tanner.hall.mil@mail.mil
Assunto: Oi

Aaron,

Sinto muito pelo bloqueio. Espero que não tenha sido de novo alguém que você conhece.

Como é a situação da sua barraca? Meu irmão me contou, que, quando todo mundo estava no Oriente Médio, muitos reservistas da base dele tinham que dormir do lado de fora porque não havia espaço suficiente. Ele reclamava de como era terrível por causa dos mosquitos e dos ratos. Credo! Acabei de imaginá-los rastejando por cima de você enquanto dorme.

Estou muito, muito feliz por você ter apreciado os figurinos do Batman. Eu me lembro de ter lido que a figurinista teve que criar um tecido para o traje. É brega, mas acho isso incrível. Gosto de filmes em que posso apreciar esses detalhes.

Minha mãe é uma mulher e tanto. Posso te mandar uma foto, desde que você prometa não se tornar meu novo padrasto. Eu gosto do nº 4.

Haha! Vou ficar com o celular na mão no Dia de Ação de Graças, caso algo que seja digno de gravar ocorra. Tenho certeza de que sim. Respondendo à sua pergunta sobre o teste toxicológico: sim, minha irmã é testada. Ela é paranoica e só toma aspirina e antibióticos leves quando fica doente.

Então vocês três são melhores amigos? O que eles fazem da vida?

Eu amo cosplay. Já fiz um monte de fantasias, mas minhas favoritas foram durante minha fase de O Quinto Elemento. Já assistiu? Eu sempre quis ir às grandes convenções também! Só fui às locais. A única razão pela qual comecei a praticar aikido foi porque estava entediada, e a academia perto da casa da minha mãe estava com uma promoção de Ano-Novo. Fiz minha irmã mais velha ir comigo, mas ela desistiu alguns meses depois. Nunca gostei muito de esportes; se vejo uma bola por perto, dou meia-volta e saio andando na outra direção, mas gosto de artes marciais.

Esses festivais na Alemanha não são insanos e completamente lotados de gente? Quanto tempo durou sua missão lá?

Por quanto tempo você e sua ex ficaram juntos?

☺ Não precisa responder. Quanto a você ser um ímã para garotas doidas e mentirosas, não quero dizer que é o único culpado, mas foi você que decidiu namorar com elas, né? ☺ Estou brincando. Mais ou menos. Eu diria que isso é besteira, mas meu irmão mais velho é igual, só atrai pessoas erradas. Minha irmã mais velha diz que ele fica com todas as "completamente doidas", e é verdade. O carro dele foi arranhado com chaves três vezes por três mulheres diferentes. A mãe da minha sobrinha é o demônio. E algumas garotas até o perseguiram. Vocês, rapazes, ou gostam das doidas ou precisam de um radar novo.

Faz um tempo que não compartilho uma piada com você. Aqui vai:

Por que o torresmo está sempre bravo?

Porque ele nunca está de bacon a vida.

De nada.

Espero que você esteja bem.

Ruby

De: rubymars@mail.com
Data: 10 de novembro de 2008, 00:25
Para: aaron.tanner.hall.mil@mail.mil
Assunto: Desculpa

Aaron,

Espero que você me perdoe por não ter te contado a verdade, mas não posso levar isso adiante. Me sinto horrível. Não consigo mais lidar com a mentira.

Eu não tenho namorado. Eu nunca tive um namorado. Eu o inventei quando começamos a trocar e-mails porque estava paranoica depois do incidente com o cara da foto de "tênis". Agora que te conheço e gosto de você, sei que não é nada parecido com ele. Desculpa por não ter sido sincera com você desde o começo, mas espero que entenda o motivo de eu ter feito isso.

A mentirosa arrependida,

Ruby

De: aaron.tanner.hall.mil@mail.mil
Data: 12 de novembro de 2008, 12:07
Para: rubymars@mail.com
Assunto: RE: Desculpa

Vou responder a tudo mais tarde, mas queria comentar sobre o seu namorado falso primeiro.

Não estou irritado por você ter feito isso. Eu entendo. Achei que havia algo errado, porque você sempre foi vaga falando dele. A maioria das garotas menciona os namorados, a não ser quando estão... tentando arranjar alguém na surdina. Não tem problema se essa é a única coisa sobre a qual você não foi honesta, mas eu ficaria surpreso se houvesse mais coisas. Você não parece ser esse tipo de pessoa.

Essa é a única coisa sobre a qual mentiu para mim, certo?

Vi que tinha um furacão a caminho do Texas há alguns dias. Está tudo bem com você?

Aaron

De: rubymars@mail.com
Data: 12 de novembro de 2008, 4:05
Para: aaron.tanner.hall.mil@mail.mil
Assunto: Desculpa mesmo

Aaron,

Juro de pés juntos que essa é a única coisa sobre a qual menti para você. Eu não conseguiria manter a mentira de pé.

Desculpa. Eu estava passando mal de tão preocupada por estar mentindo para você.

Ruby

P.S.: A pior parte do furacão não nos atingiu. Pegamos só uma chuva fraca. O furacão do ano passado foi o que nos deu problemas. Que gentil da sua parte perguntar.

De: aaron.tanner.hall.mil@mail.mil
Data: 14 de novembro de 2008, 13:32
Para: rubymars@mail.com
Assunto: RE: Desculpa mesmo

Ruby,

Não tem problema. Eu entendo. Não é como se você tivesse me dito muito mais coisa além de que tinha um namorado e de que não morava com ele. ☺

Aaron

De: rubymars@mail.com
Data: 14 de novembro de 2008, 02:05
Para: aaron.tanner.hall.mil@mail.mil
Assunto: Desculpa (Parte 2)

Aaron,

Me lembrei de outra coisa sobre a qual não te contei. Ainda moro com minha mãe e o nº 4. Pronto. Todo mundo sabe que moro com eles, então não é como se eu tentasse esconder, mas me sinto uma fraude por não ter te contado. Pensando bem, nunca fiz parecer que eu morava em outro lugar, mas...

Ruby

De: aaron.tanner.hall.mil@mail.mil
Data: 16 de novembro de 2008, 13:37
Para: rubymars@mail.com
Assunto: RE: Desculpa (Parte 2)
Ruby,
Isso não é considerado mentira. O que tem de errado em morar com os pais?
Aaron

De: rubymars@mail.com
Data: 17 de novembro de 2008, 13:02
Para: aaron.tanner.hall.mil@mail.mil
Assunto: Mil desculpas

Não acho que tem nada de errado nisso, mas conheço pessoas que já me disseram que eu deveria ter me mudado aos dezoito anos. Só que o aluguel é barato (eu pago a luz e a água), e tenho meu quarto e mais um quarto onde posso trabalhar. Além disso, minha mãe prepara o jantar quase todas as noites. Ela não se importa que eu ainda more em casa. Acho que até prefere. Prometo que isso é tudo sobre o que não falei a verdade.

Ruby

De: aaron.tanner.hall.mil@mail.mil
Data: 19 de novembro de 2008, 14:42
Para: rubymars@mail.com
Assunto: RE: Desculpa

Ruby,

Se mudar aos dezoito anos? Por quê? Eu ainda moraria em casa se isso não me enlouquecesse. Não dê ouvidos a mais ninguém se está feliz e gosta de morar aí.

Aaron

De: rubymars@mail.com
Data: 20 de novembro de 2008, 03:05
Para: aaron.tanner.hall.mil@mail.mil
Assunto: É sério, me desculpe

Você tem razão. Meus irmãos mais velhos e minha irmã se mudaram com dezoito anos. Meu irmão e minha irmã mais velhos foram para a faculdade em Austin, e Jonathan virou fuzileiro. Decidi estudar aqui em Houston, então nunca fui embora. Todos são bem-sucedidos, e sei que eu não deveria me comparar a eles, mas comparo, mesmo sabendo que é idiotice fazer isso. Todos me dizem que eu seria burra em sair daqui. Estou feliz. Na maior parte do tempo. Geralmente. Não quero que pareça que estou reclamando.

Ruby

De: aaron.tanner.hall.mil@mail.mil
Data: 21 de novembro de 2008, 12:41
Para: rubymars@mail.com
Assunto: RE: Desculpa

Morar sozinho é diferente de morar com a família, Ruby. Se não está feliz… deveria tentar achar um lugar para você, talvez com uma amiga. A vida é sua.

A

De: rubymars@mail.com
Data: 22 de novembro de 2008, 02:08
Para: aaron.tanner.hall.mil@mail.mil
Assunto: RE: RE: Desculpa

Não é que eu esteja infeliz, não é o caso. Estou feliz, mas... às vezes, seria legal sair de casa sem que minha mãe me tratasse como se eu tivesse dezesseis anos quando não chego antes da meia-noite. (Estou exagerando. Ela só me liga se não chego antes das duas.) Eu sei que ela tem boas intenções, mas, de vez em quando, isso me irrita. Eles são todos superprotetores. Sou grata por isso. Eu não deveria fazer isso parecer um fardo.

Enfim, podemos recomeçar?

Ruby

De: aaron.tanner.hall.mil@mail.mil
Data: 23 de novembro de 2008, 11:41
Para: rubymars@mail.com
Assunto: RE: RE: RE: Desculpa

Vou deixar essa passar, mas tudo o que estou dizendo é que a vida é sua. Faça o que quiser com ela. Não importa se é morar em casa ou não. Meu pai não queria que eu me alistasse, mas me alistei porque quis.

Podemos recomeçar.

A

De: aaron.tanner.hall.mil@mail.mil
Data: 23 de novembro de 2008, 11:51
Para: rubymars@mail.com
Assunto: Oi

Ruby,

Eu não conhecia o soldado que morreu, mas ainda é uma merda... fico com um aperto no peito, porque poderia acontecer com qualquer um a qualquer hora.

A situação na barraca não é tão ruim. Tem vinte homens em cada. A melhor parte é que temos ar-condicionado. Aqui fica bem quente... quase cinquenta e cinco graus no verão. Estamos no deserto, mas no inverno continua quente durante o dia e esfria à noite. Já estive em destacamentos no começo da guerra sem ar-condicionado... Aqui é uma benção.

Os pernilongos são a pior parte. São mais inteligentes dos que os de casa. Já tivemos conversas que duraram horas sobre eles. Temos telas mosquiteiras, mas os insetos rastejam por baixo para entrar. Eles conseguem fazer isso. A situação com os ratos pode ficar complicada, mas tentamos ser cuidadosos. Onde há ratos, há cobras, e não me importo com o que os outros dizem, não quero cobra alguma por aqui. Verifico minha cama todas as noites.

Você é tão boba, mas é fofo notar coisas como o figurino e ficar toda animada. Entendo o que quer dizer, mas para mim é o contrário. Não consigo mais gostar de filmes de guerra. Eu critico tudo neles.

Palavra de escoteiro: não importa o quão bonita sua mãe seja, não vou tentar roubá-la do nº 4.

Nós três somos amigos. Max, o que conheço desde o ensino médio, trabalha em uma refinaria. Des, o outro que é meu amigo desde o fundamental, é bombeiro.

Já vi O Quinto Elemento. Tenha um pouco de fé em mim. Quais figurinos você fez? Eu tive uma quedinha pela Mila naquele figurino laranja por um bom tempo. Qual faixa você é no aikido?

Os festivais na Alemanha são insanos. Não tenho nenhuma foto aqui comigo, mas imagine milhares de pessoas e, então, multiplique isso por três.

Ficamos "juntos" por dois anos, mas provavelmente só passamos uns dois meses cara a cara... se bem que dois meses é um exagero, acho. Tive uma missão na Itália por um ano, e, antes disso, ela não morava perto. Nós nos conhecemos através de um amigo de um amigo quando ela visitou a base. Não era nada sério, mas...

Vou ter que concordar com você sobre ter sido eu que decidi namorá-las. ☺ Meu carro só foi arranhado uma vez quando eu tinha vinte anos e tive umas duas ex que praticamente me perseguiam. Entendo a dor dele.

... como assim "nunca teve um namorado"?

Espero que você também esteja bem.

Aaron

P.S.: Isso conta como um recomeço? ☺ Podemos fingir que eu sempre soube a verdade.

De: rubymars@mail.com
Data: 24 de novembro de 2008, 01:11
Para: aaron.tanner.hall.mil@mail.mil
Assunto: RE: Oi

Aaron,

Pernilongos que sabem passar por debaixo das telas? Ratos e cobras? Como é que eu posso dizer isso... Não, obrigada. Você até poderia achar que, por causa do Sylvester, eu ficaria de boa com ratos, mas negativo. Cobras? De jeito nenhum, cara. Estou me sentindo burra, mas não liguei os pontos de que ficaria frio no inverno do seu lado do mundo. A gente escuta "deserto" e pensa em "calor" e "desidratação", não clima para usar casacos.

Estou te enviando uma foto da minha mãe e do nº 4 da nossa viagem a Orlando há alguns meses quando te enviei o cartão-postal da Disney. Não faça com que eu me arrependa. ;)

Seus amigos ainda moram na Louisiana?

Então você vai gostar de saber que fiz uma fantasia da Leeloo — o personagem da Mila. Ainda tenho a peruca e tudo. Também fiz a roupa da Diva Plavalaguna, a cantora de ópera. A maquiagem demorou pra caramba, mas deu tudo certo. Sou só faixa amarela no aikido.

Desculpa por dizer isso, mas suas ex-namoradas parecem burras. Ela não teve problemas com sua missão na Itália, mas não aceitou seu destacamento agora? Parece esquisito. Desculpa mesmo por isso ter acontecido com você.

Posso te contar algumas histórias das ex do meu irmão, se quiser e precisar rir. ☺

"Eu nunca tive um namorado" significa exatamente o que parece: eu nunca tive um namorado.

Espero que os pernilongos não estejam acabando com você.
Ruby

P.S.: Eu me esqueci de que você tinha perguntado se já tive um Bedazzler, e a resposta é não. Estávamos quebrados naquela época. Ela comprou cola e pedrarias para mim na loja de um dólar. Mesma coisa. ☺

De: aaron.tanner.hall.mil@mail.mil
Data: 25 de novembro de 2008, 15:17
Para: rubymars@mail.com
Assunto: RE: RE: Oi

Ruby,

Eu tenho um soldado aqui que pega insolação muito fácil. Tenho que ficar de olho nele e perguntar o tempo todo se bebeu água suficiente, caso contrário, ele passa mal. É tão quente que me sinto sufocado. Dentro de um Humvee, parece que estamos sentados o dia todo em uma sauna. Os ratos conseguem se enfiar em todos os cantos. Há mais ou menos um mês, um deles entrou no meu caixote e comeu meu miojo.

De jeito nenhum é a sua mãe na foto que você me mandou.

Meus dois amigos ainda moram em Shreveport. Quando tenho uma folga, é na casa deles que fico. Eles vêm me visitar sempre que podem quando estou em missão, mas geralmente sou eu que os visito, e então viajamos para algum lugar.

Como foi que você conseguiu se vestir como a cantora de ópera? Seu corpo todo ficou azul? Você tem alguma foto da fantasia da Leeloo?

Nunca pensei em como não havia muita diferença entre estar na Itália e aqui... isso me irritou muito mais do que pensei. Ela nunca mentiu, mas acho que, se tivesse mentido, eu saberia, né? Vou ter que pensar nisso. Fiquei tão irritado por tanto tempo depois que... me obriguei a parar. Já fiquei irritado o bastante. Cansei.

Você nunca... jamais... teve um namorado?

Os pernilongos não estão tão ruins agora, mas ainda continuam terríveis.

Em qual tipo de vestido você está trabalhando agora? Casamento ou patinação?

Aaron

P.S.: Não é a sua mãe na foto.

De: rubymars@mail.com
Data: 26 de novembro de 2008, 00:38
Para: aaron.tanner.hall.mil@mail.mil
Assunto: Eca, sim e simmmm

Aaron,

Você tem que ficar de olho em muitos dos seus soldados? Você é primeiro-sargento, não é? Se um rato entrasse no meu caixote, eu jogaria tudo fora. ☺ Você não poderia montar armadilhas para pegá-los?

É cem por cento a minha mãe. Ela tem cinquenta e um anos. Te mandei outra foto dela com o meu pai de quando eu era criança. Ela não envelheceu nada, né?

Que legal seus amigos irem te visitar! Acha que algum dia vai acabar morando em Shreveport de novo? Espero não estar sendo rude, mas por que não fica na casa do seu pai quando vai para lá?

Usei muita tinta corporal na fantasia da Diva, e um traje de corpo inteiro feito por encomenda e que quase estraguei duas vezes. Esse foi o projeto mais estressante da minha vida. O tecido era um pesadelo. Prefiro fazer dezenas de vestidos que levem cem horas para minha irmã a refazer aquela roupa. Vou anexar uma foto da fantasia da ópera. Está pendurada no meu armário. Minha melhor amiga gosta muito de criar efeitos com maquiagem e me ajudou.

Me sinto uma babaca por ter estourado a bolha que você tinha com sua namorada. Não deveria ter dito nada, mas não dá para saber sobre o que ela poderia ter mentido para você. Dizem que "tudo acontece por uma razão". Não tenho certeza se é verdade, mas, provavelmente, foi para o seu bem. Talvez. Se um pouco de distância basta para acabar com um relacionamento, isso deve significar algo. Qualquer um ficaria irritado. Não tem nada de errado com isso.

Se você quiser ser mais preciso, eu tive um namorado... no fundamental. Damon White. Ficamos juntos por uma semana inteira.

Estou trabalhando em dois vestidos agora: um é de casamento para a loja da minha tia, com o qual ela está tendo um montão de problemas, e me pediu para assumir; outro é para uma menina de oito anos que tem chance de ganhar uma medalha de ouro no futuro. Vou anexar fotos deles depois da foto dos meus pais. O vestido de patinação é meu favorito. Eu gosto mais de trabalhar neles do que nos de casamento, mas não conte para ninguém que eu disse isso. O que você acha?

Meu pai está vindo me visitar amanhã, e vai ficar por aqui alguns dias. Estou animada.

Ruby

P.S.: Eu juro que é a minha mãe.

```
De: aaron.tanner.hall.mil@mail.mil
Data: 28 de novembro de 2008, 12:15
Para: rubymars@mail.com
Assunto: Mais mentiras
```
Ruby,

Sou suboficial. A maior parte dos homens que superviosiono tem a cabeça no lugar, mas ainda fico de olho neles o tempo todo. Se me esqueço de lembrá-los de alguma coisa, mesmo que seja algo que eu poderia assumir de que não se esqueceriam, nunca me perdoaria.

Se tentasse jogar qualquer outra coisa fora além dos miojos que eles estragaram, os outros soldados revirariam o lixo. Usei alguns dos lencinhos umedecidos que você me mandou para limpar as coisas. Está tudo certo... a não ser que eu acabe doente.

Com certeza, você está mentindo. É impossível a mulher naquela foto ter cinquenta e um anos. Ela parece ter uns trinta e poucos. Ela é a sua irmã, né?

É, vamos dizer que meus amigos são legais. Haha.

É mais fácil ficar na casa do Max. Meu pai transformou meu quarto em uma academia.

Aquela fantasia parece ter saído direto do filme. Você já pensou em fazer figurinos para filmes? Quais outras você tem aí?

Você não fez nada de errado. Obrigado por ter se manifestado. Já superei a maior parte, mas... caramba, Ruby. É complicado. Fiquei tão irritado depois que ela me mandou aquele e-mail... mas você tem razão. Tenho pensado muito nela ultimamente... não daquele jeito, mas no geral... e tem um milhão de coisas que ela fazia e dizia, pelo que estou me lembrando agora, que eram esquisitas pra caramba. Com quem ela saía... por que não atendia ao celular quando eu ligava... Talvez eu esteja imaginando coisas, mas tenho uma sensação ruim. Eu estaria mentindo se dissesse que não fiquei nervoso outra vez. Odeio me sentir babaca. Estive em muitos relacionamentos ruins, eu deveria saber e estar acostumado com isso.

Não pense que não notei o quanto você foi vaga sobre sua situação. Isso só me deixou ainda mais curioso. Por que nunca namorou? Aos vinte e três, eu já tinha tido... um monte de namoradas.

O vestido de casamento não é tão ruim se a pessoa gosta desses vestidões gigantes de princesa... Você gosta? Eu gostei muito mais do vestido de patinação. Alguma vez você tira um tempo para descansar, ou sempre tem algo no que trabalhar?

☺Não precisa responder isso. Não é da minha conta. Espero que esteja se divertindo com seu pai.

Aaron

P.S.: Fale a verdade sobre as fotos da sua "mãe". Você está brincando comigo, não está?

De: rubymars@mail.com
Data: 29 de novembro de 2008, 02:22
Para: aaron.tanner.hall.mil@mail.mil
Assunto: Mentiras? Nunca (não mais)

Aaron,

Estou te imaginando como uma mamãe coruja com os soldados, mas, se sua chatice os mantém vivos, eles que aguentem. É uma reponsabilidade e tanto, né? Você já pensou em fazer o curso e virar oficial? Talvez já tenha estudado. Odeio generalizar e pressupor coisas.

Haha! Não! Vou anexar uma foto da minha irmã mais velha. Elas são quase idênticas, mas dá para notar que minha mãe é mais velha. Você tem razão; elas parecem irmãs. Juro de pé junto que ela tem cinquenta e poucos. É tudo culpa dos ótimos genes e produtos faciais, além disso, ela alega que nunca ter fumado ou bebido mais do que vinho no jantar ajudou.

Eu talvez tivesse acreditado que você e seus amigos são gente boa até você decidir usar "legal". Você está todo orgulhoso, e não é por causa da pizza que conseguiu fazer. Você e os seus amigos se metiam em todo tipo de problema quando mais novos, né?

Anexei mais algumas fotos de fantasias de cosplay que fiz e ainda tenho. Uma delas é a versão feminina do Motoqueiro Fantasma, e a outra, do Darth Maul. As duas estão penduradas no meu armário há anos. Acho que vou dar uma olhada em como vendê-las pela internet. Já fiz isso com outras que criei e sabia que nunca mais usaria. Existem muito mais garotas que gostam de fazer cosplay do que você imagina... Também existem um monte de pais com senso de humor que estão dispostos a comprar fantasias para os filhos.

Não sou criativa o bastante para criar figurinos em tempo integral, além disso... depender de contratos importantes para ganhar dinheiro é intimidador. E se eu não conseguir arranjar trabalho sempre? E se eu não conseguir ter ideias? Pelo andar da minha carruagem, sei que, um dia, quando eu estiver pronta para me mudar, poderei arcar com um lugarzinho só meu (dividido com alguém) e ainda comer com os trabalhos que tenho agora. Parece bom o suficiente para mim.

Ninguém gosta de se sentir babaca. Você realmente acha que ela te traiu?

Eu deveria saber que você traria à tona a coisa do namorado. Não, eu nunca, jamais, em toda a minha vida, estive em um relacionamento. Fui a alguns encontros, mas só isso. Tive interesse em um cara por um tempão. Mas recentemente decidi que queria tentar e realmente namorar com alguém que não fosse ele.

Quantas namoradas são muitas?

Estou sempre te fazendo perguntas que não me dizem respeito. Mas, para te responder: eu sempre tenho trabalho para me manter ocupada. Estou praticamente ocupada demais. Minha tia com a loja de noivas costumava fazer ela mesma grande parte dos vestidos. Então, começou a ficar "mais ocupada" (mais preguiçosa) e a deixar as coisas mais demoradas comigo. No último ano, não tem feito quase nada, e me deixou cuidar do vestido todo. Minha outra tia que gerencia a lavanderia a seco é minha prioridade. Está ficando mais e mais difícil equilibrar as duas coisas e ainda fazer horas extras.

Meu pai foi embora. Ele ficou só cinco dias, mas nos divertimos. Ele ficou na casa do meu irmão fuzileiro. Nós visitamos alguns museus juntos, fizemos um passeio até o píer aqui perto e ao cinema. Eu estava acordando cedo para passar tempo com ele, já que geralmente não tenho o que fazer durante o dia, que é quando ele estava livre — os outros estavam no trabalho ou no treino. À noite, ele passava um tempo com todo o resto. Prometi ir à Califórnia visitá-lo daqui a alguns meses.

Espero que você esteja bem.

Ruby

P.S.: Sim, é a minha mãe. Aceite.

De: aaron.tanner.hall.mil@mail.mil
Data: 30 de novembro de 2008, 13:22
Para: rubymars@mail.com
Assunto: Não vou aceitar

Ruby,

Eu jamais quero ser oficial. Já tenho que lidar com besteiras políticas demais. Virar oficial elevaria isso tudo a níveis com os quais não estou disposto a lidar. Além disso, metade dos oficiais que conheci eram cretinos arrogantes. Não todos, mas muitos.

Sua "mãe" e sua "irmã" parecem gêmeas. Como é a sua vó? Você se parece com elas? Não estou perguntando isso de um jeito esquisito. Não vou te enviar nenhuma foto do meu "tênis" do nada. Não se preocupe.

Haha. Sim, nós nos metemos em todo tipo de... coisas... quando éramos mais jovens. O problema era não sermos pegos. Costumávamos fazer napalm, uma mistura química, e mexer com coisas elétricas... Bons tempos. Agora que parei para pensar nisso, não sei como não acabei perdendo ao menos um dedo.

Suas fantasias são incríveis! Não sei como acha que não é criativa o bastante. Não conheço ninguém que poderia fazer o que você faz. Você usa um monte de maquiagem quando faz cosplay? Minha preferida foi a roupa do Motoqueiro Fantasma.

Você é muito talentosa. E não estou falando da boca para fora. Lembre-se disso.

Não sou do tipo ciumento. Não sei... talvez eu não lhe desse tanta atenção. Não seria a primeira vez que uma ex me diz isso. Eu não ficaria sentado sem fazer nada, esperando que ela me traísse enquanto estávamos juntos, mas agora? Eu não ficaria surpreso. Eu deveria ter imaginado. Ela terminou comigo do nada. Mandei um e-mail para ela e perguntei se havia outra pessoa logo depois de... eu ter ficado com raiva. Ela disse que não era isso, que não havia mais ninguém. Não consigo me convencer a perguntar aos nossos amigos em comum o que ela anda fazendo e se está com outro. Eu deveria fazer isso?

Espere aí... você ficou a fim de alguém por tanto tempo que nunca quis namorar com outra pessoa? Por que ele não quis ficar com você? Você parece ser uma garota legal. E, de qualquer forma, por que esperou por ele? Por quanto tempo gostou dele? Isso tudo meio que explodiu minha cabeça. Nunca conheci ninguém com mais de dezoito anos que nunca teve um relacionamento, mesmo que fosse ruim.

Eu não sou de fazer fofoca. Haha.

Estou brincando. Vou te contar. Garotas de que chamei de namorada desde os dezesseis anos? Umas vinte. Perdi a conta. Não mais do que trinta.

Fico feliz por você ter se divertido com o seu pai. A Califórnia é bem bonita. Quando você está pensando em ir?

Espero que esteja tudo bem com você.

Aaron

P.S.: Eu não aceito. Aquela mulher não é velha o suficiente para ter uma filha da sua idade.

@capítulo sete
Dezembro

De: rubymars@mail.com
Data: 01 de dezembro de 2008, 05:55
Para: aaron.tanner.hall.mil@mail.mil
Assunto: Supere

Aaron,

Às vezes, eu converso com meu irmão sobre nossos e-mails, e ele riu quando contei o que você achava dos oficiais. Ele disse: "Ninguém gosta de oficiais, a não ser outros oficiais."

Minha mãe e irmã, as duas são lindas. Não tenho nenhuma foto da mãe da minha mãe. Ela não gostava de tirar fotos. Acho que acreditava que roubavam nossa alma ou algo assim. Era bem antiquada, pelo que me contaram. Não estou brincando. Ela morreu antes de eu nascer, mas supostamente era bonita pra caramba. Não me pareço em nada com ela. Ela tinha cabelo ruivo, e o meu decidiu não ser ruivo como o dela, nem preto como o do meu pai, mas estou mais perto da cor do dela; exceto pelas sardas e a incapacidade de me bronzear, e os olhos. Não pareço com nenhum dos meus pais, sou uma mistura deles sem me parecer com nenhum dos dois. Meus irmãos me chamam de "filha do carteiro", porque eles são parecidos com um dos nossos pais, menos eu.

Vocês, rapazes, tinham O Livro de Receitas da Destruição, não tinham?

Obrigada. Estou feliz por você ter gostado do meu cosplay. Exceto pela roupa da Leeloo, eu geralmente me visto de personagens que têm o rosto coberto. Não gosto de ser o centro das atenções. Quando passo tinta no rosto, é como se estivesse me tornando o personagem, e isso me deixa mais sociável, se é que faz sentido. Como se eu não fosse eu mesma. Aumenta minha confiança. Isso me faz parecer uma esquisitona, mas é verdade.

Não que você esteja perguntando, mas acho que é melhor você continuar vivendo com essa dúvida. A não ser que esteja planejando reatar o relacionamento, por que se torturar e ficar ainda mais irritado? Ela fez o que fez, ou não. De qualquer forma, sinto muito... você quer voltar com ela? Não estou julgando, só perguntando.

Você está fazendo eu me sentir idiota. A verdade é que todo mundo sabia que eu sentia algo por essa pessoa. Minha família toda sabia. Não era algo que eu tentava esconder. Gostei dele minha vida toda. Fora os personagens fictícios, ele era a única pessoa pela qual eu tinha me apaixonado. Ou, pelo menos, parecia que eu tinha me apaixonado. Não sei mais. Gosto de colocar a culpa no fato de ser jovem e burra, mas é covardia dizer isso. Era toda aquela situação de estar-apaixonada-pelo-amigo-do-irmão-mais-velho... só que na vida real.

Também sou a única pessoa que conheço que nunca teve namorado. Não é como se eu não soubesse disso. Até minha irmãzinha, por mais ocupada que seja, já teve dois.

Vinte e poucas namoradas. Hum. Qual foi o seu relacionamento mais longo? Estou tentando fazer as contas na cabeça, e você teria que ter tido umas três por ano por um tempo.

Eu estava pensando em visitar meu pai ano que vem. Talvez em abril. Você já morou na Califórnia?

Ruby

P.S.: Eu juro pela minha vida que nasci dessa mulher há quase vinte e quatro anos. Aceite.

De: aaron.tanner.hall.mil@mail.mil
Data: 04 de dezembro de 2008, 14:39
Para: rubymars@mail.com
Assunto: Nunca (vou aceitar)
Ruby,
O comentário do seu irmão me fez rir. Acredite em

nós. É verdade. É preciso ser um certo tipo de pessoa para ser oficial. Se um dia você conhecer algum, vai entender.

Aposto que sua irmã vai ser igualzinha à sua mãe, pegando caras com metade da idade dela mais para frente. Se você se parece ou não com sua mãe, tenho certeza de que não precisa se preocupar. Tenho uma pergunta: os amigos dos seus irmãos já deram em cima dela?

... Como você sabia que era esse o livro que tínhamos?

Sua razão para pintar o rosto, eu entendo. É como se estivesse assumindo um papel... não tem nada de errado nisso. ☺ Faça o que te fizer feliz. Por alguma razão, não consigo te imaginar sendo tímida, mas vou acreditar.

Sei que você tem razão quanto à minha ex, mas ainda não gosto da situação. Não paro de falar para mim mesmo que não importa o que ela tenha feito, isso não muda nada. Desperdicei anos da minha vida. É isso que mais me incomoda, acho. Não, eu não quero voltar com ela. Nós terminamos.

Você não é idiota. Eu não quis fazer você se sentir assim. Espero que saiba. Você é uma garota legal. Mas nunca disse nada para ele? O que, por fim, te fez desistir depois de tanto tempo? Você não é patética nem burra. Estou só... surpreso... chocado. É preciso sentir algo muito forte para colocar a vida de lado assim.

Tenho certeza de que não deixou o amor da sua vida passar ou nada do tipo, porque nunca teve namorados. Parece que sua vida tem sido bem boa, na minha opinião.

O tempo mais longo que já fiquei com alguém foi com essa ex.

Eu nunca morei na California, mas já fui visitar algumas vezes.

A

P.S.: Não sei se algum dia vou acreditar em você.

De: rubymars@mail.com
Data: 05 de dezembro de 2008, 01:33
Para: aaron.tanner.hall.mil@mail.mil
Assunto: Meu nome é Ruby e eu sou idiota

Aaron,

Bem, minha irmã não vai pegar caras com metade da idade dela. Ela é lésbica. O último namoro dela durou alguns anos, mas ela queria ter filhos e a namorada não. Eu nem gostava dela, para começo de conversa. Não era boa o suficiente para Anatalia (minha irmã). Já que você tem uma irmã mais nova, tenho certeza de que se sentiria da mesma forma quanto a ela ter um relacionamento.

Os amigos do meu irmão mais velho estão sempre dando em cima da minha mãe, dando uma olhada nela. É muito esquisito, desconfortável e coloque um pouco mais de esquisito aí. Eu me lembro de eles sempre a chamarem de MEQF5 e coisas assim pelas costas do meu irmão. Meu outro irmão, o fuzileiro, é gay, e metade dos amigos dele também era, então estavam todos ocupados demais babando pelo meu irmão mais velho. ☺

Ha! Eu sei que você tinha esse livro porque meu irmão, Jonathan (fuzileiro), também tinha. Eu te disse que leio de tudo. Às vezes, ele me deixava observar de longe enquanto fazia algum experimento. Às vezes, eu até tinha a chance de sugerir coisas para ele testar.

É, só sou tímida quando estou quase pelada e as pessoas prestam atenção demais em mim. Muitas pessoas já prestaram atenção demais em mim pelo resto da vida. Chega. Isso me deixa desconfortável. Geralmente, me visto como uma senhora de oitenta anos (minha irmã que diz), mas é divertido colocar uma fantasia, mesmo sendo um pouco mais provocativa do que estou acostumada. É divertido fingir ser algo que não sou sem expectativas ou julgamentos. Por exemplo, no Dia das Bruxas, quando as mulheres vestem fantasias sensuais, tá tudo bem, né? Porque é Dia das Bruxas. Entende?

Você deve ter aprendido algo na época que passaram juntos. Não deve ter sido uma total perda de tempo. Faça uma lista,

---

5   Abreviação de Mãe que eu quero foder. (N.E.)

se isso te fizer sentir melhor. Tudo acontece por uma razão, lembra? ☺

Eu te disse... todo mundo sabia que eu gostava dele. Não era segredo. Ele sabia. E eu deixava bem óbvio de vez em quando. Uma vez, eu fui mais cara de pau do que nas outras, mas... no dia seguinte, o amigo do meu irmão fez parecer que nada tinha acontecido. Fico envergonhada só de me lembrar das coisas que eu costumava dizer em busca de atenção, principalmente quando eu era mais nova. Fiquei mais discreta depois que cresci, mas... Aff. Não sei lidar bem com rejeição, e foi o que pareceu por ele não gostar de mim naquela época. Sei que isso me faz parecer covarde, mas por que eu mentiria para mim mesma? Até que, há alguns meses, ele finalmente começou a sair com alguém. Trouxe a garota para o aniversário da minha mãe, e pareceu sério. Meu coração se quebrou um tantinho (muito), e chorei naquela noite e em algumas noites seguintes — por umas trinta noites, se quiser saber a verdade —, mas estou feliz por ter acontecido. Eu precisava seguir em frente. Ele sempre namorou, mas nunca pareceu tão sério como dessa vez.

Eu sou patética.

Sei que não foi sua intenção me fazer sentir assim. É só que parece que perdi tempo demais. Como você disse, e, depois, como eu disse: ninguém gosta de se sentir burro. Então, penso em como toda a minha família sabia e em como deveriam saber que nunca daria em nada, e isso faz com que eu me sinta ainda pior. Não é como se houvesse centenas de caras batendo à minha porta para sair comigo. É, tem isso também. Agora, só estou inventando desculpas por ter sido tola.

Pois é.

Espero que você esteja bem.

Ruby

De: aaron.tanner.hall.mil@mail.mil
Data: 08 de dezembro de 2008, 12:09
Para: rubymars@mail.com
Assunto: Você não é idiota

Ruby,

Essa foi uma reviravolta pela qual eu não estava esperando. Seu irmão e irmã sempre souberam que eram gays? Você sabia? Não consigo imaginar o quanto deve ter sido difícil para seu irmão ter uma mãe gostosa. A mãe de um dos meus melhores amigos era linda pra caramba também. Ele ficava muito irritado quando alguém a mencionava. É claro que isso só nos fazia comentar ainda mais.

Quais experimentos do livro ele fez?

Como exatamente uma senhora de oitenta anos se veste? O que estou imaginando é você com um suéter cor-de-rosa, sapatos pretos e óculos. Não estou exagerando: você não parece nem um pouco tímida, "quase sem roupas" ou não. Está mentindo para mim?

Você disse para fazer uma lista, então aqui vai.

Coisas que aprendi no relacionamento com minha ex (e todas as outras ex-namoradas):

Não confie em ninguém;

Deixe o assento da privada abaixado quando estiver dividindo o banheiro com sua garota;

Todo mundo mente.

Nós dois sabemos quem é o patético aqui, e não é você.

Ter o coração partido acontece com todo mundo. Minha primeira namorada de verdade no ensino médio me traiu, e nós continuamos juntos. Depois, ela me traiu de novo, um mês depois da primeira vez. É claro que me senti idiota. Me engane uma vez e tal, mas não duas. Como aquele ditado, sabe? E você era criança. Era impossível disfarçar que gostava dele. Só descobrimos como fazer isso quando ficamos mais velhos. ☺ Aquele cara não mereceu suas lágrimas nem seu tempo se sabia que você sentia algo e nunca fez nada a respeito, mesmo se tivesse que quebrar seu coração ao dizer que não estava interessado. Acho que meu coração se quebrou um pouco por você ter chorado por ele. Deve ter sido um choque de realidade. O que você me diria mesmo? Tudo acontece por uma razão?

Não que você tenha pedido minha opinião, mas acho que deveria tentar sair com alguém. Com vários alguéns. Tem que tirar o atraso. Conheço algumas pessoas que estão em relacionamentos ótimos.

A

P.S.: Viva sua vida por nós dois enquanto eu estiver por aqui... está me ouvindo? Não deixe o fato de um idiota ter te "rejeitado" te convencer de que todos farão a mesma coisa. Acho difícil acreditar que não tem uma fila imensa de caras tentando ficar com você.

De: rubymars@mail.com
Data: 09 de dezembro de 2008, 03:33
Para: aaron.tanner.hall.mil@mail.mil
Assunto: Oi

Aaron,

Os dois sempre souberam que eram gays, mas minha irmã foi a primeira a se assumir. Ela anunciou que era lésbica quando tinha, tipo... uns dezesseis ou dezessete anos, logo antes do meu irmão, mas minha mãe diz que ela nunca teve dúvidas em relação a Tali. Temos vídeos dela fazendo bonecas Barbie se beijarem, e ela costumava dizer que estavam casadas. Desculpa estragar a imagem que você tinha da minha irmã... só que não. Haha. Meu irmão se assumiu aos dezesseis, pelo que me lembro. Acho que ele ficou preocupado sobre como minha mãe lidaria com isso (lembre-se de que ela já foi uma católica fervorosa e que ele é o filho preferido), mas ela se saiu bem. Mais do que bem. Ela alegou que sempre havia "suspeitado de algo". Meu irmão teve umas duas namoradas antes de se assumir, mas não ficaram juntos por muito tempo (por uma boa razão). Ele e os amigos que eram gays estavam todos no armário, e esconderam isso muito bem. Olhando para trás, fico triste por precisarem ter feito isso.

Não me lembro exatamente do que meu irmão tentou fazer. Só sei que as coisas nunca funcionavam e que ele quase morria toda vez que testava algo do livro. Foi só quando queimou as mãos e as sobrancelhas que minha mãe descobriu o que ele andava fazendo e colocou um fim naquilo. Se estiver se perguntando o que "colocou um fim naquilo" significa, bem, que ela deu uma surra nele. Quinze anos ou não, ela bateu nele. Essa foi a primeira e última vez que ela o disciplinou, aposto.

☺ Isso ainda me faz rir. ☺

Haha! Você faz parecer que sou uma Pink Lady de Grease. Não uso óculos, mas as sapatilhas e os cardigãs estão sempre presentes quando tenho trabalho a fazer.

Você precisa de ajuda. Aqui está uma lista em resposta:

Você pode confiar nos seus melhores amigos, certo? (E pode confiar em mim, se quiser);

Manter o assento da privada levantado enquanto faz xixi é ótimo. Experimente se sentar em um assento molhado quando está meio dormindo;

Nem todo mundo mente (mas sua ex mentiu... e eu também. Ainda sinto muito por isso).

A namorada que você perdoou por ter te traído foi seu primeiro amor ou só a primeira namorada? Fiquei muito triste por uns dois meses depois da história da namorada do amigo do meu irmão. Não foram só alguns dias ou noites. Chorei, chorei e chorei mais um pouco. Uma das minhas amigas pensou que alguém da minha família tinha morrido. Foi como me senti. Você passa tanto tempo se imaginando com alguém, mesmo sabendo que é uma fantasia... É complicado. Uma parte minha pensou que ele mudaria de ideia algum dia, mas era só eu vivendo no País das Maravilhas. Foi um aprendizado. Ele é um cara legal, ótimo até. Eu não poderia continuar com raiva dele. Não que houvesse algo de que eu realmente pudesse ficar com raiva. A culpa foi minha.

Eu quero sair com outras pessoas, e vou sair, mas não faço ideia de por onde começar. Você tem alguma sugestão? Até agora, os cinco caras com quem saí eram amigos de amigos. Já sei que conhecer caras em bares é uma péssima ideia, e nem gosto de frequentar bares, para começo de conversa. Alguma sugestão, Vossa Majestade do Namoro Que Já Teve Vinte Namoradas?

Eu também conheço várias pessoas que estão em relacionamentos ótimos, assim como conheço várias outras que tiveram relacionamentos terríveis. Não quero perder meu tempo em um ruim.

Espero que você esteja bem. Eu vi um pastor-alemão hoje e me lembrei de você.

Ruby

P.S.: Sim, vou viver minha vida por nós dois. Ótimo trabalho em me fazer sentir culpada. ☺

P.P.S.: Acredite em mim, nunca existiu uma fila de caras tentando sair comigo. Só uma pequena fração de caras gosta de garotas como eu. A maioria dos meus amigos que achei que gostavam de mim foram tímidos demais para me chamarem para sair, e não tive coragem de ir atrás daquele de que eu realmente gostava. Engraçado como as coisas são.

De: aaron.tanner.hall.mil@mail.mil
Data: 19 de dezembro de 2008, 13:11
Para: rubymars@mail.com
Assunto: RE: Oi

Ruby,

Outro bloqueio na internet.

Seu irmão está em um relacionamento? Como foi que ele manteve isso em segredo na marinha?

A cena da sua mãe surrando o seu irmão me fez cair no riso. Ela realmente é de outro mundo, né?

Não tem nada de errado em ser conservadora. Você tem seus motivos. Vista o que tiver vontade.

Aqui vai outra lista para você:

Eu posso confiar em alguns dos meus amigos (inclusive você);

Não é nenhum sacrifício secar o assento antes de usá-lo;

Todo mundo mente, até eu. (E eu já te perdoei pela sua mentira. Pensei que estivéssemos fingindo que isso não aconteceu.)

Ela foi meu primeiro amor. Minha primeira em tudo, se é que você me entende. Não tenho como discordar, naquela época parecia que o mundo tinha acabado, sabe? De ano em ano, ela me manda mensagens perguntando como estou. Ela se casou com um dos meus amigos do ensino médio e tem dois filhos. Estou feliz por eles.

Acho que você está dando crédito demais para esse cara. Ele deveria saber como você reagiria ao levar alguém à casa da sua mãe. De qualquer forma, você não fez nada de errado. Ele era mais velho, então deveria ter sido mais inteligente e te tratado direito. É mentira. Um cara bom não teria feito isso. Só estou falando.

Sem dúvida alguma não conheça caras em bares ou clubes. Também não namore amigos de amigos, se puder evitar. Isso é sempre esquisito. E aquela aula de kickboxing? Ou a coisa dos cosplays? Deixe-me pensar mais um pouco. Toda ideia que tenho de onde eu poderia conhecer alguém não funcionaria para você.

Todo relacionamento fica ruim, a não ser que você encontre alguém com quem ficar casado pelo resto da vida.

Um filhote apareceu na minha barraca há alguns dias. Estamos nos revezando para alimentá-lo. Não temos… permissão… para ter bichinhos de estimação, mas algumas outras unidades já encontraram cachorros, ficaram com eles e arrumaram a papelada. Ele é muito fofo. Um dos caras aqui tem uma câmera. Vou tentar tirar uma foto e te mandar.

A

P.S.: O que "garotas como você" deveria significar?

P.P.S.: Eu sinto zero remorsos por ter te feito sentir culpada.

P.P.S.: Você nunca mais falou das competições de patinação da sua irmã. Ela chegou à final?

De: aaron.tanner.hall.mil@mail.mil
Data: 20 de dezembro de 2008, 14:17
Para: rubymars@mail.com
Assunto: Obrigado

Ruby,

Acabei de receber sua outra caixa. Pensei que você só fosse mandar livros. ☺ Sua pequena mentirosa. Vou preparar uma pizza hoje à noite e dar uma olhada no que você mandou. O cara do beliche em cima do meu estava tentando vê-los e escolher um. Eu disse que ele vai esperar até eu ler primeiro. Não dá para confiar em ninguém aqui.

Também gostei dos doces, das meias e dos pacotes de macarrão com queijo.

Muito obrigado.

Aaron

De: rubymars@mail.com
Data: 21 de dezembro de 2008, 02:55
Para: aaron.tanner.hall.mil@mail.mil
Assunto: De nada

Mentira tem perna curta, como você percebeu. Estou feliz de a caixa ter chegado! As meias serviram? Não sei o quão alto você é. Tentei te encontrar no MySpace para ter uma ideia, mas não te achei.

☺ Acabei de perceber que isso me fez parecer uma perseguidora, mas minhas intenções eram boas, eu não ia tentar te adicionar nem nada assim.

Sei que você não quis dizer nada com os comentários sobre minha mãe ou irmã. ☺ Meu irmão está em um relacionamento. Ele conheceu o namorado há uns três anos, e estão juntos há dois. Ele é ótimo. É tão bonito, engraçado e simpático, que minha irmã e eu estamos um pouco apaixonadas por ele. Na verdade, acho que todo mundo na minha família está apaixonado por ele. Isso deixa meu irmão tão irritado. A questão da marinha... ele não contou para ninguém que era gay. Acho que foi muito difícil fingir ser alguém que sabia não ser há muito tempo, mas... foi o que ele fez. Jonathan sempre quis servir, mesmo significando que teria de mentir. (Lá vamos nós de novo com esses mentirosos.) Ele ficou preocupado se as pessoas o aceitariam caso soubessem.

Você não faz ideia como a minha mãe é. Sempre que alguém fazia algo contra nós, ela virava uma leoa. Ela podia nos chamar de ingratos, preguiçosos, pirralhos burros, mas se um professor dizia que precisávamos estudar mais, você acharia que éramos gênios pela forma como ela ficava ofendida. Ninguém podia falar mal dos filhos, exceto ela.

Tenho uma lista para você:

Você também pode confiar no Aries. :P (Por que você só pode confiar em alguns dos seus amigos?);

Experimente se sentar em um assento de privada sujo de xixi e me diga que não é motivo para o xixizador (a pessoa culpada de ter feito xixi) tomar mais cuidado;

Talvez todos nós mintamos, mas há uma diferença entre uma mentirinha e uma mentira safada. Pense nisso.

Sua primeira namorada foi aquela namorada. Entendo. Minhas duas melhoras amigas tiveram namorados no ensino médio, e os caras as traíram. Agora que parei para pensar nisso, todos os relacionamentos dos quais soube no ensino médio tiveram uma traição no meio, não que sempre tenha sido o garoto a trair. Acho que é comum. Todos nós temos que crescer. Você já traiu alguém?

A pessoa pela qual eu babava é um cara bom. É sério. Não estou cega pelo amor. Mas você tem razão, talvez ele pudesse ter lidado com a situação de uma forma diferente, mas, por outro lado, eu também poderia. Eu poderia ter aceitado que ele não gostava de mim há muito tempo e não... ter me jogado para cima dele. "Toda ideia que tenho de onde eu poderia conhecer alguém não funcionaria para você." Caramba. Vou tentar não julgar, mas é difícil. Haha. Eu já te falei que sei que conhecer pessoas num bar ou numa balada é uma péssima ideia, Sensei.

"Todo relacionamento fica ruim, a não ser que você encontre alguém com quem ficar casado pelo resto da vida." É um jeito interessante de encarar a verdade. ☺

Me mande uma foto do filhote se você tiver uma câmera! Se não, não tem problema. Anexei uma foto do Sylvester, meu furão, em troca.

Ah, minha irmã (Jasmine) não se saiu muito bem na competição. Por isso não toquei mais no assunto. Depois do programa curto, ela ficou em terceiro, o que não foi tão ruim. Ela passou mal na noite anterior e estava bem fraca. Na patinação livre, o nervosismo a dominou, e ela caiu duas vezes. Ficou em sexto. Ninguém na minha família está falando disso. Deu para notar que é um assunto delicado?

Ruby

P.S.: Garotas como eu. Isso soa pior do que é. Eu não sou "sexy", muito confiante nem sequer engraçada de verdade. Gosto de fazer coisas patéticas, e, por mim, tudo bem. A maioria dos caras quer alguém com peitões ou bundona, ou que, pelo menos, pense ou aja como se tivesse, ou eles gostam de garotas engraçadas, extrovertidas. Não sou nada disso. Sou o que sou. Sou só a Ruby.

De: aaron.tanner.hall.mil@mail.mil
Data: 24 de dezembro de 2008, 13:01
Para: rubymars@mail.com
Assunto: RE: De nada

Ruby,

Primeiro de tudo, Feliz Natal, sua perseguidora doida.

Em segundo lugar, as meias serviram. Fiquei aliviado por você ter comprado GG em vez de um tamanho menor. Para que você saiba... e não que precise comprar algo para mim de novo... eu uso sapato tamanho 44. Tenho 1,88 m de altura.

Eu excluí minha conta no MySpace há um tempo, mas, se você tivesse me adicionado, eu teria te aceitado.

Só para você saber... Li O Alquimista desde que te escrevi pela última vez. Tenho certeza de que você não vai se importar, mas já o emprestei para um amigo.

Ontem à noite, comecei aquele Escuridão alguma coisa que você me mandou… O título é longo e não consigo me lembrar. Na velocidade que estou indo, vou acabar todos os livros em duas semanas.

Onde seu irmão conheceu o namorado dele? Não sei como ele conseguiu guardar segredo por tanto tempo, mas deve ter sido difícil. Por outro lado, não o culpo. A quantidade de pessoas que se importariam ou não é meio a meio.

Sua mãe manda em todo mundo? Até no marido dela?

Há uma diferença entre uma mentirinha e uma mentira safada. Você tem razão. Só posso confiar em alguns dos meus amigos, porque, uma vez que alguém te sacaneia, sempre existe a chance de fazerem de novo.

Falando em mentiras, vou te contar que eu queria ser um babaca e mentir para você, mas vou falar a verdade: quando era mais novo… e mais idiota… eu traí duas namoradas. Faz quase dez anos. Não sou a mesma pessoa. Eu era adolescente.

Acho que nunca vou acreditar em você quanto a esse cara ser "bom", mas é você quem sabe, Rube. Vou te julgar em silêncio… e longe da nossa zona livre de julgamentos. Só estou falando, mas ainda acho que, se realmente se importasse, ele teria dito algo para que você pudesse seguir em frente.

Como assim? É verdade. A maioria das péssimas decisões envolvem bares. Acredite. Estou feliz por você saber disso. Já fiquei com mulheres em bares antes… e em festas. Não faça isso. Também não confie em ninguém que faria isso com você.

Tudo bem, talvez isso tenha sido depressivo demais, mas metade dos casamentos termina em divórcio. Pelo menos, uma namorada não fica com metade do seu dinheiro e as crianças.

☺Só porque eu tive azar, não quer dizer que você também vai ter.

O Sylvester é fofo. Ele é mais marrom do que eu tinha imaginado.

Aqui vai uma foto do filhote. Não tenho câmera,

mas um soldado de Primeira Classe no meu batalhão tem. O filhote já ganhou um pouco de peso desde que a encontramos... era ela, não ele como imaginávamos. Nós a chamamos de Ax.

Que chato o que aconteceu com sua irmã. Ela está chateada?

Feliz Natal de novo. Me conte como foi com a família e se você comeu algum brownie "especial".

Aaron

De: rubymars@mail.com
Data: 25 de dezembro de 2008, 05:05
Para: aaron.tanner.hall.mil@mail.mil
Assunto: Feliz aniversário para Jesus

Feliz Natal, soldado. ☺

Que bom que comprei GG. Algo me disse que você não era baixo. Tive que confiar no meu sexto sentido. Na pior das hipóteses, imaginei que seria melhor se ficassem grandes demais em vez de pequenas demais.

Por que você deletou sua conta do MySpace? Eu quase não entro mais no meu, mas ainda o tenho. Agora, basicamente só uso Facebook.

O que você achou de O Alquimista? Espero que ame A Mão Esquerda da Escuridão. Ele me deixou com uma ressaca enorme. Vou ter que te mandar mais livros. E você tem razão, eu não me importo nem um pouco que você os compartilhe. São seus. Espalhe o bom gosto.

Dependendo do segredo, geralmente não consigo guardá-lo por mais de um dia antes de ter que contar para alguém. Depende. Mas concordo, não entendo como ele conseguiu não deixar escapar. Jonathan e o namorado se conheceram em um bar. Provavelmente, é o único relacionamento que sei que começou assim e ainda dura. Acho que ajuda o fato de o namorado dele ser dez anos mais velho. Ele tem a vida resolvida e não deixa meu irmão se safar com as besteiras que faz, ou seja, se exaltar e, depois, não querer conversar sobre o que aconteceu.

Minha mãe é mandona. Mas acho que o marido dela gosta. Deixe só eu ir ao banheiro vomitar, espere um pouco. Haha.

Não quero ser hipócrita, mas contei outra mentira hoje: Jasmine, minha irmãzinha, perguntou se o vestido dela estava transparente, e eu disse que não. Mas dava para ver muito bem a calcinha. Foi minha vingança pelo incidente da pimenta há alguns meses. Se lembra de que te contei? Não me arrependo de nada.

Espere um segundo. Talvez eu não esteja entendendo. Você não tem que me contar nada, se não quiser, mas o que alguém te fez no passado para que você não confiasse mais nele, e por que ainda é amigo dele depois disso?

Que péssimo você ter traído suas ex-namoradas, mas, pelo menos, você amadureceu e não faz mais isso, acho. Não é o único julgando em silêncio. (Brincadeira.)

Não estou mais tentando te convencer de que o cara de quem gostei é do bem, porque você não vai acreditar em mim, mas... ele costumava me ajudar com as tarefas de casa. Ele as fez para mim algumas vezes. Estou tentando não pensar mais nele. Quero muito seguir em frente.

Quanto ao lugar onde pegar caras (bares e festas): vou morrer sozinha. Ótimo. Obrigada.

Acho que você tem razão quanto à metade dos casamentos terminar em divórcio, mas... Você sabe que minha mãe está no casamento nº 4. O nº 2 foi um divórcio terrível, pelo menos emocionalmente para ela, mas o nº 3 foi bem amigável. Mesmo sabendo disso tudo, espero que, um dia, eu ainda encontre alguém com quem possa ter um relacionamento duradouro. Sei que sou a última pessoa a dizer para qualquer um se arriscar, mas não dá para saber se não tentarmos, né?

Eu amei Ax! De onde veio o nome? Ela dorme na barraca com vocês? Parece uma mistura de labrador com akita, apesar de o pelo ser mais caramelo. Dá para notar pelo sorriso que ela é mais doce do que doce de batata doce.

Se minha irmã ficou chateada quanto a não ter passado de fase? Ela me convidou para ir ao Golden Corral (um buffet, caso não tenha onde você morava), e fomos comer donuts depois. Isso provavelmente não significa nada para você, mas, se a conhecesse, saberia que ela é tão disciplinada quanto um samurai, quando se trata do treinamento e da dieta. Uma vez, um primo ofereceu cem dólares para Jas comer uma fatia de bolo, e ela disse não. Com certeza estamos todos preocupados. Você nunca conheceu alguém que fica mais arrasada quando perde quanto a Jas.

Vamos nos reunir para o Natal daqui a pouquinho. Ainda tenho presentes para embrulhar. ☺ Me deseje sorte.

Feliz Natal de novo, Aaron, o Não-Babaca.

Ruby

De: aaron.tanner.hall.mil@mail.mil
Data: 28 de dezembro de 2008, 14:59
Para: rubymars@mail.com
Assunto: RE: Feliz aniversário para Jesus

Ruby,

Por que achou que eu não fosse baixo?

Já ouvi falar do Facebook, mas não tenho conta. Talvez, quando eu voltar, darei uma olhada. Deletei o MySpace porque com quem eu realmente quero manter contato pode me enviar um e-mail... Além disso, minha ex ficou com ciúmes de todas as garotas que eu tinha adicionadas... não que houvesse muitas... e cansei de ouvir reclamações. Pareceu mais fácil só excluir do que brigar o tempo todo.

Falei cedo demais: ainda não avancei muito em A Mão Esquerda da Escuridão. Temos tido dias longos, e, quando volto para a barraca, só quero dormir enquanto posso. Eu te conto o que achei quando terminar. O Alquimista me fez pensar muito nas escolhas e para onde elas nos levam. Planejo ler de novo.

Também nunca ouvi falar de um relacionamento entre duas pessoas que se conheceram em um bar que deu certo. Geralmente, são só ficadas.

Você acabou de me fazer imaginar uma cena que eu não deveria ter imaginado de uma mulher de cinquenta e poucos anos cuja filha é minha amiga. Obrigado.

Não acredito que você deixou sua irmã andar por aí com a calcinha à mostra. Isso é controverso… mas gostei. ☺ Me lembre de nunca te pregar uma peça.

Ainda sou amigo das pessoas que me sacanearam porque sei que se arrependeram. Não significa que confio nelas tanto quanto antes.

Te contar sobre o quão babaca eu era me fez ficar acordado pensando nisso. Estou tentado a entrar em contato com minhas ex-namoradas e pedir desculpa por ter sido idiota. O que você acha? Eu realmente não sou mais aquela pessoa.

Ele fez a tarefa para você, mas ainda assim te enganou. Não estou convencido. Parece que ele se sentia culpado. Parece um otário.

Eu ri alto com o seu "eu vou morrer sozinha". Você não vai morrer sozinha. E se for à igreja e encontrar alguém lá?

Entendo o que você quis dizer com "não dá para saber se não tentarmos", mas acho que sempre soube que, se um dia eu acabar sozinho depois de sair do exército, vou simplesmente adotar um cachorro. Já vi o que um divórcio faz com as pessoas e não tenho interesse algum em passar por isso.

Era aniversário de um dos meus soldados, então o deixamos escolher o nome do filhote. Foi o melhor em que ele conseguiu pensar. Nunca havia percebido o tanto que se recebe de um cachorro… quanta alegria ele te dá. O amor incondicional… não dá para receber isso de mais nenhum outro lugar. No geral, o humor de todo mundo melhorou desde que Ax apareceu. Não estou exagerando. Ainda não tiramos todas as pulgas dela, mas tenho certeza de que, assim que fizermos isso, ela vai estar tirando sonecas na cama de alguém.

Não fizemos muitas coisas aqui para o Natal. Alguns caras penduraram pisca-piscas há algumas semanas, mas só isso. Meu comandante deu um charuto para cada um.

Vou guardar o meu para um dia especial.

    Nunca pensei em quanto a dieta dela tinha que ser rígida. Espero que se recupere logo. Ninguém ganha o tempo todo.

    Acabaram de me avisar que posso tirar férias em fevereiro. Vou passar duas semanas na Louisiana para ver minha família e meus amigos. Estou com saudade do encanamento.

    Caso eu não te responda antes, feliz Ano Novo.

    Aaron

De: rubymars@mail.com
Data: 29 de dezembro de 2008, 03:05
Para: aaron.tanner.hall.mil@mail.mil
Assunto: Oi

    Eu tive uma sensação de que você não era baixo. Não sei explicar.

    Não tem muitas pessoas no Facebook, então você não está perdendo nada. Quando eu me cadastrei, era só para estudantes universitários.

    Espero que ame Escuridão. É um dos meus livros preferidos.

    Toda decisão ruim que minhas amigas tomaram foi com caras que elas conheceram em bares. Se eu quisesse tomar uma decisão ruim, iria ao mercado de barriga vazia.

    Você imaginou uma cena com a minha mãe? Agora sou eu que estou imaginando outra cena com ela. Vou ter que vomitar de novo, muito obrigada.

    Eu sou muitas coisas, mas levo minhas artes a sério. ☺

    Vou parar com as perguntas sobre amigos não confiáveis por ora, mas vou te dizer que sou uma pessoa muito confiável. Nunca fiz nada de mal nem de ruim contra meus amigos. ☺

    Não estou te julgando muito por ter sido um traidor na adolescência. Entre em contato com elas, se você quiser, ou não. Se não tivesse mudado, eu te diria para fazer isso, mas a decisão está nas suas mãos. Não sei o que te falar. Isso está além dos meus conhecimentos.

Me escute. Confie em mim. A culpa foi minha de as coisas não terem dado certo entre mim e esse cara.

Conhecer um cara na igreja? Você realmente sugeriu isso?

Não posso argumentar contra sua lógica de adotar um cachorro caso fique sozinho. Quando foi que um cachorro quebrou o coração de alguém? Mas... tanto faz. Não vou tentar te dizer que deveria se casar, caso não queira. Você sabe o que está fazendo e o que quer. Tenho uma tia solteira que supostamente nunca teve um relacionamento, e a vida dela é fantástica. Como você disse, metade dos casamentos termina em divórcio. Eu sei o quanto alguns foram ruins para minha mãe. É um saco. Faça o que te faz feliz. Você pode amar alguém e não se casar com a pessoa. É a mesma coisa. Pelo menos, deveria ser.

Cachorros realmente são os melhores. Um dia, vou ter um. Minha mãe é alérgica. Estou feliz por vocês estarem felizes com a Ax por aí. Levaria um tempão, mas eu poderia te enviar um xampu antipulgas. Me avise.

Você fuma?

O Natal foi ótimo. Por sorte, pela papelada de custódia, a mãe da minha sobrinha é quem passa o Natal com ela todo ano, então ela não teve que testemunhar nosso espetáculo. Não teve brownie de maconha, mas minha irmã mais velha preparou doses de gelatina, o que fez o armário de bebidas ser aberto e todos nós ficarmos bêbados, até minha irmãzinha. Todo mundo teve que dormir aqui. Acordei acabada na poltrona, e havia pessoas no chão e no sofá. Encontrei meu irmão dormindo na escada. Anexei uma foto porque é engraçado demais para não compartilhar.

Jasmine ainda está emburrada, mas só fomos a um buffet de comida chinesa uma vez nos últimos dias, e, quando fomos à seção de sorvete, ela só pegou uma casquinha. Minha meta é insultá-la tanto, que ela vai se irritar e voltar a patinar só para me tirar do sério. Não quero fazer isso, porque não sou boa em ser má com as pessoas, mas não sei de que outro jeito posso fazê-la mudar de ideia. Espero não me arrepender da decisão. Eu te conto o resultado.

Estou animada pelas suas férias. Você tem algum plano de verdade, além de tomar vários banhos?

Estou começando a me sentir bem mal, desculpa se essa resposta estiver curta. Espero que não seja intoxicação alimentar.

Espero que você esteja bem.

Ruby

De: rubymars@mail.com
Data: 31 de dezembro de 2008, 05:05
Para: aaron.tanner.hall.mil@mail.mil
Assunto: Oi

Feliz Ano Novo, Aaron! ☺

Rube

@capítulo oito
Janeiro

De: aaron.tanner.hall.mil@mail.mil
Data: 7 de janeiro de 2009, 12:01
Para: rubymars@mail.com
Assunto: Coisas

Ruby,

Mal posso esperar para dar o fora daqui... Minha ficha finalmente está caindo. Isso acontece em toda missão, mas, desta vez, está pior do que das outras vezes e está acontecendo antes. Todo mundo anda no limite ultimamente. Fomos acordados há dois dias quando alguém começou a gritar pelas barracas no meio da noite. Um soldado estava com o fuzil de assalto e andando... reclamando e gritando... chorando... Não sei como descrever exatamente o que aconteceu. Foi assustador, para falar a verdade. Todo mundo já chorou pelo menos uma vez aqui... É assim que as coisas funcionam. Quando a saudade bate forte ou quando há coisas acontecendo em casa, é "normal", mas não assim. Não como o que aconteceu com aquele soldado. Como se não houvesse mais esperança. Sei lá. Eu poderia passar o resto da minha vida sem ter que ver aquilo de novo. Afeta pra caramba minha cabeça ver, em primeira mão, o quão perto todos podem chegar de atingir o limite quando se está aqui... tentamos não pensar nisso, mas acontece. Estamos bem até... não estarmos. E a gente sempre meio que se preocupa, se pergunta se vai acontecer conosco.

Eu pude notar que você é confiável, Ru. ☺

Não entrei em contato com minhas ex. É provável que eu não faça isso. Pensei bem. Não quero perder meu tempo ligando para elas porque não tenho outro jeito de me comunicar. Duvido que eu tenha magoado alguma delas. Não era como se estivéssemos apaixonados nem nada assim.

☺ Isso parece uma desculpa ruim?

O que tem de errado em conhecer um cara na igreja?

Como eu te disse, só porque cansei, não quer dizer que você também cansou. Talvez você encontre um bom relacionamento. Espero que encontre.

Se não se importar em mandar um xampu antipulgas, posso te pagar quando eu estiver de férias em casa. Eu poderia pedir para um amigo, mas levaria um mês antes de me enviarem qualquer coisa.

Sua família toda perdeu o controle? Quem é que leva doses de gelatina para o Natal e, depois, fica bêbado? É sério, acho que fiquei com inveja por um segundo. A foto do seu irmão é hilária. Foi você que desenhou o "tique" no rosto dele?

Xingar sua irmã é como você a convence a fazer as coisas? Posso imaginar alguém com uma dieta rígida descontando a raiva na comida.

Só quero fazer um monte de nadas durante as duas semanas de folga. Quero tirar férias de verdade quando eu tiver voltado para casa de vez.

Espero que você esteja melhor.

Aaron

De: aaron.tanner.hall.mil@mail.mil
Data: 14 de janeiro de 2009, 13:11
Para: rubymars@mail.com
Assunto: Ei

Ruby,

Não tive notícias suas. Você está bem?

A

De: aaron.tanner.hall.mil@mail.mil
Data: 18 de janeiro de 2009, 14:09
Para: rubymars@mail.com
Assunto: Ei
Ruby,
Está tudo bem?
Aaron

De: aaron.tanner.hall.mil@mail.mil
Data: 22 de janeiro de 2009, 13:55
Para: rubymars@mail.com
Assunto: Por favor, leia
Ruby,
Se eu fiz ou disse algo que te deixou chateada, desculpa. Pelo menos me fale que você está bem.
A

De: rubymars@mail.com
Data: 23 de janeiro de 2009, 12:44
Para: aaron.tanner.hall.mil@mail.mil
Assunto: RE: Por favor, leia

Desculpa por te assustar. Estou muito doente, mas ainda viva. Derrubei meu celular na privada no réveillon e ainda não arranjei um novo.

Feliz aniversário de vinte e nove anos atrasado. Eu ia te enviar uma mensagem, mas espero que você entenda.

R

De: aaron.tanner.hall.mil@mail.mil
Data: 24 de janeiro de 2009, 12:58
Para: rubymars@mail.com
Assunto: Até que enfim

Fiquei preocupado. O que aconteceu?

Não se preocupe. Obrigado. Eu não ligo muito para isso.

Aaron

De: rubymars@mail.com
Data: 25 de janeiro de 2009, 01:05
Para: aaron.tanner.hall.mil@mail.mil
Assunto: Morrendo um pouco

Um resfriado virou bronquite, depois, pneumonia. Eu sei que vou sobreviver, mas não é como me sinto. Parece que morri e alguém fingiu ser a Buffy e me ressuscitou dos mortos, mas largou o trabalho pela metade.

Desculpa mesmo ter te assustado. Estou doente demais para fazer qualquer coisa, e meu celular ter estragado não ajudou em nada. Finalmente, fiz minha irmã ir comprar um novo para mim.

Estava com saudade dos nossos e-mails. Espero que você esteja bem

R

P.S.: ☺ Buffy, a Caça-Vampiros

De: aaron.tanner.hall.mil@mail.mil
Data: 27 de janeiro de 2009, 14:22
Para: rubymars@mail.com
Assunto: Isso não é permitido

Ruby,

Também fiquei com saudade de falar com você. Pensei que eu tivesse feito algo que te fez não querer escrever mais.

Como foi que pegou bronquite e pneumonia? Você foi ao médico?

Aguente firme. Sinto muito por você estar se sentindo tão mal.

A.

P.S.: Eu sei quem é Buffy. Já vi algumas vezes. Ela era gostosa.

De: rubymars@mail.com
Data: 27 de janeiro de 2009, 17:55
Para: aaron.tanner.hall.mil@mail.mil
Assunto: RE: Isso não é permitido

A,

Você não fez nada de errado. Até digitar isso me deixa exausta. Estou fraca demais. Perdi quase sete quilos. Tudo dói.

Não sei o que me deixou doente, mas esperei tempo demais para ir ao médico. Minha família toda estava preocupada com a possibilidade de eu morrer dormindo.

Você está bem?

Ruby

P.S.: Ela era gostosa mesmo.

De: aaron.tanner.hall.mil@mail.mil
Data: 28 de janeiro de 2009, 12:18
Para: rubymars@mail.com
Assunto: RE: RE: Isso não é permitido

Ruby,

Como é que você perdeu quase sete quilos em um mês? É peso demais. Não está ajudando em nada a fazer com que eu me preocupe menos com você ao falar baboseiras como "estavam preocupados com a possibilidade de eu morrer dormindo".

Estou bem. Mesma coisa de sempre. Estou ocupado demais imaginando como você está. Dá para morrer de pneumonia?

Coma canja e beba muita água.

Aaron

De: rubymars@mail.com
Data: 28 de janeiro de 2009, 15:28
Para: aaron.tanner.hall.mil@mail.mil
Assunto: RE: RE: RE: Isso não é permitido

Meu irmão, o fuzileiro, está me chamando de Esqueleto. Você sabe como algumas pessoas gostariam de perder uns cinco quilos? Eu devo ter perdido uns cinco. Não sete. A parte mais assustadora é que não estou com fome. E sempre estou com fome.

Eu te disse que minha família é superprotetora. Eles se preocupam por qualquer coisinha. Sempre que fico doente, todos eles tentam fazer um tipo de vigília. Estavam tentando me convencer a usar máscara... no meu quarto.

É possível morrer de pneumonia se você é velho ou não se cuidar. Não se preocupe. Estou tomando os remédios e tentando tudo que todo mundo está me dizendo para fazer e fortalecer meu sistema imunológico. Só que parece que estou começando pelo -100. Fiquei sem ar descendo a escada. Tenho escovado os dentes sentada. É patético.

O namorado do meu irmão me trouxe canja duas vezes. Tudo orgânico. Não é nenhuma surpresa eu amar aquele cara.

Como está a Ax?

Você não vai ter férias em breve?

R

De: aaron.tanner.hall.mil@mail.mil
Data: 31 de janeiro de 2009, 12:01
Para: rubymars@mail.com
Assunto: COMA

Ruby,

Seu irmão te chamar de Esqueleto também não ajuda. Você está comendo agora?

Usar uma máscara no seu quarto? É sério? Eles são assim com todo mundo ou só com você?

Tem algo que eu possa fazer?

Ax está ótima. Estou te mandando uma foto. Parece um

novo cachorro. Ela dormiu comigo ontem à noite.

Eu tiro férias semana que vem, mas não estou ansioso. Só vou acreditar quando eu estiver no transporte. Estou com uma sensação esquisita... Veremos.

Aaron

P.S.: Coma alguma coisa.

P.P.S.: Coma muitas coisas... qualquer coisa.

De: rubymars@mail.com
Data: 31 de janeiro de 2009, 16:05
Para: aaron.tanner.hall.mil@mail.mil
Assunto: Não estou com fome

Meu apetite ainda não voltou de vez, mas está quase lá. Comi torrada duas vezes hoje. Eu até poderia me pesar, mas não quero. Por favor, não se preocupe comigo. Vou ficar bem.

Sim, usar máscara, haha. Não, são assim só comigo. Isso faz com que eu me sinta especial às vezes... apenas não quando me deixam louca. Tive que tomar remédio por um tempo. Fiz uma cirurgia há alguns anos, e isso os deixou ainda mais atentos e preocupados. Estou bem, mas... não posso tossir sem um deles surtar. Não estou reclamando. Juro. Tenho sorte de eles me amarem e cuidarem de mim.

Me responder quando você pode já é o suficiente. Você me faz companhia, já que não posso fazer nada, exceto maratonar programas de TV que meu irmão tem em DVD.

Ax parece uma cadela nova. Ela é tão fofa. Mande mais fotos.

Espero que você consiga tirar férias. Se eu não tiver notícias suas até você voltar, divirta-se e aproveite o encanamento.

Ruby

P.S.: Coloquei um pouco de manteiga na torrada.

@capítulo nove
Fevereiro

De: aaron.tanner.hall.mil@mail.mil
Data: 4 de fevereiro de 2009, 14:38
Para: rubymars@mail.com
Assunto: Torrada e Super-Homem

Ruby,

Ainda estou aqui. Estão me falando que posso sair daqui a três dias. Veremos.

Vou me preocupar, sim, com você "quase morrendo". Quem mais me mandaria ingredientes para pizza? ☺

Você está celebrando a torrada? Estou sacudindo a cabeça agora. Coma vegetais, ou pelo menos uma fruta.

Por que você precisou tomar remédio? E que tipo de cirurgia fez? Não pense que não notei você sendo vaga de novo. Isso nunca é coisa boa.

Quando sou eu te entretendo e não ao contrário… é triste pra caramba. Não tem nada de novo ou interessante acontecendo aqui. Ontem à noite, alguns dos caras na minha barraca falaram sobre quem ganharia em uma briga, Super-Homem ou Jesus, por uma hora. Não consegui dormir, e acabei pensando nisso por tempo demais.

Você teve que adiar todos os seus trabalhos com vestidos/fantasias e coisas de costura?

Anexei mais fotos da Ax. Ela é uma das poucas coisas que me faz sorrir aqui.

A

P.S.: Pelo menos passe um pouco de cream cheese na torrada. Calorias, garota.

De: rubymars@mail.com
Data: 5 de fevereiro de 2009, 05:05
Para: aaron.tanner.hall.mil@mail.mil
Assunto: RE: Torrada e Super-Homem

Aaron,

Você ainda está aí?

Fui lá embaixo duas vezes hoje. É um avanço. Comi dois pedaços de torrada com manteiga e um pouco de sopa bem cremosa. Feliz? ☺

Vou me certificar de deixar um recado no meu testamento imaginário para que alguém da minha família continue te enviando ingredientes para pizza no caso do meu falecimento.

... Fui vaga de propósito. Como você notou isso por uma mensagem é incrível, sinceramente. Não tenho o costume de contar para todo mundo sobre minha saúde, mas é que fico preocupada de as pessoas reagirem da mesma forma que minha família, e, como eu disse, não é tão legal assim, mas... estou parecendo um bebê chorão. Eu tive um problema cardíaco. Operei há alguns anos. Estou bem agora. ☺

Super-Homem contra Jesus? Nunca os coloquei lado a lado. (É blasfêmia, mas o Super-Homem ganharia, né?) Meu irmão me disse que, quando ele tinha problemas para dormir, ficava acordado contando todos os aviões que passavam por cima do acampamento. Você já fez isso?

Todos os meus projetos foram adiados ou cancelados. Você deveria ter lido algumas das mensagens grosseiras que recebi de mães de patinadoras que se diziam "compreensivas". Você acharia que fiquei doente de propósito e quis perder a oportunidade de ganhar dinheiro. Meu trabalho de ajustes para a lavanderia a seco foi para outra pessoa, e minha tia com a loja de noivas... me deu um puxão de orelha. Estou realmente tentando não pensar em quanto dinheiro perdi, mas é difícil, e isso me faz entrar em pânico. Me senti horrível decepcionando todo mundo. Quando dou minha palavra a alguém, tento mantê-la.

Obrigada pelas fotos de Ax. Vou imprimir a dela em cima do pneu enorme do trator e emoldurar. É linda.

Espero que os mosquitos e os ratos estejam te tratando bem. ☺

Ruby

P.S.: Eu coloquei manteiga. Manteiga de verdade, não aquela falsa. Tá bem?

De: aaron.tanner.hall.mil@mail.mil
Data: 8 de fevereiro de 2009, 12:45
Para: rubymars@mail.com
Assunto: Às vezes, eu me pergunto…
Ruby,

Continuo aqui…

Você está sendo vaga de novo, Rube. Um problema cardíaco e você fez uma cirurgia? Se não quiser me contar mais nada, tudo bem. Sei que não é da minha conta. Mas, se quiser, eu adoraria saber. Fiz uma pesquisa sobre problemas cardíacos e existem… muitos deles. Eu meio que não queria ter feito isso.

A esta altura, espero que você já tenha ido além do andar de baixo e ingerido mais do que sopa. A internet foi bloqueada por um tempo e nos enviaram para uma patrulha.

Certifique-se de que quem for me herdar também me envie livros.

☺Você sabe que estou brincando, né?

Super-Homem com certeza… mas alguns caras tinham argumentos ótimos a favor de Jesus, não posso negar. Nós dois vamos de tobogã lá pra baixo, se for blasfêmia. Lá pra baixo, entendeu? Haha.

É inacreditável como os aviões não param de passar por cima do acampamento. Temos que aprender a ignorá-los, do contrário, nunca paramos de contá-los nem conseguimos dormir. Eles estão sempre lá. Literalmente sempre.

Você tem dinheiro guardado? Pode pegar emprestado um

pouco da sua família, caso precise? Mande essas mães te deixarem em paz. Se você tossir em cima dos vestidos, vai deixar as filhas delas doentes... então não poderão patinar. Sua tia não tem direito algum de te encher o saco por não conseguir trabalhar nos vestidos dela. Você não disse que ela já te faz trabalhar muito mais do que deveria?

Estou mantendo os mosquitos bem alimentados, e Ax está mantendo os ratos longe. Ela tenta brincar com eles.

Aaron

P.S.: Estresse não é bom para sua recuperação. Estou só dizendo.

De: rubymars@mail.com
Data: 9 de fevereiro de 2009, 23:11
Para: aaron.tanner.hall.mil@mail.mil
Assunto: Como é que você saía em missões sem os meus e-mails? Brincadeira

Aaron,

Desculpa por não ter te contado tudo. É um assunto delicado. Acho que eu não queria que você me enxergasse diferente. Não que fosse enxergar, mas... desculpa. Não tive direito algum de imaginar isso. Se tivesse sido você a ter feito uma cirurgia, eu também iria querer saber tudo.

Aqui vai a história: eu costumava ficar tonta e enjoada quando mais nova, e meu coração começava a bater muito rápido. Não falei nada por um tempo. Jovem e burra, você sabe muito bem do que estou falando. ☺ Por fim, um dia, contei para minha mãe, e eles me levaram ao médico e fizeram alguns exames. Aparentemente, ninguém deveria sentir isso tudo quando criança. Acontece que tenho uma síndrome chamada Wolff-Parkinson-White. Para resumir a história, eu tinha uma via elétrica extra entre as câmaras superiores e inferiores do coração. Tem um nódulo que é ignorado por causa da via, e isso fazia meu coração bater rápido. Tomei um betabloqueador por um tempo para lidar com o problema, mas, há alguns anos, fiz a cirurgia corretiva. Deu tudo certo. Estou bem. Devo continuar bem daqui para frente. Minha mãe se culpou por não saber. Lembra que eu te disse que a mãe dela morreu antes de eu nascer? Ela teve uma morte súbita, e os médicos acham que, talvez, ela tenha tido a mesma coisa que eu e nunca foi tratada. É por isso que todo mundo surta por causa da minha saúde, mesmo quando não tem nada a ver com o meu coração doente.

Espero que você não tenha caído no sono lendo isso.

Minha mãe e o marido dela estão se revezando e voltando para casa durante o intervalo do almoço para dar uma olhada em mim. Eu juro que ela toma mais conta de mim agora do que quando eu era pequena (antes do meu problema cardíaco). Ela me fazia ir para a escola mesmo quando eu tinha algo contagioso na época. Você vai ficar feliz em saber que sobrevivi a uma ida ao supermercado, e só achei que fosse morrer na metade do caminho.

Pizzas e livros. Pode deixar. Todos romances. Haha.

(Eu sei que você está brincando comigo. Acho que ficaria com saudade de mim pelo resto da missão se eu não estivesse aqui, veja o assunto do e-mail).

Acho que os aviões nunca te deixam esquecer de onde você está, né?

Eu tenho um pouco de dinheiro guardado. Andei reinvestindo grande parte dele em anúncios de revistas, sites e em materiais mais caros para trabalhar. Se eu precisasse muito de dinheiro, poderia pedir para minha mãe ou meu irmão mais velho, Sebastian. Eles me emprestariam após soltarem alguns comentários maldosos. Com os pais mal-educados eu posso lidar, mas minha tia da loja de noivas é outra história. Ela me deixou uma mensagem de voz antes de ontem que me fez chorar. Não pude contar para minha mãe nem para meu pai (a irmã é dele), porque perderiam a cabeça. Ela basicamente me disse que ficaria no negativo esse mês, porque não terminei os vestidos de que ela precisava. Me sinto mal, mas não adoeci de propósito.

Acabei de pensar em algo: não dá para pegar malária dos pernilongos?

Você teve notícias dos seus amigos ultimamente?

Eu queria te perguntar de novo sobre as férias, mas já que você não disse nada, estou preocupada de não ter dado certo.

Ruby.

P.S.: Estou comendo mais. Já recuperei quase um quilo e meio.

P.P.S.: Enquanto estive ocupada me recuperando de uma quase-morte, comecei a preencher meu perfil em um site de namoro. Ainda não o publiquei, mas farei isso em breve. Um passinho de cada vez.

P.P.S.: Desculpa ter sido uma Maria Pessimista nesse e-mail.

De: aaron.tanner.hall.mil@mail.mil
Data: 14 de fevereiro de 2009, 04:17
Para: rubymars@mail.com
Assunto: É, pode ser

Ruby,

Você sabe que o coração é a parte mais importante do seu corpo, né? Entendo o motivo de não ter me contado, mas não vou te tratar nem um pouco diferente. Na maior parte do tempo. ☺ Entendo sua família ser superprotetora, ainda mais agora. Sua avó ter morrido de um problema cardíaco também não ajuda em nada. Que tipo de cirurgia você fez para corrigir isso?

Estava fingindo estar doente quando era criança, e é por isso que ela te fazia ir para a escola? Ou realmente estava se sentindo mal?

Tenho a sensação de que eu sentiria falta dos seus e-mails mesmo se não estivesse em missão.

Não, nunca nos esquecemos de onde estamos com Apaches voando acima das nossas cabeças em todas as horas do dia.

Espero que não tenha que pedir dinheiro para eles, mas ainda bem que tem pessoas a quem recorrer. Quanto a sua tia... você não me disse que ela costumava cuidar sozinha desses vestidos de casamento? Por que ela não deu um jeito neles enquanto você estava doente? Não sei nada sobre a indústria dos vestidos, mas sei que, se alguém não podia ir trabalhar no negócio do meu pai, ele se dispunha a ajudar. Não a deixe te afetar. Parece que ela tomou uma decisão ruim e quer te culpar por isso. Não vale a pena chorar por ela, Ru. Tem pessoas que nunca conseguimos deixar felizes, não importa o quanto tentamos.

Na primeira vez que fui ao Iraque, eles nos fizeram tomar pílulas antimalária que deixaram todo mundo constipado e tendo sonhos estranhos. Agora, descobriram que esse não é um grande problema aqui, então estamos bem. Os pernilongos são só irritantes.

Meus dois amigos me enviam e-mails uma vez por semana. Não tanto quanto você. É mais para se certificarem de que estou vivo, em vez de quererem conversar. Não parece nada com os nossos e-mails.

Se acha que está comendo o bastante, provavelmente ainda não está.

Em qual site você se cadastrou? Como é seu perfil?

Não ouvi mais nada sobre minha folga...

Aaron

P.S.: É sério, não chore pelas besteiras que sua tia falou, tá? Você não fez nada de errado.

De: rubymars@mail.com
Data: 15 de fevereiro de 2009, 22:55
Para: aaron.tanner.hall.mil@mail.mil
Assunto: Amigos

Aaron,

Sei o quão importante o meu coração é, espertinho. Todo mundo surtou com o diagnóstico, mas eu não pude. Entende? Nunca vou me esquecer de ouvir minha mãe chorando no quarto, ou do meu irmão, Seb, soluçando para Jonathan (fuzileiro) sobre isso na cozinha enquanto eu tentava ouvi-los. Meu pai veio de avião para Houston logo em seguida, mesmo não havendo nada que ele pudesse fazer a respeito. Me senti tão culpada. A cirurgia foi um procedimento chamado ablação por cateter. É com fios que são chamados cateteres e têm eletrodos na ponta de cada um. Passaram esses fios pelas minhas veias até o coração, e os eletrodos emitiram uma onda de rádio que criou calor e destruiu o tecido extra que causava os problemas. Tecnicamente, nem dormi durante o procedimento, e voltei para casa no dia seguinte. ☺ Viu? Não foi tão ruim assim.

Eu não fingia estar doente, fique sabendo. Quem fazia isso eram os meus irmãos, haha. Eu era a filha comportada que nunca fazia isso.

Ah, só para deixar registrado: eu sentiria falta dos nossos e-mails também.

Prefiro perder um braço a pedir dinheiro a alguém, mas farei isso se for preciso. Na última vez que pedi ao meu irmão para me emprestar vinte dólares porque eu tinha esquecido a carteira, ele tentou me convencer de que eu tinha pedido trinta. Sei que ele só estava brincando, mas é assim que todos os membros da minha família são. Vão me provocar pelo resto da vida. Não é um problema pedir favores. É só um pé no saco.

Minha tia costumava fazer ela mesma todos os vestidos que não eram para o catálogo. Foi ela que me ensinou o básico. Acho que sinto como se eu lhe devesse alguma coisa. Ela era muito legal, mas parou de ser quando eu tinha uns dez ou onze anos, por algum motivo. Sei que você tem razão sobre eu não a deixar me afetar, e sei que eu poderia ter lidado com a situação de um jeito diferente para que os vestidos tivessem sido feitos, mas não posso dizer isso a ela. Ela não me daria ouvidos, e eu só a deixaria ainda mais irritada. Estou com medo de ligar de volta. Sou um pouco sensível, choro por qualquer coisa. Ontem mesmo, vi um vídeo sobre bebês elefantes e chorei. Até você já me fez chorar. Só não te contei.

Constipação além de ficar desidratado naquela época? Isso me parece um pesadelo.

Quer que eu comece a digitar o que como todos os dias para que passe pela sua aprovação?

......

(Grilos cantando.)

Eu me cadastrei no encontrodecasais.com. Uma das minhas amigas já testou todos os sites de namoro on-line e disse que esse é o que tem menos caras esquisitos. Primeiro, eles fazem um milhão e meio de perguntas, e eu ainda não respondi todas. Tenho três meses para testar de forma gratuita. Eles perguntam coisas, tipo, qual é minha opinião sobre ter filhos, como é meu encontro perfeito, liste as características mais importantes para você... etc., etc. Estou um pouco animada, mas talvez seja só a cafeína que tomei hoje pela primeira vez em semanas. Tem um site gratuito que outra amiga me falou... mas não sei, não. Parece meio imoral.

Espero que você ainda consiga tirar férias. ☺ Eu odeio parecer enxerida, mas quantos meses você ainda tem pela frente nesse destacamento? Três?

Ruby

De: aaron.tanner.hall.mil@mail.mil
Data: 16 de fevereiro de 2009, 12:08
Para: rubymars@mail.com
Assunto: RE: Amigos

Ruby,

Fios que vão até seu coração, soltam calor e matam tecido cardíaco, nada de mais.

Estou sendo sarcástico, caso não tenha notado. Vou ficar de boca fechada por ora, mas... eu entendo. Você já tem dois irmãos, não precisa de outro.

Não deixe sua tia te chatear ou fazer com que se sinta mal. Você não fez nada de errado. Se ela não entende isso, a culpa é dela.

Me mande o link para o vídeo do bebê elefante.☺ Também não chore por mim, Ru. Eu consigo lidar com isso.

É melhor uma constipação do que uma diarreia parecida com um hidrante estourado. Uma vez, um monte de soldados pegou intoxicação alimentar de uma carne ruim no refeitório. Imagine todos os banheiros químicos sendo usados até o limite. Dava para sentir o cheiro a uns trinta metros de distância.

Eu não me importaria de receber uma lista do que você come... Já ganhou mais peso?

Terminou seu perfil? Se estiver falando do site no qual estou pensando, não faça isso. Vá para a igreja. Faça trabalho voluntário em um hospital, um abrigo de animais ou algo assim. Não entre nesse site.

Eles me disseram que ainda posso tirar folga, mas não é a primeira vez que me disseram que ia rolar e não rolou. Se um dos caras tem esposa e filhos, ele pode ficar com a folga e ir vê-los, e eu prefiro ficar por aqui. Não quero ser tão egoísta assim. Não tenho ninguém chorando pela minha ausência. Estarei em casa daqui a menos de três meses. Vou sobreviver.

Está se sentindo melhor?

A

P.S.: Tem uma foto nova de Ax anexada.

De: rubymars@mail.com
Data: 17 de fevereiro de 2009, 16:15
Para: aaron.tanner.hall.mil@mail.mil
Assunto: Diarreia ou trompete?

Aaron,

Eu não sei o que mais te falar sobre o meu coração. Então vamos deixar o assunto morrer. ☺☺☺ Obrigada por se importar. Juro que tento cuidar de mim mesma. É improvável que eu tenha uma arritmia no futuro, mas, se acontecer, eles poderão consertar. Vivi a maior parte da minha vida com todo mundo fazendo um alarde... me deixando mais preocupada e assustada do que deveria... me fazendo repensar tudo o que faço... estou tentando fazer com que isso não me controle mais tanto quanto antes. Você tinha que ter ouvido minha mãe quando comecei a fazer aikido. Lembra que eu te disse que já fui para a Disney um monte de vezes com minha família? Por anos, eu praticamente não conseguia ir em nenhum brinquedo porque todo mundo ficava preocupado. Hoje em dia, quando vamos levar minha sobrinha, só ando nos brinquedos infantis. Sempre quis saltar de paraquedas, mas não pulei pela mesma razão. Foi tudo virando uma bola de neve no meu subconsciente, e tive medo de fazer qualquer coisa nos últimos dez anos ou mais, coisas que acho que não pensaria duas vezes antes de fazer quando criança.

Desculpa se te fiz sentir como se fosse meu terapeuta. Vamos continuar.

Minha tia é a pessoa mais dramática do mundo. Ela realmente meio que me assusta, Aaron. Minha irmã mais velha e eu achamos que ela é bipolar. Ela me deixou uma mensagem de voz ontem, dizendo que vai "pensar" em me dar mais trabalho, mas que está "muito" chateada comigo. Sinceramente, eu quero pedir demissão. Faz muito tempo que quero sair de lá. Estou cansada, e a atitude dela me deixa irritada. Acho que, se eu realmente me demitir, posso pegar mais trabalhos freelancers que acabo recusando para focar nos projetos dela. Vou pensar nisso.

Diarreia? Em um banheiro químico? Não. Uma vez, estávamos de férias e todos nós pegamos intoxicação alimentar. Oito pessoas dividindo dois banheiros. Nunca mais. Eu quase vomitei só com o cheiro.

Ha. Ha. Ha. Ganhei mais quase três quilos. Ainda parece que um caminhão passou por cima de mim e tenho zero energia, mas estou melhor. Tenho alguns vestidos de patinadoras que preciso terminar e vou tentar trabalhar neles e sobreviver. Me deseje sorte.

Não, ainda não terminei meu perfil, mas vou fazer isso. Por que você sempre me manda para a igreja? Você alguma vez já foi à igreja? Não tem nenhum cara solteiro lá. Vou fingir que também não li sua sugestão de me voluntariar em um abrigo. Agora ficou claro que você nunca fez isso. Encontrar um cara decente é muito mais difícil do que parece. Em metade do tempo, parece que já estão em um relacionamento, ou acabam sendo fracassados ou interesseiros. (Sem ofensa. Você não é fracassado nem interesseiro.)

Desculpa, Aaron. Que saco que você não pode sair daí, mas é muito admirável da sua parte ser tão generoso. A maioria das pessoas não faria isso. Tenho certeza de que, pelo menos, os próximos meses passarão rápido. Já tem alguém para te buscar quando pousar? Estou me precipitando ao perguntar isso? Você disse que queria viajar, então tinha algum lugar em mente?

Estou me sentindo muito melhor, mas ainda nem perto de estar cem por cento. Espetei o dedo dez vezes ontem só costurando algumas contas. Isso é um recorde, e não um dos bons.

Não aguento quão fofa a Ax é. Alguém já deu entrada na papelada para trazê-la para os Estados Unidos?

Ruby

De: rubymars@mail.com
Data: 17 de fevereiro de 2009, 23:50
Para: aaron.tanner.hall.mil@mail.mil
Assunto: [sem assunto]

Aaron,

Desculpa te incomodar, mas quero vomitar e não sei com quem mais falar.

Minha mãe contou a todos nós hoje que encontraram um caroço no seio dela e farão uma biópsia. Eles acham que pode ser câncer.

Eu quero chorar.

Mentira. Eu já estou chorando.

R

De: rubymars@mail.com
Data: 18 de fevereiro de 2009, 15:15
Para: aaron.tanner.hall.mil@mail.mil
Assunto: Desculpa

Aaron,

Desculpa pelo e-mail de ontem à noite. Você já tem coisas suficientes com as quais se preocupar, e eu deveria estar aqui para te ajudar, não ao contrário. É só que você foi a primeira pessoa para quem pensei em contar.

Me perdoe por ter passado do limite.

Ruby

De: aaron.tanner.hall.mil@mail.mil
Data: 20 de fevereiro de 2009, 14:22
Para: rubymars@mail.com
Assunto: Pare com isso

Ruby,

Você não passou de nenhum limite. Não se desculpe. Já somos mais do que amigos por correspondência. Pensei que já tivéssemos falado disso. ☺

Eu sinto muito mesmo pela sua mãe. Quando vão fazer a biópsia? Ela contou para vocês do nada?

Vou responder à sua primeira mensagem.

Não, eu não tenho ninguém que vá até a base. Tudo bem. Estou acostumado com isso. É engraçado você ter perguntado sobre a viagem, porque acabei de responder um e-mail sobre isso. Max, Des e eu começamos a fazer planos de ir para a Escócia, já que não consegui a folga. A família do Max é escocesa, e ele fala de ir visitá-los há anos. Surgiu a oferta de um passeio e ele nos convidou para ir junto. A irmãzinha dele, a amiga dela e um outro cara que conhecemos também vão. Quanto mais pessoas, mais barato o pacote. Já viu fotos ou já esteve lá? Parece incrível. Talvez fiquemos em uma casa de praia por uma semana depois na Flórida, mas tudo depende se eles também vão conseguir uma folga.

Você é uma daquelas pessoas que fica ofendida se te perguntam o seu peso? Quanto você está pesando agora? Espero que tudo esteja bem e que esteja se sentindo ainda melhor.

Por que você é tão contra ir à igreja? Com certeza deve ter uns caras solteiros para você conhecer lá. Já que perguntou, faz muito tempo desde a última vez que fui. Fique sabendo que ri de você escrevendo "fracassado". Não ouço essa palavra desde o ensino médio. Eu queria dizer que você está errada sobre a parte de os caras serem babacas, mas... não está. Alguns dos soldados abaixo de mim são gente boa, mas o resto...

Não sei como chegaram aos vinte e poucos anos.

Ainda não ouvi nada sobre a papelada da Ax, mas precisamos começar a dar uma olhada nisso. É complicado, porque não deveríamos levar animais de volta conosco, mas sei que já te disse que outros soldados fizeram isso.

De novo, sinto muito pela sua mãe. A tecnologia e a medicina estão melhorando... e ela tem todos vocês para apoiá-la. Não espere o pior. Manterei todos vocês em mente. Me escreva sempre que precisar. Você já passou da fase de ser tímida comigo, lembra?

Aaron

De: rubymars@mail.com
Data: 21 de fevereiro de 2009, 00:58
Para: aaron.tanner.hall.mil@mail.mil
Assunto: RE: Pare com isso

Aaron,

Você me fez chorar. Eu tenho estado muito mais emotiva ultimamente; achei que isso nem fosse possível. Obrigada por ser tão gentil. Pensei que éramos mais do que amigos por correspondência, mas não quis assumir o quanto eu poderia te contar. Gosto muito de falar com você. Como eu disse, você foi a primeira pessoa para quem pensei em escrever. (Se minha melhor amiga ou qualquer um na minha família me visse escrever isso, eles me matariam, então leve isso em consideração.)

A biópsia foi ontem. Os resultados devem sair em breve. O marido dela e eu fomos junto para o exame. Ela me disse para ficar em casa, mas eu não faria isso. A notícia mexeu com todo mundo. Somos todos tão próximos, a ideia de algo acontecer a ela...

Estou chorando só de pensar nisso, e me sinto uma idiota reclamando, sendo que sei que você já perdeu amigos. Eu nunca perdi ninguém, então deve ser por isso que estou reagindo assim... mas como alguém se recupera disso? Não entendo como alguém pode ficar bem. Estou um caco. Desculpa. Todo mundo veio jantar aqui na terça-feira, o que deveria ter sido um sinal, porque ela nunca convida a família toda para comer durante a semana, e nós estávamos comendo à mesa quando minha mãe, de repente, soltou: "Encontraram uma anomalia na minha mamografia. Já fui fazer um exame de sangue, e agora tenho que fazer uma biópsia", tudo isso enquanto comíamos lasanha, como se não fosse nada. Acho que a mesa nunca ficou tão quieta durante o jantar, e algo me diz que nunca mais ficará. Geralmente, todo mundo, exceto eu, está gritando um com o outro para conseguir conversar, mas o silêncio foi total.

Roubei todo o assunto para mim. Vamos voltar à sua mensagem antes que eu chore de novo.

Não, eu não estou ofendida com a pergunta sobre peso. Só que não vou te contar quanto peso. ☺ Não recuperei todo o peso. As fantasias ficaram prontas. Fiz mais três desde então. Mas ainda estou bem atrasada com o meu trabalho diurno. Dormi um total de oito horas nos últimos dois dias.

Não tem nenhum cara solteiro na igreja! Em que ano você acha que estamos? Em 1800? Haha. Homens solteiros não vão à igreja e ponto, pelo menos não às que já frequentei. Me dê um desconto. Você conhece alguém que vai? Aposto que não. Vou ter mais sorte com algum pai solteiro na escola da minha sobrinha. Agora que parei para pensar, eu seria uma ótima madrasta.

A pior parte do que está acontecendo com minha mãe é que sei que há grandes chances de ela ficar boa, mas ainda não consigo me impedir de pensar no pior todas as noites enquanto estou na cama. É um ciclo sem fim. Minha irmã caçula não quer falar sobre isso. Até tagarelou um tempão sobre como a mamãe precisava fazer autoexame todo mês, em vez de esperar até a data da mamografia anual. Eu quis matá-la. Já aconteceu. Não há mais nada que possamos fazer. Por que ela precisava ter comentado?

Estou roubando o foco da conversa de novo. Desculpa.

Você pode se meter em problemas com o governo local por tentar trazer a Ax?

Ruby

De: aaron.tanner.hall.mil@mail.mil
Data: 22 de fevereiro de 2009, 12:01
Para: rubymars@mail.com
Assunto: Pare com isso de novo

Ruby,

Não chore. Eu te conto coisas que não conto nem para os meus melhores amigos. Nunca diga isso a eles. ☺

Alguma novidade sobre a biópsia?

Não se sinta mal por ter falado disso comigo. O que aconteceu com os meus amigos... não vejo problema em falar disso. Você e sua mãe são próximas. Não tem como não ficar chateada. Olha, se eu realmente achasse que algo ia acontecer com ela, eu te contaria como aprendi a lidar com isso, então não vou dizer nada. Seja forte por ela agora, e vocês têm um ao outro para se reconfortarem.

Estou sempre aqui para conversarmos, se quiser. Você tem alguma conta para mensagens instantâneas ou algo assim? Eu tenho uma conta no Skype, mas nunca usei.

É bom saber que você está voltando a trabalhar. Faça seu trabalho diurno quando der. Não podem esperar que esteja recuperada da noite para o dia. Você conversou com a sua tia com problema de comportamento?

Deve ter pelo menos um cara solteiro na igreja que você pode convidar para sair. Fala sério. Não vou responder à sua pergunta sobre conhecer alguém que frequenta a igreja. Mas, sinceramente, que tipo de cara você quer namorar?

Te imaginar como madrasta me fez rir. Você ficaria ocupada demais brincando com as crianças para ser rígida, aposto.

O desabafo da sua irmã provavelmente não era o que sua mãe queria ouvir. Eu te entendo. Você está preocupada com ela porque a ama. Não tem nada de errado nisso. Não tem sentido em valorizar algo ou alguém só depois que não estão mais em nossas vidas. Isso sempre pareceu bem falso para mim.

Nós podemos sair com a Ax do país. Só temos que garantir que ninguém nos pegue, nada mais. ☺

Aguente firme. Estou pensando em todos vocês.

Aaron

De: rubymars@mail.com
Data: 23 de fevereiro de 2009, 00:58
Para: aaron.tanner.hall.mil@mail.mil
Assunto: Aposto que sim

Aaron,

Você me fala para não chorar, então, eu choro mais. É uma maldição.

Ela está bem. O nódulo é benigno. Nunca fiquei tão aliviada em toda a minha vida. Chorei quando ela me contou a boa notícia. É como se uns cinquenta quilos tivessem saído dos meus ombros, e não era nem eu que estava doente.

Você não precisa me ligar, tenho certeza de que tem pessoas mais importantes para quem ligar, mas meu número é 832-555-5555. Meu usuário no Skype é... adivinhe? RubyMars.

Olha, vou te responder amanhã. Agora, estou emburrada por uma certa razão, e você não precisa disso. Vou chorar um pouco de alívio. Talvez eu jogue Duck Hunt para relaxar. Não existe nada melhor para celebrar a vida do que atirar em patos digitais inocentes.

Ruby

De: rubymars@mail.com
Data: 24 de fevereiro de 2009, 10:04
Para: aaron.tanner.hall.mil@mail.mil
Assunto: Desculpa pela milionésima vez

Aaron,

Sinto muito pelo e-mail de ontem. Acho que estou na metade do caminho de voltar ao normal, mas pensar na minha mãe doente me deixou com uma dor de estômago terrível. É fácil nos esquecermos do quanto a vida pode ser incerta. O que você disse sobre não valorizarmos as pessoas até elas terem partido me pegou de jeito.

Você me perguntou qual tipo de cara eu estaria interessada em namorar. Só quero que ele seja basicamente gentil, engraçado, goste de fazer coisas comigo e seja honesto. E tenha um emprego. Seria legal se ele fosse mais alto do que eu, mas não o descartaria se tivéssemos a mesma altura. Não estou pedindo muito. O que você acha? Eu sei mais o que não quero do que o que quero.

Se eu fosse madrasta, não teria que ser a responsável por discipliná-las. Entendeu? Eu conquistaria as crianças sendo a pessoa que brinca com elas e é divertida.

Obrigada de novo por aguentar minha tagarelice e tudo mais. É sério.

Não te conto uma piada faz um tempo. Aqui vai:

Qual é o oceano que odeia brigar?

... o Oceano Pacífico.

Espero que você esteja bem. Faça carinho na Ax por mim.

Ruby

@capítulo dez
Março

3 de março de 2009
12:08

AHall80: Você está acordada?

RubyMars: Sim?

RubyMars: Aaron?

AHall80: Oi.

RubyMars: Puta merda.

RubyMars: Oi. Você me pegou desprevenida, desculpa. Tudo bem?

AHall80: Tudo bem... e com você?

RubyMars: Ainda estou viva, não posso reclamar muito. ☺

RubyMars: Não acredito que você realmente me mandou uma mensagem.

RubyMars: Ainda estou tentando colocar alguns trabalhos em dia.

AHall80: Se você estiver trabalhando, podemos conversar depois.

RubyMars: Não, não se preocupe com isso. Estou cansada, e meus olhos estão começando a perder o foco. Eu deveria fazer uma pausa antes de estragar algo que vai me dar ainda mais trabalho para consertar.

RubyMars: É você mesmo?

AHall80: Sim. haha ☺

AHall80: No que você está trabalhando? Fantasias, trabalho diurno ou vestidos de casamento?

RubyMars: Trabalho diurno. Você não está vendo como estou animada?

AHall80: Estou te vendo daqui do Iraque. Falta muito?

RubyMars: Defina muito.

AHall80: Você ainda tem dias de trabalho pela frente?

RubyMars: Não tantos quanto deveria, o que está me estressando, mas acho que só estou sendo paranoica. Quem é que reclama sobre não ter trabalho demais?

RubyMars: Estou tagarelando. Desculpa.

AHall80: Haha. Não tem problema. Como você está?

RubyMars: Comparado a como eu estava me sentindo há três semanas, mil vezes melhor. Comparado a como eu estava me sentindo há dois meses, ainda terrível.

RubyMars: ☺

AHall80: Você está comendo?

RubyMars: Sim, mamãe Aaron. Recuperei os quase cinco quilos.

RubyMars: Estou sendo muito... informal com você? Não quero que se sinta esquisito.

AHall80: Não. Você é exatamente como eu esperava.

AHall80: Está ganhando peso rápido.

RubyMars: ......

AHall80: Estou brincando com você. Ainda bem que está se recuperando.

AHall80: Estou sendo muito informal agora?

RubyMars: Não, você é exatamente como eu esperava.

RubyMars: ☺

RubyMars: Como vai a constipação?

AHall80: ...

RubyMars: ...

AHall80: ...

RubyMars: Não? Você não gostou da pergunta?

AHall80: ......

AHall80: Você finalizou seu perfil no site de namoro?

RubyMars: Vou assumir que ainda está constipado.

AHall80: Quem é você e o que fez com a Ruby?

RubyMars: Estou cansada. Não tenho dormido muito. Minha irmã diz que eu fico mal-humorada quando estou cansada.

AHall80: Entendo. Agora sei o que esperar da próxima vez. Estarei preparado.

AHall80: Por que você não tem dormido?

RubyMars: Estresse por estar colocando o trabalho em dia. Fui dormir tarde. A patinadora para quem estou fazendo um vestido quis que eu tirasse suas medidas pessoalmente depois de treinar à noite e não quis pagar um quarto de hotel para mim, então tive que ir dirigindo até Austin para tirar as medidas ontem e voltei dirigindo para casa logo depois. Quando cheguei e consegui cair no sono, só tirei uma soneca de três horas antes da minha irmã mais nova começar a bater na porta para que eu tomasse café da manhã com ela. Voltei e fui direto trabalhar. Não fui feita para acordar cedo.

AHall80: Que horas você geralmente acorda?

RubyMars: Eu invoco meu direito de me manter calada.

AHall80: Entendi.

AHall80: Pensei que essa fosse uma zona livre de julgamentos.

RubyMars: E é...

AHall80: Então sabe que não vou te julgar. Que horas você geralmente se levanta?

RubyMars: Onze da manhã.

AHall80: Pensei que fosse dizer duas da tarde ou algo assim. Onze não é ruim.

RubyMars: Eu só acordo às duas da tarde no domingo. ☺

AHall80: Haha. Agora sim.

AHall80: Vou parar de falar disso. O que vocês comeram de café da manhã?

RubyMars: Tem um lugar de comida mexicana aqui perto. Comi dois tacos de churrasco. Ela aniquilou dois burritos sozinha. Eu não sabia que ela tinha tanto apetite assim. Talvez sejam os anos tomando cuidado com a dieta, e agora ela está compensando.

AHall80: Ainda não voltou a patinar?

RubyMars: Não. A treinadora está ligando todos os dias para ver quando ela vai voltar ao rinque, mas ela está ignorando as ligações.

AHall80: Acha que ela vai desistir?

RubyMars: Espero que não, mas não dá para saber. A maioria das patinadoras têm carreiras bem curtas. Ela começou depois do que a maioria começa, e eu te disse que ela não sabe perder.

AHall80: Pensei que você fosse tratá-la com seu amor bruto.

RubyMars: Minha mãe pediu para eu não fazer isso.

AHall80: Por quê?

RubyMars: Porque ela acha que as coisas podem acabar indo para a direção contrária da que queremos. Vou deixá-la irritada, e ela vai decidir que realmente quer desistir. Então, todo o sonho acaba.

AHall80: Hum.

RubyMars: Sim... acho que ainda vou fazer isso, mesmo estando preocupada, mas não sei se consigo xingá-la. Ela está ficando cada vez mais irritadiça. Eu a amaria se ela patinasse ou não, mas seria uma pena se desistisse. Todo mundo sabe que ela tem um dom que a maioria não tem. Você tem que vê-la patinar, vai ver que foi para isso que ela nasceu.

RubyMars: Eu sei que soou piegas, mas é verdade.

RubyMars: Estou tagarelando. Desculpa. Como está a Ax?

AHall80: Você não está tagarelando, e eu gosto de ouvir sobre a patinação da sua irmã. Mas espero que ela dê um jeito nisso sozinha.

AHall80: Ax está bem. Está se revezando dormindo com a gente. Acho que sou o preferido dela.

RubyMars: Awn.

AHall80: Toda vez que a vejo, ela me faz sorrir... Não percebi o quanto eu não sorria até ela começar a passar mais tempo comigo.

RubyMars: Vocês precisam de uma coleira ou de uma guia para ela? Desculpa nunca ter enviado o xampu antipulgas, mas a pneumonia...

AHall80: Nada disso. Não se preocupe. Um dos meus soldados de primeira classe pediu para a esposa mandar algumas coisas para a Ax.

RubyMars: Como vão os livros?

AHall80: Terminei todos que você me mandou. Comecei a reler O Código Da Vinci.

RubyMars: Eu sabia que você ia gostar!

RubyMars: Faça uma permuta por mais livros...

AHall80: Você e suas permutas haha

AHall80: Eu vi alguém lendo O Hobbit. Talvez eu tente fazer uma troca.

RubyMars: Faça isso.

RubyMars: Eu te mandei mais livros, mas não sei quando tudo vai chegar.

AHall80: Obrigado, Rube. Fico feliz por isso. Meus amigos me enviaram um pacote semana passada. Mas não tinha nenhum livro nele.

AHall80: Ei, eu tenho que ir. Te mando outra mensagem em breve.

AHall80: Desculpa por sair tão rápido.

RubyMars: Não tem problema. Se cuide!

AHall80: Obrigado.

AHall80: Tchau.

8 de março de 2009

AHall80: Oi.

RubyMars: Oi.

RubyMars: Como estão as coisas?

AHall80: Tudo bem. Mesma coisa de sempre. E você?

RubyMars: Hum. Já estive melhor, mas estou bem.

AHall80: Hum? Qual é o problema?

RubyMars: Fui demitida ontem.

AHall80: O quê?

AHall80: De onde?

RubyMars: Da lavanderia a seco.

AHall80: Por quê? Pensei que sua tia fosse a chefe.

RubyMars: Ela é.

RubyMars: Era. Você entendeu.

RubyMars: Ela me demitiu.

AHall80: Por quê? Porque você ficou doente?

AHall80: Pensei que fosse com a outra tia que você tinha problemas.

RubyMars: Mais ou menos. Lembra que eu te disse que estava preocupada por estar atrasada demais nos trabalhos, que ela arranjou outra pessoa para cuidar dos ajustes enquanto eu estava doente... e como ela não me deu tanto trabalho como geralmente me dava? Pensei que eu estava ficando doida, mas a verdade é que ela encontrou outra pessoa para "ajudar", e essa pessoa cobra menos do que eu...

AHall80: Então ela te demitiu.

RubyMars: E a outra tia ainda quer que eu trabalhe para ela, mas está sendo tão maldosa... Ela é pior do que os namorados babacas que minhas amigas tinham e tentavam usar toda aquela psicologia reversa e perversa nelas para conseguirem o que queriam. Estou tentando nem pensar nisso agora, porque está me deixando muito chateada.

RubyMars: Eu chorei. De novo.

RubyMars: Como é que a minha própria tia me demite??? Ela disse que se sentiu mal, mas que "são negócios". Minha mãe está tão irritada. Ela ligou para o irmão (marido da tia) e acabou com ele por causa da monstra com que ele se casou.

AHall80: Rubes. Que horrível. Sinto muito.

RubyMars: Também sinto. É o único emprego que já tive. Além disso, fiquei magoada de ela ter simplesmente me dado um pé na bunda assim que entreguei as últimas peças que ela me deu para ajustar. Era como se tivesse pensado que eu não terminaria o serviço ou que faria um trabalho de porco se ela tivesse me falado antes. Eu jamais faria isso.

RubyMars: Entendo que seja uma decisão de negócios, mas... 🙁🙁🙁

AHall80: Nada disso. Ela é sua tia, e você disse que trabalhava com ela desde que você tinha o quê? Dezesseis? Parece cruel para mim. Você não escolheu ficar doente.

AHall80: Você também precisa fazer algo a respeito da sua outra tia.

RubyMars: Sim. Minha família está boicotando nos encontrarmos com a família dela. Isso faz com que eu me sinta um pouco melhor, mas não muito.

AHall80: Deveriam fazer isso mesmo. É o que eu faria.

AHall80: Não pense que não notei que você ignorou meu comentário sobre sua tia da loja de roupas de casamento. Você tem que dizer algo a ela. Ou conte para a sua mãe, seu pai, quem for parente dela, para mandá-la parar (se você não quiser

ser a responsável por dizer algo, mesmo devendo dizer).

RubyMars: Sei que eu deveria, mas...

RubyMars: Eu odeio confrontos.

RubyMars: Meu corpo todo começa a tremer, meu estômago dói, eu fico com náusea e começo a sentir coisas esquisitas.

AHall80: Você vai acabar ficando doente tentando deixá-la feliz, sendo que ela não parece merecer sua lealdade com as atitudes que anda tomando. O que seria pior? Irritá-la ou você suando para deixá-la feliz pelo resto da vida?

RubyMars: ...

AHall80: ...

AHall80: Pense nisso, tá?

RubyMars: Tá. ☺

AHall80: Você tem alguma ideia do que vai fazer agora?

RubyMars: Nenhuma.

RubyMars: O marido da minha mãe disse que a empresa na qual trabalham está contratando iniciantes. Isso é uma opção.

AHall80: Onde eles trabalham?

RubyMars: Em uma empresa de contabilidade.

AHall80: ...

RubyMars: ...

AHall80: ...

RubyMars: ... O que foi?

AHall80: Você vai simplesmente desistir?

RubyMars: Não é o que quero.

AHall80: Então por que está considerando?

RubyMars: Porque não é lá muito fácil encontrar uma vaga para o que faço.

RubyMars: Eu pareço uma bebê chorona. Desculpa. Sou só uma bebê, não chorona. Estou frustrada agora. Não quero desistir do que faço, e estou brava comigo mesma. Sei que posso fazer algo que me dê mais dinheiro. Não estava ganhando rios de dinheiro antes, mas gosto do que faço. Dei uma olhada no jornal e na internet atrás de vagas, mas não encontrei nada que pague sequer um dólar acima do salário-mínimo. Não ganho tão pouco assim desde que eu tinha dezesseis.

AHall80: Você não está sendo uma bebê chorona.

AHall80: Talvez um pouco ☺

RubyMars: ☺

AHall80: Você disse que tem um pouco de dinheiro guardado?

RubyMars: Sim, mas não muito.

AHall80: Pode durar quanto tempo?

RubyMars: Uns dois meses se eu continuar com as mesmas despesas. Posso fazer durar mais, se eu precisar.

AHall80: Então não vá correndo para um trabalho que nós dois sabemos que você vai odiar.

AHall80: Não pode tentar arranjar mais trabalhos na patinação?

RubyMars: Posso tentar. Eu estava me limitando em relação a quanto trabalho aceitar por causa do trabalho diurno. Até pensei em publicar anúncios com retorno rápido, mas vai me custar dinheiro para colocar isso em ação. O namorado do meu irmão me pediu para fazer uma capa de chuva e algumas bandanas para o cachorro dele enquanto isso, porque ele se sentiu mal depois que soube do que aconteceu. Ele estava aqui quando minha mãe ligou para o meu tio.

AHall80: Você já fez roupas de cachorro?

RubyMars: Não, mas tenho certeza de que consigo. Não tem como ser mais difícil do que aquele vestido que fiz para minha irmã e te mandei foto.

AHall80: Até eu sei que você consegue.

AHall80: Ei, tenho que ir. Nos falamos em breve.

AHall80: Não desista e não aceite um trabalho ainda, ok?

RubyMars: Ok. Falo com você em breve.

AHall80: Tchau.

13 de março de 2009

AHall80: Oi.

RubyMars: Oi.

RubyMars: Que milagre. É meio-dia aqui.

AHall80: Eu sei... É um milagre você estar acordada.

RubyMars: Ha. Ha.

AHall80: Como você está?

RubyMars: Com sono, mas bem. ☺ E você?

AHall80: Mto cansado.

AHall80: Dia bem longo.

RubyMars: Vá para a cama.

AHall80: Daqui a pouco. Só queria entrar aqui e falar com você rapidinho.

RubyMars: Vá dormir. Eu estou bem. Ainda não arranjei outro emprego, se é nisso que está pensando.

AHall80: É, mas ótimo.

AHall80: Voltou ao normal? Está se sentindo melhor?

RubyMars: Sim, estou bem agora. Também voltei a comer normalmente.

RubyMars: Você está bem?

AHall80: Sim, tudo bem dentro do possível.

AHall80: Sua mãe está bem?

RubyMars: Ela está ótima. Ainda a estamos mimando um pouco, e ela está gostando, dizendo que deveria ter ido ao médico antes, já que íamos ser tão legais depois.

AHall80: Isso é...

RubyMars: Terrível. Eu sei, ela perdeu a cabeça.

AHall80: Haha

RubyMars: Você está pronto para voltar aos Estados Unidos?

AHall80: Mais do que pronto.

AHall80: Max está me mandando algumas informações sobre a Escócia. Tento não me animar muito com as coisas, porque imprevistos acontecem, mas está cada vez mais difícil.

RubyMars: ☺ Isso é ótimo e terrível ao mesmo tempo.

AHall80: É a vida.

RubyMars: Eu sei.

RubyMars: ☺

AHall80: Estou caindo no sono. Vou tentar entrar aqui em breve.

RubyMars: Certo. Durma bem.

AHall80: Boa noite, Rube.

16 de março de 2009

AHall80: Rubes.

RubyMars: Oi.

RubyMars: Como você está?

AHall80: Bem. E você?

RubyMars: Muito bem.

RubyMars: Tenho novidades. Adivinhe.

AHall80: Você arranjou um emprego?

RubyMars: Não.

RubyMars: Obrigada pelo lembrete.

RubyMars: ☹

RubyMars: Eu tenho um encontro.

AHall80: Com quem?

RubyMars: Meus amigos me convidaram para uma festinha ontem à noite, e um cara que conheço há um tempo também estava lá. Não éramos exatamente amigos antes, mas nos demos bem e, antes de eu ir embora, ele perguntou se eu gostaria de sair com ele. Pensei em você, e disse que sim.

RubyMars: Estou me arrependendo um pouco agora, mas não quero cancelar. Acho que estou sendo covarde.

AHall80: Você está.

RubyMars: …

AHall80: Você o conhece?

RubyMars: Bem o bastante. Ele é bem legal, mas é mais novo do que eu.

AHall80: Mais novo quanto?

RubyMars: Dois anos.

AHall80: Então ele tem o quê? Vinte e um?

RubyMars: Sim.

AHall80: Hum.

RubyMars: Hum o quê?

AHall80: Garotos de vinte e um são idiotas. Não dê muita moral para ele.

RubyMars: Jesus. Que tipo de garota você pensa que eu sou?

AHall80: Uma boa garota. É isso que estou tentando dizer.

RubyMars: ☺ Ótimo, que bom.

RubyMars: Tenho zero expectativas, exceto provavelmente ganhar uma refeição de graça, haha.

RubyMars: Se minha irmã me visse digitando isso, ela me mataria.

RubyMars: Há algumas semanas, fiz uma piada sobre estar procurando um sugar daddy, e ela me deu lição de moral por uma hora.

AHall80: Depois me conte como foi. Não vá para a casa dele.

AHall80: Você não precisa de um sugar daddy.

RubyMars: Não vou. Juro. É só uma refeição.

RubyMars: Eu sei. ☺

RubyMars: Falando nisso, você era idiota quando tinha vinte e um?

AHall80: Sim, eu era um completo idiota naquela época. Estou te falando porque tenho experiência.

AHall80: ☺

AHall80: Em que pé está sua busca por trabalho?

RubyMars: Ruim, mas arranjei mais trabalho para fazer os vestidos de patinação no gelo de algumas garotas de Nova York, e a treinadora de um patinador artístico bem famoso me contatou hoje. Veremos. Minha irmã mais velha está me pagando para fazer algumas bandanas para o cachorro dela. Veremos no que isso vai dar também. Não vou recusar nenhum trabalho de costura.

AHall80: Que bom.

RubyMars: Eu te conto o que rolar, mas prometo que não vou me meter em nada louco. Estou tentando.

AHall80: Já era hora de você fazer isso.

RubyMars: Ah, recebi as fotos que você me mandou ontem da Ax de coleira. Se fosse chegar antes de você ir embora, eu mandaria uma bandana para ela.

AHall80: Faça uma para o Aries. Eu te pago.

RubyMars: Vou fazer uma para ele, mas não precisa me pagar. Só me fale para onde mandar.

AHall80: Eu tenho um trabalho, você não. Eu posso pagar.

RubyMars: Tudo o que li foi "blá, blá, blá". Me passe o endereço para onde eu mando.

AHall80: ...

RubyMars: ...

AHall80: Sua mãe não é a única mandona.

RubyMars: ☺

RubyMars: Me passe o endereço.

AHall80: Vou pensar no assunto.

AHall80: Tenho que ir.

AHall80: Nos falamos em breve.

RubyMars: Tudo bem, tchau.

AHall80: Tchau, RC.

19 de março de 2009

AHall80: Oi.

RubyMars: Oi.

AHall80: Recebi sua caixa hoje. Obrigado.

RubyMars: De nada. Espero que não esteja cansado de eu te mandar sempre as mesmas coisas, mas por que mexer em time que está ganhando, né?

AHall80: Eu gostei de tudo. Já te disse que não precisa me mandar nada, mas não vou dizer não para livros e comida.

RubyMars: Esqueci de perguntar: você conseguiu fazer a troca por O Hobbit?

AHall80: Sim. Já terminei, e troquei dois livros do Dan Brown pelo primeiro livro de O Senhor dos Anéis.

RubyMars: Foi uma boa troca. Me conte o que achou depois.

AHall80: Pode deixar.

RubyMars: Algum de seus outros amigos por correspondência na Ajude um Soldado te enviou coisas recentemente?

AHall80: Há umas duas semanas, recebi uma caixa enorme de meias, lenços umedecidos e lanches.

RubyMars: Parece divertido.

AHall80: E foi. Já comi tudo. ☺

RubyMars: Você é o rei da festa. ☺

RubyMars: Já ficou sabendo de algo sobre quando vai embora de vez?

AHall80: Ainda não, mas tudo parece estar dentro do cronograma. Deve ser daqui a umas oito semanas. As oito semanas mais longas da minha vida.

RubyMars: Aposto que sim.

AHall80: Eu quero uma pizza enorme, cheia de gordura, com massa grossa... de um jeito que você nem imagina. Já posso até sentir o gosto.

AHall80: Um banho quente... uma cama de verdade... ar-condicionado por toda parte...

RubyMars: Roupas limpas?

AHall80: Roupas limpas. Meias limpas. Nada de areia.

RubyMars: Cueca limpa.

RubyMars: Nada de areia? Pensei que você estivesse planejando ir para a praia.

AHall80: A praia é diferente. Tem água. Não é só deserto com mais deserto.

RubyMars: Acho que faz sentido.

RubyMars: Meu irmão uma vez disse que nunca mais quer ver areia.

AHall80: Concordo.

RubyMars: O que não terminei de dizer é que ele disse isso, mas foi para Cancún duas vezes com o namorado, haha.

AHall80: É diferente. Estou farto dessa droga de areia.

AHall80: Nunca mais.

RubyMars: Isso quer dizer que você está decidido a não se realistar?

AHall80: ...

RubyMars: Faça o que quiser. Não estou julgando. Não temos que falar disso.

AHall80: Não é que eu não queira falar disso...

RubyMars: Mas você não quer falar disso.

AHall80: ☺ Basicamente.

RubyMars: Vou mudar de assunto, então.

RubyMars: Você fez o nº 2 esses dias?

AHall80: Há três dias.

RubyMars: Você está brincando?

AHall80: Quem me dera.

RubyMars: AARON.

AHall80: Eu sei. EU SEI.

RubyMars: Dói?

AHall80: Hum, quando sai?

RubyMars: Meu Deus.

RubyMars: Aaron.

RubyMars: Eu quis dizer seu estômago.

RubyMars: Seu estômago dói?

RubyMars: Eu não consigo respirar.

RubyMars: Nem digitar.

RubyMars: Eu não quis dizer o seu... reto.

RubyMars: Aaron?

RubyMars: Aaron?

RubyMars: Você está aí?

RubyMars: AARON?

AHall80: Você não é a única que não conseguia respirar nem digitar.

RubyMars: HAHA. Estou chorando.

AHall80: Eu também.

AHall80: Eu também.

RubyMars: Quer dizer... Você pode me falar se a sua bunda estiver doendo também, acho.

AHall80: Ruby, pare.

RubyMars: É sério. Você pode me falar. Não vou julgar.

RubyMars: Acontece.

RubyMars: Eu acho.

AHall80: Pare.

RubyMars: Não consigo respirar.

AHall80: Não sei quando foi a última vez que ri tanto.

AHall80: Todo mundo está me olhando e se perguntando o que raios aconteceu.

RubyMars: O seu reto aconteceu.

AHall80: TCHAU.

RubyMars: Eu não consigo parar de rir.

AHall80: Você nunca mais vai receber outra mensagem minha.

RubyMars: Tem lágrimas saindo dos meus olhos.

AHall80: Tchau. Te chamo de novo quando eu me recuperar.

RubyMars: Foi bom te conhecer.

AHall80: TCHAU.

22 de março de 2009

AHall80: Oi.

RubyMars: Oi.

RubyMars: Você está bem?

RubyMars: E por "você" eu quero dizer você todo, não uma parte específica do corpo.

AHall80: ...

AHall80: ...

AHall80: Você nunca vai me deixar esquecer disso, né?

RubyMars: O que você acha?

AHall80: Acho que não.

RubyMars: ☺

RubyMars: Ainda estou rindo.

AHall80: Aposto que sim.

AHall80: Srta. Eu-Dou-De-Cara-Em-Portas-Fechadas.

RubyMars: Ha. Ha.

RubyMars: Então quer dizer que você se recuperou?

AHall80: ...

RubyMars: Vou assumir que sim.

RubyMars: Adivinhe?

AHall80: Você não está constipada?

RubyMars: Também, porque eu como bastante brócolis (coberto por queijo), mas estou falando de outra coisa.

AHall80: O que aconteceu?

RubyMars: Eu fui em um encontro com aquele cara.

AHall80: O de vinte e um anos?

RubyMars: Aham, e só foi esquisito metade do tempo.

AHall80: O que vocês fizeram?

RubyMars: Fomos a uma loja de quadrinhos e, depois, tomamos café.

AHall80: Uma loja de quadrinhos?

RubyMars: Ele gosta de quadrinhos. Eu gosto mais de graphic novels. As histórias são melhores e mais longas.

AHall80: Hum.

AHall80: Você se divertiu?

RubyMars: Sim. Ele é um pouco tímido, mas foi legal.

AHall80: Ele foi te buscar em casa?

RubyMars: Você está maluco? Eu não disse a ele onde moro.

AHall80: Garota esperta.

RubyMars: Dã. Nos encontramos na loja de quadrinhos, e o café era no mesmo shopping. Ele tinha que acordar cedo para a aula, então não ficamos fora a noite toda nem nada assim.

RubyMars: Ele me mandou uma mensagem depois para ver se eu gostaria de sair com ele depois das semanas de prova.

AHall80: Você disse que sim?

RubyMars: Sim. O que você acha? Não estou apaixonada por ele nem nada, mas não liguei de passar um tempo com ele. Pensei em lhe dar outra chance e ver o que acontece.

AHall80: "não liguei de passar um tempo com ele…"

AHall80: Hum.

AHall80: Saia com ele.

AHall80: Já me dei mal com garotas para quem eu ligava de passar um tempo.

AHall80: E aqui estou.

RubyMars: É, claro.

RubyMars: Mas ainda vou terminar meu perfil no site de namoro. Por que não?

RubyMars: "E aqui você está", caramba, Aaron. Você escolheu as garotas erradas, só isso.

AHall80: Boa garota.

AHall80: Eu nunca disse que escolhi as certas, mais as "certas por ora".

RubyMars: "Certas por ora".

RubyMars: …

RubyMars: Tudo o que vou falar é que, talvez, você só precise encontrar a garota certa. Não em um bar.

RubyMars: Talvez ela esteja te esperando em uma igreja, ou um abrigo.

AHall80: Você é um pé no saco, Ru.

RubyMars: É, você não gostou muito da ideia quando o jogo virou, né?

AHall80: ...

AHall80: Como está sua irmã caçula?

RubyMars: Tudo bem, vamos mudar de assunto.

RubyMars: Ela está sendo um pé no saco. Ainda não voltou a patinar. Não sei o que fazer.

AHall80: Arraste-a.

RubyMars: Ela é maior do que eu, e mais forte.

AHall80: Qual é a sua altura? Eu procurei um vídeo dela, e ela parece pequena.

RubyMars: Você procurou?

RubyMars: Eu tenho 1,55 m. Ela tem 1,60 m.

RubyMars: Ela é assustadoramente forte, não a deixe te enganar.

AHall80: Você ganha dela.

AHall80: Por que eu não sabia que você é pequena?

RubyMars: Sinceramente, eu tenho medo dela. Você tem que conhecê-la para entender.

RubyMars: Minha mãe tem 1,50 m. Não é um problema na minha família. Somos todos pequenos. Eu nem penso muito nisso.

AHall80: Por que você tem medo dela?

AHall80: Seus irmãos são baixos?

RubyMars: Porque ela é doida. Ela não se importa com nada agora. Quando as coisas estão do jeito que ela quer, talvez se importe por uns dois minutos ao dia, no máximo. Ela tem a capacidade de ser a pessoa mais malvada que conheço quando está tendo um dia bom. Eu a peguei comendo sorvete direto do pote enquanto via Glee. Ela está tendo uma recaída.

RubyMars: Um dos meus irmãos tem, tipo, 1,68 m, e o outro diz que tem 1,73 m, mas é mentira.

AHall80: Glee não é aquela série sobre os garotos do coral?

RubyMars: Quase isso, e sim, essa mesma. É uma combinação terrível. É o começo do fim. Sei que preciso fazer algo, mas mais ninguém quer dizer nada a ela. Estão deixando-a fazer birra. Se não fosse pelo trabalho, duvido que Jas estaria saindo de casa.

AHall80: Faça alguma coisa.

RubyMars: Eu vou, mas não a forçarei a ir patinar. Na verdade, acho que tenho uma ideia...

AHall80: Qual?

RubyMars: Acho que vou fazer o vestido de patinação no gelo mais bonito que já fiz na vida para ela, já que não estou exatamente lotada de coisas para fazer. Ela tem um fraco por vestidos bonitos.

AHall80: Ótima ideia.

RubyMars: Você acha?

AHall80: Sim.

AHall80: Você conversou com a sua tia, a da loja de roupas de casamento?

RubyMars: Sim.

AHall80: E o que ela falou?

RubyMars: Eu conversei com ela sobre um novo vestido no qual ela quer que eu comece a trabalhar.

AHall80: Ruby.

RubyMars: Eu sei, eu sei.

AHall80: Você consegue. Eu acredito em você.

RubyMars: Você é um ótimo amigo, Aaron Não-Sou-Babaca.

AHall80: Eu seria um amigo melhor se te convencesse a se impor.

AHall80: Tenho a sensação de que ela não te paga tanto quanto você merece.

RubyMars: ☺

RubyMars: Provavelmente não. Eu não olho mais para quanto ela cobra.

AHall80: Pelo menos, peça um aumento.

RubyMars: Ela estava reclamando esses dias sobre estar quebrada.

AHall80: Vou parar de falar nisso por enquanto, mas sei que você sabe que ela está tirando proveito de você.

RubyMars: Eu sei...

AHall80: Tenho que ir, mas pense em se manifestar. É sério.

RubyMars: Eu vou.

AHall80: Falo com você em breve. Tchau.

RubyMars: Tchau, Aaron.

24 de março de 2009

AHall80: Rubes.

RubyMars: Oi.

RubyMars: Como estão as coisas?

AHall80: Tudo bem. Vou começar a jogar Halo.

AHall80: Dê uma olhada no seu e-mail.

RubyMars: Se você me mandou uma corrente...

AHall80: Olhe seu e-mail logo.

RubyMars: Tá, um segundo.

RubyMars: Ele é tão lindo!!!

AHall80: Eu te falei que não precisava mandar nada para o Aries.

RubyMars: Eu sei, mas você me passou a caixa postal do seu pai, e eu tinha material sobrando. Ficou perfeita nele.

AHall80: Max o viu e perguntou se você poderia fazer mais três. Ele tem dois huskies e um labrador misturado com alguma coisa.

RubyMars: É claro que posso.

AHall80: Quanto eu falo para ele te mandar?

AHall80: É bom você não me falar que vai fazer de graça.

RubyMars: Por quê?

AHall80: Por que o quê? Por que não pode fazê-las de graça?

RubyMars: Sim.

AHall80: Porque deveria vendê-las.

AHall80: E nós dois temos empregos, você não.

RubyMars: ...

AHall80: ☺ Deixe-o te pagar. Vou dizer U$ 20 cada uma, ou mais?

AHall80: Você poderia falar que custa mais.

RubyMars: U$ 20? Você está louco?

AHall80: U$ 15.

RubyMars: Não!

AHall80: U$ 14,99.

RubyMars: Quando foi que você virou uma peste?

AHall80: Você tem me influenciado.

AHall80: U$ 10.

RubyMars: U$ 10 é muito. O tecido é de um rolo velho que eu tinha, e as bandanas não são nem reversíveis, e é você.

AHall80: U$ 9?

RubyMars: Pare. U$ 5 cada. É minha oferta final.

AHall80: Tem certeza?

RubyMars: Absoluta.

AHall80: Ok. Para o mesmo endereço que você mandou?

RubyMars: Sim, seu perseguidor.

AHall80: ...

RubyMars: ...

AHall80: Como está a busca por emprego?

RubyMars: Terrível, mas peguei mais alguns vestidos para fazer, e o namorado do meu irmão encomendou bandanas de cachorro junto com minha mãe. É melhor do que nada. Desde que ela não me coloque na rua, vou ficar bem. Não vou sair para comer a não ser que alguém me mime, mas tudo bem.

AHall80: Mas você está bem, tirando isso?

RubyMars: Sim, estou bem. Feliz por não ter que me mudar agora. ☺

AHall80: No que será que isso me faz pensar? Que tudo acontece por uma razão?

RubyMars: Sim.

AHall80: Viu?

RubyMars: Sim, estou vendo, PNS.

AHall80: PNS?

RubyMars: Pé no saco. ☺

AHall80: Haha.

AHall80: Tenho que ir. Falo com você em breve.

RubyMars: Tudo bem, tchau!

AHall80: Tchau, RC.

27 de março de 2009

AHall80: Você está bem?

AHall80: Acabei de ver seu e-mail para te chamar aqui.

RubyMars: Fisicamente, estou bem. Mas recebi o dinheiro de Max pelas bandanas, e recebi quatro rolos de tecido pelo correio que eu não sabia que tinha pedido.

AHall80: É mesmo?

RubyMars: Não me venha com essa. Foi você que mandou?

AHall80: De nada, Rubes.

RubyMars: Aaron. Você não precisava ter feito isso!!!!!

AHall80: Mas eu quis. Feliz aniversário adiantado.

RubyMars: Como você sabe que meu aniversário está chegando?

AHall80: Sou um perseguidor, lembra? ☺

AHall80: Eu falei para o Max te pesquisar no Facebook.

AHall80: Você não deveria ter colocado seu aniversário lá. As pessoas podem roubar sua identidade.

RubyMars: É o que parece.

RubyMars: ...

RubyMars: Não precisava ter me mandado nada.

AHall80: Tudo bem.

AHall80: O tecido não é ruim, certo? Foi o Max que escolheu.

AHall80: Eu o vi vestindo uma camisa toda com estampa havaiana uma vez... Deveria ter pedido para o Des comprar, não ele.

RubyMars: Não, é ótimo. Vou te mandar as fotos por e-mail daqui a pouco. Fiquei tão surpresa. Muito obrigada, Aaron. Sério.

AHall80: Imaginei que você pudesse fazer mais bandanas com ele... ou suéteres para cachorros, ou algo que te desse dinheiro. Pensei que fosse gostar mais do que um cartão de aniversário.

RubyMars: Eu gostei muito mais.

RubyMars: Mas é coisa demais. Não sei o que dizer.

AHall80: Obrigada, Aaron?

RubyMars: Ha. Ha. Ha.

RubyMars: Obrigada, Aaron! ☺

RubyMars: É sério, obrigada. Vou fazer alguma coisinha para o Aries com o que você mandou.

AHall80: Não foi para isso que te mandei.

RubyMars: Eu sei que não, mas você mandou muito material.

Deve ter custado um rim para entregar aqui.

RubyMars: Não importa se você quiser ou não, vou mandar mesmo assim.

AHall80: ...

AHall80: Tudo bem.

RubyMars: Vão ser reversíveis. Já estou até vendo.

RubyMars: Obrigada!!!

RubyMars: Obrigada. Eu realmente não sei o que dizer. Você fez o meu mês.

AHall80: Sem problema, de nada.

AHall80: Só deu para entrar aqui rapidinho, mas feliz aniversário, perseguidora.

RubyMars: Obrigada, perseguidor. Você fez o meu dia.

AHall80: ☺ Falo com você em breve.

RubyMars: Ok, se cuide. ☺

30 de março de 2009

AHall80: Rubes.

RubyMars: Oi, perseguidor.

AHall80: ...

AHall80: Recebi o seu e-mail sobre o segundo encontro. Como foi?

RubyMars: Muito bom. Ele tinha ingressos para o jogo de hóquei, depois, nós jantamos.

AHall80: Houston tem um time de hóquei?

RubyMars: Não era hóquei profissional, só uma liga regional.

AHall80: Ele sabe da sua irmã?

RubyMars: Não. Geralmente, não conto para ninguém sobre aquela preguiçosa. O amigo dele faz parte do time.

AHall80: Ela ainda não voltou a patinar?

RubyMars: Não...

AHall80: Droga.

AHall80: E o vestido que você ia fazer para ela?

RubyMars: Estou quase terminando, mas estou tendo dúvidas agora.

AHall80: O que é a pior coisa que pode acontecer?

RubyMars: Ela gritar comigo e jogar o vestido no chão?

AHall80: Daí você grita de volta e vende o vestido se ela reagir assim.

RubyMars: ☺

AHall80: Não é como se você tivesse outra coisa para fazer.

RubyMars: Retiro o que disse sobre você ser fofo.

AHall80: Haha.

AHall80: Você já me falou isso antes?

RubyMars: Não, haha.

AHall80: Lembra-se daquela vez que te mandei pano?

RubyMars: Tecido. E sim, eu lembro.

RubyMars: Lembra-se daquela vez que te mandei meias?

AHall80: Estou com elas agora.

RubyMars: Não está, não.

AHall80: Aff, não mesmo. Estão sujas. ☺

RubyMars: Lembra-se daquela vez que você pensou que eu estava falando do seu traseiro, mas eu estava falando do seu estômago?

AHall80: TCHAU.

RubyMars: Haha.

RubyMars: Hahaha

RubyMars: Não consigo parar de rir.

AHall80: Feliz aniversário, garota.

AHall80: Te desejo tudo de bom, Rubes.

RubyMars: Obrigada, Aaron.

AHall80: Tenho que ir, mas nos falamos em breve.

AHall80: Feliz aniversário de novo.

AHall80: Tchau, Ruby Chubi.

RubyMars: Tchau. Obrigada!

@capítulo onze
Abril

2 de abril de 2009

AHall80: Oi.

RubyMars: E aí?

AHall80: Como foi o seu aniversário?

RubyMars: Ótimo. Todo mundo veio e saímos para comer. O restaurante me deu uma fatia de bolo e cantaram parabéns enquanto eu encarava cada um dos membros da minha família, xingando-os mentalmente por terem feito aquilo comigo.

AHall80: Eles fazem isso com você todo ano?

RubyMars: Não. Eles sabem que odeio isso, então sempre mudam. Nunca sei quando vão fazer ou não, porque, se sempre fizessem, eu pararia de sair para jantar no meu aniversário.

AHall80: Pobre Ruby.

RubyMars: Pobre de mim. ☺

RubyMars: Foi um dia bom.

AHall80: Você ganhou algum presente?

RubyMars: Sim. ☺ Vejamos, minha mãe e o nº 4 me deram roupas e um DVD da primeira temporada de Buffy, a Caça-Vampiros com a capa autografada. Meu pai me mandou um cartão-presente de uma companhia aérea para que eu possa comprar passagens e visitá-lo. Meu irmão mais velho, Seb, me deu cinquenta dólares. Jonathan também me deu cinquenta e um cartão-presente para maquiagem. O namorado dele me deu um cachecol muito bonito que estou com medo de usar porque tenho certeza de que custa duzentos dólares. Tali, minha irmã mais velha, me deu cinquenta e um cartão-presente de uma loja de tecidos, e minha irmãzinha me deu uns cartões de visita customizados e lindos. Meus amigos só me deram coisas aleatórias como um pacote de salgadinhos Fritos, alguns DVDs e cartões-presentes. Foi ótimo.

AHall80: Fico feliz em saber disso.

AHall80: Você está bem?

RubyMars: Sim, estou ótima. E você?

AHall80: Ótima? O que você fez hoje?

AHall80: Eu estou bem.

RubyMars: Trabalhei em um monte de bandanas, quase terminei alguns detalhes do vestido novo da minha irmã. Vou para o kickboxing mais tarde. Como foi o seu dia?

AHall80: É a mesma droga todos os dias. ☺ Os dias parecem mais longos agora que sei que vou embora em breve.

AHall80: Você paga mensalidade para o kickboxing?

RubyMars: Aposto que sim.

RubyMars: Não. Era mais barato comprar um passe anual para um número x de classes.

AHall80: Você se importaria se eu desse aos soldados que vão ficar aqui os livros que você me mandou? Não todos, só alguns.

RubyMars: É claro que não. Eles foram um presente... e são usados. Faça o que quiser.

AHall80: Foi o que pensei, mas quis confirmar. Preciso de algo para ler no voo de volta, caso eu não adormeça.

RubyMars: Aposto que você vai acabar dormindo nos primeiros vinte minutos.

AHall80: Não vou apostar contra você, haha.

RubyMars: Você está certo de que vai comer uma pizza assim que puder quando voltar?

AHall80: Pizza e cerveja.

AHall80: Cerveja de verdade.

RubyMars: Esqueci que eles não têm cerveja de verdade aí... Você já tinha mencionado algo sobre tomar uma.

AHall80: É. Eles têm cerveja não alcoólica, mas não gosto. Alguns dos caras tomam quando estão desesperados, mas prefiro não desperdiçar dinheiro. Isso e cigarros, é disso que todo mundo começa a sentir mais falta aqui.

RubyMars: Você nunca me falou, você fuma?

AHall80: Não.

AHall80: Quase nunca. Às vezes, se estou muito estressado.

RubyMars: Você fumou aquele charuto que alguém te deu?

AHall80: Ainda não. Estou guardando para o dia que eu for embora.

AHall80: O que aconteceu com o cara que você teve um encontro?

RubyMars: Ele está me mandando mensagens. Perguntou quando podemos sair de novo.

AHall80: O que você disse?

RubyMars: Disse que talvez em breve. Eu gosto dele, mas... não sei. Acho que eu deveria gostar mais dele. Nossas mensagens ainda são esquisitas, e sinto que talvez não deveriam ser assim. Sei lá.

AHall80: Esquisitas como?

RubyMars: Como se nenhum de nós soubesse sobre o que falar um com o outro.

AHall80: Ah.

RubyMars: Isso é normal?

AHall80: Acho que sim.

AHall80: Eu só mandava mensagens para minha namorada se tinha algo a dizer para ela.

RubyMars: Que romântico.

AHall80: Eu sei, é por isso que estou solteiro.

RubyMars: Era para ser uma piada, desculpa.

AHall80: Eu sei disso. Não tem problema.

AHall80: É a vida.

RubyMars: ☺

RubyMars: Enfim, fico pensando que, se eu ainda não estou louca por ele, é uma perda de tempo para nós dois. Entende? Minha mãe diz que, no mesmo dia que conheceu meu pai, soube que estava louca por ele.

RubyMars: Não que eles tenham ficado juntos, mas você entendeu.

RubyMars: Ela disse a mesma coisa de todos os homens com quem se casou. Ou vocês dão certo ou não, mesmo se não for romântico.

RubyMars: Eu dei certo com todas as minhas melhores amigas desde o começo.

AHall80: Hum.

AHall80: Nunca pensei desse jeito. Você tem razão. Acho que deveria saber que tem algo especial rolando.

RubyMars: Minha irmã está me dizendo que estou inventando coisas e que estou esperando muito.

AHall80: O que ela acha que você está esperando?

RubyMars: Alguém perfeito.

AHall80: Isso não existe.

RubyMars: Eu sei que não. E não estou. Só imaginei que devesse sentir algo um pouco além da amizade esquisita, mas só me sinto… Não sei. Não sinto o suficiente. Tipo, não tenho saudade dele se não tenho notícias. Não me esforço para mandar mensagens para ele. Não me pego dizendo coisas para ele. Não fico sentada por aí pensando nele.

AHall80: Acho que nunca conheci ninguém por quem fiquei louco desde o começo, Rube. Pelo menos, não mais do que como amigo.

RubyMars: Nunca?

AHall80: Não.

AHall80: Mas você deveria esperar. Não estou dizendo que esse tipo de coisa não acontece, só que eu nunca passei por isso.

RubyMars: Talvez eu devesse dar outra chance a ele.

AHall80: Ou não.

RubyMars: ...

RubyMars: Você acha que eu não deveria me preocupar, então?

AHall80: Estou pensando no assunto, e acho que você entendeu logo de primeira. É basicamente perda de tempo se não está tão interessada assim. Tem de haver pelo menos alguma coisinha ali, caso queira que dure mais do que um dia.

AHall80: Eu queria ter sabido disso. Teria me impedido de namorar com um monte de garotas doidas.

RubyMars: Aulas com a Ruby às 13h. Fique ligado.

AHall80: Não.

RubyMars: ☺

AHall80: O que aconteceu com o seu perfil de namoro?

RubyMars: Ainda não terminei. Eu sempre adio, e não senti vontade de mexer nele. Talvez eu termine em breve. Tenho coisas mais importantes com as quais me preocupar do que namoro.

RubyMars: Se você disser mais alguma coisa sobre eu ir para a igreja ou me voluntariar em um abrigo de cachorros...

AHall80: Não vou.

RubyMars: Mas você estava pensando em falar, não estava?

AHall80: Talvez ☺

RubyMars: Você vai voltar a frequentar a igreja quando decidir voltar a namorar?

AHall80: ...

RubyMars: ...

AHall80: Tchau.

RubyMars: Haha, foi o que pensei.

AHall80: Eu não vou me voluntariar em um abrigo.

RubyMars: Você é um mentiroso de uma figa.

AHall80: ☺

AHall80: Não, eu estou de boa, é sério. Já lidei com drama e mentiras por uma vida.

RubyMars: Mas você já superou sua ex, né?

AHall80: Sim, não penso nela desde a última vez que conversei sobre ela com você.

AHall80: Eu tenho que ir. Nos falamos em breve?

RubyMars: Pode ser. Se cuide.

AHall80: Você também. Tchau, Ru.

6 de abril de 2009

AHall80: Oi.

RubyMars: Oi, perseguidor.

RubyMars: Como você está?

AHall80: Tudo bem. E você?

RubyMars: Bem. ☺

AHall80: Comecei a fazer as malas hoje. Quis resolver o que vou deixar para trás.

AHall80: Ainda é cedo demais, mas não tenho nada melhor para fazer.

RubyMars: O que você está considerando?

AHall80: Alguns livros, cartões e meu kit de banho.

AHall80: Minha pior cueca.

RubyMars: Alguém vai querer sua cueca velha?

AHall80: Não por livre e espontânea vontade.

RubyMars: Haha, você levou muitas?

AHall80: Sim.

AHall80: Aprendi a lição do jeito difícil que é melhor sobrar do que faltar.

AHall80: Talvez também devesse deixar as com freadas.

RubyMars: Freadas?

RubyMars: Você também está chorando de rir ou sou só eu?

AHall80: Só você.

AHall80: Posso te garantir que tem zero marcas de freada na minha roupa íntima.

RubyMars: Zero, jura?

AHall80: Talvez não zero... talvez duas.

RubyMars: Agora sim.

RubyMars: Haha.

RubyMars: Quando foi que chegamos a esse ponto?

AHall80: Você me contou que fez xixi em público.

RubyMars: ...

AHall80: Você fala de freadas com todos os seus amigos?

RubyMars: Só com os meus preferidos. ☺

AHall80: Que sorte a minha. ☺

AHall80: Eu tenho algumas branquinhas antigas que não estão mais tão brancas.

RubyMars: Estão marrons agora?

AHall80: ...

AHall80: Sim, mas não pelo motivo que você imagina. Estão sujas porque não posso tomar banho todo dia. Agora sei que não devo comprar mais cuecas brancas.

RubyMars: Eca. É, deixe essas aí.

RubyMars: Você tem que fazer alguma coisa logo antes de partir?

AHall80: Geralmente, não. Nossos substitutos vão começar a chegar em breve, então, ficaremos matando tempo, esperando nossa vez de pegar um voo para fora daqui.

RubyMars: Eu quero perguntar quão longo o voo é, mas talvez você possa me contar mais tarde.

AHall80: É. Se eu desaparecer do nada, é porque fui embora, mas vou tentar te avisar para que você não fique esperando o pior.

RubyMars: Pode me avisar pelo menos quando tiver chegado na base? Só para eu saber que você está bem.

RubyMars: Não que você precise fazer isso ou algo assim.

AHall80: Sim, mas ainda temos tempo.

AHall80: Eu te aviso.

RubyMars: O que você vai fazer quando chegar lá?

AHall80: Eu tenho uma semana de reintegração antes dos trinta dias de folga. Deixei minha caminhonete com o Max, então vou de avião até a Louisiana, depois, passarei uma semana na Escócia, outra na Flórida e estarei de volta uns dois dias antes de ter que voltar para a base.

RubyMars: Estou tão feliz que você vai para a Escócia. Vai se divertir muito com seus amigos. Vou viver através de você.

AHall80: ☺

AHall80: Também já resolvemos a situação com a casa na praia.

RubyMars: Onde vocês vão ficar? No Sul da Flórida?

AHall80: Não. Só queremos pescar e tal. Vamos ficar em uma cidade chamada San Blas.

RubyMars: Nunca ouvi falar.

AHall80: Já estive lá algumas vezes.

AHall80: Tenho que ir, mas te chamo em breve.

RubyMars: Tudo bem, tchau!

9 de abril de 2009

AHall80: Oi.

RubyMars: Oi. Como você está?

AHall80: Acabei de receber um e-mail do meu irmão que está me tirando do sério.

RubyMars: Tudo bem?

AHall80: Um babaca estava enchendo o saco da minha irmã, e ela não falou nada para ninguém.

RubyMars: Enchendo o saco dela como?

AHall80: Ele trabalha para o meu pai. Pelo que meu irmão ficou sabendo, o cara estava chegando na minha irmã... tocando nela mesmo sabendo que ela não gosta de ser tocada.

AHall80: Estou tremendo de tanta raiva que estou sentindo.

AHall80: Estou aqui, longe pra caramba, e não posso fazer nada, entende?

RubyMars: Isso vai soar idiota e arrogante, mas estou ficando irritada, e ela nem é parente minha. Como ele descobriu?

AHall80: Meu pai estava dando uma olhada na gravação da câmera de segurança depois que alguém caiu, e acabou vendo. Ele questionou minha irmã, e ela admitiu que o cara vinha fazendo isso há um tempo. Não era nada... inapropriado, porque ele estaria morto se esse fosse o caso, só nos braços e ombros, coisas assim. Não seria um problema para a maioria das pessoas, mas para ela é. Eu ganhei dois abraços dela na vida toda. Ela não... sabe como reagir... o que dizer, como interagir, ela fica toda quieta e não faz contato visual... esse tipo de coisa.

AHall80: É a minha irmãzinha, Ruby.

AHall80: Estou tremendo.

AHall80: Mal consigo digitar.

RubyMars: Se fosse a minha irmãzinha, eu também estaria me sentindo assim.

RubyMars: O que seu pai ou irmão fizeram?

AHall80: Ele demitiu o cara, mas isso não muda muita coisa. Todo mundo sabe que ela é autista, e o babaca se aproveitou dela.

AHall80: Desculpa.

RubyMars: Pelo quê?

RubyMars: O que eu posso fazer?

RubyMars: Faz quase um ano que tenho aula de kickboxing. Eu sei como armar uma bolsa explosiva, lembra?

RubyMars: É só me falar, e eu vou lá dar um jeito nisso.

RubyMars: Ninguém nunca vai saber que fui eu.

RubyMars: Pacto Sinistro, no estilo Ruby e Aaron.

RubyMars: Você está aí?

AHall80: Sim, estou aqui.

AHall80: Só estou ocupado.

AHall80: Balançando a cabeça.

AHall80: Eu não entendo como é que você pode me fazer rir mesmo quando eu quero matar alguém.

AHall80: Obrigado.

RubyMars: ☺ Eu não estava tentando fazer pouco caso da situação, só oferecendo meu conjunto limitado de habilidades para vingança, já que não estou na mira.

AHall80: Eu sei que não, Rubes, mas obrigado.

AHall80: É sério.

AHall80: "conjunto limitado de habilidades."

RubyMars: ☺

RubyMars: Eu roubei parte disso de um filme que vi há alguns meses.

RubyMars: Brincadeiras à parte, tem algo que eu possa fazer? Posso mesmo armar uma bolsa explosiva. Existe tutorial para tudo hoje em dia. Eu faria isso por você. Porque se fosse a Jas, eu mataria alguém.

AHall80: Obrigado, mas já me sinto melhor. Não preciso de você se metendo em problemas por mim.

RubyMars: Eu não me meteria em problemas, porque ninguém descobriria.

AHall80: ...

RubyMars: Desculpa mesmo, perseguidor. Entre mim, meus irmãos e minhas irmãs, tenho certeza de que somos capazes de qualquer coisa. Ninguém brinca com a minha família. Eles ajudariam.

AHall80: ☺ Eu te aviso se pensar em algo.

RubyMars: Não se esqueça de que fiz aikido por um tempo.

RubyMars: Eu disse isso para te fazer rir.

AHall80: E fez.

AHall80: Tenho que ir, mas te mando uma mensagem em breve.

AHall80: Obrigado, Rubes.

RubyMars: De nada.

RubyMars: Você é um bom irmão por estar chateado.

AHall80: Eu poderia ser melhor.

AHall80: ☺ Tchau.

RubyMars: Tchau

11 de abril de 2009

AHall80: Oi.

RubyMars: Oi.

AHall80: Tivemos outro bloqueio.

RubyMars: Foi o que imaginei. Você está bem?

AHall80: Cansado, e os dias são longos demais.

RubyMars: Pense assim: daqui a quatro semanas, você vai passear pela Escócia e vai ser ótimo. Daqui a cinco semanas, vai estar deitado em uma praia em algum lugar.

AHall80: É por isso que os meus dias parecem mais longos, aposto.

AHall80: Estou pronto para dar o fora daqui. Só penso nisso. Tento não pensar, porque nunca se sabe o que pode acontecer daqui a uma hora, mas é a única coisa me fazendo suportar os dias.

RubyMars: Entendo.

RubyMars: Quer uma distração?

AHall80: Sim.

RubyMars: Me convidaram para um encontro.

AHall80: Foi o cara de vinte e um anos?

RubyMars: Não, foi um amigo do meu irmão.

AHall80: ...

AHall80: O que te enganou?

RubyMars: Não. Não esse irmão. O amigo do meu irmão fuzileiro. Meu irmão que sugeriu.

AHall80: Seu irmão não viu problema nisso?

RubyMars: Não. Eu conheço o cara há um tempo. Eles eram colegas de casa antes de o meu irmão ir morar com o namorado. Ele é legal.

AHall80: Você disse que o outro cara era legal.

RubyMars: Eu também acho que você é legal.

AHall80: Você entendeu.

RubyMars: Entendi. Mas esse cara é muito legal. Igual a você. Ele sempre foi um doce comigo, mas nunca disse nem fez nada a respeito. Eu estava na casa do meu irmão para o aniversário do namorado dele, e o cara me chamou para sair.

RubyMars: Ele é muito gostoso, e isso está me deixando nervosa, mas se eu esperar para conhecer alguém que não faz com que me sinta esquisita, vou ser uma adulta usando fraldas.

RubyMars: Não sei por que eu te disse que ele é gostoso. Desculpa. Como se você se importasse ou quisesse saber.

AHall80: Você pode me falar o que quiser.

AHall80: Onde vai ser o encontro?

RubyMars: Não sei. Ele me disse que ligaria na quinta para sairmos na sexta.

AHall80: Por que ele está esperando para te ligar a semana toda?

RubyMars: ...

RubyMars: Ele está saindo com outras pessoas, não está?

AHall80: Não sei, mas...

RubyMars: Não tem problema. Não tenho nenhuma expectativa. Não estou apaixonada por ele ou algo assim. Só estou tentando sair um pouco e ganhar experiência.

AHall80: Eu não deveria ter dito isso, Ruby. Desculpa. Talvez ele seja ocupado.

RubyMars: Talvez.

AHall80: Olha, tenho que ir, mas desculpa por ter falado aquilo.

RubyMars: Você não fez nada de errado. Está tudo bem. Se cuide.

18 de abril de 2009

AHall80: Oi.

RubyMars: Oi, perseguidor.

AHall80: Como foi o seu encontro?

RubyMars: Terrível.

AHall80: Terrível como?

AHall80: Ele aprontou alguma?

RubyMars: Não. Ele tocou no assunto do outro cara.

AHall80: Aquele que te enganou?

RubyMars: Sim. Estávamos no meio do jantar em um restaurante muito chique e fiquei desconfortável quando ele disse: "Eu estava esperando para te chamar para sair". Nada de mais, certo? Eu disse: "É mesmo?". E ele falou: "Sim. Eu queria te dar um tempo para superar o Hunter".

RubyMars: Eu quis vomitar, Aaron. Perdi o apetite, e eu nunca perco o apetite, exceto quando estou morrendo de pneumonia.

AHall80: Hunter é o nome do cara?

RubyMars: Sim.

AHall80: Que merda.

RubyMars: É. Foi exatamente o que pensei.

RubyMars: Todo mundo sabia! Todo mundo!

RubyMars: Minha família saber era uma coisa, mas é muitíssimo pior os amigos do meu irmão também saberem... Sou uma baita de uma idiota. Vi que ele notou que eu queria vomitar, porque começou a recuar na mesma hora. Falei para ele que eu estava bem, mas não estava. Fiquei tão brava comigo mesma...

RubyMars: Eu sou tão idiota.

AHall80: Você não fez nada de errado.

RubyMars: Eu fiz. Poderia ter lidado com isso de uma maneira diferente. Poderia tê-lo superado há anos e seguido em frente, mas não... eu não.

RubyMars: Sou uma idiota.

AHall80: Você não é idiota.

AHall80: Todo mundo já gostou de alguém em algum momento e não foi recíproco, Ruby.

AHall80: Você sabe disso. Todo mundo.

RubyMars: Mas não por anos como uma babaca completa.

RubyMars: Eu...

RubyMars: AFF.

RubyMars: Tinha um cara bem na minha frente que gostava de mim, e eu não fazia ideia, porque estava babando durante metade da vida por alguém que não estava nem um pouco interessado em mim... como uma imbecil.

AHall80: Você não é imbecil.

AHall80: Você gosta desse cara?

RubyMars: Não diria que "gosto" dele. Nunca parei para pensar muito nisso. Ele é legal, e gosto de olhar para a cara dele.

RubyMars: Tentei não agir diferente pelo resto do encontro, mas sei que ele notou o quanto eu estava irritada e envergonhada.

AHall80: Você não fez nada de errado, lembre-se disso.

RubyMars: Vou tentar...

RubyMars: Ainda assim. Todo mundo em toda parte sabia que eu estava a fim dele. Eu quis me enfiar em um buraco para pessoas patéticas e nunca mais sair.

AHall80: Você não é patética.

AHall80: Você o superou agora e pode seguir em frente, certo?

RubyMars: Certo.

AHall80: Relaxe.

RubyMars: Mais fácil falar do que fazer. Nunca pensei que fosse tão orgulhosa assim, mas parece que sou.

AHall80: Está tudo certo com você. Foi só um cara.

AHall80: Relaxe.

RubyMars: Tudo bem.

AHall80: Pensei que fosse sua irmã que não sabia perder na família.

RubyMars: Ha. Ha. Ha.

RubyMars: Eu não quero mais falar sobre isso.

RubyMars: Enfim, como você está?

AHall80: Estou bem.

AHall80: Também não estou muito feliz.

AHall80: Ando muito estressado. Todo mundo está se coçando para dar o fora daqui. Mesma merda de sempre.

RubyMars: ☺

RubyMars: Mas isso é melhor do que coisas doidas acontecendo, né?

AHall80: Sim e não.

AHall80: Eu não quero reclamar.

RubyMars: Vou mudar de assunto.

RubyMars: Você teve mais alguma notícia da sua irmã e daquele cara lixo?

AHall80: Meu pai me mandou um e-mail dizendo que Paige está bem e agindo mais como si mesma. Ele falou que não havia notado que ela estava agindo de um jeito estranho até agora, que não está mais fazendo isso.

AHall80: Conhecendo meu pai, ele deve estar sentindo que falhou com a filha, mas não vai dizer nada a respeito.

RubyMars: Sinto muito, Aaron.

RubyMars: Se tiver alguma coisa que eu possa fazer ou dizer, me fale.

AHall80: Pode deixar.

AHall80: Me conte alguma coisa.

AHall80: Qualquer coisa.

RubyMars: Isso não é abrangente nem nada. ☺

RubyMars: Eu dei o vestido para a minha irmã.

AHall80: Mande uma foto.

AHall80: Como ela reagiu? O que ela falou?

RubyMars: Levei até o quarto dela quando estávamos sozinhas em casa, e o entreguei. Ela o encarou por um tempão, e eu realmente pensei que fosse chorar, mas, então, ela me abraçou e me disse obrigada.

RubyMars: Hoje passei pelo quarto dela e a vi sentada na beirada da cama, meio que encarando o nada. Espero que esteja pensando em ir patinar, mas vai saber.

RubyMars: Vou te mandar uma foto agora mesmo. Acho que é o meu melhor.

RubyMars: Mas...

RubyMars: Não sei se vai servir se ela tentar experimentar. Usei as medidas de quando ela estava treinando regularmente.

AHall80: Talvez isso a motive a voltar ao treino.

AHall80: Uau. Acabei de abrir o anexo. Você fez um padrão de arco-íris?

RubyMars: Sim. ☺ Pensei em fazer algo mais voltado para o vermelho, como uma fênix renascendo das cinzas, mas o arco-íris me pareceu mais interessante. Também é menos depressivo. Ela perdeu, não morreu. Eu queria que parecesse que ela estava se levantando, ou evoluindo. Como se fosse mais sobre viver a vida do que a morte.

RubyMars: Não sei se isso faz sentido, mas... talvez eu tenha pensado demais.

AHall80: Eu entendo. Uma fênix tem mais a ver com o renascimento. Você estava pensando mais na vida depois disso.

RubyMars: Sim! Exatamente!

AHall80: Estou vendo as coisinhas parecidas com asas que você fez. Nossa. É sério, Ruby. Nossa.

AHall80: Se ela não o vestir, você deveria dá-lo a alguém que vai. Esse vestido não merece ficar parado em um armário.

RubyMars: Obrigada.

AHall80: Você teve notícias daquele cara?

RubyMars: Qual cara?

RubyMars: ☺ primeira e única vez na vida que soei como uma pegadora.

AHall80: O mais novo.

RubyMars: Ele me mandou uma mensagem há algumas semanas, mas eu meio que falei nas entrelinhas que não quero mais fazê-lo perder tempo.

AHall80: Boa garota.

RubyMars: ☺

AHall80: Eu tenho que ir. Te mando outra msg em breve.

RubyMars: Tudo bem. Tchauzinho. Se cuide.

AHall80: Você também, RC.

21 de abril de 2009

AHall80: Me conte algo bom que aconteceu com você.

RubyMars: Oi para você também.

RubyMars: Eu me demiti do trabalho hoje.

AHall80: ...

AHall80: É sério?

RubyMars: É.

AHall80: O que aconteceu?

RubyMars: Eu surtei. Dei uma passada na loja para conversar com minha tia sobre uma mudança que ela queria fazer em um vestido, e ela começou a dizer umas coisas muito maldosas para mim... Fiquei parada lá, querendo chorar. Mas não chorei, e eu deveria ganhar um prêmio por isso, mas eu quis chorar. Então, ela disse algo sobre como poderia encontrar outra pessoa tão boa quanto eu por menos dinheiro, e isso me fez pensar em você, e eu simplesmente disse a ela que estava me demitindo.

AHall80: E o que ela respondeu?

RubyMars: Ela disse que eu tinha sorte de ser parente dela, ou teria me demitido há muito tempo, e que o meu trabalho estava abaixo do padrão, que minha família me mima há tempo demais, e que não tenho mais dezesseis anos e que preciso amadurecer... um monte de baboseira.

AHall80: ...

RubyMars: Ninguém nunca falou assim comigo. Fiquei bem magoada.

RubyMars: Eu provavelmente pareço uma criança falando isso, mas e daí? Não quero mentir para você e fingir que ri na cara dela ou algo do tipo. Mas eu queria.

AHall80: Você não está parecendo uma criança, Rubes. Sua tia deve ser uma jaca. Troque o J por V. Ela parece ser uma pessoa infeliz.

RubyMars: Ela é maldosa e infeliz. O marido a trai o tempo todo. Me sinto mal por ela, mas não entendo por que desconta em mim e em todo mundo.

AHall80: Ele a traindo ou não, o que ela fez me deixou irritado.

AHall80: Pra caramba.

AHall80: Você se demitiu de uma vez por todas?

RubyMars: Sim. Minhas mãos começaram a suar, eu quis vomitar e meu coração começou a bater muito rápido, mas eu me demiti. Falei para ela: "Eu me demito".

RubyMars: Parte minha se arrepende de não ter feito uma cena. Tipo, mostrado o dedo do meio ou dito algo bem pesado como: "Você nunca vai encontrar ninguém melhor do que eu", "Você vai se arrepender" ou ainda ter jogado um manequim no chão a caminho da saída.

RubyMars: Bem, fazer o quê, né?

RubyMars: Estou tentando transformar isso tudo em piada para não vomitar.

RubyMars: Não está ajudando muito.

AHall80: Ah, Ruby.

AHall80: Estou rindo e sentindo pena de você, tudo ao mesmo tempo.

AHall80: Não vomite.

RubyMars: Eu não tenho mais emprego, Aaron.

AHall80: Você tem, sim. As coisas que você faz por conta própria.

AHall80: Você tinha que se demitir. Sabe disso.

RubyMars: Eu sei.

AHall80: Você não poderia trabalhar lá para sempre. Você nem sequer gostava de trabalhar naqueles vestidos, gostava?

RubyMars: Não...

AHall80: E ela te pagava super mal, né?

RubyMars: Sim...

AHall80: Então qual é o problema?

RubyMars: Estou com medo. Eu nunca fiquei sem trabalho, e, agora, em menos de dois meses, perdi os dois.

RubyMars: Eu vou vomitar. Estou falando sério.

AHall80: Você não vai vomitar.

AHall80: Respire.

AHall80: Você consegue. Vai ficar bem.

AHall80: Preciso dizer que estou orgulhoso pra caramba de você por ter se demitido.

RubyMars: ☺

RubyMars: Agora você me fez querer chorar por uma razão diferente.

RubyMars: Obrigada por dizer isso.

AHall80: Estou falando sério.

AHall80: Tenho certeza de que deve ser muito assustador se demitir.

RubyMars: É mesmo.

RubyMars: Acho que vou ter que invadir o estoque de bebidas do nº 4 para me acalmar. Meu coração continua acelerado.

AHall80: ...

RubyMars: Não é o que você está pensando. Não são palpitações.

AHall80: Tem certeza?

AHall80: Não minta.

RubyMars: Tenho certeza. Desculpa por ter dito isso. Não se preocupe. Estou bem.

AHall80: ...

RubyMars: É sério.

AHall80: Tenho que ir, mas estou muito orgulhoso de você, Ruby. Não tenha medo. Você fez a coisa certa e vai dar um jeito em tudo. Talvez seja hora de focar em fazer suas coisas em tempo integral.

RubyMars: Talvez. ☺

AHall80: Não saia correndo para aceitar o primeiro trabalho que surgir caso se desespere mais tarde.

RubyMars: Me assusta o quão bem você me conhece.

AHall80: Hehe

AHall80: Tenho que ir. Você vai ficar bem.

AHall80: Nos falamos em breve. Tchau.

RubyMars: Tchau.

23 de abril de 2009

AHall80: E aí?

RubyMars: Você anda bem direto ultimamente.

RubyMars: Eu queria perguntar o quê, mas já sei do que você está falando.

AHall80: ?

RubyMars: Eu não arrumei outro trabalho.

AHall80: Ótimo.

RubyMars: ☺

RubyMars: Contei para minha mãe o que aconteceu, e ela se descontrolou. A última vez que o rosto dela ficou tão vermelho assim foi quando rasgou a calça saindo do carro.

RubyMars: Ela pegou o celular, e estava prestes a ligar para minha tia e lhe dar uma bronca que ficaria marcada na história, mas a impedi. Disse para deixar de lado, que eu já tinha resolvido tudo. Ela ficou impressionada. E me abraçou.

AHall80: Como deveria. Não conheço ninguém que simplesmente se demitiu como você.

RubyMars: …

RubyMars: Não?

AHall80: Não. Quem sai de um trabalho sem ter outro em vista?

RubyMars: Você não está brincando.

AHall80: Eu não estou brincando.

AHall80: ☺ Você fez a coisa certa.

RubyMars: Vou fingir que você não acabou de me falar isso, mas obrigada de novo.

RubyMars: Só sei que não quero que os outros continuem pisando em mim. Estava cansada do meu estômago doer toda vez que ela me ligava ou mandava mensagem.

AHall80: Você vai conseguir.

RubyMars: Eu vou conseguir.

RubyMars: Talvez, se eu disser isso vezes o bastante, passarei a acreditar.

AHall80: Haha

AHall80: Você vai conseguir.

RubyMars: ☺

RubyMars: Como estão as coisas por aí?

AHall80: Tudo bem. Arrumamos a papelada da Ax. Já sei com quem vou deixar algumas coisas. A mala está feita. Estou pronto para ir embora.

RubyMars: Estou muito feliz por você.

AHall80: Eu também. Estou pronto para ir para a Escócia. Max me mandou algumas coisas sobre o itinerário por e-mail, e andei dando uma olhada.

RubyMars: Por onde vocês vão passar?

AHall80: Edimburgo, algumas cidadezinhas, um castelo, três dias em Skye.

RubyMars: O que é Skye?

AHall80: Uma ilha. Procure agora mesmo. É onde gravam filmes.

RubyMars: Tudo bem, espere aí.

AHall80: Você está procurando?

RubyMars: Eu não deveria ter procurado. Estou com tanta inveja que deve ser pecado. Agora, preciso arranjar um emprego para economizar dinheiro e poder viajar.

AHall80: Posso perguntar se tem uma vaga para você ir junto.

RubyMars: Eu não tenho dinheiro, lembra?

RubyMars: ☺ Obrigada mesmo assim. Vou conseguir ir algum dia.

AHall80: Desculpa, Ruby.

RubyMars: Pelo quê? Você merece umas férias. Não quero estragar sua animação pela viagem.

AHall80: Você não estragou. Eu sei que essa não era sua intenção.

AHall80: Acabei de me lembrar de que você vai visitar o seu pai esse mês.

RubyMars: Aconteceu alguma coisa com os enteados dele. O lado bom é que o cartão-presente que ele me deu cobre qualquer viagem de ida e volta, então posso ir quando quiser. Talvez em julho.

RubyMars: Mas deu tudo certo, porque eu não deveria gastar muito dinheiro agora.

RubyMars: Minha mãe e o nº 4 vão para o Havaí. Você já foi?

AHall80: Para o Havaí? Não. Mas quero.

AHall80: Mas não gosto mais de lugares cheios de turistas. Pessoas demais, barulho demais... péssimo.

RubyMars: Eu entendo. Meu irmão é igualzinho. Há um monte de lugares para visitar que não são parques de diversão nem armadilhas para turistas.

AHall80: Você tem razão.

AHall80: Tenho que ir, mas te mando uma msg em breve.

RubyMars: Tudo bem. Se cuide.

AHall80: Você também. Tchau, RC.

25 de abril de 2009

AHall80: Oi, Rubes.

RubyMars: Oi.

RubyMars: Tudo bem?

AHall80: Na maior parte, sim.

RubyMars: Dia ruim?

AHall80: Não tem sido dos melhores.

RubyMars: Desculpa.

RubyMars: Tem algo que eu possa fazer?

AHall80: Me distrair?

RubyMars: Tudo bem.

RubyMars: Deixe-me pensar. Nada idiota aconteceu comigo recentemente, nem com ninguém que eu conheça...

AHall80: Você ia me contar sobre como sua mãe te ensinou a andar de bicicleta há um tempo.

RubyMars: Eu esqueci! Tudo bem. Vou te contar.

RubyMars: Não é uma história longa.

RubyMars: É um pouco idiota, na verdade. Não sei nem por que eu ia te contar sobre isso.

AHall80: Me conte mesmo assim.

RubyMars: Tem certeza?

AHall80: Sim.

RubyMars: Tudo bem.

RubyMars: Lembra que te contei que ela falava um monte de baboseira para os filhos, mas não deixava outras pessoas fazerem o mesmo? Tenha isso em mente.

RubyMars: Eu provavelmente tinha uns seis anos, e meu pai estava do meu lado há um bom tempo quanto a tirar as rodinhas (os dois ainda estavam juntos naquela época). Mas ele sempre teve o coração mole, e toda vez que falhava em me ensinar, quando a bicicleta tombava ou se eu batia em alguma coisa, ele desistia e colocava as rodinhas de volta. Nada de mais, certo?

RubyMars: Minha mãe, por fim, se cansou de eu não aprender e, um dia, saiu depois de eu ter caído, bem quando eu estava dizendo ao meu pai que não queria tentar de novo... e tenho quase certeza de que eu estava chorando. Enfim, ela veio até nós, apontou para mim e disse: "Suba na bicicleta. Eu vou te ensinar, já que certa pessoa não consegue". Então, subi na bicicleta, porque, naquela idade, eu já sabia que não era bom desobedecê-la. Ela segurou a parte de trás do assento enquanto eu me acomodava, me dando algumas instruções... as mesmas coisas que meu pai dava todas as vezes. Equilíbrio, mãos no guidão, esse tipo de coisa.

RubyMars: Antes de ela começar a empurrar a bicicleta e a mim para frente, ela se aproximou da minha orelha e disse: "Se você não fizer isso direito logo de primeira, Rubella, é você quem vai limpar a cozinha e o banheiro pelo próximo mês, entendeu, querida? Você consegue. Eu acredito em você".

RubyMars: É, eu aprendi a andar de bicicleta na mesma hora. HAHA.

AHall80: Não era nada disso que eu pensava que fosse acontecer.

RubyMars: Ela fez a mesma coisa com a Jas quando a hora chegou. Eu a ouvi. Você nunca viu duas perninhas de uma criança de cinco anos pedalando tão rápido.

AHall80: HAHA.

AHall80: Meu pai me ensinou a dirigir.

RubyMars: E como foi?

AHall80: Deu tudo certo. Eu dirijo bem.

RubyMars: Nada arrogante da sua parte.

AHall80: Eu dirijo mesmo. É verdade.

RubyMars: Tão modesto. Em qual tipo de carro você aprendeu a dirigir?

AHall80: No sedã branco dele. Ele sempre teve carros brancos. Diz que não ficam tão quentes quanto os pretos.

RubyMars: Minha mãe fala a mesma coisa!

AHall80: ☺

AHall80: Quantos anos você tinha?

RubyMars: Dezessete. Tive que arranjar um emprego primeiro para pagar o seguro. E você?

AHall80: Tirei a carteira aos quinze, e estava dirigindo aos dezesseis.

RubyMars: Exibido.

AHall80: Parece que foi há uma vida. Às vezes, não acredito que vou fazer trinta anos. Penso que ainda tenho dezesseis ou dezoito na maior parte do tempo.

RubyMars: Eu sei. Não consigo acreditar que terminei o ensino médio há quase sete anos. Tipo, o que foi que eu fiz da vida desde então, sabe?

AHall80: Exatamente.

AHall80: Eu nunca soube o que iria fazer, mas não era ser militar.

AHall80: Ainda não sei o que quero fazer.

RubyMars: Você tem a vida toda pela frente. Pode fazer o que quiser com ela. Você é inteligente, responsável e tem uma cabeça boa.

AHall80: Não sei, não.

RubyMars: É verdade. Eu não diria se não fosse.

RubyMars: Li em algum lugar que somos mais felizes na casa dos trinta.

AHall80: É sério?

RubyMars: Sim, acho que, nessa altura, já sabemos melhor quem somos e temos uma vida mais encaminhada.

RubyMars: Se esse for o caso, tenho seis anos para me endireitar, haha. Vou precisar de todos os segundos possíveis.

AHall80: Você vai dar um jeito.

RubyMars: As coisas sempre podem piorar. É isso que falo para mim mesma quando não estou chorando com um pote de Blue Bell.

AHall80: O que é Blue Bell?

RubyMars: ...

RubyMars: Você está brincando.

AHall80: Não. O que é?

RubyMars: ...

AHall80: Sim, eu estou brincando. Nós temos isso na Louisiana.

RubyMars: Ainda bem, porque eu estava prestes a tentar descobrir como liofilizar sorvete para te mandar um pouco, do outro lado do mundo.

AHall80: HAHA.

AHall80: Você não existe.

RubyMars: ☺ Me disseram que eu existo e que sou adorável.

AHall80: Quem disse isso? Sua mãe?

RubyMars: ....

AHall80: ....

RubyMars: ....

AHall80: ☺

RubyMars: Eu retiro o que disse quando te chamei de legal.

AHall80: HAHA.

AHall80: Pensei que fôssemos amigos.

RubyMars: Sinceramente, você é o meu amigo mais próximo hoje em dia.

RubyMars: Não sei por que eu te disse isso. Sem pressão. Não quis que fosse esquisito. Eu tenho outros amigos. É só que, com você, é diferente.

RubyMars: Eu gosto mais de você do que todo mundo que conheço. Você me entende.

RubyMars: Estou só piorando a situação.

RubyMars: Vou parar de digitar agora.

AHall80: Eu sei o que quer dizer. Você é, basicamente, minha amiga mais próxima também.

RubyMars: ☺

AHall80: Você pode voltar a digitar.

RubyMars: Estou com medo de dizer algo de que eu possa me arrepender.

AHall80: Tipo o quê?

RubyMars: Sei lá. Algo de que eu me arrependa.

AHall80: Tipo?

RubyMars: Não vou me enterrar ainda mais fundo nesse buraco, haha.

AHall80: Você já cavou um buraco bem fundo, o que são mais alguns centímetros?

RubyMars: Você também já pisou em cocô de gente!

AHall80: Eu estava falando de quando você fez xixi em público, Ruby.

RubyMars: Ah.

RubyMars: Isso.

RubyMars: Haha

AHall80: É, isso.

AHall80: ☺

RubyMars: Eu assumo a culpa.

AHall80: Tenho que ir, mas te mando uma mensagem em breve.

RubyMars: Tudo bem, tchau e se cuide.

AHall80: Você também.

26 de abril de 2009

AHall80: Oi.

RubyMars: Oi.

AHall80: Geleia ou manteiga de amendoim?

RubyMars: É uma pegadinha?

AHall80: Não.

RubyMars: Geleia.

AHall80: Graças a Deus.

AHall80: Acabei de ouvir cinco pessoas argumentarem que manteiga de amendoim é melhor do que geleia por uma hora no jantar. Eu estava cansado de dizer a eles que estavam todos loucos.

RubyMars: Você também é do Time Geleia?

AHall80: Cem por cento.

RubyMars: Que bom. Eu não iria querer parar de ser sua amiga por causa de algo idiota como gostar mais de manteiga de amendoim, mas eu ficaria com saudade da nossa amizade.

AHall80: Haha

AHall80: Aaron e Ruby, RIP 2008 – 2009.

RubyMars: Estou com lágrimas nos olhos.

RubyMars: "Ruron Para Sempre".

AHall80: Ruron? Ruby + Aaron? Inteligente.

RubyMars: É o nome do nosso ship.

AHall80: Ship, tipo, navio em inglês?

RubyMars: Ah, que pobre e doce criança inocente.

RubyMars: Ship. Shipar. Eu shipo tal pessoa com tal pessoa.

AHall80: Eu não sei do que você está falando.

RubyMars: Hoje é o dia em que a nossa amizade morre.

RubyMars: Você nunca ouviu essa palavra?

AHall80: Não.

AHall80: É sério.

AHall80: "Hoje é o dia em que a nossa amizade morre."

AHall80: Ruby...

RubyMars: Eu te perdoo, então. Eu me esqueço de que você não é muito nerd.

RubyMars: Shipar é... "relationSHIP", tipo, relacionamento em inglês. Gostar de dois personagens e achar que deveriam estar em um relacionamento no mesmo fandom.

RubyMars: Você sabe o que é fandom?

AHall80: Eu sei o que é fandom.

RubyMars: Certo. Você viu Buffy. Lembra do Angel? O vampiro? Buffy + Angel = Bangel.

AHall80: Entendi.

AHall80: Eu gostava mais do outro cara.

RubyMars: ......

RubyMars: Spike?

AHall80: Sim.

RubyMars: Case-se comigo.

RubyMars: Acho que eu te amo.

AHall80: Haha

AHall80: Certo.

RubyMars: Não estou brincando. Case-se comigo. A oferta continua válida.

RubyMars: Mentira, foi brincadeira. ☺

RubyMars: Quanto do seriado você viu...?

AHall80: ......

AHall80: Sete temporadas?

RubyMars: Só teve sete temporadas.

RubyMars: Aaron.

RubyMars: Estou com lágrimas nos olhos pela segunda vez hoje.

AHall80: Max me enviava fitas de todas as temporadas há uns quatro ou cinco anos quando eu estava em missão. Ele também via, mas nunca vai admitir.

RubyMars: Eu retiro o que disse. Hoje é o dia em que a nossa amizade se torna eterna. Haha.

AHall80: ☺

AHall80: Por mim, tudo bem.

RubyMars: Que bom, haha.

AHall80: Eu tenho que ir, mas te mando uma msg em breve, Ruron.

RubyMars: Tudo bem, tchau, Ruron.

28 de abril de 2009

AHall80: Você já sentiu vontade de acabar com alguém no soco?

RubyMars: Oi para você.

RubyMars: Só uma ou duas vezes.

RubyMars: Por quê?

AHall80: Quem?

AHall80: É um cara que está me tirando do sério. Ele é ingênuo e idiota.

RubyMars: Quem eu quero socar?

RubyMars: Desculpa. Você se meteu em uma briga com ele?

AHall80: Sim.

AHall80: Não, mas eu quis. Sei que ele é um soldado idiota que ainda não viu nem fez nada, e sei que ele não sabe de nada… mas é difícil ficar de boca fechada enquanto ele tagarela um monte de merda sem parar.

RubyMars: Eu quis socar uma garota no ensino médio que costumava falar de mim pelas costas. Também quis socar o estranho que bateu no meu carro no estacionamento ano passado. Só isso.

RubyMars: Esse tipo de pessoa é a pior.

AHall80: Fizeram bullying com você na escola?

RubyMars: Eu não chamaria de bullying. Ela só fazia alguns comentários idiotas, bem baixinho, quando eu podia ouvi-la. Só me irritou nas primeiras dez vezes.

AHall80: Você fez alguma coisa para ela parar?

RubyMars: Não.

AHall80: …

RubyMars: Eu te falei que não me incomodava tanto. Ela era uma pessoa cheia de ódio. Nada de mais. Mas, por um tempo, queria ter chutado a bunda dela se tivesse chance.

RubyMars: Ela tinha seios gigantes e, uma vez, deve ter se curvado, e tudo aquilo caiu para fora do sutiã, porque o mamilo estava claramente para fora. Dava para ver. Eu vi e não disse nada.

RubyMars: Também vi o namorado dela na época a traindo quando fui ao cinema, e nunca disse nada.

RubyMars: Estou me sentindo culpada ao pensar nisso agora.

RubyMars: Estou dominando a conversa com as minhas besteiras. Foi mal. Me conte sobre o soldado idiota.

AHall80: Não, você não está. Nem estou mais tão irritado.

AHall80: Você sabe como ela está hoje em dia?

RubyMars: A garota malvada?

AHall80: Sim.

RubyMars: Não. Mas agora eu quero dar uma pesquisada, haha.

RubyMars: Você já socou alguém?

AHall80: Socar alguém? Não. Me meter em uma briga? Sim.

RubyMars: Por quê?

AHall80: Por nada. Eu estava bêbado e fui idiota no ensino médio.

RubyMars: Sem graça. Eu queria uma fofoca de qualidade.

AHall80: Haha, não. Não foi nada do tipo.

RubyMars: Nem mesmo por causa de uma das suas milhões de namoradas?

AHall80: Eu não tive um milhão.

AHall80: E até parece, nunca por causa de uma garota.

RubyMars: Só 999.999 namoradas.

AHall80: ......

AHall80: Tchau.

RubyMars: ☺

RubyMars: Você ainda está aqui.

AHall80: Umas vinte no máximo. A maioria foram garotas que namorei por um mês.

RubyMars: O próprio sr. Compromisso.

AHall80: ......

AHall80: Juro pela minha vida. Passei tanta vergonha na frente dos outros soldados desde que comecei a te mandar e-mails e mensagens, que não sei se algum dia vou recuperar minha reputação. As pessoas não conseguem me levar a sério quando rio alto do que você fala.

RubyMars: Pobrezinho.

AHall80: Caramba, Ruby.

RubyMars: Haha.

RubyMars: Eu te respeito, caso isso sirva de algo.

RubyMars: Na maior parte do tempo.

AHall80: "Na maior parte do tempo."

AHall80: TCHAU.

RubyMars: ☺☺☺

AHall80: Enfim, tudo bem com você?

RubyMars: Sim. E você?

AHall80: Sim, estou bem.

AHall80: Ouvi uma piada que me fez pensar em você.

RubyMars: Me conte.

AHall80: Onde as vacas vão passear?

RubyMars: Já estou com lágrimas nos olhos.

AHall80: No Muuuseu.

RubyMars: Você é um tesouro pelo qual sou grata todos os dias da minha vida.

AHall80: ☺ Eu sabia que você ia gostar. Eu tinha que te contar.

AHall80: Tenho que ir, mas te chamo em breve, RC.

RubyMars: Tchau, Ruron.

RubyMars: Se cuide.

30 de abril de 2009

AHall80: Oi.

RubyMars: Oi.

AHall80: O que você está fazendo?

RubyMars: Nada. Estou no sofá, comendo para me esquecer dos problemas enquanto vejo TV.

AHall80: Quer que eu pare de falar?

RubyMars: Não.

AHall80: O que você está vendo?

AHall80: Alguém colocou o primeiro filme dos X-Men para passar hoje e pensei em você.

RubyMars: Estou me sentindo tão orgulhosa.

RubyMars: Estou maratonando Project Runway...

AHall80: O que é isso?

RubyMars: Um reality sobre estilistas competindo para alavancarem a carreira.

AHall80: Eu deveria ter adivinhado. ☺

RubyMars: Estou no meu segundo miojo. Pensei em você.

AHall80: HAHA.

AHall80: É gostoso. Não como quando não estou aqui, mas me acostumo rápido.

RubyMars: Adivinhe.

AHall80: O quê?

RubyMars: Eu tive outro encontro ontem.

AHall80: Com?

RubyMars: Um amigo do meu irmão.

RubyMars: Não com o cara de que você não gosta, com o que não me enganou.

AHall80: Eu pensei que ele te irritava.

RubyMars: E irritava, mas ele me ligou e perguntou se eu queria ir a uma exposição especial no museu de ciência. Eu ia dizer não por causa do que aconteceu da última vez, mas não ir porque eu estava envergonhada... imaginei que você fosse me falar para ir.

AHall80: Sim.

RubyMars: Então eu fui. Foi legal.

AHall80: Ele não tentou pular em você?

RubyMars: Ele me beijou.

RubyMars: Só isso. Foi bom.

RubyMars: Você está aí?

AHall80: Sim.

RubyMars: Tudo bem?

AHall80: Sim.

AHall80: Vai sair com ele de novo?

RubyMars: Ele me convidou para ir ao cinema amanhã. Tem uma sessão matinal na qual servem panquecas.

AHall80: Você vai acordar cedo?

RubyMars: Sim. Você não é a primeira pessoa a me perguntar isso. ☺

AHall80: Ok.

RubyMars: Acho que vai ser divertido desde que eu não caia no sono durante o filme.

AHall80: Não faça isso.

RubyMars: Não farei. Espero.

RubyMars: Ele é muito legal. Não faria nada comigo.

AHall80: Se você está dizendo...

RubyMars: Eu te disse que eu o conheço há anos. Ele é do bem.

AHall80: Ok.

RubyMars: ...

RubyMars: Você está bem?

AHall80: Sim.

RubyMars: Você teve um dia ruim?

RubyMars: Quer que eu pare de falar?

AHall80: Não.

AHall80: Não, está tudo bem.

RubyMars: Certo.

RubyMars: Que bom.

RubyMars: Eu vendi um monte de bandanas a um cara que dá banho em cachorros; minha irmã o conheceu por causa do trabalho.

AHall80: Isso é ótimo.

RubyMars: Também achei.

AHall80: É.

RubyMars: Você teve mais notícias da Escócia ou da Flórida?

AHall80: Não.

RubyMars: Tem certeza de que está bem?

AHall80: Estou ótimo.

AHall80: Tenho que ir. Te escrevo em breve.

RubyMars: Ok.

RubyMars: Estou aqui, caso precise conversar sobre algo.

AHall80: Eu sei. Tchau.

RubyMars: Tchau, Ruron.

QUERIDO AARON   MARIANA ZAPATA

@capítulo doze
Maio

16 de maio de 2009

AHall80: Oi.

RubyMars: Oi.

AHall80: Tudo bem?

RubyMars: Sim. E você?

AHall80: Também.

AHall80: Como anda a sua busca por trabalho?

RubyMars: Tudo bem. Recebi mais encomendas.

AHall80: Vestidos de patinação?

RubyMars: Sim. E algumas roupas de cachorro.

RubyMars: Obrigada por perguntar.

AHall80: O que foi?

RubyMars: Nada.

AHall80: Tem algo errado. O que foi?

RubyMars: Nada.

RubyMars: Está tudo bem.

AHall80: Ruby.

RubyMars: Aaron.

AHall80: Ruby.

RubyMars: Aaron.

RubyMars: Estou bem.

AHall80: Eu sei que tem algo errado.

AHall80: Você não está respondendo direito.

AHall80: E, quando responde, não parece você.

RubyMars: ...

AHall80: ...

AHall80: O que foi?

RubyMars: Nada.

AHall80: Você não pode me contar?

RubyMars: Só estou tentando não falar nada que possa te irritar.

AHall80: Me irritar?

RubyMars: Sim.

AHall80: Do que você está falando?

RubyMars: Você estava todo esquisito na nossa última conversa e não me escreveu nada por quase duas semanas. Eu te mandei dois e-mails e... nada. Você ficou irritado. Não preciso ver o seu rosto para saber disso. Você não é o único que sabe notar quando algo está errado.

AHall80: Eu não fiquei irritado.

RubyMars: Vai mesmo continuar insistindo que não ficou irritado com algo?

AHall80: ...

RubyMars: Foi alguma coisa que aconteceu com a sua ex?

AHall80: Não. Nada disso.

RubyMars: ...

RubyMars: Tá, tudo bem.

RubyMars: Se algo estava te incomodando e não tem nada a ver comigo, tudo bem. Podemos conversar sobre isso se quiser, você sabe. Mas você andou esquisito e sabe disso.

AHall80: Eu não andei esquisito.

RubyMars: Se você diz...

RubyMars: Você desapareceu por duas semanas sem nenhuma explicação. Eu vi as notícias. Sei que não houve motivo para um bloqueio. Fiquei preocupada de que algo tivesse acontecido com você.

RubyMars: Somos amigos. Você não me deve nada. Tudo o que eu queria era não ter feito ou dito o que eu fiz ou disse na última conversa.

AHall80: Você não fez nada, RC.

RubyMars: ...

AHall80: É sério.

RubyMars: Então tá.

RubyMars: Fiquei com saudade de falar com você.

RubyMars: Só isso.

AHall80: Eu andei ocupado.

RubyMars: Ok.

AHall80: Também fiquei com saudade de falar com você, tá?

RubyMars: Ok.

AHall80: ...

RubyMars: ...

AHall80: Parece que vou embora em breve, mas vou tentar te avisar antes de partirmos para que você não se preocupe.

RubyMars: Ok.

AHall80: ...

RubyMars: Se cuide.

AHall80: Você também. Tchau, Rubes.

RubyMars: Tchau.

21 de maio de 2009

AHall80: Ei.

RubyMars: Oi.

AHall80: Você ainda está brava comigo?

RubyMars: Eu nunca fiquei brava com você.

AHall80: Também nunca fiquei bravo com você.

RubyMars: Ok.

AHall80: É sério.

RubyMars: Tem certeza?

RubyMars: Sei que vivo reclamando de pessoas sendo maldosas comigo, mas posso lidar com a verdade.

AHall80: Sim, tenho certeza.

RubyMars: Então, tá.

AHall80: É sério?

RubyMars: Como assim?

AHall80: Você só precisa disso para dizer que "então, tá"?

RubyMars: …

RubyMars: Sim. Por que eu precisaria de mais? Você não está mentindo para mim, está?

RubyMars: Já perguntei um monte de vezes se havia algo de errado, você teve sua chance.

AHall80: Não.

RubyMars: Ok.

RubyMars: Foi o que imaginei. Se estivesse chateado por causa de algo que fiz, esperava que você tivesse me dito. Se houver algo que queira conversar, também pode me dizer.

AHall80: Sim.

AHall80: Eu sei.

RubyMars: Então está tudo bem.

RubyMars: Eu não quis surtar com você da outra vez. Desculpa.

AHall80: Você não surtou.

AHall80: Muito.

RubyMars: ☺

RubyMars: Está tudo bem entre nós, então?

AHall80: Sim.

AHall80: Tenho andado com a cabeça cheia. Não quis descontar em você. Desculpa por te assustar. Não pensei nisso.

RubyMars: Entendo. Eu sei. Tudo bem.

RubyMars: Como estão as coisas?

AHall80: Boas. Estou pronto para dar o fora daqui.

RubyMars: Aposto que sim.

AHall80: Ei, o que aconteceu com sua irmã?

RubyMars: No começo, nada. Mas a treinadora ligou para minha mãe há alguns dias, dizendo que uma das patinadoras mais jovens lhe contou que tinha visto Jasmine dando duro no rinque, tentando fazer alguns saltos antes de as pessoas começarem a chegar. Ainda é cedo demais para cantar vitória, mas acho que é um bom sinal. Ontem, eu a ouvi correndo na esteira na garagem.

AHall80: Que bom, isso é ótimo.

RubyMars: Também acho ☺

RubyMars: Te aviso se algo mudar.

RubyMars: Pensei em te mandar um e-mail, mas não mandei.

AHall80: Percebi.

RubyMars: Ha. Ha. Ha.

RubyMars: Eu também não recebi nenhum e-mail seu, espertinho.

AHall80: ☺

AHall80: Você é a única pessoa com quem ainda estou trocando mensagens. Já me despedi dos meus outros dois contatos da AuS, e minha família e meus amigos sabem que vou avisá-los assim que o avião decolar.

RubyMars: Você está fazendo com que eu me sinta especial.

RubyMars: Se está tentando puxar meu saco por ter me ignorado por duas semanas, está funcionando.

AHall80: Ninguém me faz rir como você.

AHall80: Não estou tentando puxar seu saco. ☺

RubyMars: É claro que não. ☺

RubyMars: Falando nisso... vou te contar algo engraçado que aconteceu há uns dois dias.

RubyMars: Estou com alergias terríveis ultimamente, e não tenho tomado os remédios. Estava no apartamento do meu irmão mais velho, ajudando com a pintura, e as janelas estavam abertas. Eu estava segurando o xixi, porque ele estava ocupado cuidando do banheiro. Espirrei tão forte que fiz xixi na calça. Muito. Pra caramba. Não tinha como esconder. Ele se deitou no chão quando contei o que aconteceu e cobriu o rosto com as mãos.

AHall80: ...

RubyMars: Engraçado, né?

AHall80: Sim.

AHall80: Sim.

RubyMars: Por sorte, ele tem uma máquina de lavar e uma secadora. Prometeu não contar a ninguém, e espero que ainda não tenha contado, então tenho esperanças de que ele não desembuche tudo algum dia quando estiver bêbado.

AHall80: Eu não faria isso com minha irmã.

RubyMars: Ele faria, haha.

AHall80: Você não está preocupada que eu conte a alguém?

RubyMars: Não, você não faria isso comigo.

RubyMars: Enfim, como está sua irmã?

AHall80: Ela está bem, pelo que fiquei sabendo no último e-mail. Meu irmão disse que ela voltou a agir normal.

RubyMars: Fico feliz em saber disso.

AHall80: Eu também.

AHall80: Você arranjou mais trabalho?

RubyMars: Só um pouco, mas um deles é importante. Um dos teatros da região entrou em contato comigo há dois dias perguntando se eu poderia fazer os figurinos de uma das peças. A figurinista deles se demitiu de repente e não finalizou as roupas, e eu disse que poderia terminar o trabalho dela. Tenho três dias antes dos ensaios com figurino, mas vou trocar sono por dinheiro.

AHall80: Como eles conseguiram o seu número?

RubyMars: Um dos atores é amigo da minha irmã mais velha. ☺

AHall80: Que bom que deu certo.

RubyMars: Exatamente.

RubyMars: Enfim, você teve notícias da Escócia?

AHall80: Nenhuma novidade.

AHall80: Mas estou pronto para ir.

AHall80: A nova unidade já chegou. Vou embora a qualquer momento.

RubyMars: Ar-condicionado por toda parte!

AHall80: Encanamento.

RubyMars: Cerveja!

AHall80: Pizza.

RubyMars: Roupas limpas!

AHall80: Nada de areia.

RubyMars: Nada de ratos!

AHall80: Nada de insetos.

RubyMars: Menos chances de desidratação!

AHall80: ☺

AHall80: Você é de outro mundo.

RubyMars: De um mundo bom?

AHall80: Muito bom.

RubyMars: ☺

AHall80: Sinto muito pelas últimas semanas.

AHall80: Também fiquei com saudade de conversar com você.

RubyMars: Ninguém te falou que você não poderia falar comigo.

AHall80: Que belo jeito de me fazer sentir culpado.

RubyMars: Mas é verdade, né? ☺

RubyMars: Estou só brincando com você.

AHall80: Não, você tem razão. É verdade.

AHall80: Desculpa.

RubyMars: Eu sei, está tudo bem. Eu te perdoo.

AHall80: Você perdoa todo mundo, né?

RubyMars: A maioria. Guardar rancor gasta muita energia e é perda de tempo.

RubyMars: Não quero viver irritada, entende?

AHall80: Entendo.

AHall80: Hum.

RubyMars: Ainda somos a versão platônica de Ruron.

RubyMars: Se você quiser.

AHall80: ... sim.

AHall80: Tenho que ir, mas te mando mensagem antes de ir embora. Tenho a sensação de que o dia está chegando.

RubyMars: Tudo bem. Se cuide. Se não me avisar antes de partir, tenha um bom voo e não se esqueça de levar um livro para ler quando não estiver roncando.

AHall80: Ha. Ha.

AHall80: Senti falta de falar com você.

AHall80: Tchau, Ruby Chubi.

RubyMars: Tchau, perseguidor.

25 de maio de 2009

AHall80: Me conte alguma coisa.

RubyMars: Eu caí da escada hoje. Estava de meia e o meu calcanhar escorregou pela beirada. Por um milagre, não quebrei o braço.

RubyMars: Minha bunda parecia um monte de pecinhas de dominó caindo de degrau em degrau.

AHall80: Ruby.

RubyMars: Não foi meu melhor momento. Não tinha ninguém em casa, pelo menos.

AHall80: Não tem vídeo?

RubyMars: Não tem vídeo. Desculpa estragar seus sonhos.

AHall80: Isso está na minha lista de coisas que eu gostaria de ver depois de uma pizza com o dobro de pepperoni.

RubyMars: Estou muito honrada de que eu machucando a bunda esteja na sua lista pós-pizza, haha.

AHall80: ☺

AHall80: E antes de macarrão com queijo também.

RubyMars: Haha.

RubyMars: Você nunca me conta quando coisas vergonhosas ou idiotas acontecem com você.

AHall80: Porque não acontecem.

RubyMars: Mentiroso.

AHall80: Hehe

AHall80: Vesti a cueca ao contrário uma vez.

RubyMars: Uma vez.

RubyMars: Saia daqui.

AHall80: ☺

RubyMars: Quer uma piada nova? Faz tempo.

AHall80: Claro.

RubyMars: Por que o pinheiro não se perde na floresta?

RubyMars: Porque ele tem uma pinha. Um mapinha.

AHall80: Isso é tão ruim que ficou bom.

RubyMars: Eu sei!

AHall80: ☺

RubyMars: Comprei a passagem para visitar meu pai.

AHall80: É? Quando?

RubyMars: 8 de julho, vou ficar uma semana.

AHall80: Legal.

AHall80: Tenho que ir. Eu só queria dar uma passada e te dizer oi.

RubyMars: Sem problemas. ☺

RubyMars: Se cuide.

AHall80: Tchau.

RubyMars: Tchau.

27 de maio de 2009

AHall80: Vou embora daqui a pouco.

RubyMars: É sério?

AHall80: É muito sério.

RubyMars: !!!!!

AHall80: ☺

RubyMars: Certo. Tenha um bom voo.

AHall80: Vai ser um saco, mas vai valer a pena.

RubyMars: Ax vai voltar com vocês?

AHall80: Sim, meu comandante vai levá-la para casa.

RubyMars: Estou tão feliz.

RubyMars: É sério, tenha um bom voo, e, caso eu não fale com você de novo, gostei muito de te conhecer. Dê um abraço em

Aries por mim e aproveite sua viagem para a Escócia e a Flórida. Se algum dia você decidir ter uma conta no Facebook, poste fotos, e se eu te enviar um pedido de amizade, aceite. Ou não. ☺

AHall80: Vou te mandar um e-mail em breve.

RubyMars: Boa sorte ☺ Tenha um bom voo.

AHall80: Obrigado, Rubes.

AHall80: Espere aí.

AHall80: Quero que saiba que é a melhor amiga por correspondência que já tive. Essa missão teria sido muito pior sem você.

AHall80: Desculpa pelo que aconteceu no começo...

RubyMars: Não se preocupe com isso. Ficou no passado, e eu entendo.

AHall80: Ainda me sinto péssimo por causa disso.

RubyMars: Você já me compensou. Não pense mais nisso. Eu entendo.

RubyMars: Demos um jeito.

RubyMars: Se quiser saber, estou feliz por você ter me respondido, no final das contas. Os últimos meses teriam sido horríveis sem você também. Obrigada por estar aí por mim.

RubyMars: Você realmente virou meu amigo preferido.

RubyMars: Vou sempre me lembrar de você.

AHall80: Não se preocupe com isso.

RubyMars: Não vou.

AHall80: Falo com você de novo quando estiver na base no Kentucky. Não vou sumir da face da Terra.

AHall80: Prometo.

RubyMars: Se você diz, ok, mas não se sinta obrigado a fazer isso. Você não me deve nada.

AHall80: Eu te devo muito mais do que você imagina.

AHall80: Não vou simplesmente me esquecer de você, fala sério.

AHall80: Ei, o que aconteceu com aquele cara que você teve um encontro? O amigo do seu irmão? Não o de que eu não gosto.

RubyMars: Nada. Fomos ao cinema. Depois, ele me convidou para um churrasco na casa dele. Ele está fora da cidade há umas duas semanas. Deve voltar daqui a alguns dias, mas nós só trocamos mensagens.

AHall80: Entendi.

RubyMars: ☺ Gosto dele, mas não foi amor à primeira vista nem nada assim.

RubyMars: Eu sei que você precisa ir. Tenha um bom voo e aproveite o seu encanamento.

RubyMars: Mais uma coisa.

AHall80: Ok.

RubyMars: Não se esqueça de comer bastante fibra para finalmente poder fazer cocô.

AHall80: TCHAU, RUBY.

RubyMars: Bjs.

Maio

— Você fez *o quê*?

Curvei a cabeça, envergonhada, e — por mais uma maldita vez — deixei a humilhação percorrer meu rosto, pescoço, peito e *a alma toda*.

Idiota, idiota, idiota. *Idiota, idiota.*

Eu era tão idiota.

— Pequenina — minha irmã gargalhou, seus ombros tremendo enquanto ela se afundava ainda mais no assento acolchoado da cabine, para onde a hostess da lanchonete tinha nos levado havia quinze minutos. O tilintar e o estalar dos pratos e talheres engoliu a maior parte da sua risada, mas eu já a tinha ouvido cair no riso vezes demais para saber exatamente qual era o som. Exceto que, geralmente, ela ria de Jonathan ou Sebastian, não de mim.

O problema era que havia o "rir até chorar ao ponto de todo mundo olhar para a sua cara", e havia o "rir tanto que nenhum som saía da boca".

E Anatalia, ou Ana ou Tali, como a chamávamos, estava bem entre os dois. Era como se o corpo dela não conseguisse decidir o que queria fazer. Rir ou morrer de rir.

— *Você não fez isso* — ela basicamente arquejou.

Eu a encarei, arrastando o copo de água gelada em minha direção sobre o porta-copos. Meu rosto ficou vermelho, muitíssimo vermelho, enquanto me lembrava pela centésima vez da merda imperdoável e inesquecível que eu havia digitado na minha última mensagem para Aaron.

Bjs.

B-droga-j-s.

Aff. Aff, aff, aff.

Aff pelo resto da minha vida. Pelo resto da existência do universo. *Para sempre.*

Os olhos de Tali se arregalaram, e o rosto ganhou um tom de vermelho quase bordô. As mãos foram até o peito, e toda a parte de cima do corpo se moldou no assento acolchoado como se estivesse tentando se fundir a ele. Como se estivesse revivendo em sua cabeça o que eu tinha feito e quisesse desaparecer. Eu conhecia aquela expressão. Havia tentado fazer a mesma coisa depois de apertar a tecla *Enter*. Eu quis que um buraco negro me sugasse.

— Ruby — ela inspirou meu nome com força.

Infelizmente, eu não tinha conseguido imitar *De Volta para o Futuro*. Meu buraco negro também não aparecera. Abaixei a tela do notebook como se aquilo fosse magicamente fazer as letras sumirem.

Mas eu sabia a verdade.

E Aaron sabia a verdade.

Eu tinha realmente enviado aquilo: Bjs.

Fechar a tela não adiantaria nada.

Quando abri o notebook de novo, as letras ainda estavam lá na tela, caçoando de mim.

— Por que você fez isso? — Tali soltou, as mãos ainda para cima, envolvendo as bochechas quase bordôs. Seus olhos azul-escuros, a única coisa que tínhamos em comum, brilhavam como se não estivesse levando oxigênio até o cérebro por conta do tanto que ela havia estado, e ainda continuava, gargalhando.

Ela me faria reviver aquilo ainda mais vezes do que eu mesma já tinha feito. Por que eu estava surpresa?

— Não fiz de propósito. Em um segundo, estávamos trocando mensagens, brincando, no outro, ele digitou "tchau" e, antes de eu perceber o que estava fazendo, enviei aquilo. — Pensei em erguer as mãos bem onde nós duas pudéssemos vê-las, para que eu pudesse sacudi-las e humilhá-las pelo que tinham feito. Minhas mãos tinham me traído. Haviam se rebelado contra mim.

Depois de tudo pelo que tínhamos passado juntas...

Minha irmã jogou a cabeça para trás e riu alto, seu corpo todo vibrando. Mesmo gargalhando, ela era uma das pessoas mais lindas que eu já tinha visto. Não deixei de notar seus dedos enxugando as lágrimas que, eu tinha certeza, haviam se acumulado nos olhos. Eu sabia que aquela seria sua reação. Eu sabia. Era o que eu estivera esperando. Por isso, levei dois dias para confessar. Porque, se tivesse sido ao contrário, e ela tivesse sido a idiota que enviou "bjs" a um amigo, eu teria reagido igualzinho.

— E ele não disse nada depois? — ela conseguiu, de alguma forma, perguntar, mesmo enquanto ria.

Balancei a cabeça enquanto observava seu rosto franzido, carrancudo.

— Fechei a tela do computador, e ele tinha desconectado.

Dei de ombros, então, deixei-os caírem em derrota, em fracasso total. Àquela altura, metade da minha vida parecia um fracasso. Que diferença faria outro na lista?

Eu estava começando a soar igual a Jasmine com sua baboseira de: "O mundo está conspirando contra mim".

— Ah, Ruby — Tali meio suspirou, meio se engasgou, como se pudesse sentir minha dor, mas como se também achasse hilário. — Você mandou um e-mail para ele depois?

Esperei até eu ter bebido outro gole de água antes de lhe contar a verdade:

— Não, pensei que fosse piorar tudo. — O que não contei a ela foi que fiquei acordada na cama por duas horas remoendo a sequência de três letras como um disco arranhado, desejando poder voltar no tempo e reviver aqueles três segundos, me impedindo de possivelmente arruinar uma amizade com a qual eu realmente tinha começado a me importar ao longo dos últimos nove meses.

Aquilo era um eufemismo com o qual eu não parava de mentir para mim mesma, e com o qual, provavelmente, continuaria a mentir pelo resto da vida.

Amizade.

Como se isso fosse tudo o que eu sentisse por aquele homem cujo rosto eu nunca tinha visto. *Por isso* sabia que a situação estava feia. Eu nem sabia como ele era, mas não importava, porque já sentia uma atração enorme por Aaron.

Ele era gentil, mas não gentil demais. Engraçado. Honesto. Rancoroso ao ponto de ser real. E não era um esquisitão. Ele me compreendia e ainda gostava de mim.

Então não era nenhuma surpresa que eu gostasse de Aaron Hall. Gostava muito dele. Muito, muito. Mais do que muito. Se eu realmente me permitisse parar para pensar, provavelmente nem chamaria o que sinto por ele de algo parecido com "gostar".

Mesmo sabendo que havia mil e uma coisas que Aaron não estava disposto a compartilhar comigo.

Mas aquele pensamento só durou até eu me lembrar de que eu era idiota e não tinha direito algum de sentir nada por ninguém, ainda mais por ele. Já tinha passado mais da metade da minha vida babando por alguém que não me via como nada além da irmãzinha do melhor amigo, mesmo depois de termos... feito certas coisas. Aprendi a lição. Pelo menos, você pensaria que eu teria aprendido. Não me colocaria na posição de viver um amor não correspondido de novo. Estava muitíssimo ciente do castelo que construí e do que ele era feito: amizade.

Caso encerrado. A porta estava trancada e lacrada. Eu não faria isso, nem naquele dia, nem no seguinte, nem nunca. Não, obrigada. Meu castelo estava localizado no limite da cidade Negação, e teria que continuar daquele jeitinho, perfeitamente "muito bem, obrigada".

— O que você vai fazer se Aaron te mandar outra mensagem? — Tali perguntou enquanto o garçom se aproximava da mesa. Nenhuma de nós disse nada enquanto ele servia os três pratos de comida com um sorrisinho elegante para minha irmã, o que passou desapercebido, porque ele não era uma mulher com seios que cabiam em um sutiã tamanho 42.

Puxei o sanduíche Reuben com fritas na minha direção, sorrindo para o garçom, que ainda encarava a pele pálida, o cabelo ruivo escuro e os olhos azuis de Tali, cheio de esperança. O pobre rapaz não fazia ideia de que nunca teria uma chance com minha irmã. Eu já tinha passado por algo parecido. Então, eu disse a ela:

— Vou fingir que nada aconteceu, ou pedir desculpas e falar que não sei por que escrevi aquilo e que me arrependo pra caramba.

Minha irmã riu ao pegar o Reuben dela com as duas mãos, alheia ao garçom ainda ali perto ajeitando os talheres ao redor do prato que havia servido ao lado do meu.

— Você quer continuar sendo amiga dele, não quer? — ela perguntou.

Não era como se eu não falasse de Aaron. Eu falava. Minha

família toda sabia dele. Não havia muitas coisas que eu escondia do pessoal de casa, exceto pela coisa toda de estar caidinha por um quase estranho. Tudo o que eu tinha dito era que éramos amigos.

— Sim... — falei, observando o garçom ignorado dar mais uma olhada em Tali antes de, por fim, bufar e se afastar.

— Então só peça desculpas e, com sorte, ele vai entender que você mandou por mandar. — Houve uma pausa e, um segundo depois, ela prensou os lábios. O queixo vacilou.

Eu soube o que ela faria antes mesmo de começar, mas, ainda assim, fiz careta quando ela caiu no riso de novo, alto. Muito, muito alto.

— *Por que você fez isso, Pequenina?*

— *Eu não sei!* — sibilei em resposta, tentando não rir, mas falhando, e ficando envergonhada, tudo ao mesmo tempo. Como sempre. — Simplesmente aconteceu. Foi como se eu estivesse falando com você ou algo assim.

— Você nunca digitou isso para mim!

Resmunguei e senti todo o meu corpo queimar de vergonha outra vez.

— Eu sei! Eu nunca digitei isso para ninguém. — Não mesmo. Nem mesmo no auge do meu desespero com Hunter, eu havia digitado aquilo para ele.

— O que você nunca digitou para ninguém? — soou outra voz feminina meio segundo antes de Jasmine deslizar no assento ao meu lado, as mãos já puxando para si o sanduíche cubano com batata doce frita que ela nunca comeria com frequência.

Sinalizando com a mão no pescoço, balancei a cabeça para Tali, implorando para ela não dizer nada.

Ela não me viu ou não se importou, porque, quando notei, estava tagarelando:

— Pequenina mandou "bjs" na conversa com o amigo militar dela.

Jasmine bufou um segundo antes de morder o sanduíche. Com a boca cheia de porco, disse algo que soou como:

— Aquele de quem você gosta?

— Eu não gosto dele assim — tentei mentir.

A garota de dezoito anos que me tratava como se eu fosse sua irmã mais nova riu com o que eu sabia que era descrença.

Revirei os olhos e suspirei, focando o olhar na parede atrás do assento de Tali, então, ignorei a maneira como minha irmã mais nova não acreditava no que eu tinha dito e como a mais velha estava praticamente morrendo de vergonha por mim.

— Cale a boca.

— Antes de você ser uma imbecil, ele tinha dito que manteria contato? — Tali perguntou ao tentar alcançar o prato de Jasmine para roubar uma batata. Ou foi minha imaginação, ou nossa irmãzinha rosnou alto o bastante para que Tali afastasse a mão por livre e espontânea vontade.

— Ele disse que sim, mas... — Dei de ombros e pigarreei. — Veremos. — As coisas seriam diferentes quando ele estivesse de volta aos Estados Unidos e a vida dele não girasse em torno do exército. Eu entendia.

— Você não manteve contato com nenhum dos outros soldados com quem se correspondeu antes, né? — Jasmine indagou entre mordidas, deixando bem claro que, geralmente, estava tão focada na própria vida que não prestava atenção na de mais ninguém.

— Não. — Mas, por outro lado, a maior parte das minhas conversas com outros amigos por correspondência pela Ajude um Soldado tinham sido sobre o tempo, seus filhos e se gostavam mais disso ou daquilo. Nunca contei a mais ninguém sobre minha família, minha falta de relacionamentos ou... nada tão pessoal daquela maneira. Eu era uma imbecil. Uma enorme de uma imbecil que deveria ter pensado melhor. Outro suspiro que provavelmente deixou coisas demais transparecerem me escapou. — Quem sabe, talvez ele não me responda. Não é como se precisasse escrever de volta.

Porque não precisava. Aaron não me devia nada.

Não deixei de notar os olhares que as duas trocaram. Nenhuma delas achava que ele me escreveria. Ou, talvez, tenham visto além da minha máscara. Sinceramente, eu preferia não saber.

Se havia uma coisa que eu tinha aprendido ao longo dos últimos anos, era que, só porque você se importava com alguém e só porque eles faziam parecer que também se importavam com você, no final das contas, isso não significava nada.

Eu aceitaria o que a vida tinha me dado e ficaria feliz com o que quer que fosse.

@capítulo treze
Junho

Eu estava cortando tecido quando meu celular apitou. Estava traçando o molde para as bandanas reversíveis nas quais estive trabalhando pela última hora, e quis começar por aquele que eu planejava usar do outro lado. Nunca me acostumei com o quanto as pequenas coisas da vida me deixavam animada, mas saber que eu teria um produto finalizado em breve... me fez sorrir, mesmo sendo bandanas para cachorros, pois eram as *minhas* bandanas para cachorro. Não as de outra pessoa.

Nem me importei em me apressar para ver a tela do celular. Qualquer pessoa que me mandasse mensagens depois das seis sabia que geralmente eu estaria focada no trabalho. Se fosse algo importante, poderiam me ligar. Levei mais meia hora até terminar de cortar os triângulo gigantes no segundo tecido antes de pegar o celular na mesa de trabalho.

Foi então que vi.

AHALL80 ENVIOU UMA MENSAGEM

Meu coração acelerou.

E tão rápido quanto acelerou, pareceu ter perdido o controle de um jeito que não fazia havia anos.

Fazia duas semanas que o aplicativo do Skype não era aberto no meu celular, muito menos no computador. Duas semanas nas quais tentei parar de pensar no homem de quem fui forçada a virar amiga através de uma fundação. Catorze noites nas quais, toda vez que me deitava na cama — e toda vez que tinha um tempinho livre para pensar —, eu pensava naqueles malditos B, J e S. Mas, na maior parte do tempo, eu pensava era no homem que tive a chance de conhecer, me perguntando se Aaron havia chegado bem em casa e tentando não sentir falta de seus e-mails e mensagens.

Eu á havia dito ou feito coisas que não deveria diversas vezes na vida, mas o que fizera na nossa última conversa foi, e continuava sendo a pior de todas. Não sabia como algo poderia superar isso.

Conhecendo minha sorte, eu havia me amaldiçoado só de pensar naquilo, mas empurrei a possibilidade para o fundo da mente até mais tarde.

Eu tinha coisas mais importantes com as quais me preocupar: como Aaron ter me enviado uma mensagem depois de semanas, da maneira que tinha dito que faria, depois de eu praticamente ter lhe dito que estava lhe mandando beijos, como uma perseguidora.

Desde que conversei com minhas irmãs sobre aquilo, fiquei me perguntando se não havia me preocupado demais. Talvez ele nem tivesse lido. Ou, se tivesse, não interpretara como se eu estivesse pronta para ter seus filhos ou que eu estava secretamente apaixonada por ele enquanto tentava manter a calma. Falei para mim mesma para não me preocupar com o fato de não ter tido notícias dele por semanas; eu sabia das escalas que os soldados enfrentavam quando voltavam para casa das missões fora do país. Não existiam voos diretos. Quando eu não dizia a mim mesma para parar de pensar na nossa última conversa e não me preocupar caso nunca mais falasse com ele, eu pensava que, se nunca mais conversássemos, eu ficaria bem.

Mas, toda vez que eu pensava em nunca mais falar com Aaron, meu coração doía um pouquinho. Mais do que um pouquinho. Aquilo me deixava com indigestão, e eu nunca tinha indigestão.

Mas... eu entenderia se ele nunca mais entrasse em contato comigo.

Eu compreenderia.

Minha irmã Jasmine era uma pessoa diferente no meio do treinamento para uma competição. Todos os aspectos de sua vida mudavam nessa situação. Se Aaron não tivesse tempo para ser meu amigo quando sua vida estivesse de volta ao normal na base nos Estados Unidos, eu não poderia culpá-lo. Tempo era algo que não se saía distribuindo gratuitamente. Era precioso.

Então, quando **AHALL80** piscou na tela do meu celular outra vez com um **(2)** ao lado do nome, meu coração praticamente fez uma dancinha que eu não sentia vontade de fazer desde...

Eu não pensaria nisso.

Estivera preocupada com ele. Ele tinha atravessado um oceano em um avião. Não havia nada estranho em ficar feliz por seu amigo estar bem.

E era isso o que eu continuaria a falar para mim mesma.

Para sempre.

Porque era tudo o que eu teria, e só precisava viver com isso como já vinha fazendo.

Colocando de lado a tesoura e a pilha de tecidos para bandanas que eu tinha acabado de cortar, desbloqueei a tela e cliquei no ícone da notificação, ignorando o pico de animação e alívio com o nome dele na minha tela.

Estava tudo certo. *Estava tudo certo.* Ele não estaria escrevendo para mim se eu tivesse causado algum dano irreparável à nossa amizade.

Isso era outra coisa que eu continuaria a dizer para mim mesma.

10 de junho de 2009
19:49

AHall80: Oi.

AHall80: Estou vivo.

RubyMars: É você mesmo?

AHall80: Haha. Sim.

AHall80: Oi.

RubyMars: Oi.

AHall80: Estou de volta.

RubyMars: Era o que eu estava esperando. ☺ Como foi o voo e todo o resto?

AHall80: Uma merda, mas as treze horas que fiquei preso em Bagdá valeram a pena. Cheguei, não me importo.

RubyMars: É isso aí.

RubyMars: Já comeu pizza e bebeu cerveja?

AHall80: Sim, saí para comer com alguns caras logo depois da cerimônia.

RubyMars: Tem uma cerimônia? Eu não me lembro disso.

RubyMars: Quantas cervejas você bebeu?

RubyMars: Zona livre de julgamentos, lembra?

AHall80: Depois que o avião pousou. Eu só bebi duas cervejas... não exagerei muito depois de tanto tempo.

RubyMars: Você comeu pizza de pepperoni?

AHall80: Uma gigante.

AHall80: Com o dobro de pepperoni.

RubyMars: Que aventureiro.

AHall80: Sou cheio de estilo.

RubyMars: Haha

RubyMars: Por favor, me fale que já tomou um banho quente.

AHall80: ...

AHall80: Ruby.

AHall80: Sim.

AHall80: Terminei a reintegração hoje, e meu amigo me levou para comprar um celular novo, já que minha caminhonete não está aqui.

RubyMars: O que você fez com o celular que tinha antes de partir?

AHall80: Cancelei o plano, porque eu estava indo embora. Não havia motivo para mantê-lo. Vendi o aparelho também.

AHall80: Não ligo de ter um número novo. Ninguém me liga mesmo.

RubyMars: Você está falando comigo nele agora?

AHall80: Não, comprei um celular baratinho. Não preciso de nada chique. Comprei um notebook novo. É o que estou usando agora.

RubyMars: Você também vendeu seu notebook?

AHall80: O meu quebrou antes de eu sair em missão. Não me importei em comprar outro, porque a areia entra em tudo. Era por isso que eu te mandava mensagens pelo computador na base.

AHall80: Comprei algumas roupas e outras porcarias quando saímos. Vou para Shreveport amanhã.

RubyMars: Você está animado?

AHall80: Sim.

RubyMars: Estou muito feliz por você. Estou alegre por você estar de volta.

AHall80: Eu também.

AHall80: Como você está?

AHall80: Eu queria ter te mandando uma msg antes, mas não consegui por causa da situação com o celular e o notebook.

RubyMars: Bem. Tudo certo. Está tudo ótimo.

AHall80: Conseguiu mais trabalho?

RubyMars: Alguns. Não estou com dificuldades financeiras, mas preciso de mais trabalho. Ainda não estou surtando. Você ficaria orgulhoso do quão bem estou lidando com tudo.

AHall80: Você vai ficar bem, Rube.

RubyMars: ☺

AHall80: Teve outro encontro?

RubyMars: Sim.

AHall80: E aí?

RubyMars: Foi legal.

AHall80: Com quem?

RubyMars: Com outra pessoa. Um cara com quem tive um encontro há, tipo, um ano.

RubyMars: Antes de você e eu virarmos amigos.

AHall80: Como foi que isso aconteceu?

RubyMars: Ele é amigo de uma amiga minha. Eu estava na casa dessa amiga, porque era aniversário dela, e ele também estava lá e me convidou. Acho que ele namorou com alguém por um ano, mas terminaram. Eu disse sim. E fui.

AHall80: O que aconteceu?

RubyMars: Como assim?

AHall80: Aconteceu alguma coisa no encontro?

RubyMars: ...

RubyMars: Sou tão transparente assim?

AHall80: Faz meses que você me manda mensagens. Sim.

AHall80: O que aconteceu?

RubyMars: Nada de ruim.

RubyMars: Ele me beijou e tentou ir além do que eu pretendia.

RubyMars: Você sabia que alguns caras acham que está tudo liberado depois do primeiro encontro?

AHall80: Liberado?

AHall80: Ruby.

AHall80: Ele te forçou a fazer alguma coisa?

RubyMars: Forçar? Não. Ele só... esperava que rolasse. Como se me levar ao cinema e a um restaurante fofo de comida italiana significasse que eu lhe devia alguma coisa. Fiquei irritada, só isso. Mais comigo mesma do que com ele.

AHall80: Você não fez nada de errado.

RubyMars: Eu sei que não. Só que me senti uma garotinha. Eu nem estava com um decote muito grande para ele supor que eu o estava seduzindo ou nada do tipo.

RubyMars: Não sei o porquê de eu ter usado o verbo seduzir.

RubyMars: Desculpa. Às vezes, me esqueço de que você é um cara.

AHall80: ...

RubyMars: Você entendeu o que eu quis dizer.

AHall80: Sim, entendi.

RubyMars: Só eu que não sabia que um encontro já bastava? Pensei que fosse algo de uns três encontros antes de esperarem o sexo.

AHall80: "O sexo."

AHall80: Caramba, Ruby.

RubyMars: Haha, você entendeu!

AHall80: Sim.

AHall80: E, sim, essa é a nova regra. Você é a única que não sabia.

RubyMars: Ótimo. Obrigada.

AHall80: Tem certeza de que ele não fez nada com você?

RubyMars: Você é um fofo. E não, eu juro. Ele ainda está vivo. Ele me beijou quando eu não estava esperando e começou a tentar tocar meus seios pequenos (alerta de spoiler). Eu disse a ele para parar, e ele parou.

RubyMars: Notei que ficou frustrado, mas tudo bem. Tenho certeza de que ele nunca mais vai me ligar. Não que eu queira que ele ligue. Ele é meio nojento.

AHall80: Que bom.

AHall80: Você não está perdendo nada. Dane-se esse cara.

RubyMars: É, dane-se ele.

AHall80: Você completou o seu perfil?

RubyMars: Não. Acho que chega para mim por enquanto. Não sinto que estou deixando algo incrível passar.

AHall80: Você saiu de novo com aquele outro cara? O amigo do seu irmão?

RubyMars: Sim. Semana passada.

RubyMars: Outro fracasso.

RubyMars: Fui até a casa dele para jantar e ver um filme, e adivinha o que encontrei?

AHall80: Você foi até a casa dele para jantar e ver um filme? Você sabe o que isso significa?

RubyMars: Jantar e ver um filme...?

AHall80: ...

AHall80: Não.

AHall80: É a mesma coisa que rola no terceiro encontro ou no primeiro, de acordo com a nova regra.

RubyMars: Eu estava mesmo me perguntando por que minha mãe olhou esquisito para o nº 4 quando contei a eles aonde estava indo.

RubyMars: Isso me faz sentir ainda pior, perceber que eles sabiam o significado. Eu me lembro da minha mãe indo jantar na casa do Ben quase toda noite antes de eles se casarem.

RubyMars: Eu poderia continuar sem essa imagem mental.

AHall80: Ruby.

RubyMars: Eu divaguei. Vou dar um jeito no meu cérebro mais tarde. Adivinha o que encontrei na casa dele?

AHall80: Se você disser camisinhas...

RubyMars: Eca, camisinhas não.

RubyMars: Encontrei uma calcinha enfiada entre os assentos do sofá. Eu estava procurando o controle e tchã-rã! Calcinha de renda preta. Uma cena saída direto de um filme péssimo de romance. Não consegui correr rápido o suficiente para lavar as mãos depois.

RubyMars: O que eu realmente quero saber é como alguém vai embora sem calcinha? Isso é algo que acontece? Mesmo?

AHall80: ...

AHall80: RC, a alegria que você traz para a minha vida... jamais vou conseguir te compensar por isso.

RubyMars: Estou falando sério!

AHall80: Eu sei que está. ☺

AHall80: Nunca tive nenhuma calcinha perdida na minha casa.

AHall80: ... mas já encontrei algumas na casa do Max. Você tem razão. Se não conseguisse encontrar minha cueca, eu a procuraria.

RubyMars: Exatamente. Roupas íntimas não são baratas.

AHall80: Haha.

AHall80: O você fez? Foi embora?

RubyMars: Não. Quando ele voltou da cozinha, eu mostrei para ele.

AHall80: Você não fez isso.

RubyMars: Fiz. Não fui babaca, só disse: "Acho que alguém que você conhece perdeu algo". Ele começou a se desculpar. Basicamente, ficou vermelho, gaguejou por um minuto todinho e disse que provavelmente era da ex-namorada, blá, blá, blá.

RubyMars: "Da ex-namorada." Eu sou tão ingênua assim?

AHall80: Você é adorável.

AHall80: Mas um pouco ingênua. Não muito.

RubyMars: Foi o que pensei.

AHall80: E depois?

RubyMars: Depois ficou esquisito, mas jantamos, vimos o filme, e eu voltei para casa. Ele me mandou algumas mensagens dizendo que sentia muito e tal, mas não vou sair com ele de novo.

AHall80: Não gostou dele o bastante para perdoá-lo?

RubyMars: Na verdade, é mais nojento ele não ter limpado o sofá. Eu sou preguiçosa. Não posso namorar outro preguiçoso.

AHall80: ...

RubyMars: ☺

RubyMars: Enfim, chega de falar sobre mim. E você? Algum encontro desde que voltou?

AHall80: Não. Tenho outras coisas nas quais gastar meu dinheiro agora, além de comprar bebidas caríssimas em um bar qualquer para ficar com alguém.

RubyMars: Lembra aquela vez que você me disse que era uma péssima ideia ficar com mulheres em um bar?

AHall80: Ha. Ha.

RubyMars: Ha. Ha. Haha.

AHall80: Eu só estou interessado em uma garota agora.

RubyMars: É mesmo?

AHall80: Na Estátua da Liberdade.

RubyMars: E você acha que eu sou brega.

AHall80: Eu nunca disse que você era brega.

RubyMars: ...

AHall80: Tudo bem. Talvez uma vez. Mas sua piada é que era brega. Não você.

RubyMars: Tá, sei.

RubyMars: Está conseguindo dormir?

AHall80: Não muito, meus horários estão confusos.

RubyMars: Melatonina, já ouviu falar nisso?

AHall80: Ainda são sete horas, é cedo demais para ser insolente.

RubyMars: ☺

RubyMars: Nunca é cedo demais para ser insolente.

RubyMars: Estou feliz de verdade por você ter chegado bem.

AHall80: Eu também, Rubes.

AHall80: Te mando outra msg logo.

22:03 (dia seguinte)

AHall80: Cheguei em Shreveport.

RubyMars: Finalmente.

AHall80: O que você está fazendo?

RubyMars: Assistindo a um filme com minha irmãzinha.

RubyMars: O que você está fazendo? Pensei que estivesse passando um tempo com seus amigos.

AHall80: Eles estão jogando Need for Speed aqui do lado.

AHall80: Nós fomos comer logo depois que me buscaram.

AHall80: Que filme você está vendo?

RubyMars: Eles moram juntos?

RubyMars: Palhaços Assassinos.

AHall80: Max e Des? Não. Mas o Des vai dormir aqui hoje. Ele já bebeu meia garrafa de vodca.

AHall80: Que raios é isso?

RubyMars: Quanto você bebeu?

RubyMars: É um filme... sobre palhaços assassinos que vieram do espaço, haha.

AHall80: Duas cervejas e 1/8 da vodca.

AHall80: Estou bem.

AHall80: Acho que está tarde o bastante para a insolência entrar no chat.

AHall80: O filme é como estou pensando que é?

RubyMars: Aposto mesmo que você está bem, haha.

RubyMars: A insolência entrou no chat.

RubyMars: Você está perguntando se o filme é tão exagerado que fica engraçado com alguns figurinos muitíssimo interessantes? Sim.

AHall80: Haha.

RubyMars: Divirta-se com Max e Des. ☺

02:14

AHall80: Ruby.

AHall80: Vc está aí?

RubyMars: Oi.

AHall80: Como é que você se parece?

RubyMars: Eu pareço uma garota...

AHall80: Eu acho que vc devra vir me visitar.

RubyMars: Você está bêbado?

AHall80: Não.

AHall80: Talvez.

AHall80: Um pouquin.

RubyMars: Certo.

AHall80: Vc vai vir me visitar?

RubyMars: Não, eu quis dizer "certo, você está bêbado", haha.

AHall80: Vc n vai vir me visitar?

RubyMars: Me pergunte amanhã quando não estiver bêbado.

AHall80: Vc n está dizendo não.

RubyMars: Também não estou dizendo sim. ☺

AHall80: Pense nisso.

RubyMars: Tudo bem.

AHall80: Vc é que nem minha irmãzinha.

RubyMars: Tudo bem.

AHall80: Estou usando as meias que você me deu.

RubyMars: Está?

AHall80: Sim.

AHall80: Vou dormir.

RubyMars: Boa ideia. ☺

RubyMars: Boa noite. Durma de bruços.

AHall80: Tá. Boa noite.

12:16

AHall80: Eu sinto muito mesmo por ontem à noite.

RubyMars: Do que você está falando?

AHall80: Das mensagens que te mandei.

RubyMars: Que mensagens?

AHall80: As mensagens de bêbado.

RubyMars: Que mensagens de bêbado?

AHall80: ...

AHall80: Você as respondeu.

RubyMars: EU SEI.

RubyMars: HAHA.

RubyMars: Só estava brincando com você.

AHall80: ...

AHall80: Eu bebi demais.

RubyMars: Percebi. ☺

AHall80: Desculpa.

RubyMars: Não precisa se desculpar. Você não é a primeira pessoa a me mandar mensagens bêbado.

RubyMars: Sabe quem mais me mandou mensagens bêbado ontem à noite?

AHall80: Quem?

RubyMars: Aquele cara com quem me encontrei. O cara da calcinha no sofá.

RubyMars: Ele disse coisas, tipo, "dsclp pela outra noite. Vc é mt bonita".

AHall80: O que você disse?

RubyMars: Eu não respondi, haha.

AHall80: Quem mais te manda mensagens bêbado?

RubyMars: Todo mundo. Meus irmãos, minha irmã, meus amigos. Eles sabem que estou acordada, então mandam.

RubyMars: O que você vai fazer hoje?

AHall80: Nada. Eles estão de ressaca.

RubyMars: E você não?

AHall80: Não.

RubyMars: Mentiroso.

AHall80: ☺

AHall80: Sim, estou mentindo. Estou com dor de cabeça.

AHall80: Acho que nunca mais vou conseguir sentir o cheiro de vodca.

RubyMars: Haha

RubyMars: Não vou dizer que você pediu por isso, mas...

AHall80: Eu pedi por isso.

AHall80: Ha. Ha.

AHall80: Eu li o que te mandei agora há pouco, desculpa por ser esquisito.

RubyMars: Não tem problema. Sei que não era sua intenção.

AHall80: Não que eu não queira te conhecer.

RubyMars: Entendo. As pessoas dizem certas coisas quando estão bêbadas.

AHall80: Dizem mesmo.

AHall80: Mas eu não me importaria de te conhecer.

RubyMars: ... você ainda está bêbado?

AHall80: Não.

AHall80: É sério.

RubyMars: Quem sabe um dia? ☺

RubyMars: Quando você vai para a Escócia?

AHall80: Daqui a alguns dias. Dia 18.

RubyMars: Era para eu ter te enviado um e-mail. Você deveria considerar comprar sapatos ou botas à prova d'água para a viagem. Vi um episódio em um daqueles canais de viagens filmado lá, e falaram sobre quanto o clima era imprevisível. Chovendo numa hora, céu azulzinho na outra.

AHall80: Hum.

AHall80: Não é uma ideia ruim.

RubyMars: Talvez um casaco impermeável também.

AHall80: Sim, boa ideia. Vou ver se compro as botas hoje para amaciá-las antes de ir.

RubyMars: É, você não vai querer ter bolhas lá na Escócia. ☺

AHall80: Sim.

AHall80: Vou sair. Te mando outra msg depois.

21:22

AHall80: Oi.

RubyMars: Oi.

RubyMars: Como foi o seu dia?

AHall80: Tudo certo.

AHall80: Acabei de voltar da loja, estou feliz por estar em casa.

RubyMars: Que loja?

AHall80: Da loja grande.

RubyMars: "Loja grande." Isso realmente explica tudo.

RubyMars: Por que sinto que tem mais coisa nessa história?

AHall80: Haha

AHall80: Não aconteceu nada. Só percebi de quantas coisas não sinto falta depois de um ano longe.

RubyMars: Do que mais não sentiu falta?

AHall80: Do trânsito.

AHall80: De pessoas com problemas que não são problemas de verdade.

RubyMars: ☺

RubyMars: Eu quis, mas também não quis te perguntar... Você está lidando bem com o retorno até agora?

AHall80: Sim.

AHall80: Na maior parte do tempo.

AHall80: Nas minhas duas primeiras missões, nem tanto, mas melhorei. Quando a gente volta, tem que passar por uma reintegração, e eles levam isso muito a sério. Temos que participar de aulas sobre como identificar sinais de depressão e TEPT. Tenho sorte de nada disso ainda ter acontecido. A pior coisa para mim são multidões. Não consigo mais lidar com elas. Barulhos altos também não me deixam muito feliz.

RubyMars: Mas quem é que gosta de ser espremido entre milhares de pessoas por livre e espontânea vontade?

AHall80: ☺

RubyMars: Vai fazer alguma coisa amanhã?

AHall80: Meu irmão estava me perguntando se eu não queria passar alguns dias em Nova Orleans com ele.

AHall80: Não é por causa do Mardi Gras, então não vou correr o risco de pisar em cocô.

RubyMars: Você se acha muito engraçado, né?

AHall80: Você está rindo?

RubyMars: Não.

AHall80: Mentirosa.

RubyMars: TCHAU.

16 de junho
14:21

AHall80: Oi.

RubyMars: Oi.

AHall80: Desculpa ter sumido.

RubyMars: Tudo bem. Imaginei que estivesse ocupado.

AHall80: Fui para a casa no lago dos pais de Max. Só notei que não tinha sinal quando cheguei lá.

RubyMars: Pensei que você ia para Nova Orleans para não pisar em cocô com seu irmão.

AHall80: Eu gosto do meu irmão, mas dois dias com ele? Não.

RubyMars: Você se divertiu na casa do lago, pelo menos?

AHall80: Foi bom. Era silencioso e tinha ar-condicionado. Eu gostei.

RubyMars: São as pequenas coisas na vida. ☺

AHall80: Agora estou correndo para ajeitar as coisas para a viagem.

RubyMars: Você comprou as botas?

AHall80: Sim. Des também. Max não. Não sei se os outros compraram.

RubyMars: ...

AHall80: Eu sei. Quando ele começar a reclamar, vou poder dizer "eu te avisei".

RubyMars: Haha. Sim, faça isso.

RubyMars: Espero que o tempo fique bom durante toda a viagem de vocês, mas... ☺

AHall80: Se eu não falar com você antes da viagem daqui a dois dias, te mando um e-mail quando der.

RubyMars: Tudo bem. Divirta-se!

RubyMars: Aproveite as férias por nós dois.

AHall80: Pode deixar. ☺

AHall80: Tchau, RC.

00:33

AHall80: Oi.

RubyMars: Oi.

RubyMars: Por que você está acordado?

AHall80: Estou irritado.

RubyMars: Quer conversar sobre isso?

AHall80: Não tem o que conversar.

AHall80: Desculpa.

AHall80: A culpa não é sua.

AHall80: A irmã do Max quebrou o braço, e a amiga dela quebrou a perna.

RubyMars: A amiga da irmã do Max...

AHall80: As duas iam com a gente para a Escócia como presente de graduação.

RubyMars: Quando foi que isso aconteceu? Nós conversamos há, tipo, umas seis horas.

AHall80: Uma hora depois que te chamei.

RubyMars: Ah, que droga. Elas estão bem?

AHall80: Estão vivas e bem, tirando a perna e o braço quebrados...

RubyMars: O que aconteceu?

AHall80: Alguém bateu na lateral do carro no qual elas estavam.

RubyMars: Que horrível.

RubyMars: Espere aí.

RubyMars: Isso quer dizer que elas não podem ir?

AHall80: Sim.

AHall80: É por isso que estou tão...

AHall80: A amiga não consegue andar, e disseram que talvez a irmã de Max tenha que ser operada. Se ela não for, Max também não vai.

AHall80: Eu sei que é egoísta da minha parte ficar irritado por uma garota ter quebrado a perna e com a irmãzinha de Max, que conheço desde sempre, ter se machucado em um acidente, mas não estou feliz.

RubyMars: Talvez seja um pouquinho egoísta, mas você tem o direito de se sentir assim. Você merece suas férias.

RubyMars: Desculpa, Aaron. Isso é horrível.

RubyMars: Seus outros amigos ainda vão, né? De qualquer forma, várias pessoas viajam sozinhas. Tenho uma amiga da minha idade que está sempre indo sozinha para todo canto, e ela tem mais ou menos 1,62 m. Não é um soldado enorme e robusto igual a você.

AHall80: ☺

AHall80: Eu te mando outra msg mais tarde. Estou com uma dor de cabeça horrível.

RubyMars: Tudo bem. Espero que melhore. Sinto muito por tudo.

01:45

AHall80: Na verdade, não estou irritado.

RubyMars: É claro que não.

RubyMars: E você ainda está acordado.

AHall80: ...

AHall80: Não consigo dormir.

AHall80: Estou decepcionado. Existem coisas muito piores no mundo do que não conseguir sair de férias.

AHall80: Era de se pensar que eu estaria acostumado com as coisas não dando certo.

RubyMars: Não tem nada de errado em ficar decepcionado. Eu também ficaria.

RubyMars: Eu provavelmente choraria.

RubyMars: Tudo bem, aquele seu último comentário me fez querer chorar.

RubyMars: Você ainda pode sair de férias, mesmo se Max não for junto.

AHall80: ☺

AHall80: Não chore. Estou sentindo pena de mim mesmo e não estou lidando com a situação da forma que deveria. É uma desculpa porca, mas estou cansado.

AHall80: O que você está fazendo?

RubyMars: Vendo TV.

RubyMars: Comendo donuts.

RubyMars: O dia foi longo.

AHall80: Por aí também?

AHall80: O dia foi ruim?

RubyMars: Não. Não muito. Dei uma passada na casa do meu irmão para pegar o limpador de carpetes da minha mãe, e o melhor amigo dele estava lá.

AHall80: O babaca pelo qual você era obcecada?

RubyMars: Ele mesmo. Fazia um tempo que eu não o via, e acho que você deve ter plantado algumas minhocas na minha cabeça, porque, assim que o vi, fiquei irritada.

AHall80: Com ele ou com você mesma?

RubyMars: As duas coisas. Mais com ele. A culpa é sua. Tudo no que consigo pensar agora é que ele era o mais velho, então, deveria ter me dito algo em vez de me deixar... Enfim. Acabou. É idiota sentir raiva por causa disso.

AHall80: Não, não é.

RubyMars: ☺

AHall80: Não é. Ele foi um babaca. Você tem razão de sentir

RubyMars: raiva dele por ele ter te enganado. Quantos anos a mais ele tem?

RubyMars: Seis.

RubyMars: Ele tem a mesma idade que você, acho.

AHall80: Talvez, mas eu era maduro aos vinte e dois anos.

AHall80: Na maior parte do tempo.

AHall80: Você disse alguma coisa para ele?

RubyMars: Só oi. Estava ocupada demais chamando nós dois de idiotas na minha cabeça, e tentando listar todas as coisas que não gosto nele.

AHall80: Ele é vesgo ou algo assim?

RubyMars: Haha, não. Mas as roupas estavam justas demais.

AHall80: É melhor não namorar alguém que usa roupas mais justas do que as suas.

RubyMars: Eu sei!

RubyMars: O cabelo dele também é longo demais. ☺ E ele tem um gosto horrível para filmes.

AHall80: ☺

RubyMars: Saí de lá o mais rápido possível. Meu irmão me mandou uma mensagem enquanto eu voltava para casa perguntando qual era o meu problema. Falei que estava bem, mas que continuava um pouco irritada ao pensar em tudo aquilo.

RubyMars: Agora estou realmente pronta para seguir em frente. Gastei tempo demais sendo idiota por pessoas que não merecem meu tempo.

AHall80: Foi exatamente o que eu te disse.

RubyMars: ... você também me disse para ir arranjar um namorado na igreja, haha.

AHall80: Não sei qual é o seu problema com isso. Poderia funcionar.

RubyMars: Nos seus sonhos.

RubyMars: E teve aquela vez que você me disse para ser voluntária em um abrigo.

AHall80: Haha.

AHall80: Ainda bem que você me ignorou.

RubyMars: Você me fez sentir melhor, obrigada.

AHall80: Te devo algumas, perseguidora.

RubyMars: Estou anotando tudo aqui, não se preocupe.

RubyMars: Podemos nos apoiar.

AHall80: ☺

AHall80: Tenho que ir. Te mando outra msg em breve.

                                                              12:02

AHall80: Você está aí?

RubyMars: Sim, oi.

RubyMars: Acabei de acordar.

RubyMars: Então...

AHall80: ?

RubyMars: Alguma novidade sobre Max ou a irmã dele?

AHall80: Não.

RubyMars: Não, você não ouviu nada de nenhum deles? Ou não, ele não vai?

AHall80: Não, eu não ouvi nada dela nem dele.

RubyMars: ☹ Sinto muito.

AHall80: A culpa não é sua.

RubyMars: Eu te disse, você pode ir sozinho, caso Des e o outro cara desistam. Dizem que os escoceses são bem amigáveis. Tenho certeza de que Max não iria querer que você não fosse porque ele não pode.

AHall80: Foi o que ouvi.

AHall80: Você ficaria surpresa. Ele guarda remorso.

RubyMars: Vá mesmo assim.

RubyMars: Você foi visitar seu pai?

RubyMars: Por que não pergunta ao seu irmão ou irmã se não querem ir? Não sei se isso é possível, já que está tão em cima da hora...

AHall80: Eu fui visitá-los, mas não. Não nos damos tão bem assim.

RubyMars: Entendo.

AHall80: Foi bom visitá-los. Eu disse a eles que os veria de novo assim que voltasse.

RubyMars: Estou cruzando os dedos por você. Você vai dar um jeito.

AHall80: ☺

AHall80: Te mando outra msg em breve.

18:09

AHall80: Acho que vamos sem o Max.

RubyMars: Sinto muito.

AHall80: Não tem problema. Não vou deixar de ir só porque ele não vai. Não é sempre que posso tirar uma folga.

RubyMars: Concordo.

RubyMars: Mas ainda sinto muito. Tenho certeza de que você vai se divertir com Des e seu outro amigo.

AHall80: É, vai dar certo.

RubyMars: ☺

20:08

AHall80: Estou indo para o aeroporto daqui a pouco.

AHall80: Tenho uma longa viagem de carro pela frente.

AHall80: Estou tentando não ficar de mau humor, mas estou falhando.

RubyMars: Tudo bem. Você tem motivo.

RubyMars: Divirta-se e relaxe.

RubyMars: Me mande fotos.

AHall80: Tudo bem, vou mandar.

AHall80: Se cuide, RC.

RubyMars: Você também.

19 de junho
14:01

AHall80: Oi.

AHall80: Cheguei.

RubyMars: Oi.

RubyMars: O voo foi bom?

AHall80: Dois voos.

AHall80: Foram bons. Conseguimos nos esticar um pouco na classe econômica, já que Max e a irmã/amiga da irmã não conseguiram ir.

RubyMars: Que bom. ☺

RubyMars: Já foi a algum ponto turístico hoje?

AHall80: Alguns. Fomos a um lugar chamado Monumento de Scott e demos uma volta em um parque. Passamos pela Royal Mile e vimos o castelo do lado de fora.

AHall80: A fila para entrar estava longa demais, então não entramos.

RubyMars: Aff.

RubyMars: Tirando isso, todo o resto parece divertido.

AHall80: A internet no hotel é muito lenta. Vou te mandar fotos outro dia.

RubyMars: Aquele seu passeio programado começa amanhã?

AHall80: Sim. Cinco dias.

RubyMars: Sortudo.

AHall80: Você está bem?

RubyMars: Sim. Trabalhando.

RubyMars: Tentando trabalhar. Você entendeu. Fazendo coisas que ainda não posso vender. Tentando terminar os trabalhos que tenho antes de viajar daqui a algumas semanas.

AHall80: Você vai vendê-las.

RubyMars: Gosto do seu otimismo.

RubyMars: Estou agindo como a minha irmã. Desculpa.

AHall80: Falando nisso, como anda sua irmã?

RubyMars: Ela continua escondendo que está treinando. Não sei o porquê, mas não importa. Minha mãe ainda está pagando as mensalidades para que Jas possa patinar, apesar de "não estar patinando" e de todos nós sabermos que ela é uma mentirosa de uma figa.

RubyMars: Não entendo. Realmente não entendo. Mas a amo mesmo assim.

AHall80: O que você não entende? O motivo de ela não estar patinando?

RubyMars: Sim. A Jas não percebe. Ela não se lembra do quanto ficamos apertados financeiramente por um tempo. Minha mãe não teria conseguido arcar com mensalidades desse tipo para o resto de nós, mas, quando Jas quis patinar, meus irmãos mais velhos já tinham saído de casa, e essa foi a única razão pela qual nossa mãe conseguiu. Minha irmã não sabe o quanto é sortuda. Tentei dizer isso a ela há alguns anos, mas ela não entendeu.

RubyMars: Em um Natal, pedi patins para minha mãe, e ela não conseguiu comprar, porque não tinha dinheiro e não quis pedir ao meu pai.

RubyMars: Jas não sabe de nada disso.

RubyMars: Depois da situação toda com meu coração, houve um tempo no qual minha mãe não me deixava participar dos passeios da escola. Eu era a única criança que não podia. Jas não entende o quanto é sortuda. Eu a amo demais, e geralmente nos damos muito bem quando ela tem um tempinho livre, mas às vezes me deixa louca o quão egocêntrica ela consegue ser.

RubyMars: Isso ficou mais longo do que imaginei. Acho que isso tudo me incomoda mais do que pensei. Desculpa.

AHall80: Sinto muito, Ru.

AHall80: Entendo o motivo de isso te irritar.

AHall80: Diga a ela.

RubyMars: Talvez.

RubyMars: ☺

RubyMars: Mudando de assunto... você conseguiu dormir?

AHall80: Sim, tem sido mais fácil desde que voltei para casa. Os fusos horários não são tão diferentes.

RubyMars: Que bom. Está dividindo o quarto com alguém?

AHall80: Não. Era para eu dividi-lo com Des, mas já que Max não está aqui, tenho um quarto só para mim, e Des ficou com o quarto que as garotas iam dividir.

RubyMars: Sei que é um saco, mas que bom.

AHall80: É.

AHall80: Estou tentando não ver pelo lado negativo.

RubyMars: Tarde demais. ☺

AHall80: Ha. Ha.

AHall80: Vou deitar. Te mando outra msg quando puder.

RubyMars: Tudo bem, divirta-se, perseguidor.

AHall80: Boa noite, Rubes.

20 de junho
15:15

AHall80: O que você está fazendo?

RubyMars: Oi, sumido.

RubyMars: Acabei de discutir com minha irmã.

RubyMars: Nada de mais.

AHall80: Com sua irmã mais nova?

RubyMars: Sim.

RubyMars: Minha irmã mais velha tem a cabeça no lugar.

AHall80: O que aconteceu?

RubyMars: Estávamos almoçando quando ela começou a reclamar do quanto odeia o trabalho dela e de como está supercansada de tudo. Literalmente, de tudo. Jas reclamou do quão duro o colchão dela é e de como tinha esperanças de convencer minha mãe a comprar um novo. Acho que isso foi o que mais me deixou nervosa.

AHall80: Continue.

RubyMars: Então eu disse que seu colchão é mais novo do que o meu e que, se quisesse um ainda mais novo, deveria economizar dinheiro no "trabalho de merda que a paga U$ 10,50 por hora" e comprar outro, porque Jas não paga aluguel, convênio médico ou qualquer outra coisa.

RubyMars: Era como se houvesse outra pessoa usando minha boca para falar com ela, Aaron. Nunca falei com minha irmã daquele jeito. Acho que nunca falei com ninguém daquele jeito.

AHall80: Sério?

RubyMars: Sério. Jas ficou irritadíssima depois que o choque passou. Disse que não entendo pelo que ela passa e que sua vida não é tão fácil quanto todo mundo pensa. Não acho que a vida dela seja fácil. Sei o quanto a Jas se esforça. Então, começamos a discutir.

RubyMars: Depois, falei que ela precisava parar de agir como uma criança mimada e resolver se voltaria ao rinque ou não, para que nossa mãe não precisasse continuar pagando a treinadora, se fosse o caso. Sei que isso tudo a acertou em cheio, porque ela simplesmente me encarou e saiu batendo o pé.

RubyMars: Me sinto mal por ter dito essas coisas, mas não muito.

RubyMars: Minha barriga doeu, e suei o tempo todo. Essa foi a coisa mais maldosa que já fiz na vida.

AHall80: Não foi maldade. Foi amor bruto. Ela precisava ouvir isso tudo de alguém.

RubyMars: Obrigada por me dizer isso. Ainda me sinto mal.

AHall80: Não se sinta.

AHall80: Estou orgulhoso de você. Precisou ter muita coragem para fazer isso.

RubyMars: Precisei mesmo.

RubyMars: ☺

AHall80: Quando comecei a ser promovido, era difícil ser duro com os caras que eu conhecia e não estavam subindo na carreira. Eu não sabia como tratá-los nem como agir, porque não queria puxar o tapete deles. No final das contas, você sabe que tem que fazer certas coisas, mesmo se estiver irritando alguém. Percebe isso com o tempo. Às vezes, temos que parar e finalmente dizer o que pensamos... como você fez com sua tia.

RubyMars: Você está tentando dizer que é mandão hoje em dia?

AHall80: Estou acostumado com as pessoas me ouvirem.

RubyMars: Parece mesmo. ☺

AHall80: ...

RubyMars: Você sempre foi mandão?

AHall80: Quando sei o que quero e acho que posso fazer melhor do que outra pessoa.

RubyMars: Vou assumir isso como um sim.

RubyMars: Eu não sou mandona. Nós nos equilibramos. Não é uma coisa ruim.

AHall80: Você é mandona quando quer.

RubyMars: Às vezes, mas é raro.

AHall80: Sei.

RubyMars: Como você falou, quando sei o que quero.

AHall80: E no meio da noite quando você está de mau humor.

RubyMars: Não sei do que você está falando.

AHall80: Tá.

RubyMars: ...

RubyMars: Vou sair dessa conversa.

AHall80: Haha

RubyMars: Como foi o seu dia? O que você fez?

AHall80: Vieram nos buscar cedo para o passeio. Paramos em uma cidade chamada Dunkeld, acho que era esse o nome, demos uma volta em uma velha floresta de pinheiros, caminhamos ao redor de um loch... é assim que chamam os lagos... com um castelo antigo bem no meio dele. Demos uma olhada no Lago Ness, e vamos ficar em uma cidade chamada Ullapool por duas noites.

RubyMars: Você foi ao Lago Ness???

AHall80: Sim, e a água é tão escura que parece café.

RubyMars: Estou com inveja.

AHall80: Você amaria.

RubyMars: ☺ Agora você terá que viver sua vida por mim, senhor.

RubyMars: Eu não estaria seguindo com a vida se não fosse por você, então estou fazendo minha parte vivendo por você também.

AHall80: ☺

RubyMars: Você está aí?

AHall80: Sim.

AHall80: Estou tirando fotos por aqui. Vou mandá-las para você quando der.

RubyMars: Combinado.

AHall80: Vou para a cama. Virão nos buscar às oito.

AHall80: Boa noite, Ru.

RubyMars: Boa noite, divirta-se.

**21 de junho
14:57**

AHall80: Oi.

RubyMars: Oi.

RubyMars: Como foi o seu dia?

AHall80: Tudo bem. Vi as ruínas de um castelo, uma baía e uma vila.

RubyMars: Bonitos?

AHall80: Sim.

AHall80: Acabei de chegar do jantar.

RubyMars: Foi bom?

AHall80: Sim, Des e Ian ficaram no pub do hotel. Eu não estava a fim de beber.

AHall80: Prefiro ficar no quarto.

RubyMars: Você está bem?

AHall80: Ando com muita coisa na cabeça.

RubyMars: Você sabe que sempre pode falar comigo sobre qualquer coisa.

AHall80: Eu sei, Ru.

AHall80: Passar o dia todo na van por aqui me deu muito tempo para pensar nas coisas.

AHall80: Vou dar um jeito.

RubyMars: Sim, você vai.

RubyMars: Vai dar tudo certo.

AHall80: ☺

AHall80: Vou me deitar.

AHall80: Tenha um bom resto de dia, Ruron.

RubyMars: Boa noite, perseguidor.

**23 de junho
12:12**

AHall80: Oi.

RubyMars: Oi.

RubyMars: Como andam as férias?

AHall80: ☺

AHall80: Boas.

AHall80: O hotel onde estamos não tem Wi-Fi. Estamos jantando agora.

AHall80: A cidade se chama Portree.

RubyMars: Então jante.

RubyMars: Espere aí, como você está me mandando mensagens?

AHall80: Mastigando enquanto digito.

AHall80: Peguei o celular do Des emprestado. Ele está usando o meu para ligar para a namorada. Comprei um plano para ligações internacionais antes de viajar.

RubyMars: Para ligar para todas as suas namoradas enquanto estivesse por aí?

AHall80: ...

AHall80: Não. Caso Max ligasse.

RubyMars: Entendo.

RubyMars: O que você viu hoje?

AHall80: Você estaria no paraíso.

RubyMars: Me conte todos os detalhes.

AHall80: Estamos em Skye hoje. Paramos em um lugar chamado... não sei escrever o nome... Quiraing... Ian disse que é assim que se escreve… é o lugar mais lindo que já vi. Tive a oportunidade de fazer metade da trilha. Estava chovendo e muito nublado, mas, quanto mais andávamos, mais as nuvens desapareciam, e dava para ver os lagos, lochs, ou sei lá como são chamados… nunca vi algo tão incrível na vida. Foi como se eu estivesse em outro planeta. Vi uma cachoeira, caminhamos por outro lugar chamado Fairy Pools, mais outra ruína de um castelo, um cemitério…

AHall80: Queria que você pudesse ter visto.

RubyMars: ☺ Se você tiver se divertido, isso basta para mim.

AHall80: Tive que andar a maior parte sozinho nas Fairy Pools, porque os preguiçosos não quiseram.

AHall80: Pulei em uma das piscinas e congelei a bunda. Tirei um montão de fotos.

RubyMars: Ótimo. Me mande todas.

AHall80: Des desligou o celular.

AHall80: Te mando outra msg quando der.

RubyMars: Tudo bem. Divirta-se.

AHall80: Tchau, Ruron.

24 de junho
12:09

AHall80: Oi.

RubyMars: Oi.

RubyMars: Como foi o seu dia?

AHall80: Bom.

AHall80: Vi um castelo chamado… anotei o nome… Eilean Donan, parei em uma cidade chamada Fort William e dei uma olhada em um lugar chamado Glencoe.

RubyMars: Você se divertiu?

AHall80: Eu não diria que me diverti, mas foi legal.

RubyMars: O que foi?

AHall80: Só queria que as coisas tivessem dado certo na viagem.

AHall80: Odeio pensar assim.

RubyMars: Sinto muito, Aaron.

RubyMars: Espero que consiga fazer outra viagem com Max no futuro.

AHall80: Não é nem isso.

AHall80: Vou sair para jantar. Te mando outra msg antes de dormir.

RubyMars: Tudo bem, tenha um bom jantar.

AHall80: ☺

16:33

AHall80: Está aí?

RubyMars: Estou sempre aqui.

RubyMars: A não ser que o dia esteja amanhecendo.

RubyMars: O que você jantou?

AHall80: Peixe e fritas.

AHall80: Andei pensando.

RubyMars: O que fez esse milagre acontecer?

AHall80: Queria que você tivesse vindo comigo.

AHall80: Está aí?

RubyMars: Estou aqui, desculpa.

RubyMars: Eu não quis te fazer sentir culpado por ter ido para a Escócia.

AHall80: Você não fez.

AHall80: Só queria que você também tivesse vindo.

RubyMars: ☺ Isso é muito gentil da sua parte. Eu queria ter ido também.

AHall80: Ando pensando muito nisso.

RubyMars: Quando você volta?

AHall80: Amanhã.

AHall80: Você teve outro encontro?

RubyMars: Não.

RubyMars: E você?

AHall80: Não.

AHall80: Estou com sono.

RubyMars: Então vá para a cama. ☺

RubyMars: Você bebeu demais hoje?

AHall80: Sim.

RubyMars: Haha.

AHall80: ☺

RubyMars: Esse é o primeiro sorriso de verdade que você me dá.

AHall80: Nada disso.

AHall80: Você não viu os outros.

RubyMars: Vá para a cama.

AHall80: Ok.

AHall80: Boa noite.

RubyMars: Boa noite, Ruron.

AHall80: Tchau.

25 de junho
01:23

AHall80: Estou prestes a sair do hotel, só queria te dizer tchau.

RubyMars: Bom dia para você.

RubyMars: Certo. Tenha um bom voo de volta para casa. Aproveite o espaço extra no avião.

AHall80: Pode deixar.

AHall80: Ei.

RubyMars: Ei.

AHall80: Esqueça, eu te mando outra msg quando chegar em casa.

AHall80: Vá para a cama.

RubyMars: Sim, Mamãe Aaron.

RubyMars: ☺ Se cuide.

AHall80: Você também.

27 de junho
01:54

AHall80: Eu dei um jeito.

RubyMars: Oi para você.

RubyMars: Que bom que chegou bem em casa, haha.

RubyMars: No que deu um jeito?

AHall80: Por que você não vem comigo?

AHall80: Ruby?

AHall80: Está aí?

RubyMars: Estou aqui.

AHall80: ...

RubyMars: Deixei o celular cair, desculpa.

AHall80: Você viu minha mensagem?

RubyMars: Foi por isso que deixei o celular cair. Quer que eu vá com você... para onde?

AHall80: Para a Flórida.

RubyMars: ...

RubyMars: Você quer que eu vá com você para a Flórida?

AHall80: Sim.

RubyMars: Estou tentando entender. Por que quer que eu vá com você?

AHall80: Eu quero te conhecer. Você disse que queria me conhecer...

AHall80: A não ser que não queira.

RubyMars: Eu quero.

RubyMars: Eu quero!

RubyMars: Você me pegou totalmente de surpresa, só isso.

AHall80: Venha com a gente.

RubyMars: Você já falou isso.

AHall80: Porque eu quero que venha.

RubyMars: Pensei que Max ia com você para a Flórida?

AHall80: Ele vai.

AHall80: Ele não se sente mal indo lá.

RubyMars: Mas você quer que eu vá também?

AHall80: Sim.

RubyMars: Por quê? É porque você quer me conhecer?

AHall80: Sim...

RubyMars: Mas por quê?

AHall80: Qual é o motivo para esperar? Vai demorar um tempo até eu ter outra folga.

AHall80: Vamos.

RubyMars: Talvez você não esteja pensando direito nisso.

AHall80: Estou sim.

RubyMars: Aham... Acho que não.

AHall80: Por quê?

RubyMars: Porque sim.

AHall80: Por quê?

RubyMars: Porque sim!

RubyMars: Você não pode decidir de um dia para o outro que quer me conhecer do nada.

RubyMars: Vou viajar daqui a menos de duas semanas para

visitar meu pai.

AHall80: Não é "do nada".

AHall80: E não decidi de um dia para o outro.

AHall80: Tenho pensado muito nisso.

AHall80: Qual é o problema?

AHall80: Você vai viajar depois que eu já tiver voltado da Flórida.

AHall80: Você está aí?

RubyMars: Estou aqui.

RubyMars: Eu só... E se eu te irritar? Talvez você não goste de mim pessoalmente.

RubyMars: Não está exatamente me chamando para jantar com você e seus amigos. Está me convidando para ir até uma casa na praia com você e pessoas que conhece há um tempão por vários dias, certo?

AHall80: Sua desculpa agora é que você poderia me irritar?

RubyMars: Nós nunca nos vimos!

AHall80: E?

AHall80: Você disse que ama a Flórida.

AHall80: E você sabe que eu gostaria de te conhecer. Pensei que, na próxima vez que eu visitasse a Louisiana, poderíamos nos encontrar... a única diferença é que agora é antes disso. Nós nos conhecemos há quase um ano.

AHall80: Não vejo motivo para esperar.

RubyMars: Sim, mas...

RubyMars: Não é como se fôssemos nos encontrar em uma cafeteria ou algo do tipo.

AHall80: Nós nunca nos encontraríamos em uma cafeteria.

RubyMars: Por que não? Nós poderíamos, antes de você voltar para a base.

AHall80: Não.

RubyMars: ...

AHall80: Nós poderíamos nos conhecer em uma Comic Con, se tivesse alguma rolando.

RubyMars: Você está me matando.

AHall80: Por quê?

RubyMars: Porque você me conhece bem demais.

AHall80: Isso é um problema?

RubyMars: ... não.

RubyMars: Eu quero te ver. De verdade. Mas ir com você para a casa da praia é um passo enorme.

AHall80: Por quê?

RubyMars: Eu já te disse. Nós nunca nos encontramos.

AHall80: Pessoalmente.

AHall80: Não acho que sejamos estranhos. Você sabe mais sobre mim do que qualquer um com quem passei um ano no Iraque. Mais do que qualquer pessoa que conheço no geral, Rubes.

AHall80: Eu gosto de você. Você gosta de mim. Qual é o problema?

RubyMars: Eu não tinha nem certeza de que você havia estado no Iraque, Aaron.

RubyMars: Eu não sabia, até pouco tempo antes de você voltar, que sua base era no Kentucky.

RubyMars: Entendo você não ter me contado até agora. Eu teria feito a mesma coisa, mas...

AHall80: Agora você sabe.

RubyMars: Isso é loucura.

AHall80: Você acha que é?

AHall80: Talvez um pouco.

AHall80: Mas não tem problema.

RubyMars: Talvez um pouco?

RubyMars: A parte triste é que não acho que isso seja tão louco quanto deveria. Minha mãe me mataria por não te dizer não na mesma hora.

RubyMars: Uma parte gigante de mim quer dizer que sim, eu vou. Mas… nós mal nos conhecemos.

RubyMars: Você entende o que quero dizer.

AHall80: Nós nos conhecemos.

RubyMars: Você sabe que nós nos conhecemos. Eu sei que nós nos conhecemos, mas ninguém mais sabe ou entende isso.

RubyMars: Nós nunca nos encontramos.

RubyMars: Seria como… um casamento arranjado no qual nos encontramos no dia do casamento.

RubyMars: Eu pensei que…

AHall80: E daí?

AHall80: Estou chamando você, não outra pessoa. Eu não chamaria mais ninguém. Só você.

AHall80: Quem disse que nós não nos conhecemos?

RubyMars: Eu sei lá… A sociedade?

RubyMars: Mas e se eu te irritar?

RubyMars: Nós nunca nem conversamos pelo telefone.

RubyMars: Não sei nem como você é.

RubyMars: Acho que estou surtando.

AHall80: Duvido que você possa me irritar mais do que todo mundo que já conheci.

AHall80: … eu posso te enviar uma foto. Você nunca pediu uma.

AHall80: Pare de surtar. Você me conhece.

RubyMars: !!!!!!

RubyMars: Eu sei que você sabe disso.

AHall80: Me ligue.

RubyMars: O quê?

AHall80: Me ligue. Vou saber na mesma hora que falar com você se vou te aguentar por uma semana.

RubyMars: Me aguentar...

AHall80: Você entendeu o que eu quis dizer.

RubyMars: ...

RubyMars: Acho que você deveria pensar melhor nisso.

AHall80: Eu já pensei.

AHall80: Durante todo o voo de volta da Escócia.

AHall80: Durante quase todo o tempo que estive no ônibus.

AHall80: Eu pensei, Ruby.

RubyMars: Talvez você devesse pensar mais um pouco.

RubyMars: Isso é loucura. Isso é uma baita de uma loucura.

AHall80: Eu já pensei.

AHall80: Você já disse isso.

AHall80: Você quer ir para a Flórida.

RubyMars: Você está roubando minhas palavras.

RubyMars: Você é um pé no saco.

RubyMars: Por que não estou te dizendo não?

AHall80: Porque também quer me conhecer.

AHall80: Porque somos amigos e vamos nos ver um dia.

RubyMars: !!!!!!

RubyMars: Durma e pense melhor. Se amanhã você acordar e ainda quiser conversar pelo telefone e ver se nos damos bem, eu te ligo.

RubyMars: Não acredito que acabei de digitar isso.

RubyMars: Minhas mãos estão tremendo.

RubyMars: Eu deveria me sentir como a garota burra em um filme de terror que vai se encontrar com um serial killer, porque não estou te dizendo não.

AHall80: Sou só eu, Rubes.

AHall80: Mas tudo bem, vou dormir.

AHall80: Preciso saber o quanto antes. Vamos começar a dirigir até lá depois de amanhã.

AHall80: Você poderia ir de avião e eu te busco no aeroporto.

RubyMars: Você já está fazendo planos...

RubyMars: Não vou ficar chateada se você mudar de ideia.

AHall80: Tudo bem. Combinado.

RubyMars: Combinado.

11:58

AHall80: Oi.

RubyMars: Oi.

AHall80: 270-555-5025.

RubyMars: ...

AHall80: É o meu número. Me ligue.

RubyMars: Você ao menos pensou no assunto?

AHall80: É por isso que estou te passando meu número.

AHall80: Você disse que, às vezes, sabe na mesma hora se vai se dar bem com alguém. Nós já nos damos bem por mensagens. Não estou preocupado.

RubyMars: ......

RubyMars: Você está falando sério?

AHall80: Sim. Me ligue agora.

RubyMars: Você sabe o que está me pedindo?

RubyMars: Ainda estou sonhando, né?

AHall80: Com certeza.

AHall80: Você está acordada. Me ligue.

RubyMars: Tem certeza?

AHall80: Sim. Pode ligar.

RubyMars: Tudo bem, mas, se houver um silêncio constrangedor, e não nos recuperarmos disso, nunca vou te perdoar. Nós tínhamos algo bom rolando, você e eu.

AHall80: É cedo demais para você ser insolente.

RubyMars: ......

RubyMars: Eu mal dormi, graças a você.

RubyMars: É melhor você atender o telefone, e é melhor não ser um daqueles números que você passa para estranhos quando não quer que saibam qual é o seu celular. Eu nunca vou me recuperar.

AHall80: Só me ligue, Rubes.

@capítulo quatorze

Aaron queria que eu ligasse para ele.

Aaron queria que eu ligasse para ele.

Aaron queria que eu ligasse para ele, droga. Porque estava me convidando para ir para a Flórida.

Porque, de repente, decidiu que queria me conhecer. Passar um tempo comigo. E ele não queria esperar até a próxima vez que tivesse uma folga.

Sem pressão.

Engoli em seco sentada ao balcão da cozinha, beliscando uma tigela de cereal colorido com o coração na garganta e o estômago tentando se revirar. Eu deveria estar surtando com a ideia de viajar com alguém que, por um mero detalhe, era um estranho, mas não estava. Não mesmo.

Seria a primeira vez que eu conheceria alguém em um lugar diferente por um propósito que não envolvia tirar medidas para vestidos ou fantasias. Eu não seria a Ruby em modo trabalho. Seria apenas... eu.

Essa era a parte assustadora. Apenas eu e meu pobre coração, que parecia escolher as piores pessoas pelas quais sentir algo. Pessoas que não me viam como nada além de uma irmãzinha ou amiga.

E havia toda a questão de "nós nunca nos encontramos pessoalmente".

Não que isso tivesse me impedido de me apaixonar por ele ou algo do tipo, pois é. Em algum momento, depois de alguns meses, comecei a ter encontros com outros caras para tirar Aaron da cabeça, porque entendia que meus sentimentos eram inúteis. Ele não sentia a mesma coisa por mim. Além disso, *Aaron tinha me dito para namorar.* Quanto mais óbvia eu precisava que a situação toda fosse?

E, se nada disso fosse razão suficiente para me convencer de que ir conhecê-lo era uma ideia idiota, eu sabia o que diria a todo mundo que fosse se encontrar com um estranho que conheceu pela internet.

Eu diria que estavam loucos. E, se eu contasse a qualquer membro da minha família que estava pensando em ir, eles me diriam a mesma coisa.

A questão é que, pela primeira vez na vida, minha intuição não estava me dizendo para não fazer essa loucura. Está me dizendo para fazer o exato oposto. *Vá, vá, vá.* Apesar de estar com medo e preocupada com minha segurança. Eu não tinha dito a ele, havia apenas alguns dias, que mulheres viajavam sozinhas o tempo todo?

Mas, por outro lado, eu não tinha dinheiro para comprar uma passagem de avião. Também seria muitíssimo irresponsável da minha parte passar algo tão caro no cartão de crédito, sendo que eu não tinha exatamente uma renda estável no momento. Não era rica quando tinha dois trabalhos fixos; agora, então, estava ainda mais longe disso.

No entanto, mesmo sabendo disso tudo, flexionei os dedos trêmulos e digitei o número de celular que Aaron tinha me passado.

Subi correndo as escadas assim que apertei o botão de ligar, o que, em retrospecto, não foi exatamente a decisão mais inteligente que tomei na vida, porque, quando alcancei o segundo andar, estava ofegante e ainda não tinha chegado ao meu quarto. Minha mãe e Ben estavam no trabalho, então não me encarariam como se eu fosse louca por subir correndo as escadas pela primeira vez na vida.

O telefone continuou tocando enquanto eu entrava com tudo no quarto, e, assim que pensei que uma gravação do correio de voz fosse tocar, fechei a porta.

O som familiar de alguém atendendo à chamada me fez congelar ao girar a tranca, então, eu ouvi. Eu ouvi o meu nome.

— Ruby?

Eu estava sem ar, mas tentando não ofegar ao mesmo tempo, enquanto a voz de barítono no meu celular parecia esmagar toda a minha alma contra o chão acarpetado. Eu não tinha certeza do que esperar de Aaron, mas não era uma voz não-tão-macia, mas rouca-o-bastante do outro lado da linha. Ficava bem no meio. Amigável. Grossa, mas não muito. Um pouquinho áspera. Perfeita.

Foi naquele momento exato que minha ficha caiu.

Ele tinha atendido. Eu havia ligado para Aaron, e ele tinha atendido.

Eu estava ao telefone com Aaron.

— Rubes? — a voz masculina soou outra vez, ainda naquele tom lindo e natural de locutor, parecendo... estar achando graça? Do que ele estava achando graça? — Você está aí? Estou te ouvindo respirar.

Parei de respirar. Pelo menos, com a boca. E engoli a saliva, mesmo tendo certeza de ter soado como engolir em seco.

Então, o homem do outro lado da linha riu, tranquilo e quase adorável.

— O que você está fazendo? — ele perguntou, como se já tivesse me feito a mesma pergunta milhares de vezes. Como se não tivéssemos sido amigos por correspondência por quase um ano, mas amigos pelos últimos dez.

Aquele era Aaron. Aaron. A única outra pessoa além da minha melhor amiga que sabia que eu tinha pisado em cocô humano uma vez. E, simples assim...

— Subi as escadas correndo e estou sem ar — respondi, segurando o telefone longe da boca no fim para que ele não me ouvisse ofegando.

Seu riso relaxado — o riso de Aaron — se esticou e, de alguma forma, de alguma maneira, também me relaxou. Isso me fez lembrar das nossas mensagens quando zoávamos um ao outro. Normais. Brincalhonas. Amigáveis. Como sempre. Como meu amigo.

— Só de ter subido as escadas? — ele indagou e, por alguma razão, pude imaginá-lo erguendo uma sobrancelha da qual eu não tinha certeza da cor, como se estivesse brincando comigo. Como sempre.

— São muitas escadas. — Não percebi que eu tinha começado a sorrir ao celular até rir. Aquele era Aaron. Nada de mais. — Sou muito sedentária. — Então, pronto. Que merda estava saindo da minha boca? — Que vergonha. Desculpa. Você provavelmente consegue correr uns dezesseis quilômetros por vez. Eu só corro quando... Nunca. Eu nunca corro. Não quero mentir para você. Desculpa, estou tagarelando. Eu fico nervosa e tagarelo.

— Por que está nervosa? Sou eu — ele disse com sua voz arrastada, equilibrada e consistente, aquele leve sotaque da Louisiana temperando apenas um tantinho as palavras. Sou eu, ele tinha me dito algumas vezes antes, e, cada vez, como naquele momento, era como se uma flecha tivesse sido lançada direto no meu coração, destruindo toda a desculpa que eu dava a mim mesma, confirmando que o fato de eu estar só um pouco apaixonada por ele era, sim, uma ideia idiota.

Porque era uma ideia idiota. Muito idiota.

E você acharia que, com o meu histórico de ideias idiotas, eu saberia quando me livrar delas.

Mas não sabia. Eu me conhecia. Não me livraria dessa, porque eu era uma idiota e tanto. Fraca. Eu era tão fraca. O que dizem sobre "deixar as emoções transparecerem" tinha sido dito com base em mim.

Ignorante ao fato de que ele tinha acertado um taco de beisebol imaginário direto nos meus joelhos com seu tom e suas palavras, Aaron continuou a usar aquela voz suave que eu poderia ouvir ler todo um dicionário.

— Sua voz parece... — Ele emitiu um barulho de hesitação.

— Com a de uma idiota? — Foi o que saiu da minha boca antes que eu pudesse impedir.

Aaron riu, em alto e bom som, deixando minhas pernas bambas mais uma vez, porque não era como se ele pudesse ser esquisito, desajeitado e antipático e rir igual a um jumento. Seria fácil demais. E justo. Aquele era o cara que havia tido dezenas de namoradas loucas por um motivo. E tudo, de repente, fez sentido.

— Não. Sua voz é diferente do que eu havia imaginado.

Respirando fundo para tentar não soar como se estivesse tão fora de forma como realmente estava, finalmente dei um passo para longe da porta, ignorando as roupas penduradas em duas cadeiras e a pilha de roupas sujas que estava perto demais das peças limpas que eu havia tirado da secadora e largado no chão três dias antes. É o Aaron, eu me lembrei. Eu conseguiria fazer isso.

— Como assim? — perguntei, soando mais como eu mesma do que eu teria esperado enquanto estava prestes a perder totalmente o controle.

Não era coisa da minha imaginação ele ter feito outro barulho hesitante.

Senti um aperto no peito...

— O quê? Você achou que eu fosse soar igual a Minnie Mouse?

O "hum" dele não se alongou nem por um segundo. Caí no riso, me esquecendo de que estava sem ar e de que estivera nervosa nem mesmo dez segundos antes.

— Você achou?

Ele começou a rir, como se estivesse tentando se segurar, mas falhando.

— Eu sei lá! Pensei que você fosse soar mais jovem, não...

— Você está me magoando, Aaron. Está ferindo meu orgulho — falei enquanto me jogava na beira da cama toda bagunçada, me sentindo confortável demais.

Foi a vez dele de rir de novo, mais alto, um som mais forte vindo direto da barriga.

— Você não soa como alguém de vinte e quatro anos — ele tentou argumentar, suas palavras sendo interrompidas pelo riso contínuo.

— Não foi isso o que quis dizer. Você pensou que eu fosse soar como uma líder de torcida de quinze anos da Califórnia, ou algo assim, né?

Não houve resposta, apenas um barulhinho suspeitosamente distante... como se ele estivesse rindo com o rosto longe do celular... Então era isso, não era?

— Não acredito.

— Desculpa! — ele tentou dizer, mas começou a rir ainda mais, direto no telefone, o som me fazendo dar um sorriso tão grande que me senti grata por não ter ninguém ali para ver, caso contrário, me fariam perguntas que eu não queria responder.

— É por que te falei dos cosplays, né?

O homem com quem eu vinha trocando e-mails há vários meses fez uma pausa.

— Não...

— Você é um mentiroso.

O riso de Aaron, de repente, ficou mais baixo, e eu soube que ele tinha levado o celular para longe do rosto outra vez, sem dúvida alguma. Minha melhor amiga fazia a mesma coisa quando ria tão forte quanto podia.

— E toda a coisa de não ter namorado... — adicionei.

Mesmo com o celular não estando perto da boca, deu para notar que ele caiu no riso outra vez. Eu não deveria ter amado aquele som tanto quanto amei, mas... culpada.

— Eu não acredito nisso.

— Você soa como alguém que trabalha em um telesexo — Aaron, por fim, conseguiu dizer, uns dez minutos depois.

O quê?

— Nada a ver. — Ele nunca tinha ouvido a própria voz antes?

— Você já se ouviu falando? Eu estava vendo TV ontem à noite, logo depois que conversamos, e passou uma propaganda de uma dessas empresas. Você soa igualzinha àquelas garotas... — Suas palavras pararam por um momento, a voz mudando. —

Você está doente?

Eu não tinha direito algum de dar um sorriso tão grande quanto o que dei, mas foi o que fiz.

— Não. Não estou mais doente. Esta é a minha voz normal, muito obrigada.

Outra pausa do outro lado da linha, e, então:

— Você é mesmo a Ruby?

— O que acha? — Bufei. — Preciso perguntar se foi ao banheiro recentemente para você acreditar em mim?

Aaron se engasgou. Eu não precisava vê-lo para saber o que tinha acontecido. Ele não tentou esconder nem afastar o telefone da boca.

— Agora eu tenho certeza de que é você.

Eu era uma tola, mas isso não tinha importância.

— Você tem certeza? Porque eu poderia perguntar — falei, antes que eu pudesse me fazer calar a boca.

— Tenho certeza.

— Se você mudar de ideia...

Aaron soltou outra risada.

— Não, sei quem é você. Estamos no telefone há... quatro minutos, e você já me fez rir mais do que rio há semanas. Não poderia ser mais ninguém além de você.

Eu não poderia contar quantas vezes ele tinha me dito algo parecido por escrito, mas, assim como em todas as outras vezes, me senti como... como se eu tivesse feito algo incrível. E eu precisava me recompor e me controlar. Precisava agir como uma pessoa normal. Normal, Ruby.

— Você poderia ter me avisado antes de ligar — Aaron disse baixinho antes de eu ter conseguido voltar a mim mesma, mas, de alguma maneira, eu sabia que ele estava sorrindo.

Soltando todo o peso na borda da cama, puxei os joelhos em direção ao peito, calcanhares lado a lado no colchão. Tentei não imaginar o que Aaron estava fazendo naquele instante, como era sua aparência, no que estava pensando... e falhei. Como sempre.

— Sobre o que eu deveria ter te avisado? — perguntei, de maneira quase hesitante, mas com certeza um pouco distraída.

Outro riso baixo soou.

— Sobre a sua voz. Jesus, Ru. Você me disse que estava preocupada de que eu não fosse gostar de você, então eu tinha montado um plano de como te faria conversar comigo caso a situação ficasse esquisita. E você começou a me fazer rir em menos de trinta segundos — ele argumentou. — Você estragou o meu plano.

Aja como uma pessoa normal. Aja como uma pessoa normal. Não pergunte a ele qual era o plano. Não diga a ele que você também amou a voz dele.

— Você? Eu estava nervosa. Eu estou nervosa. Minhas mãos começaram a suar, então, começaram a formigar, e depois você demorou meio ano para atender...

Ele se engasgou de novo.

— Pensei que teria tempo suficiente para usar o banheiro...

— Quanto tempo você demora para usar o banheiro?

Aaron soltou outra risada alta que puxou os cantos da minha boca para cima.

— Eu subi correndo as escadas para te ligar, e estava morrendo, então, você começou a me zoar...

— Eu te falei que pensei que você levaria alguns minutos se preparando para falar comigo.

— ... e, logo depois, descubro que meu amigo Aaron, que é praticamente meu melhor amigo, pensou que eu fosse soar como uma Barbie de Malibu, e me esqueci de que estava nervosa.

— Você não tem motivo para ficar nervosa. Sou só eu.

Só ele. Por que Aaron tinha que continuar dizendo aquilo para mim? Como se não soubesse que...

— Eu sei tudo de que preciso saber agora — ele disse com calma.

— E o que é que você sabe? — perguntei.

— Nós nos damos bem.

— Estamos falando no telefone há... — Afastei o celular do rosto e olhei o contador na tela. — Cinco minutos.

— Eu sei, e você me fez rir mais em cinco minutos do que ri com quaisquer outras pessoas no último ano todo. — Aaron não fazia ideia de como aquelas palavras me afetavam. Nenhuma ideia, e eu nunca poderia contar a ele. Fechei os olhos, apertando-os, sem pensar nisso. Houve uma pausa do lado dele, então, totalmente sério, disse: — Venha comigo. — Aaron pigarreou e, então, adicionou: — Conosco.

— Para onde? — Eu me arrependi. Como se tivesse outro lugar para onde ele tivesse me convidado.

Ele soltou aquele bufo que chegava bem perto de um rosnado e me fez imaginar qual rosto combinava com sua voz e personalidade. Não seria a primeira vez que aquela ideia passava pela minha cabeça.

— Para a Flórida, Ruby — ele disse com muito mais paciência do que qualquer outra pessoa teria.

Foi minha vez de rosnar ao me deitar de costas na cama. Algo no colchão machucou meu ombro, mas ignorei. Ele estava mesmo me chamando para sair. De verdade.

— Tenho pensado nisso faz um tempo. Desde antes de irmos para a Escócia. Eu quis te convidar, mas... — Suas palavras perderam força. Um som que não consegui identificar soou antes de Aaron dizer em um tom totalmente confiante: — Eu quero te conhecer. — Simples assim. Eu quero te conhecer. Aaron soltou um suspiro pelo telefone. — Não vou te matar enquanto você estiver dormindo.

Aquilo me fez bufar.

— Eu não estava pensando nisso.

— Pode ter um quarto só para você. Tenho certeza de que deve ter uma tranca.

Ansiedade, estresse, nervosismo, vômito, tudo isso se revirou na minha barriga. Ir com ele. Para a Flórida. Sozinha. Sendo que eu tecnicamente não conhecia nem ele nem os amigos dele.

Conhecê-lo. Conhecer Aaron.

Encontrar-me com a pessoa mais importante do mundo para mim e que havia basicamente me chamado de irmãzinha.

E se Aaron não gostasse de mim pessoalmente? E se eu gostasse dele ainda mais quando o visse cara a cara? E se eu gostasse dele ainda mais, e ele decidisse que não gostava de mim por alguma razão quando me conhecesse? E se...

— Sim?

Sim? Meu coração acelerou, animação, enjoo e algo que eu não conseguia identificar por completo preenchendo minhas veias.

— Aaron, você entende o que está me pedindo?

— Sim — ele respondeu, mas soou mais como "dã".

— Nós nunca nos encontramos pessoalmente.

— E? Trocamos e-mails por nove meses. Eu falo mais com você do que com meus amigos e minha família. — Um farfalhar soou ao fundo, e pude jurar que ouvi uma porta se fechando. — Só é esquisito se você fizer com que pareça esquisito, e não temos que tornar as coisas assim. Nós já nos damos bem. — Nenhum de nós disse nada por um momento, mas, quando ele, por fim, voltou a falar, fez com que os pelinhos nos meus braços se arrepiassem. — Você não acha?

Se eu não achava? Ele era louco? Resmunguei e levei um punho fechado ao olho.

— Veja, eu quero ir com você. Quero mesmo, mas...

Sua voz soou calma e determinada:

— Eu nunca faria nada com você, nem deixaria ninguém fazer nada.

— Não é nem isso...

— Eu sei que estou forçando a barra, mas, quanto mais penso, mais quero que você venha conosco. O tempo todo em que estive na Escócia, me arrependi de não ter te chamado para ir quando o Max desistiu. Eu queria ter te convidado mesmo se ele não tivesse desistido.

Aaron queria?

Soltei um suspiro e curvei os dedos do pé mais uma vez. Por que todas as células do meu corpo estavam animadas com a ideia de ir para a Flórida com alguém que eu não conhecia tão bem e com outras pessoas que eu nem sequer conhecia? Se minha melhor amiga me falasse que iria se encontrar sozinha com um amigo da internet em uma cafeteria, eu diria que ela tinha enlouquecido e que seu corpo apareceria no próximo noticiário das nove por ter sido tão idiota.

Mas o meu cérebro se rebelou totalmente contra aquilo. Totalmente.

Alguma parte minha, bem lá no fundo, sabia que Aaron não me machucaria. Eu não sabia como sabia daquilo, mas sabia. Realmente sabia. E realmente amava ir para a Flórida...

— Olha, eu estou zerada. Tenho um monte de moedas que poderia ir trocar por notas e tenho algum dinheiro, mas não deveria gastar tudo em uma passagem de avião que vai custar uma grana e tanto por estar tão em cima da hora...

A voz calma me interrompeu:

— Eu pago.

Senti meu nariz se franzindo e resmunguei.

— Você não pode pagar minha passagem.

— Você acabou de falar que não tem dinheiro. Sou eu quem quer que você vá... — Ele parou de falar. — Se te fizer se sentir melhor, tenho dinheiro sobrando.

— Eu tenho que ir para a Califórnia semana que vem.

— Vou garantir que você esteja de volta antes de partir.

Eu estava cometendo um erro terrível, não estava? Quem raios vai para uma casa na praia com estranhos? Um estranho pelo qual eu estava total e completamente apaixonada, mas que não fazia ideia, porque eu nunca tinha visto sua cara...

Eu tinha pensado naquilo. Ele poderia se parecer com um trasgo e as chances eram de que, se ele não fosse tão incrível pessoalmente quanto era pela internet, eu ainda estaria apaixonada. A beleza desvanece, boa personalidade e química não.

— Eu tenho dinheiro, Ruby, e posso te garantir que você vai estar de volta antes de ter que ir para a Califórnia. Você me mandou coisas que devem ter custado centenas de dólares enquanto eu estava em missão; não, não diga que não, porque nós dois sabemos que você mandou. Eu posso pagar sua passagem. É você que está me fazendo um favor.

— Como é que sou eu que estou te fazendo um favor? — perguntei, balbuciando.

— Porque eu poderia ter me divertido mais na Escócia, e estou sendo egoísta ao te convidar para a Flórida, porque quero estar perto de alguém... — Suas palavras desapareceram outra vez. — Eu quero te conhecer, e não estou lhe dando tempo para pensar nisso. Você está me dizendo que está preocupada, e eu estou pressionando. Isso é egoísta, mas... quer saber, Ruby? Não estou nem aí.

Eu tinha morrido? Estava sonhando? Minha mãe tinha colocado cogumelos no jantar ontem à noite, e eu ainda estava tendo algum tipo esquisito de alucinação?

Gemi. Aquilo era loucura, e foi exatamente o que disse a ele.

— E daí? É ainda mais loucura eu pensar em uma garota da sua idade viajando sozinha — Aaron falou. — Pode confiar em mim, Ruby Chubi.

Ruby Chubi. Isso havia me matado na primeira vez que li, e ainda me matava toda vez desde então quando eu via o RC que ele digitava. Eu era tão idiota. Tão idiota por me encontrar nessa posição outra vez. Mas não mudava nada eu saber que era idiota.

— Eu quero te dizer sim. — Como eu poderia explicar isso? — Eu quero mesmo. Só fui a lugares sozinha, sem minha família, a trabalho. Eles vão pensar que estou louca se eu falar que estou indo com você.

— Você tem vinte e quatro anos, não dez.

Aquelas palavras atingiram o meu peito com a força de mil martelos do Thor. Eu não tinha lhe dito aquilo antes? O quanto eu odiava ser tratada como uma criancinha? A culpa era minha, eu sabia. Eu os deixava mandar em mim. Eu os deixava cortar minhas asinhas e, depois, eu mesma terminava o trabalho.

— Sei que nós nos daríamos bem. Eu sei disso. Você sabe disso. Posso te mandar o número do meu RG, se você prometer que não vai postá-lo na internet nem abrir um monte de contas bancárias no meu nome. Posso te passar o endereço do meu pai e todas as informações sobre a casa na praia onde ficaremos. É uma casa enorme. Você pode ter um quarto só seu. — Houve outra pausa, mas foi em sua respiração calma e equilibrada que não consegui parar de prestar atenção. Ele respirava como a minha irmã. Como alguém que não ficava sem fôlego ao subir uma escada correndo. — Eu sei que você vai se dar bem com todos nós.

Meu coração achava que eu era um esquiador descendo uma montanha em direção à medalha de ouro. Como eu podia estar tão animada e tão assustada ao mesmo tempo me deixava espantada.

Por que eu não estava dizendo a Aaron que aquilo era loucura? Por quê?

Porque era idiota pra caramba, mas não de um jeito ruim. Eu queria tanto ir que podia até sentir o gostinho na boca. Aquela parte minha que não estava com medo do que ele poderia pensar sobre mim, do que aconteceria se não nos déssemos bem pessoalmente, queria tanto ir que fez todo o resto do meu cérebro calar a boca.

Como eu diria a Aaron que não costumava nem escolher meu assento quando voava com minha família? Só de pensar naquilo já me fez sentir tão jovem que…

— Ruby, não se preocupe com o dinheiro. Podemos dar um jeito nisso. Não estou esperando nada em troca. Eu te falei a verdade quando disse que você é a minha amiga mais próxima. E é mesmo. Conto mais coisas para você do que para qualquer outra pessoa. Como é que eu deixaria algo acontecer com a única pessoa que me fez rir quando essa era a última coisa que eu queria fazer?

Meu mundo todo pareceu parar.

E ele continuou, ainda alheio a tudo:

— Se realmente não quiser ir, não vou te forçar nem te fazer se sentir culpada. Venha porque quer. Se não, daremos um jeito em uma próxima oportunidade. Combinado?

@capítulo quinze

— *Estamos prestes a começar nossa descida em Panama City...*

Se eu não tivesse passado tanto tempo sozinha com minhas palpitações quando mais nova, com certeza, teria pensado que estava infartando quando a voz do piloto soou no alto-falante.

Porque... *caramba*.

Eu estava ali. Prestes a chegar. Em Panama City. Onde Aaron estaria.

Eu era uma covarde. Essa era a verdade. Não tinha medo de admitir. Eu era mesmo. Ruby Marisol Santos era uma covarde de carteirinha. Mas não do tipo de covarde que, mesmo com medo, ia em frente e tomava uma atitude, porque passei um tempão considerando o que fazer. Eu era o pior tipo de covarde.

O tipo que pensava demais.

Eu não estava preparada para aquilo. Não era todo dia, nem todo mês, ano ou década, que eu saía da minha zona de conforto. Voar sozinha para tirar férias com pessoas que eu nunca tinha encontrado pessoalmente não era algo que eu fazia nem considerava fazer. Estivera prestes a surtar nas últimas doze horas. Eu tinha suado, roído a maior parte das minhas unhas, suado um pouco mais, ficado tão ofegante que qualquer pessoa pensaria que eu havia corrido mais de um quilômetro de saltos, e meu coração bateu tão rápido a ponto de eu jamais poder contar isso a ninguém que me conhecia, porque, caso contrário, me mandariam a um cardiologista.

Ainda assim, ali estava eu. Dando o meu melhor para não ser quem eu era: uma covarde. Depois de passar a vida toda tentando me convencer de que não tinha medo das coisas enquanto, ao mesmo tempo, fazia de tudo para evitar o que me apavorava, geralmente não me colocava em situações que me faziam imaginar o que eu estivera pensando. Jamais teria me colocado nessa situação. Não era esse o tipo de coisa que eu fazia, e isso me deixava envergonhada.

Mas alguém em quem eu confiava tinha me dito que eu precisava aproveitar a vida ao máximo. Eu não era corajosa nem ousada como muitas daquelas pessoas que corriam atrás do que queriam o tempo todo. Talvez porque não havia muita coisa que eu queria, mas não tinha certeza. Ter me demitido do trabalho e aquela viagem foram duas das coisas mais corajosas que fizera na vida, sem dúvida. Eu havia tentado ser aquele tipo de pessoa resiliente e batalhadora uma única outra vez, mas o tiro saiu pela culatra. Só que eu tinha visto minha irmãzinha cair e se levantar vezes o bastante para saber que era preciso fazer isso, todas as vezes. Você precisava se reerguer, mesmo se estivesse machucado, magoado e só quisesse ficar deitado no chão para sempre, já que não era tão desconfortável assim.

Ou porque você estava com medo de falhar outra vez assim que tentasse se reerguer. Não que eu soubesse por experiência própria, nem nada assim.

Foi por isso que me vi presa ao assento do meio de um avião, espremida entre um estranho tentando monopolizar o braço da cadeira e outro usando meu ombro como travesseiro. O que não me surpreendeu, porque, quando se compra uma passagem no dia anterior da partida, não se encontra um voo direto com um valor decente, muito menos se consegue um assento na janela. Mas, por mim, tudo bem. Tudo o que importava era que eu estava a caminho. Direto de Houston para Panama City. Na Flórida.

Eu ainda não acreditava que estava prestes a pousar, e minha família, sem dúvida alguma, também não podia acreditar no que eu estava fazendo.

No dia anterior, minha mãe e Jasmine se revezaram para gritar comigo.

O que tem de errado com você? Você vai viajar semana que vem!

Você perdeu a droga da cabeça, Pequenina?

Você nunca fez coisas loucas, minha mãe havia argumentado, não sabendo que as palavras se voltaram contra ela. Aquilo apenas me motivou a insistir em fazer o que eu queria fazer. Ou seja, ir.

"Eu vou" e "não" tinham sido a coisa certa a se responder, porque, logo em seguida, foi quando começaram a gritar uma por cima da outra por meia hora, mais ou menos. Àquela altura, fiz a mesma coisa que faria horas depois quando o homem mais velho sentado ao meu lado no avião havia escorregado no meio de um ronco e apoiado a cabeça no meu ombro: deixei rolar. Só que eu havia deixado minha irmãzinha e minha mãe gritarem todas as razões pelas quais eu não deveria ir.

E se algo acontecer? Minha irmã tinha perguntado, uma das mãos gesticulando ao redor do rosto enquanto a outra tinha um biscoito de gotas de chocolate esmagado nela. Não precisei responder, porque minha mãe tagarelou uma dúzia de coisas que poderiam acontecer, incluindo, mas não se limitando a: sequestro, ser escravizada ou usada como mula de drogas.

Mas consegui manter a boca fechada e as deixei falar, extravasar e ficar vermelhas.

Até que, por fim, eu disse o mais calmamente possível, amando-as mesmo depois de terem enchido meu saco:

— Entendo vocês estarem preocupadas, mas eu vou.

Aquilo as fez recomeçar tudo, só que, depois de alguns minutos, me virei e as deixei falando sozinhas pela primeira vez na vida, ao invés de cair no choro e concordar que atravessar o Golfo era completamente insano.

E era. Eu sabia que era, mas, por mais que isso me assustasse, suas palavras só me fizeram querer ir ainda mais. Se para provar algo a mim mesma ou a elas, ou a ninguém, eu não fazia ideia. Tudo o que sabia era que queria ir, ainda mais porque estava nervosa.

Mas mais porque eu queria conhecer Aaron, apesar de isso me assustar pra caramba.

Eu queria conhecê-lo para que pudesse superá-lo e seguir em frente com minha vida, ou era o que eu falava para mim mesma. Eu poderia vê-lo e saber que tudo o que eu sentia era amizade. Pensei que seria como conhecer uma celebridade pessoalmente e ver que ela é um ser humano, em vez da pessoa imaginária e perfeita que você criou na sua cabeça.

E, quando minha mãe e irmã apareceram à porta do meu quarto depois que as deixei para começar a fazer as malas, bati o pé enquanto ainda tentavam me convencer a não ir.

Eu não cederia. E não cedi, apesar da minha barriga doer e de não ser nem um pouco natural não fazer tudo o que estivesse ao meu alcance para agradá-las. Porque era isso o que eu geralmente fazia. Era isso o que me era natural.

De algum jeito, de alguma forma, peguei o voo do qual Aaron tinha me enviado os detalhes por e-mail nem mesmo duas horas depois de eu ter concordado em ir para a Flórida, antes de eu sequer ter contado a alguém de casa. Mesmo saindo depois de ter me desentendido com minha mãe, sendo o marido dela o responsável por me levar ao aeroporto, porque as duas de quem eu era parente de sangue estavam irritadas demais para me dar uma carona, eu não tinha conseguido parar de me sentir animada. E assustada. Na maior parte do tempo, assustada. Talvez meio a meio.

Estava prestes a pousar na Flórida, um lugar ao qual eu tinha ido dezenas de vezes antes, para passar as férias com meu amigo por correspondência pelo qual eu estava um tantinho apaixonada e os amigos dele. Não havia motivo para surtar.

De acordo com suas últimas mensagens, ele e os amigos passaram a noite dirigindo e deveriam ter chegado umas quatro horas antes na casa alugada. Depois disso, ele dirigiria até Panama City para me buscar, e, então, voltaríamos para a casa. *Te encontro do lado de fora do Desembarque,* ele havia me dito por mensagem. Então nos encontraríamos do lado de fora do Desembarque.

Possivelmente.

Era o que eu esperava.

Era o que eu realmente esperava.

Uma parte do meu cérebro não parava de me avisar para esperar o pior. Que talvez ele não fosse aparecer. Que talvez Aaron Hall não existisse. Que eu deveria estar preparada para ele não estar lá e que, se não estivesse, não seria o fim do mundo. Eu poderia me virar. Tinha um cartão de crédito. Talvez não tivesse muito dinheiro na conta corrente, mas tinha um cartão de crédito, e tinha ido trocar as moedas por notas no dia anterior e saído de lá com quase duzentos dólares.

Eu estava bem. *Eu estava bem.*

Foi exatamente isso o que continuei repetindo enquanto o avião pousava e todo mundo saía. Carreguei minha bolsa de viagem pelo aeroporto, muito menor do que o da minha cidade, e parei no primeiro banheiro que encontrei. Fiz o que precisava, mas, enquanto lavava as mãos, cometi o erro de me olhar no espelho.

Eu estava um horror.

O cabelo castanho-claro que eu pintava desde os quinze anos havia decidido que não queria mais ser liso e que queria se parecer com o de um comercial de produtos para cabelos frisados. A cor que eu sempre tinha por falta de sono sob os olhos azuis que herdei da minha mãe havia decidido escurecer até um tom quase roxo. E o rímel... Eu quase estremeci. A beleza estava do lado de dentro, e eu sabia disso, mas um pouquinho de maquiagem nunca machucou ninguém.

Depois de passar um pouco mais de base, blush, batom e pentear o cabelo com os dedos, o que o fez ficar decente outra vez, me lembrei de que estava ali pelo meu amigo e por nenhuma outra razão. Eu já tinha dito a Aaron que não me parecia nem um pouco com minha mãe ou Tali. E, se ele se decepcionasse com minha aparência... eu superaria. Eu realmente superaria. Sim. Não seria a primeira vez que algo assim aconteceria.

Eu mesma não acreditava nisso, mas era preciso.

Amigos não se importavam com a aparência de outros amigos, a não ser que estivéssemos falando de *Meninas Malvadas*, mas não estávamos. Desde que nos déssemos bem, era tudo o que importava. Nossa amizade foi construída com base em nossas personalidades. Daria tudo certo.

A não ser que Aaron não estivesse me esperando lá fora... Se esse fosse o caso, não sei se algum dia eu me recuperaria.

Alguns minutos depois, na restituição de bagagens, minha mala finalmente chegou pela esteira, e eu a peguei, fazendo careta com os quase vinte e três quilos de roupas de banho e mais roupas do que eu realmente precisaria. Puxando a mala atrás de mim com uma das mãos e prendendo a bolsa de viagem no ombro oposto, meu coração começou a acelerar enlouquecidamente, tanto que soltei um suspiro profundo para tentar acalmá-lo, mas falhei. Como sempre. E, como esperado, um nó se formou na minha garganta.

E foi naquele exato momento que me lembrei de que Aaron nunca tinha me enviado uma foto sua, apesar de ter mencionado a possibilidade.

Tudo bem. Não havia problema algum. Eu sabia que ele tinha 1,88 m e que teria um toque do sotaque da Louisiana. Eu daria um jeito. Duas portas automáticas de vidro se abriram enquanto eu me aproximava, me fazendo sair direto na calçada.

E... não havia ninguém esperando.

Pelo menos, não havia ninguém esperando ali que se parecesse com um homem de vinte e poucos anos que tinha acabado de passar o último ano no Iraque. As únicas pessoas por ali eram outros passageiros do meu voo e dois homens de ternos pretos segurando placas com nomes que não eram Santos.

Olhei para a direita, para a esquerda e, então, respirei fundo. Não havia razão para entrar em pânico. Talvez ele estivesse atrasado.

Talvez tivesse ido por engano até a entrada de embarque e estivesse indo para o lugar certo naquele exato segundo.

Talvez...

Olhei ao redor outra vez e tentei engolir em seco mesmo com o nó na garganta.

Talvez, eu pudesse pegar um dos táxis estacionados ao longo do meio-fio. Ali não era um país estrangeiro que falava uma língua que eu não compreendia. Eu tinha um aplicativo no celular para reservar quartos de hotel. Não era como se fosse 1940.

Minha mão tremia quando a enfiei na bolsa e peguei o celular, tirando-o do modo avião. Isso era o quão patética e nervosa eu estava me sentindo. Não o tinha nem tirado da bolsa por estar temendo uma mensagem que dizia que os planos haviam mudado e que eu teria que me virar sozinha. Não levou nem um minuto para o ícone que mostrava que eu tinha dezessete mensagens não lidas piscar na tela, o que fez meu estômago se revirar um tantinho.

Mas nenhuma delas era do último número que salvei no celular. Oito eram da minha mãe, e as outras nove eram de Jasmine, de acordo com as notificações.

Com o som das portas se abrindo atrás de mim, arrastei a mala para o lado e dei outra olhada ao redor, esperando ver um homem parado sozinho, em algum canto, que eu ainda não tinha visto, parecendo ansioso, ou talvez segurando uma placa com SANTOS ou RUBY nela. Ou outra coisa. *Qualquer outra coisa.*

Eu poderia esperar um pouco. Ele disse que tinha comprado um celular ruim. Talvez não tivesse sinal, ou ainda estivesse dirigindo e não conseguira pegar o celular para me avisar que chegaria atrasado.

Inspirei. E pisquei. Então, fiz as duas coisas de novo e de novo, olhando de um lado para o outro, me apoiando em um pé e, depois, no outro.

Um minuto se transformou em cinco.

Cinco se transformaram em dez.

E dez viraram quinze.

Meus olhos começaram a arder... porque eu não tinha dormido, disse a mim mesma enquanto verificava as horas no celular mais uma vez. Não era como se estivessem queimando porque eu estava me sentindo abandonada e nauseada com a ideia de que Aaron fosse me deixar ali.

Uma vez, antes de Jasmine frequentar a pré-escola, quando eu era a única Santos restante no fundamental, minha mãe se esqueceu de me buscar. Quatro horas da tarde chegou e passou, e ela ainda não tinha aparecido. Foi só perto das cinco, depois de eu ficar sentada nos degraus da entrada por quase duas horas, que a vice-diretora saiu e me viu. Ela conhecia minha mãe há anos graças aos meus irmãos mais velhos terem sido basicamente demônios que não calavam a boca, e, depois de me perguntar por que eu ainda não tinha sido buscada, ela tentou ligar para minha casa e ninguém atendeu. Então, me ofereceu uma carona até em casa.

Chorei no caminho, me sentindo muito traída pela minha própria mãe ter se esquecido de mim. Meu pai já tinha se mudado àquela altura, e, pensando bem, entendo que foi por isso que surtei tanto. É claro que minha mãe tinha um milhão de outras coisas em mente e que não se esqueceria por livre e espontânea vontade de me buscar, mas foi o que aconteceu.

Ela nunca se esqueceu daquilo, nem eu, ao que parecia.

Então, parada ali do lado de fora do aeroporto de Panama City, sem sequer um rosto conhecido para me reconfortar, aquela sensação esquecida, mas familiar, se assentou nos meus pulmões e no meu coração.

Eu tinha sido abandonada.

Funguei. Pisquei. Engoli em seco.

Mais pessoas saíram e mais carros estacionaram no meio-fio, mas nenhum deles estava ali por mim. Nenhum carro. Ninguém.

Funguei, pisquei e engoli mais uma vez. Minha boca ficou seca.

Aaron tinha me deixado ali, não tinha?

Uma família de quatro pessoas passou por mim, rindo e brincando, enquanto atravessavam a rua, tão felizes. Tão felizes.

No que eu estivera pensando? Por que não tinha ficado em casa? Eu era uma idiota, não era?

Mas por que Aaron me compraria uma passagem e, depois, não apareceria para me buscar? Eu não tinha dito a ele que estava certa quanto a vir? Não era como se tudo aquilo tivesse sido ideia minha. Era Aaron que havia me convidado. Não eu.

Lágrimas pinicaram meus olhos, e sinceramente senti algo afiado me apunhalar na barriga.

É isso o que você ganha por se arriscar, Rube, meu cérebro incitou meu coração.

Ele não estava ali. Aaron não estava vindo. Eu tinha sido abandonada.

Ele tinha me largado ali. Ele não estava vindo me buscar.

Eu era tão, tão, tão *idiota.* Eu sabia. Eu *sabia* que não deveria ter viajado.

Foi quando algo gelado escorreu pela minha bochecha que percebi que meus olhos não tinham apenas começado a arder, mas que estavam imersos. O ar que me escapou foi em um soluço engasgado. Estrangulado.

Isso não é o fim do mundo, tentei dizer a mim mesma, apesar de mais duas lágrimas terem escorrido pela minha bochecha. Pare com isso. Eu tinha que parar e me recompor. Não desperdiçaria lágrimas por ter sido abandonada. Não faria isso.

Eu tinha meu cartão de crédito.

Muitas pessoas viajavam sozinhas.

Eu tinha um celular.

Deveria haver centenas de hotéis nos quais eu poderia me hospedar ali perto.

Havia lugares piores onde ficar presa. Pelo menos, ali tinha uma praia. Era verão. E eu havia trazido um biquíni e bastante protetor solar.

Eu conseguiria.

Eu conseguiria...

Mais duas lágrimas escorreram dos meus olhos, e ouvi mais do que senti minha inspiração irregular.

Eu tinha que me recuperar. Não podia chorar. Estava tudo bem. Eu estava bem. Não era nada de mais Aaron não ter aparecido. Deveria ter me preparado para não me decepcionar. Quando é que eu tive sorte com algum cara?

Nunca. Exatamente.

Aaron não aparecer... estar presa sozinha em uma cidade a qual eu nunca tinha ido com dinheiro limitado... nada disso era o fim do mundo. Eu não choraria por ter levado um pé na bunda. Éramos amigos — tínhamos sido amigos —, e ele não me devia nada. Estava tudo bem.

Eu não remoeria aquilo.

Não eu.

Eu tinha meu cartão de crédito, minha saúde em dia e um monte de pessoas lá em casa que me amavam. O que estava acontecendo não era um reflexo meu. Aaron me decepcionar não tinha nada a ver comigo. Era ele quem havia amarelado, não eu, para variar, e isso deveria ser uma vitória que eu poderia celebrar quando meus órgãos não parecessem ter sido apunhalados diversas vezes com um picador de gelo.

Ele tinha me abandonado, mas ficaria tudo bem. Sim, ficaria.

Uma pequena parte do meu cérebro tentou me dizer que talvez algo houvesse acontecido com Aaron. Que ele não me deixaria ali no aeroporto sem razão. Parte de mim defendia o homem que tive a chance de conhecer ao longo dos últimos meses, me dizendo que Aaron não faria algo daquele tipo... Mas grande parte de mim dizia que eu estava sendo ingênua.

Mais três lágrimas saíram dos meus olhos, e enxuguei as bochechas com a parte de trás dos dedos, lutando contra a vontade de chorar mais, porque meu corpo com certeza queria fazer isso. *Controle-se, Ruby. Dê um jeito nisso e pare de ficar parada, chorando em público. Você é melhor do que isso. Está tudo bem.*

Eu estava ficando com dor de cabeça.

Tive que enxugar meu rosto mais duas vezes, e, quando olhei para os dedos, encontrei marcas pretas do meu rímel escorrido manchando-os, o que só serviu para me deixar ainda mais chateada. E para fazer minha cabeça doer mais, tudo ao mesmo tempo.

Tudo bem. *Eu conseguiria.* Primeiro, precisava de um táxi, então, poderia pedir para que me deixasse em um lugar perto de tudo. Eu poderia encontrar um hotel.

Tinha acabado de respirar fundo quando um grupo de seis pessoas que estivera no meu voo passou por mim, e foi então que ouvi claramente:

— Rubes?

Parei de respirar.

Quase não ergui os olhos, porque minha visão estava desfocada, mas me obriguei a olhar.

Parado a menos de um metro e meio de distância, com um pedaço de folha de papel rasgada nas mãos que dizia RC SANTOS em uma fonte grossa, rascunhada e vermelha, havia um homem. Não um garoto. Não um rapaz. Um homem para quem eu poderia olhar todos os dias pelo resto da minha vida. Com o cabelo arrumado, curto e dourado. Tão loiro, que foi a primeira coisa que notei. E um bronzeado intenso cobrindo cada centímetro de pele exposta. Parei de respirar. Olhos profundos, maçãs do rosto altas e uma boca que era muito volumosa para qualquer gênero pareciam se unir e formar um rosto que era lindo demais.

Extremamente lindo.

Ele parecia um modelo. Se aquele fosse Aaron, não era de se surpreender que tivesse tido tantas namoradas e que todas tivessem sido doidas. Ninguém abriria mão daquele tipo de cara sem brigar. Mas não poderia ser ele.

Não tinha como…

Era impossível.

Será que era piada?

Virei a cabeça para olhar sobre o ombro, então, girei para olhar sobre o outro ombro, como se houvesse alguma outra Ruby ou pessoa no mundo que pudesse se chamar RC SANTOS pela qual aquele homem pudesse estar procurando. Porque o nome era comum e tal.

Mas, quando voltei a olhar para frente, o homem loiro e alto de quase um metro e noventa, com o papel que dizia RC SANTOS, ergueu gradualmente as sobrancelhas. Vi seu pomo de adão saltar. Engolindo em seco. E, no movimento mais lento possível, hesitando, hesitando, hesitando, uma das mãos soltou um dos lados da plaquinha e os dois punhos caíram, com o papel e tudo. O homem piscou, e assimilei o que pareciam ser olhos castanho-escuros me encarando sob aquela estrutura óssea pesadamente construída. Notei como seus lábios estavam entreabertos, e como todo o rosto abrandou ao engolir em seco outra vez.

Então aquela boca, *aquela boca*, pareceu se curvar para cima, as bochechas recém-barbeadas ficando cor-de-rosa... e percebi que ele estava sorrindo. Para mim. Seus olhos castanhos se iluminaram ao me analisar a partir do rosto e descer até as sapatilhas douradas e subirem outra vez.

— Ruby? — o homem perguntou naquela voz que reconheci plenamente da única conversa que havíamos tido pelo telefone nos meses em que nos conhecemos.

Mas, ainda assim, pisquei para ele.

Era uma piada.

Tinha que ser.

Aquilo poderia muito bem ter saído direto de um filme no qual fui sequestrada e levada, vendida ao tráfico humano. Minha família nunca mais me veria, a não ser que um dos meus irmãos jurasse vingança e fosse me procurar. Como se fossem fazer isso.

Mas foi o sorriso daquele homem loiro que pareceu simplesmente... encaixar. Que me fez considerar que aquilo não era uma pegadinha. Que eu não estava imaginando tudo.

— Aaron? — Seu nome saindo da minha boca soou tão desconfiado quanto pareceu na minha cabeça.

— Sim — o homem que minha intuição tinha noventa e nove por cento de certeza de ser a pessoa com quem troquei e-mails por um ano disse.

Não deixei de notar a maneira como ele me olhou da cabeça aos pés outra vez, ou como seu sorriso oscilou. Hesitou. Estremeceu. Antes de voltar à vida, lábios unidos com só os cantinhos se curvando para cima.

Talvez tenha sido uma péssima ideia não ter enviado uma foto minha depois de tantos meses.

Ele estaria decepcionado? Se realmente tivesse achado que eu pareceria com minha irmã ou mãe, a culpa era toda dele por ter criado tais expectativas. Eu tinha avisado que eu parecia uma mistura dos meus pais. Eu não era a filha bonita, nem a engraçada, nem a talentosa, nem a extrovertida, nem a inteligente...

Eu era só a Ruby.

Só a Ruby. E isso teria que bastar. Eu tinha ido longe demais para não ser.

Pisquei para aqueles olhos castanhos que abriam um buraco em mim. Engoli em seco com tanta força quanto ele havia engolido um minuto antes. Então, eu disse antes mesmo de processar as palavras que saíram da minha boca em um sussurro:

— Posso ver o seu documento?

Ele piscou e, tão rapidamente quanto fez isso, quase sorriu, de maneira *quase* terna, e assentiu. Uma das mãos foi até as costas enquanto o olhar viajava por mim.

Algo pequeno e marrom preencheu sua mão, e ele finalmente levou os olhos até a carteira que segurava. Então, me passou dois cartões de plástico, sua mão firme: um era uma habilitação do Kentucky, e a outra, o documento militar com o nome que eu conhecia muito bem: Aaron Tanner Hall.

Era ele. Puta merda, era o Aaron mesmo. Minhas mãos estavam tremendo só um pouquinho ao olhar mais uma vez para a habilitação antes de devolvê-la. *Éeleéeleéeleéele* deu voltas na minha cabeça, roubando o poder dos meus pulmões enquanto eu dizia a Aaron algo que não tinha exatamente planejado admitir enquanto minha voz praticamente tremia:

— Pensei que você não fosse vir.

Aaron — não um impostor que havia hackeado a conta dele e decidido vir me sequestrar, dentre todas as outras pessoas no mundo que poderia escolher — sacudiu a cabeça loira, ainda congelado no lugar, apesar dos traços parecerem ir e vir entre um sorriso e uma expressão que poderia ter sido de surpresa ou de confusão, mas eu não o conhecia bem o suficiente para ter certeza.

— Pensei que... — Pigarreou, me fazendo arrastar os olhos em direção ao seu pomo de adão, que saltava, muitíssimo bronzeado. — Eu estava parado no estacionamento, esperando. Não sabia...

Ele estava decepcionado. Aaron estava decepcionado, não estava?

— Você não é como imaginei. — Foram essas as palavras que escolheu para quebrar o silêncio. Sua pronúncia soou lenta, calma. Então, piscou no meio da frase enquanto o peito crescia ao inalar e, tão rapidamente, desinflava ao expirar. Parei de respirar enquanto aqueles olhos castanho-escuros varriam meu rosto e desciam pelo meu corpo de novo. Sua boca estremeceu de novo, flutuando, indecisa antes de se acomodar em um sorriso fraco enquanto os olhos me percorriam uma última vez. Sua voz soou tão cautelosa quanto o sorriso ao falar as sete palavras que tínhamos trocado tanto nos últimos meses, um lembrete da nossa amizade, um lembrete de que havia sido Aaron a me convidar para viajar. — Você entendeu o que eu quis dizer.

Ele estava decepcionado. Era isso o que Aaron queria ter dito. Mas qual era a novidade? Eu deveria saber. Deveria ter esperado...

Não lutei contra a vontade de piscar ou de inspirar fundo pelo nariz numa respiração que soou instável e quebrada em sílabas impossíveis. Meu coração começou a bater mais rápido, ansioso, mais ansioso do que provavelmente o sentira alguma vez, o que já tinha sido um nível alto de ansiedade. Lágrimas pinicaram meus olhos como tinham feito momentos antes, mas não as deixei cair. Eu não faria isso. De alguma forma, de alguma maneira, consegui pigarrear e dizer com mais suavidade do que eu gostaria:

— Eu te disse que não parecia com minha mãe nem com minha irmã.

O homem de que eu tinha certeza se chamar Aaron soltou um barulho que pareceu um bufo, quase um riso, mas as próximas sete palavras que saíram de sua boca me fizeram encolher:

— Não. Você não se parece com elas.

Então, enquanto eu pressionava os lábios juntos outra vez com a brutalidade de sua honestidade, dizendo a mim mesma para não chorar porque ele mesmo tinha feito aquilo consigo ao pensar que eu estivera mentindo, Aaron realmente riu ao dar um passo à frente, seus olhos de repente muito iluminados e focados, e aquele seu rosto, que eu tinha acabado de ver chocado, brilhou.

— Está com fome? — perguntou, como se não fosse nada. Como se não tivesse acabado de confirmar algo que eu havia aceitado há muito tempo, mas com que nunca tinha sido fácil conviver. Como se eu não tivesse uma lagrimazinha que limpei desesperadamente no canto do olho. — O que foi? — Aaron questionou imediatamente enquanto suas sobrancelhas se uniam, por algum milagre deixando seu rosto lindo ainda mais bonito, mesmo depois de ter praticamente admitido que pensava que eu era outro algo ou alguém e que tentava processar isso.

Eu era uma grande idiota.

Minha visão embaçou, e pude sentir a ansiedade no meu peito e na minha barriga.

— Isso é esquisito — falei com honestidade, nervosa, nervosa, nervosa. Mais nervosa a cada segundo. A cada milissegundo. Tentei respirar fundo, mas não havia ar ali.

— Ruby, o que foi? — soou a pergunta preocupada dele enquanto eu encarava o chão, fechando as mãos nas laterais do corpo.

Engoli em seco. Disse a mim mesma para manter o controle. Lembrei-me de que eu sabia que aquilo aconteceria, de que não ficaria decepcionada. Então menti ao enxugar o rosto outra vez, me obrigando a olhar para ele ao falar:

— Pensei que você tivesse mudado de ideia, e eu estava decidindo o que...

Aqueles olhos escuros, tão destoantes da cor da pele e do cabelo, se arregalaram. Não havia qualquer hesitação em seu rosto quando Aaron deu outro passo à frente, uma carranca crescendo junto da boca e praticamente irradiando pelo corpo todo.

— Eu não ia mudar de ideia — ele alegou, com firmeza, as íris indo e vindo de um dos meus olhos ao outro, o contorno da mandíbula se tensionando. — Você está bem?

Inspirei fundo pelo nariz, dando de ombros, e engoli em seco, esticando a palma para esfregar o osso do peito. Eu não poderia estar tendo um ataque de pânico. Não poderia. Mas tentei respirar fundo outra vez e não havia nada ali. Não havia nada ali, e minhas mãos começaram a suar em algum momento e a parecer que estavam cobertas de formigas, e meu coração batia desenfreado e...

— Sinto que não consigo respirar...

A cabeça de Aaron se virou, e juro que seu rosto empalideceu. Os quatro passos que deu foram imediatos, fazendo-o parar bem na minha frente antes mesmo de eu entender o que estava acontecendo. Aaron Hall, que era ainda mais lindo do que eu jamais poderia ter imaginado, estava na minha frente e eu estava surtando.

Eu estava surtando demais.

Porque estava frustrada, decepcionada e tentando demais não estar. Eu não era boa naquele tipo de coisa. Eu nunca deveria ter viajado.

Quando sua mão encontrou meu braço, ele não hesitou por sequer um segundo enquanto os dedos se enrolaram ao redor da pele delicada da parte interna do meu cotovelo, e, antes que eu percebesse, ele estava me guiando em direção a um banco que eu não tinha visto, um braço sobre meus ombros como se aquilo fosse a coisa mais natural no mundo. E, durante todo o tempo em que fazia isso, dizia:

— Você está bem, Ruby, você está bem. Respire, respire... — repetiu de novo e de novo até eu me sentar no banco e Aaron estar inclinado na minha frente.

Eu ainda estava descontrolada.

Fiz um círculo sobre o coração, engolindo a saliva e me sentindo uma idiota, mas, ao mesmo tempo, nem um pouco idiota, porque esse cara que tinha dito ser Aaron, que agia como Aaron e soava como Aaron, estava agachado aos meus joelhos depois de me fazer achar que eu estava sozinha em uma cidade a que eu nunca tinha ido antes porque havia mudado de ideia.

Mãos que eu nem havia percebido estarem segurando meus joelhos lhes deram um apertão.

— Espere um pouquinho, ok? Já volto. — Outro apertão. — É rápido — ele prometeu, e fiquei sentada lá. Pisquei e senti um terceiro apertão, então, Aaron estava de pé, andando, e desapareceu, indo rápido até algum lugar que eu não sabia qual porque não continuei observando.

Esfreguei o local onde batia o coração, meus dedos úmidos sobre a pele exposta acima da camiseta. As mãos não tremiam, mas com certeza parecia que todo o resto do meu corpo, sim. Uma parte minha quis decidir que eu havia mudado de ideia, voltar para dentro do terminal, comprar outra passagem, ir para casa e fingir que nada daquilo havia acontecido. Eu poderia simplesmente dizer a todos que...

Mal terminei de pensar quando a ideia caiu como uma coberta molhada sobre todo o meu sistema nervoso.

Eu não poderia voltar para casa. De jeito nenhum. Minha família jamais me deixaria esquecer dessa viagem. Pensariam que algo de ruim havia acontecido ou que eu não conseguia lidar com o fato de ir sozinha a algum lugar, e seria o fim. Ninguém jamais pararia de encher meu saco. Mais do que isso, eu nunca, jamais faria nada que me deixasse desconfortável outra vez. Esse era o propósito da viagem. Eu queria fazer aquilo. Queria ter vindo. Queria estar ali, e isso não tinha nada a ver com eles.

Eu não queria voltar.

Se voltasse...

Estava tudo bem. Tudo certo. Eu não tinha sido abandonada. Talvez eu não fosse como Aaron esperava, mas ele estava ali. Aaron estava ali.

Aaron era tão bonito que meus olhos poderiam ter começado a doer nos três minutos em que ficamos cara a cara, se eu não estivesse surtando internamente. E não era um problema ele não se parecer com quem eu havia imaginado. Porque, se soubesse que Aaron era daquele jeito, talvez não tivesse feito piadas sobre sua bunda.

E eu ainda me perguntava por que não tinha namorado. Por que não conseguia fazer ninguém me amar como mais do que amiga. Por que tinha entregado minha virgindade a um cara com quem pensei que fosse me casar um dia, mas tudo o que aconteceu foi ele se desculpar, corar e implorar para que eu não contasse ao meu irmão, porque tinha sido um erro. Eu tinha sido um erro.

Aaron era meu amigo. Eu sempre soube disso, e gostei dele mesmo antes de vê-lo. Sabia que nada mais sairia dessa amizade. Mas, mais do que isso, sabia que nada disso tinha a ver com Hunter. Aaron era tão diferente daquele idiota quanto possível.

Primeiro, vi tênis da Nike verdes e pelos castanhos em um par de pernas masculinas. Os passos de Aaron eram rápidos enquanto corria devagar até mim antes de voltar a se agachar. Quando percebi, estava empurrando uma garrafa de água para mim, uma das mãos indo ao ponto logo acima do meu joelho onde a coxa começava. Ele a envolveu. Apertando acima da meia-calça que eu havia vestido sob a saia marrom, caso sentisse frio no avião.

— Beba um pouco — pediu, com uma voz baixa e insistente ao empurrar a garrafa para mais perto do meu peito.

Ergui os olhos para encontrar os dele. Seu rosto bem em frente ao meu, talvez a uns quinze centímetros de distância. Eu não havia notado que estava me inclinando para frente, que meus cotovelos estavam no meio das coxas, mesmo enquanto uma das mãos se apoiava entre os seios. O rosto de Aaron, o rosto que eu nunca tinha visto até cinco minutos antes, estava aberto e preocupado. Aquela boca, que era quase cheia demais para a de um homem, estava tensa, e ele parecia... bem, parecia não achar que eu fosse uma estranha pela qual se sentia mal e havia convidado para aquela viagem. Aaron não me olhava como se estivesse decepcionado. Porque não se podia olhar para alguém com quem não se importava da forma como ele me observava: sobrancelhas unidas, linhas no canto dos olhos e boca franzida.

Aqueles olhos, que eram de um acaju aconchegante, estavam em mim.

— Beba um pouco. Respire fundo — repetiu, enquanto a palma se afastava da minha coxa, e Aaron se aproximou, as duas palmas grandes estendidas em frente. Não precisei olhar para baixo para saber que um conjunto de dedos estava na tampa, e o outro, de repente, cobrindo os meus enquanto giravam e torciam a tampa antes de me incitar de novo a beber.

Tudo o que consegui fazer foi observá-lo enquanto eu erguia a garrafa até a boca.

Foi o gole mais consciente da minha vida, tendo Aaron se equilibrando na pontinha dos pés na minha frente, quase na altura dos olhos. Ele me observava com tanta atenção, com toda aquela pele bronzeada e estrutura óssea incrível, que eu raramente tinha visto em outros lugares, exceto em revistas de alta moda, que esperei me engasgar com a água e cuspi-la nele ou algo tão idiota quanto. Eu o observei, e Aaron me observou. E me perguntei no que ele estava pensando.

Na maior parte do tempo, pensei *Aaron está aqui.*

Sorri, ansiosa e nervosa, enquanto o assimilava, e ele também me assimilava. Aaron sorriu em resposta, nem um pouco ansioso ou desconfortável, só... preocupado. Eu conhecia aquele olhar muito bem por causa dos meus irmãos. Eu sabia do que se tratava.

Aquele era Aaron. Meu amigo. E algo me disse que eu não tinha com o que me preocupar. Eu não precisava mais surtar. Sabia no que estava me metendo ao viajar, e não poderia deixar aquilo arruinar meu fim de semana. Eu poderia aproveitar a oportunidade. Poderia ser a melhor amiga que ele jamais teve. Poderia ser a figura da irmãzinha através da qual Aaron me via.

Eu poderia, foi o que pensei enquanto ele apoiava uma das mãos no meu ombro e a deslizava pelo comprimento do antebraço.

Mas seria incrivelmente difícil.

— Você está bem? — sussurrou. Aaron ainda tinha aquele sorriso que, sinceramente, fez meu coração começar a bater um pouco esquisito de novo, mas de uma maneira que não tinha nada a ver com ataques de pânicos ou palpitações.

Assenti, sentindo meu desconforto desaparecer lentamente enquanto o estudava, o cara que sabia mais sobre mim do que muitas pessoas que eu conhecia há anos. O cara que me trouxe água e apertou minha perna quando falei que estava prestes a perder o controle. Aquele era o homem de quem eu havia me tornado amiga. O homem pelo qual tentei me convencer não estar caidinha, não estar me apaixonando, tudo por causa de e-mails e mensagens.

Aquele era Aaron. Meu amigo. A pessoa que havia me convidado para a Flórida porque queria me conhecer, e ele estava sorrindo para mim, parecendo mais preocupado do que deveria.

— Tem certeza? Está tudo bem com o seu coração? — ele perguntou com tanta sinceridade que tive de parar de respirar por um momento.

Tirei a tampinha da garrafa das mãos dele e baixei os olhos enquanto a fechava.

— Está tudo bem. Eu estava nervosa.

— E não está mais? — indagou. Precisei dar tudo de mim para não erguer os olhos enquanto ele falava.

Ergui um ombro e suspirei pela boca para me acalmar ainda mais.

— Não. — Minha boca se retorceu, e, daquela vez, não consegui me impedir de olhar para ele. Aaron ainda me observava com tanta atenção que tive de baixar os olhos por um segundo antes de erguê-los outra vez. — Eu menti. Estou nervosa. Só um pouquinho.

Sua boca bonita se franziu, os olhos perdendo o foco.

— Pensei que fosse ter uma visão melhor das portas se ficasse na lateral do estacionamento, mas tinha uma van bloqueando bem onde você estava — explicou. A boca formou um sorriso suave com o qual meu corpo todo não soube como lidar. Ao mesmo tempo, ele apoiou a mão outra vez no meu joelho, como se sempre tivesse estado ali. Sua voz era lenta e ainda tão baixa que só eu pude ouvi-lo. — Eu não ia te deixar.

E lá se foi meu coração de novo.

Aaron piscou, e foi como se pudesse ter lido minha mente.

— Você realmente pensou que eu não viria?

Meu corpo inteiro estremeceu de novo.

— Eu... — Ele balançou a cabeça, e finalmente notei que seu cabelo não estava tão arrumado assim, ele só tinha passado um pente. Talvez até houvesse um pouco de gel ali. Era curto, mas longo o bastante para ser dividido. — Eu não sei o que dizer, Rubes. — Foi o sorriso relutante que tomou conta do seu rosto que foi tão inesperado, como o sol surgindo em um dia nublado, que me fez esquecer seu cabelo. Como se aquele sorriso não bastasse, ele apertou meu joelho mais uma vez. — Talvez devêssemos trocar algumas mensagens primeiro. Para quebrar o gelo.

Fui eu quem ri, toda esquisita, rouca e ainda soando como se houvesse lágrimas presas no fundo da garganta.

— Talvez. — Ri de novo, e daquela vez minha voz soou molhada e um tantinho quebrada. Por sorte, eu não havia tentado agir como se fosse forte, porque ele saberia que eu estivera prestes a chorar por ter achado que não viria.

Aquele rosto lindo de modelo, um tantinho bronzeado, me lançou um sorriso antes de inclinar a cabeça em direção à garrafa que eu segurava entre as mãos.

— Beba outro gole.

Desrosqueei a tampa e obedeci. Aaron ainda me observava. Por que ele estava me observando tanto?

Sua boca rosada ficou tensa quando os olhos escanearam meu rosto com uma lentidão que me fez querer estremecer e pedir a ele que parasse.

— Por que você não disse nada? — perguntou, ainda soando baixo.

Arrastando a borda da garrafa pela boca em direção ao queixo e a deixando ali, suspensa no ar, pisquei, assimilando-o mais uma vez e apreciando aquele contorno dos ossos e a pele limpa do rosto e pensando que ele era o homem mais lindo que eu já vira na vida. Claro que ele era.

— Eu te disse tudo. — Ele tinha uma covinha também, ou eu estava imaginando coisas? — Juro — garanti, tentando pensar no que eu poderia ter deliberadamente deixado de mencionar.

As sobrancelhas douradas de Aaron se ergueram só um tantinho, só um pouquinho, aquele sorriso pequeno ainda brincando com as laterais da boca.

— Quase tudo — ele disse.

Levei a garrafa até o colo e franzi a testa.

— O que acha que não te contei?

Seus olhos castanhos analisaram meu rosto, e ele apertou meus joelhos outra vez antes de apoiar os pés inteiros no chão. Começou a se endireitar, o rosto fazendo uma pausa enquanto se mantinha na altura dos meus olhos e dizia com calma:

— Você poderia ter me falado que sua mãe e irmã eram as feias da família.

Não tive nem chance de jogar a cabeça para trás antes de rir. Ri como se eu não tivesse estado prestes a chorar e, então, prestes a ter um ataque de pânico. Eu simplesmente gargalhei. Alto e desajeitadamente forte.

Quando consegui abrir um dos olhos para ver o que Aaron fazia, e do que se tratava aquilo, ele ainda estava agachado na minha frente como antes, as bochechas e o pescoço vermelhos.

Estava corando.

E isso serviu apenas para me deixar corada.

Inclinando-me para frente, com suas palavras, as bochechas rosadas e o sorriso torto ainda fresco na minha mente, perguntei a ele, praticamente sussurrando:

— Você está bêbado de novo?

Aquela covinha — que, com certeza, era uma covinha — se aprofundou ainda mais, e seu sorriso foi direto ao meu coração, quase me deixando sem ar e me desnorteando quando riu.

— Você vai me abraçar ou só vai ficar parado aí? — perguntei.

Eu não fazia ideia naquela hora que, enquanto minha alma morasse no meu corpo e eu pudesse me lembrar das melhores partes da minha vida, eu me lembraria de como Aaron Hall se inclinou na minha direção e envolveu aqueles braços longos e bronzeados ao redor das minhas costas, me puxando para seu peito. Eu, que ainda estava no banco. A maneira como ele me abraçou com vontade seria algo que nenhuma doença ou morte poderiam tirar de mim. E, no tempo que levei para respirar fundo, coloquei os braços ao redor dele. Eu já tinha abraçado dezenas de homens. Dezenas e dezenas, centenas de vezes, e o corpo de Aaron era tão amplo e sólido diante do meu quanto qualquer um deles.

Mas era melhor. Muito melhor. Porque seu abraço era o melhor. Ele cheirava a uma pitada de colônia com cedro. E eu me lembraria disso para sempre.

Meu amigo tinha vindo. Aquele homem cuja beleza não tinha nada a ver com seu exterior. Eu simplesmente apertei os braços ao seu redor e o senti fazer o mesmo comigo. Aaron me abraçou e continuou me abraçando, uma das mãos indo para minha nuca, então, deslizando para baixo outra vez. Afeto. Era exatamente aquilo o que ele estava me dando, e saboreei cada gotinha.

Quando se afastou alguns segundos depois, as mãos bronzeadas foram para os meus ombros e ficaram ali. Seu rosto não poderia estar a mais de trinta centímetros do meu ao me perguntar, mais uma vez, com aquela expressão que eu ainda não tinha conseguido processar de maneira adequada:

— Você não comentou. Está com fome?

Não consegui fazer outra coisa, exceto assentir, observando seus traços e os guardando mentalmente para mais tarde. *Quem diria?*

Aaron sorriu outra vez ao estender a mão para segurar a alça da minha mala onde estivera apoiada contra a parede. Quem havia mexido nela, ou quando, eu não fazia ideia, mas, mais tarde, quando parei para pensar naquilo, fiquei feliz por ninguém a ter roubado enquanto eu estava tendo um mini colapso.

— Vamos. Eu estava esperando para comer, caso você também estivesse com fome.

Assenti e o observei puxar minha mala, então, Aaron inclinou a cabeça até o outro lado da rua, em direção ao estacionamento gigante. Sem dizer mais nada, eu o segui pela direita, a mala na esquerda, finalmente o observando por completo. Em uma camiseta verde-oliva com gola V que caía perfeitamente na largura dos ombros, short marrom de estilo militar que mostravam as panturrilhas musculosas e bronzeadas, e tênis de corrida, ele parecia tão... normal.

Mas melhor.

Aaron deve ter me sentido encarando-o, porque olhou sobre os ombros e ergueu aquelas sobrancelhas clareadas pelo sol.

— Tenho algo no rosto?

Pude sentir minhas bochechas corando; foi terrível ser pega no flagra.

— Não. É só... esquisito ver você pessoalmente — hesitei por um segundo, mas disse a verdade, porque eu tinha prometido não mentir, e minha intuição dizia que, se ele sabia que eu estava mentindo na internet, também saberia pessoalmente. — Você não é... tão ruim de se olhar quanto pensei que seria.

Seus lábios me deram aquele sorriso hesitante que oscilava entre um sorrisinho e um riso antes de dar uma piscadela.

Ele deu uma piscadela. Para mim.

Então, disse as palavras mais perfeitas que poderiam ter saído de sua boca:

— Se te fizer sentir melhor, podemos falar da minha... — Ele acenou a mão mais próxima de mim em direção à bunda. Uma bunda que eu, sem dúvida alguma, teria que analisar mais tarde quando não fosse tão óbvio.

Pressionei um lábio contra o outro e tentei não sorrir.

E falhei miseravelmente.

@capítulo dezesseis

Aaron estava sorrindo para mim.

Ele, que poderia ser um modelo de passarela, com maçãs do rosto capazes de cortarem vidro, caso quisesse, uma mandíbula tão definida que deixaria qualquer escultor excitado e uma boca que deveria ter sido a causa de sonhos obscenos de centenas de mulheres ao longo dos anos, estava sorrindo para mim do outro lado da mesa. E não estava olhando para mais nada.

A parte mais importante de ele não estar olhando para mais nada era a garçonete que estivera fazendo um beicinho brincalhão e tentando ao máximo fazer contato visual com Aaron quando veio anotar o que queríamos beber alguns minutos antes. Ela deu azar. Então, deu azar de novo quando trouxe as bebidas e anotou nosso pedido. Sua tentativa de unir os seios com os antebraços não bastou para fazê-lo olhar para outra coisa, e ela tinha seios nos quais até eu teria dado uma segunda olhada. Mas Aaron? Ele não tinha parado de lançar olhares e sorrisos para mim desde o carro, e não tinha parado de fazer isso desde que nos sentamos na cafeteria onde havia estacionado.

Eu estaria me enganando se tentasse negar que, durante a primeira parte do caminho, eu tinha lançado alguns olhares furtivos para a esquerda. Nenhum de nós tinha dito muita coisa ainda. Quando eu não estivera ocupada olhando para Aaron, havia estado focada na paisagem do outro lado da janela, absorvendo a vista que escurecia e que era tão diferente da com a qual eu estava acostumada em Houston.

Mais importante do que isso, ao estarmos sentados de frente um para o outro, eu sorria com cautela para ele, e Aaron me dava aquele sorrisinho que parecia ter segredos costurados em algum compartimento abaixo da pele quase perfeita. Se ele tinha poros ou manchas, eu não tinha conseguido encontrar nenhum... e havia procurado.

Por sorte, Aaron não era tão quieto quanto eu, porque foi ele quem finalmente quebrou o silêncio com os cotovelos na mesa que dividíamos. Apoiou o queixo na mão, não parecendo ter dirigido horas e mais horas para chegar à casa de praia e, depois, ido me buscar.

— Você parece bem cansada. — Foi com o que ele decidiu começar.

Pisquei e mordisquei o lábio inferior enquanto me esforçava para não receber aquilo como um insulto.

— Pareço?

Os cantos da sua boca se elevaram um pouco, um sorrisinho escondido à vista de todos.

— Você entendeu o que eu quis dizer.

Hum.

A boca dele perdeu a batalha quando seu riso baixo soou.

— *Você entendeu o que eu quis dizer.*

Erguendo uma sobrancelha, assenti, entusiasmada, tentando não rir, mas falhando em grande parte.

— Você está dizendo que estou um caco.

Uma daquelas mãos que estivera nos meus joelhos, havia menos de uma hora, espalmou uma das bochechas.

— Não é isso que estou dizendo.

Semicerrei os olhos para e, então, inclinei a cabeça para o lado.

— Tenho quase certeza de que é isso o que parece que você está dizendo.

— Não é — argumentou, olhos totalmente focados nos meus.

Franzi o nariz.

— Não tem problema. Não dormi muito bem nas últimas duas noites graças a uma pessoa que conheço. Tenho certeza de que estou um caco.

Aquilo o fez resmungar enquanto parecia trazer a cadeira para mais perto da mesa, a julgar pelo arranhar de madeira no piso.

— Eu não disse que você está um caco. Você só parece cansada.

Não vou sorrir. Não vou sorrir.

— Existe diferença?

Ele inclinou a cabeça para o lado e arregalou os olhos ao assentir. Aparentemente, era a vez dele de ser insolente.

— Sim.

Aaron me encarou, e eu o encarei de volta.

— Humm.

— Humm — ele repetiu.

Sorri, e ele sorriu imediatamente em resposta.

Aquilo era igualzinho a nossas conversas pela internet. Me relaxou. Me fez sentir melhor quanto a... tudo.

— Se você está dizendo... — Segurei o sorriso, bufando antes de soltar um bocejo que dei o meu melhor para abafar, mas falhei. Querendo que as coisas fossem tão normais quanto possíveis, movi as mãos, tentando pensar em algo para perguntar. De todas as coisas que eu poderia ter mencionado, optei por: — Como foi a viagem?

Aqueles ombros musculosos que eu ainda não tinha tido a chance de cobiçar muito subiram de maneira casual.

— Boa. — A mão, que ele não estava usando para apoiar a lateral do rosto, se esticou às cegas na direção da cerveja. Seus olhos castanhíssimos ainda não tinham deixado meu rosto. — E o seu voo?

— Tirando o velhote que usou meu ombro de travesseiro, e minha mãe gritando comigo antes de eu sair de casa, tudo certo.

Aaron resmungou, e isso me fez pensar em todas as vezes em que ele tinha digitado algo que transmitia a mesma emoção, fazendo tudo aquilo ali parecer mais real a cada segundo. Mais seguro.

— Ela ficou irritada? — perguntou.

Eu não diria que ela ficou irritada, mas...

— Pode-se dizer que sim.

O canto dos olhos de Aaron se enrugou, e me perguntei se as linhas eram todas do tempo que ele tinha passado ao ar livre ou se eram de sorrisos.

— Ela não me conhece. Eu ficaria surpreso se ela não estivesse preocupada com a possibilidade de eu te sequestrar e te vender no mercado ilegal. — Aquelas íris me percorreram pelo que pareceu ser a centésima vez desde que ele tinha me buscado, me deixando só um pouquinho insegura e grata por ter dado uma passada no banheiro do aeroporto antes de sair para esperá-lo. — Ela te ama. Você tem sorte.

Como ele conseguia dizer a coisa exata em que eu estava pensado era surpreendente, mas deixei aquilo de lado.

— Você avisou que chegou?

Enfiei a mão no bolso da frente enquanto lhe contava a verdade:

— Ainda não. Tinha esquecido até agora. Espere aí. — Precisei de duas tentativas para desbloquear a tela assim que peguei o celular. O ícone que dizia que eu tinha dezenove mensagens não lidas me fez franzir o cenho na mesma hora. Estavam a milhares de quilômetros de distância. Não era como se fossem surgir na vidraça e berrar comigo quando eu lesse as mensagens. Estavam apenas demonstrando amor e preocupação, como qualquer boa família faria. Como eu teria feito se fosse qualquer um deles na minha posição, muito provavelmente. Era aquilo que eu ganhava por nunca ter passado pela fase de adolescente rebelde e babaca que se deixava levar pelos hormônios. Eu tinha sido quietinha. A garota que não gostava de se meter em problemas, nunca chegava tarde em casa, nunca respondia e passava a maioria dos fins de semana jogando RPG ou entrando de fininho no cinema onde meus amigos trabalhavam, quando não estava trabalhando para minha tia.

Sempre fui a responsável por ouvir e tentar deixar todo mundo feliz.

Até aquele momento.

Abri a primeira mensagem e resmunguei.

— O que está escrito? — Aaron perguntou.

— "Por que você está fazendo isso comigo?" — disse a ele. — São todas da minha mãe. — Li a próxima: — "Se você for sequestrada, não vou pagar seu resgate."

Aquela fez Aaron rir. Lancei um olhar a ele, sorrindo, antes de voltar a ler o restante das mensagens.

A próxima me fez bufar.

— "Eles vão arrancar seus órgãos e te jogar no mar. Mande um oi para a Shamu. Nunca nos esqueceremos de você."

Ele riu ainda mais alto do que eu, antes de tomar um gole de cerveja.

— Isso é bem esquisito.

— Eu te disse que ela era louca. Tudo bem, escute esta: "Eu vou dar o seu nome para nosso próximo peixinho dourado". — Tive que baixar o rosto até a mão para rir, e ouvi Aaron fazendo o mesmo. Minha mãe. A doida da minha mãe.

— O que mais ela falou?

Eu ainda estava rindo ao ler as mensagens restantes para ele:

— "Você vai me fazer ter um ataque cardíaco. Por que está tentando me matar? Você deveria ser a minha boa garota, não outra idiota. Não se importa com a minha saúde? Eu sou jovem demais para morrer de ataque cardíaco. Você sequer me ama?" — Uma coisa era saber que eu era parente de pessoas dramáticas, mas outra era ter de encarar isso via mensagens de texto. — Estas são da minha irmã: "Você é uma idiota. Eu deveria ter ido junto. Não vou participar de nenhum grupo de busca por você. Nunca vou usar o vestido que fez para mim se não voltar". E mais algumas coisas repetidas... "Pequenina, sua merdinha, me fale se chegou."

A última me deixou com um aperto no peito, e não houve qualquer hesitação enquanto eu digitava uma resposta para minha mãe e outra para minha irmã.

Eu também te amo. Cheguei bem em Panama City. Aaron já me buscou. Está tudo certo. Te mando outra mensagem em breve.

Você pode pegar minhas roupas emprestadas, mas toque nas que dobrei e deixei no chão e colocarei creme de depilação no seu xampu. P.S.: Também te amo.

— Você avisou que chegou?

— Sim, e que eu mandaria mensagens em breve. Minha irmã ameaçou pegar minhas roupas emprestadas, e eu disse a ela que, se pegasse as que separei para levar na visita ao meu pai, eu colocaria creme de depilação no xampu dela.

Ele ergueu uma daquelas sobrancelhas loiras, um sorrisinho brincando na boca rosada.

— Ela voltou a patinar?

— Jas continua indo bem cedinho sozinha, mas não conversa com a treinadora desde a última competição. Ouvi a treinadora dizendo para minha mãe, pelo viva-voz, outro dia, que Jas está patinando cada dia mais. Elas a assistem pelas câmeras de segurança, mas ninguém tem coragem de confrontá-la.

— Ela continua brava com você?

— Sim.

Ele assentiu, a mão ainda servindo de apoio ao queixo, e a outra posicionada frouxamente ao redor da garrafa. Aquelas íris castanhas continuaram a focar em mim. No que raios Aaron estava pensando?

Lutei contra a vontade de me ajeitar, então, pigarreei, tentando ser muito mais casual e parecer muito mais tranquila do que eu realmente estava.

— Então, você deixou seus amigos na casa da praia?

Pelo canto dos olhos, pude ver Aaron passando a pontinha dos dedos na garrafa de cerveja.

— Sim, pelo que os conheço, provavelmente estão dormindo, mesmo tendo sido eu quem dirigiu a noite toda.

— Você não confiou neles para dirigirem sua caminhonete?

Ele sorriu.

— Não. — Aaron fez uma pausa e bebeu outro gole da cerveja antes de colocá-la na mesa, fazendo barulho e erguendo os olhos na minha direção de um jeito que me fez sentir ainda mais vergonha. — Eu não quis te pressionar levando um monte de gente que você não conhece ao aeroporto — explicou, ao mesmo tempo que a ponta dos dedos subia pelo pescoço da garrafa. Seu olhar estava em mim quando disse: — E eu queria passar um tempo com você primeiro. Só nós dois.

De todas as respostas que eu poderia dar depois daquilo, a que dei foi:

— Ah.

Ah.

Quando, na verdade, era para ter sido algo mais como: "Você está tentando me matar?". Porque ele me conhecia bem o suficiente para saber que eu me sentiria pressionada... Eu não perderia mais tempo pensando naquilo. Não podia. Também não remoeria o fato de Aaron ter desejado passar um tempo comigo antes.

Meu tom ou minha resposta porca devem tê-lo deixado desconfortável, porque, por um breve segundo, um vislumbre de mágoa atravessou os olhos dele, mas desapareceu antes da piscada seguinte. Ele deu um sorriso tenso para mim.

— Se não estiver confortável, há alguns hotéis a caminho da casa, qualquer coisa...

Ele achava que...

— Não, não — gaguejei. — Não é isso. Você fez... Você é... — Por que eu não conseguia falar direito? — Ainda estou um pouco nervosa. É só que você é... — Surreal demais. Perfeito demais. Muito mais do que eu poderia ter imaginado.

Mas eu não falei nada disso.

— O quê? — perguntou, com cautela, como se não soubesse que seu rosto digno de propaganda pudesse reduzir qualquer um, com uma só olhada, a uma poça de sangue e ossos.

Quero dizer, eu tinha desenvolvido uma quedinha enorme por ele só pelos e-mails. Vê-lo cara a cara era quase demais para suportar sua aparência. Mas eu não poderia dizer nada disso. Eu sabia por que estava ali. Porque Aaron também havia se conectado comigo, porque ele gostava de mim.

Como amiga.

Como uma irmãzinha, ele tinha me dito recentemente quando estivera bêbado.

E nada mais... mesmo com aquela camiseta que ele vestia mostrando o peitoral que deixava claro que havia frequentado regularmente a academia enquanto estivera em missão no deserto, e com aqueles bíceps e antebraços cheios de músculos firmes. Eu podia vê-los, mas não podia tocá-los de nenhuma outra forma, a não ser como uma amiga faria.

Zona da Amizade: A Vida de Ruby Santos

Pigarreei e olhei outra vez para seu cabelo arrumado; algo naquilo me incomodava. Engoli em seco e olhei para o teto por um segundo antes de voltar a focar em Aaron, me arrependendo de sequer ter começado a dizer algo. Pisquei para ele.

E ele piscou de volta, esperando.

Quando olhei para o lado por um momento e, então, de volta para Aaron, ele continuou sentado ali, como se estivesse dando o seu melhor para parecer inocente e curioso.

— Eu já te disse quando estávamos saindo do aeroporto.

Ele piscou de maneira inocente mais uma vez, mas não disse nada.

Resmunguei lá no fundo da garganta.

— Vai me obrigar a dizer?

Aaron assentiu, e pensei que, sem dúvida, ele deveria saber exatamente no que eu estava pensando.

Meu rosto esquentou pela centésima vez, e fiquei tentada a encarar o teto para que não tivesse de fazer contato visual com aqueles seus olhos. Cocei o pescoço e olhei de soslaio para Aaron de novo, sentindo as palavras arranharem minha garganta. Eu tinha que parar de ser covarde.

— Vou falar, mas de um jeito totalmente platônico, tudo bem? — avisei-o.

Pelo canto dos olhos, eu o vi baixar o queixo mais uma vez, e eu não prestaria atenção na maneira com que sua boca tinha voltado a oscilar. Divertido, feliz, zombeteiro, tudo de novo. Por quê? Por que ele não podia simplesmente ter uma aparência comum, ou ser bonito, mas não me encarar com tanta intensidade?

Porque eu nunca teria tanta sorte assim, e eu sabia. Tossi. Então, falei:

— Você é maravilhoso — comecei, quase sentindo dor, soltando as palavras com cautela. — Tipo... o exército deveria te colocar nas propagandas de recrutamento ou fazer de você o garoto-propaganda do site. Sinto que não posso te olhar nos olhos, senão viro pedra, e vão colocar minha estátua em um jardim cheio de mulheres que fizeram contato visual com você antes de perderem a vida.

Aaron me encarou por um momento, só por um instante, e lentamente aquele sorriso hesitante se transformou em um amplo, com dentes brancos e alinhados e calidez que não poderia ser fingida, que faria os anjos cantarem e tocarem harpa ao fundo.

— Você sorri muito mais do que pensei — continuei. — Você disse que quase nunca sorria trabalhando.

— Eu geralmente não sorrio tanto — foi sua resposta enigmática.

Cocei o pescoço outra vez e o observei, o nervosismo criando um ninho na minha barriga. Ansiedade pinicava o centro do meu peito, então, com muita hesitação, eu disse:

— Estava preocupada que você fosse ficar decepcionado ao me conhecer.

Seus olhos castanhos pareceram cintilar um pouco, as sobrancelhas ganhando forma e a boca se curvando como se ele estivesse tentando parar de sorrir.

Minhas mãos estavam começando a coçar.

Mas, então, ele disse as palavras que fizeram uma dúzia de borboletas ganharem vida em uma explosão:

— Estou muito feliz por te ver, Ruby. — Sua voz soou baixa. Não hesitante, mas cautelosa. — Eu olho para você e não consigo parar de sorrir. Só isso. Você é adorável.

Nunca, em um milhão de anos, eu poderia imaginar Jasmine ou Tali corando com alguém as chamando de adoráveis, mas eu corei. Escarlate, vermelho, cor de vinho. De repente, eu tinha sido coberta por lava invisível.

Então, com a dignidade fugindo do meu alcance, soltei:

— Levei uma hora para decidir o que vestir antes de sair de casa. Eu quase trouxe a fantasia do Motoqueiro Fantasma, mas imaginei que fosse estar quente demais.

Aaron balançou a cabeça de novo, olhos castanhos ainda em mim e mãos fechadas.

— Gosto de você do jeitinho que você é, perseguidora.

Pensando bem, era esquisito lembrar os momentos que você *não* percebe serem importantes na hora. As frases, os toques, as atitudes que parecem tão inocentes naquele segundo, que você não os valoriza. Palavras que transformam água em vinho ao longo da vida. Mas eu nunca me esqueceria de como as palavras dele me fizeram sentir. Como *ele* me fez sentir naquele exato instante.

Eu não fazia ideia.

— Estou muito feliz por você ter vindo, sabe disso, não é? — perguntou.

Assenti outra vez, rápido demais. As emoções, as palavras, os gestos e Aaron, no geral, eram demais e tiravam as palavras da minha boca até eu ter de engoli-las outra vez.

— Eu sei. Também estou feliz de estar aqui — respondi, praticamente sussurrando, com certeza corada. — Obrigada por ter me convidado, pagado minha passagem e vindo me buscar. Assim que eu arranjar um trabalho estável...

Algo acertou meu pé, e não precisei olhar para baixo para saber que era o pé de Aaron.

— Não estou precisando de dinheiro, Rubes. Você não me deve nada. Fui eu quem pedi para você vir, lembra? — falou com aquela sua voz acolhedora bem quando a garçonete trouxe dois pratos de comida e os deslizou na mesa para nós dois, só que se demorando um segundo a mais do que o necessário antes de se afastar, porque ela viu. Ela nos viu nos encarando.

Nenhum de nós falou muito ao comermos; estávamos famintos e cansados. Não demorou para acabarmos com tudo, ao ponto de Aaron raspar cada migalha do prato, e a única coisa restando no meu ser uma batata frita queimada. Quando a garçonete trouxe a conta, nós dois nos encaramos enquanto eu tirava um pouco de dinheiro do bolso e ele puxava a carteira. Em silêncio, cada um deixou uma quantidade apropriada de notas para cobrir a refeição.

Mantive a boca fechada quando ele pegou mais dinheiro para deixar uma gorjeta.

Tentei me convencer de parar de ficar nervosa e de agir de maneira estranha, mas o papo não serviu de nada. Voltamos à caminhonete branca dele e entramos, com Aaron me dando um sorriso de boca fechada ao ligá-la e dar ré para fora da vaga.

Eu falaria com Aaron, foi o que disse a mim mesma ao colocar o cinto de segurança.

Seria igualzinho a quando trocávamos mensagens, jurei ao universo.

Eu estava bem agora. Nós nos divertiríamos, nos conheceríamos ainda mais, e isso começaria bem... quando estivéssemos outra vez na estrada.

Foi o que fiquei repetindo para mim mesma, enquanto ele acessava a estrada para dirigir pelo resto do caminho até a casa da praia.

Eu pensei em tudo aquilo, sem realmente acreditar, me sentindo determinada pra caramba... mas, ainda assim, adormeci na mesma hora em que Aaron começou a dirigir. Porque, quando percebi, estava acordando com um ofego ao pular no assento, o ar sendo arrancado dos meus pulmões quando senti meu corpo pender de forma tão abrupta para frente que me assustou, me fazendo jogar o peso para trás e acertar a cabeça no apoio atrás de mim.

Foi quando ouvi Aaron se engasgar.

Observei-o de soslaio enquanto erguia as costas da mão e a passava na área ao redor da boca, caso eu tivesse começado a babar, porque não teria sido a primeira vez. Eu caía no sono na mesa de trabalho quase todo dia, era o meu costume. Havia, muito provavelmente, pelo menos umas cinquenta fotos minhas dormindo com baba no rosto rodando pelos celulares da minha família. Uma dessas fotos foi a imagem de fundo de Jasmine por seis meses, até o Natal chegar, e Tali desenhar aquele pênis no rosto de Sebastian.

Aaron se engasgou de novo, o rosto todo franzido, e eu o observei espremer os lábios, então, dobrá-los para dentro enquanto os ombros sacudiam. Eu tinha certeza de que eram lágrimas deixando seus olhos brilhantes, não alergia.

— Ria o quanto quiser — murmurei, enxugando a boca, de qualquer maneira, porque ele já tinha me pegado no flagra. O que eu faria? Fingiria que nada tinha acontecido? Mas, ainda assim, eu disse: — Eu não estava brincando quando te falei que não durmo há um tempo.

Mas preciso admitir que ele manteve os lábios bem fechados.

O que Aaron fez foi esticar a mão direita em direção ao rosto e pressionar a pontinha do indicador naqueles cílios longos, loiros e curvados, escorregando a palma para cima enquanto se engasgava com outra risada. E, com uma voz baixa que indicava o controle que exercia para não cair na gargalhada, arfou:

— Sua cara quase acertou os joelhos...

— Pensei ter visto uma mancha nas minhas coxas... — murmurei, unindo os lábios, porque a vontade de rir de Aaron, com Aaron, estava na ponta da língua enquanto suas mãos apertavam o volante com tanta força que as juntas ficaram brancas, seus ombros sacudindo.

Ele riu fundo na garganta e inclinou o rosto para longe do meu bem quando os ombros sacudiram ainda mais.

— Foi isso o que aconteceu?

— Sim. Foi.

Aaron riu, o que o fez ganhar um olhar de soslaio e uma carranca.

— É claro. Se você está dizendo que foi, Rubes.

Eu tinha conseguido o que queria, não tinha? Estávamos de volta ao "normal".

— Você sabe quanto tempo ainda falta para chegarmos lá? — perguntei, tentando mudar de assunto. A paisagem havia começado a mudar de novo. Casas de praia se agrupavam à esquerda, e, apesar de eu não poder vê-lo, sabia que deveria ter um mar ali perto.

— Cinco minutos, dez no máximo — informou.

Dez minutos para conhecer novas pessoas. Nada de mais. Cerrei a mão esquerda em um punho.

— Você se importa se eu usar seu espelho?

Ele fez que não.

— Obrigada — eu disse enquanto abaixava o visor e, então, abria o painel para o espelho iluminado. Tentei ignorar o nervosismo no estômago enquanto prendia o cabelo em um rabo de cavalo baixo e começava a passar a lateral do dedo sob os olhos.

Pude senti-lo me observar.

— Você já está ótima.

Corei e fechei o visor como uma criancinha que tinha sido pega no flagra com a mão no bolo de chocolate.

— Só se tem uma chance de causar uma primeira impressão...

— O quê?

— Só se tem uma primeira impressão — repeti, ainda com certeza corada. — Não quero que não gostem de mim.

A boca de Aaron se enrugou e a testa se franziu com o meu olhar de soslaio.

— Eles não vão desgostar de você, Ru. — Então, me olhou por completo. — Não precisa ficar nervosa. Você se encontra com seus amigos o tempo todo. Pelo menos, foi o que pensei.

Uma explicação depois da outra se enfileirou na minha garganta, e não consegui escolher uma que me fizesse parecer menos patética e insegura, mas eu precisava. Tentei convencer a mim mesma de que ele já sabia de quase todas as coisas ruins sobre mim e, ainda assim, eu estava ali. O que seria um pouco mais de vergonha depois de já tê-lo chamado de maravilhoso?

— Mas eles são *seus* amigos — expliquei, esperando que Aaron compreendesse o que eu quisera dizer.

Ou seja, que ele era especial para mim. Mais especial do que deveria. Mas ali estava minha mais nova verdade sendo exposta.

E Aaron devia ter entendido o que eu estava tentando dizer, porque sorriu de maneira tão terna, tão doce, igual a como se olhava para um filhotinho de cachorro por ser fofo, que me senti como uma noz partida no meio.

— *Você* é minha amiga. Eu quero que goste deles também. Mandei não fazerem bagunça antes de chegarmos.

Ele...

— Não se preocupe, está bem? — pediu naquela voz gentil e calma que poderia fazer dele um Encantador de Ruby. Quando não respondi, Aaron estendeu a mão e tocou a lateral do meu braço brevemente com as costas da mão. — Está bem?

— Sim — concordei, apesar de o meu estômago ainda estar todo revirado e desconfortável, e não só por causa dos amigos dele.

Por sorte, Aaron não disse mais nada ao dirigir por mais seis minutos antes de virar à esquerda em um bairro cheio de casas de veraneio enormes e coloridas, uma bem ao lado da outra. Passamos por casas azuis, verdes e brancas, mas ele foi em direção a uma roxo-vivo. De um lado, havia uma piscina pequena e cercada, e do outro, onde estacionou, havia um Alero prata. Aaron me lançou outro sorriso tranquilizador ao abrir a porta e sair, e eu só me senti um pouquinho nauseada ao descer do carro. Aaron já estava abrindo a porta dos fundos enquanto eu tirava a bolsa da parte da frente, jogando-a sobre o ombro e olhando ao redor em direção ao restante das casas, ouvindo as ondas que deveriam estar bem perto dali.

— Venha — chamou, me tirando daquela análise, parado ali com uma das mãos estendidas na minha direção.

Nenhuma das minhas irmãs a teria aceitado. Eu sabia.

Mas elas eram elas, e eu era eu, e não esperei ele perceber que tive de pensar sobre isso. Dei os dois passos que eu precisava e deslizei os dedos pelos seus, como se já tivéssemos feito aquilo milhares de vezes antes. Seus dedos eram gelados e ásperos, a palma, ampla, e, em algum lugar, meu subconsciente tinha ciência de que aquelas mãos poderiam ter feito algo que não havia sido gentil nem terno, que Aaron tinha morado em lugares perigosos por um longo tempo e que talvez tivesse feito coisas sobre as quais jamais gostaria de conversar.

Mas aceitei sua mão mesmo assim e enrolei os dedos ao redor dos dele, esperando que os meus não parecessem tão quentes nem úmidos como os de qualquer outro ser humano naquela situação.

O sorrisinho que tomou conta daquela boca bonita fez as linhas no canto dos olhos de Aaron se enrugarem, e, por um momento, deixei de acreditar no que me disse sobre não sorrir muito. Eu não conseguia entender. Não o via como nada além do homem que tinha se dado o trabalho de me deixar confortável.

Aaron não disse nada ao me guiar em direção à porta branca da garagem, abrindo-a com a mão que estivera usando para arrastar minha mala atrás de nós. Não me soltou quando chegamos ao hall de entrada e, então, usando sua mão livre, puxou minha mala para dentro ao fechar a porta. Continuou me segurando quando subimos um lance de escadas brancas azulejadas, que, na realidade, não eram espaçosas o bastante para dois adultos e uma mala, mas demos um jeito. A ansiedade por conhecer as pessoas que estiveram na vida de Aaron por décadas dominava meus pensamentos e meu estômago ainda mais do que antes.

No lance seguinte, ele sorriu de leve quando largou a mala ao lado da escada e disse:

— Seu quarto fica neste andar. Vou te mostrar depois que encontrarmos todo mundo.

Então, estávamos outra vez subindo as escadas, e foi algo subconsciente quando apertei os dedos dele ainda entrelaçados aos meus, do homem que eu mal tinha visto pela primeira vez três horas antes.

Aaron não a soltou quando chegamos ao terceiro andar, que se abria em uma grande sala de estar pintada de azul-vivo com quadros de temática marinha e decorações que contrastavam com a mobília branca. Foi o som das vozes, falando uma por cima da outra, que me fez olhar na direção da grande cozinha escondida à direita, bem ao fundo do espaço amplo. Senti Aaron se ajeitar, a coluna se endireitando, e algo nele mudou. Havia dois homens e duas garotas parados ao redor da ilha branca da cozinha, discutindo.

Um dos homens, o mais alto dos dois, que teria parecido deslumbrante, se eu não tivesse visto Aaron antes, por acaso olhou para cima assim que terminava de dizer:

— Eu também não quero pizza, mas é o único lugar aberto. — Então, ele nos viu. Um sorriso se espalhou pelo rosto anguloso. Eu quase parei, mas, quando Aaron continuou andando, fiz a mesma coisa.

— Por onde você andou? — o homem perguntou, quase na mesma hora, olhando de Aaron para mim, não sentindo vergonha alguma nem tentando disfarçar.

Meu amigo, que não tinha sido nada, exceto educado comigo, apertou a mão ao redor da minha.

— Nós paramos para comer. Eu te mandei mensagem.

O estranho atraente abriu a boca por um momento antes de fechá-la com força. Enfiou a mão no bolso da frente e tirou dali um celular, então, franziu a testa para a tela no intervalo que levamos para parar a apenas alguns passos da ilha, onde o restante dos amigos de Aaron fazia a mesma coisa que eu faria: olhar para a intrusa. Eu.

— Eu deixei no silencioso — o homem admitiu, rindo.

Se Aaron franziu a boca em um sorriso, eu não tinha certeza. Mas tive certeza da força com que ele acertou o amigo no ombro.

— Eu te falei. Você pelo menos prestou atenção?

O segundo homem, de cabelo castanho-claro e olhos muito verdes, assentiu ao olhar diretamente para a mão que eu segurava, seus olhos pareceram se afiar e semicerrar ao ponto de eu começar a afrouxar o aperto na mão de Aaron. Ele apertou ainda mais minha mão.

— Nem todo mundo consegue sobreviver com três horas de sono, como se isso fosse suficiente — o homem de olhos verdes comentou, ainda observando aquele ponto entre mim e Aaron.

Meu amigo soltou um barulho desdenhoso com a garganta enquanto a mão escorregava para fora da minha de repente, e, antes de eu ter a chance de tentar segurá-la de novo, ele a moveu... e apoiou a palma na parte inferior das minhas costas. Quando percebi, Aaron estava me guiando para frente enquanto ficava de lado, me dando mais espaço para que eu pudesse estar ao seu lado bem em frente à ilha. Eu nem tinha percebido que estivera parada parcialmente atrás dele.

— Esta é a Ruby. Ruby, este é...

Não tive a intenção de me distrair enquanto ele apontava de um homem ao outro e, então, para cada uma das garotas, mas me perdi. Uma delas era uma garota mais jovem com o braço engessado, e a outra era mais velha do que eu. As duas sorriam de maneira genuína... pelo menos, esperei que fosse genuína. Tudo o que consegui fazer foi ficar congelada no lugar e respirar ali, parada, ouvindo um nome após o outro que entrava por um ouvido e saía pelo outro.

Acho que pisquei, e talvez eu tenha sorrido, mas meu coração começou a bater tão, tão rápido de novo, que, de jeito nenhum, eu conseguiria ter certeza.

O que deveria ser a palma de Aaron esfregou a parte mais funda das minhas costas e subiu da lombar até o centro, parando bem onde a tira do sutiã passava. Aquela mão grande tinha esticado os dedos, abrangendo o que parecia ser a maior parte das minhas costas, e juro que o ouvi sussurrar:

— Está tudo bem.

E, no momento seguinte, a mão nas minhas costas desapareceu. Eu a senti subir ainda mais pela coluna antes de se mover para envolver o ombro e, gradualmente, me puxar para o lado do seu corpo. Mais do que só um pouco distraída, estiquei o braço para apertar a mão de cada uma das pessoas ao redor da ilha, tentando buscar seus nomes no meu cérebro e me lembrar de quem era quem, mas falhando miseravelmente, enquanto um dos dedos no meu ombro friccionava um círculo ali.

— Vamos descer. Nenhum de nós dormiu. Vemos vocês pela manhã — Aaron disse a eles, a mão na minha nuca descendo até o fim das minhas costas outra vez.

O cara de pele mais escura e olhos claros ainda olhava de Aaron para mim ao falar:

— Temos que ir comprar comida, mas a loja fechou às oito.

— Então vamos pela manhã. Pode ser às dez?

O homem alto e bonito quase empalideceu.

— Dez? Da manhã?

A ponta dos dedos nas minhas costas tamborilou.

— Ninguém te mandou tirar uma soneca.

O homem alto e o de olhos verdes soltou um barulho que fez Aaron emitir outro na garganta.

— Vão sozinhos, então. Eu vou às dez. Vejo vocês pela manhã — Aaron disse ao dar um passo para trás.

Nervosismo começou a fechar minha garganta, mas consegui soltar:

— Foi um prazer conhecer todos. Vejo vocês pela manhã.

Os quatro acenaram para mim, dois com mais vontade do que os outros. Com mais um tchau, segui Aaron e fomos em direção à escada pela qual tínhamos acabado de subir. Ele parou para pegar quatro garrafas de água de uma embalagem no chão que eu não tinha visto ao subir, pois estivera ocupada demais observando tudo ao redor.

Não dissemos muita coisa ao descermos e seguirmos pelo segundo andar, onde ele havia deixado minha mala. Aaron me parou quase imediatamente e franziu a testa para mim.

— Não precisa ir para a cama se não estiver com sono. Só pensei que estivesse cansada. — Ele fez uma pausa. — Podemos ficar acordados se você quiser.

Se eu estava cansada? Sim. Eram só oito horas, e ainda não estava nem completamente escuro lá fora, mas, pela primeira vez na vida, desde que eu tinha mais de dez anos, estava mais do que pronta para dormir antes da meia-noite. Além disso...

— Eu posso ir me deitar. — Então, pensei melhor. — A não ser que você não queira.

Aaron me deu um sorriso preguiçoso.

— Estou cansado.

Assenti para ele e soltei um suspiro que deveria ter servido para me tranquilizar, mas me senti ainda mais envergonhada.

— Você poderia me falar o nome de todo mundo amanhã de novo? — sussurrei.

Ele sorriu.

— Sim.

— A garota com gesso é a irmã do Max?

— Sim.

Assenti.

— E a outra?

— É Brittany, namorada do Des.

Eu não tinha certeza de quem era Des, mas, por sorte, no dia seguinte, eu saberia. Só de ficar parada ali, pude sentir as pálpebras caindo, e Aaron também deve ter notado, porque soltou outro riso baixinho.

— Me deixa te mostrar o seu quarto antes de que você caia no sono.

Com as mãos suadas que mantive apertadas ao lado do corpo, assenti, quase aliviada.

— Muito obrigada, de novo, por ter me convidado — falei,

enquanto Aaron me levava em direção a uma das seis portas que contei, parando na mais longe da escada. — Desculpa por ser tão esquisita, mas espero que amanhã...

Aaron balançou a cabeça.

— Pare de pedir desculpas. Está tudo certo, Ruby. Ok? Sou só eu. Você é só você. Vai ficar tudo bem. Você vai voltar a encher meu saco rapidinho com todo mundo por perto.

Aquilo me fez sorrir.

O que também devia tê-lo feito sorrir.

Algo roçou nas minhas mãos cerradas, e não precisei da confirmação de que eram as juntas dos dedos dele.

— Estou no quarto bem ao lado do seu — falou, gesticulando para a porta atrás do seu ombro com a mão que acabara de usar para me tocar. — O banheiro é a porta na frente da minha. Tem outro no andar de cima. Se precisar de mim, não importa a hora, me acorde, tudo bem? Durma um pouco.

Assenti para ele por um momento antes de esticar a mão e segurar seu pulso. A pele era quente, e o pulso, grosso, e aquele seu foco em mim era quase demais. Deslizando a palma pelo comprimento de seus dedos, abaixei a mão e engoli em seco, tentando demais agir como se tudo aquilo fosse normal.

— Boa noite. De novo, obrigada por me convidar.

Aaron baixou o queixo e me entregou duas das quatro garrafas de água que estivera segurando antes de dar um passo para trás, em direção a sua porta.

— Boa noite — sussurrou, o sorriso ainda brincando em seus lábios. — Estou feliz por você estar aqui.

Estava ferrada. Ali estava eu, tendo esperança de que a viagem fosse me ajudar a superá-lo, mas... eu estava ferrada. Até mesmo eu sabia que aquilo seguiria apenas em uma direção.

Uma irmãzinha. Era assim que ele me via. Não podia me deixar esquecer isso.

Dei-lhe um sorriso que só senti parcialmente antes de me virar e empurrar a porta, abrindo-a, e, então, puxando a mala atrás de mim. Mais paredes brancas, conchas e dragões-marinhos me encararam no pequeno cômodo, que escurecia rapidamente enquanto todos os traços de sol desapareciam por completo. Acendendo o interruptor, me livrei das sapatilhas e cambaleei em direção à cama, tirei a roupa e joguei as garrafas de água ao lado do estrado. Cansada demais para tomar um banho depois de tirar a meia-calça, engatinhei por cima do colchão depois de fechar as cortinas translúcidas cor de menta. Eu tinha acabado de puxar a coberta até o pescoço quando pensei melhor e pulei para fora, tirando o computador e o celular da bolsa e colocando o aparelho menor para carregar. Eu ligaria para minha mãe no dia seguinte, ou, pelo menos, mandaria uma mensagem. Ela não tinha respondido minha última mensagem, o que não me surpreendia.

Abri o notebook e encontrei uma conexão Wi-Fi, grata por seja lá quem fosse o dono da casa ter deixado um quadrinho emoldurado com a senha bem na frente da cama. Abri o Skype sem pensar. Eu mal tinha terminado de fazer o *login* quando ele apitou com uma mensagem recebida.

AHall80: Boa noite, Rubes.

AHall80: Estou feliz por você estar aqui.

RubyMars: Eu também. ☺

RubyMars: Prometo que vou dar o meu melhor e não agir como uma idiota esquisita amanhã.

AHall80: Você não é uma idiota esquisita.

AHall80: Pateta.

AHall80: Fofa.

AHall80: Mas não idiota.

RubyMars: Pare.

AHall80: Por quê?

RubyMars: Porque você não precisa dizer essas coisas. Eu sei como sou.

AHall80: Eu também.

AHall80: Estou quase dormindo. Vá para a cama, Ru.

RubyMars: Tudo bem, estou indo.

AHall80: Mande uma mensagem para sua mãe.

RubyMars: Pode deixar, senhor.

AHall80: ...

AHall80: Estou pronto para a insolência sempre que você quiser trazê-la à tona.

RubyMars: Não sei se você está pronto para aguentá-la pessoalmente o dia todo.

AHall80: Estou pronto.

AHall80: Boa noite. Me avise se precisar de algo.

RubyMars: Pode deixar. ☺ Boa noite.

AHall80: Boa noite, Rubes.

@capítulo dezessete

Ainda estava escuro do lado de fora quando acordei.

Só o mais leve toque de azul iluminava a cortina que cobria a janela. Não demorei nem um minuto deitada na cama, grogue e de mau humor, para me lembrar de onde eu estava e de quem estava no quarto bem ao lado do meu. Tinha ficado acordada por mais uma hora depois de ter saído do Skype, aconchegada sob a coberta, me culpando pelo quanto tudo tinha sido esquisito e silencioso com Aaron, com esse vai e vem, desde que ele havia me buscado. Houve alguns momentos que pareceram tão certos, tão similares a como éramos on-line... mas, então, outros em que me encolhi e deixei minha ansiedade me dominar.

Eu quis me culpar pelo fato de que Aaron poderia ser considerado espetacular por qualquer mulher mortal, mas eu sabia que era mais do que isso. No fundo, era o fato de ele ser tudo e ainda mais do que pensei que seria. Eu tinha ficado deitada ali, pensando em como Aaron me trouxera água enquanto eu basicamente surtava, como não havia levado os amigos ao aeroporto e como tinha me abraçado, segurado minha mão e... era tudo demais. Demais pra caramba. Ele como pessoa estava além das minhas expectativas.

Às vezes, era fácil deixar pessoas que tinham me decepcionado no passado me fazerem acreditar que todo mundo era assim, mas, aparentemente, não era esse o caso. Pelo menos, não com ele. Eu queria me divertir na viagem. Eu queria que as coisas fossem tão normais quanto possível. Eu queria... eu queria muitas coisas, mas me contentaria com o que me fosse dado.

Sabendo que de jeito nenhum eu voltaria a dormir depois de

ter ficado deitada ali por sei lá quanto tempo, me levantei e comecei a vasculhar a mala. Rapidinho, encontrei roupas, calcinhas e minha pequena bolsa de higiene pessoal. Não tinha tomado banho na noite anterior, e me arrependi disso, mas não quis sair do quarto e arriscar dar de cara com alguém.

É claro, a casa estava totalmente em silêncio quando abri a porta e me esgueirei para o banheiro. Não demorei para tomar um banho, me depilar e tirar a maquiagem que eu havia deixado no rosto, o que foi nojento da minha parte. Tentei fazer o mínimo de barulho possível ao voltar ao quarto e deixar minhas coisas.

Por um segundo, pensei em ficar lá até outra pessoa acordar, mas decidi que aquilo era o que a Ruby normal teria feito, então, em vez disso, fui para fora. Subi a escada, mas a cozinha e a sala de estar enormes estavam vazias. Azul e lavanda preenchiam o que eu conseguia ver do céu pelas janelas gigantes, e soube que seria só uma questão de tempo antes de o sol assumir seu trono. Tirei uma garrafa de água da embalagem no chão na qual Aaron tinha mexido no dia anterior, e segui em direção às portas de correr conectadas à sala de estar. Na varanda externa havia cadeiras e mobiliário coloridos. Fechei a porta e me joguei na mais longe no deque.

Estava muito mais fresco do que eu imaginaria quando coloquei a garrafa no chão ao lado da cadeira e ergui as pernas, trazendo os joelhos ao peito, calcanhares perto do traseiro. Enrolando os braços ao redor das panturrilhas expostas, deixei de lado a ideia de voltar para dentro e buscar um casaco e uma calça, então, simplesmente fiquei sentada ali, engolindo o choro, observando o horizonte logo atrás de uma fileira de casas viradas para onde estávamos.

O silêncio e o ar fresco eram incríveis. Me perguntei quanto tempo levaria para todas as outras pessoas acordarem, então, me perguntei o que faríamos naquele dia além de irmos à praia e ao mercado. Quando terminei de me fazer aquelas perguntas, pensei em Aaron pela centésima vez nas últimas doze horas.

Ter ido até ali tinha sido um erro, percebi. Um erro enorme. O pior tipo de erro. Porque eu tinha vindo com a esperança de superá-lo, ou pelo menos de cimentar nosso relacionamento platônico e mandá-lo para a zona de amizade. Mas, em menos de quatro horas, ele tinha praticamente construído uma casa para si mesmo na terra do Eu Nunca Vou Olhar Para Ele Só Como Amigo, e isso era ainda pior.

Mas não tinha outra opção.

Eu podia conversar com Aaron como se ele fosse o homem que tive a chance de conhecer pela internet, tentei dizer a mim mesma pela milionésima vez. Seria a mesma coisa que ter um amigo que não era atraente. Era preciso ver e focar no interior da pessoa. Porque, sinceramente, isso era tudo o que importava no final das contas. A beleza desaparecia... a não ser que você fosse minha mãe e, de alguma forma, conseguisse continuar linda ano após ano.

E Aaron tinha se provado ser um bom amigo vezes o bastante nos últimos meses. Eu não queria estragar isso. Poderia me controlar e ser amigável, uma amiga normal que não lançava olhares desejosos ao cara que era tanta areia para o seu caminhãozinho a ponto de ele vê-la como uma irmã mais nova. Eu.

Aquela ideia era muito mais deprimente do que eu gostaria que fosse.

Não devia fazer mais de meia hora que eu estava ali fora quando ouvi a porta de correr e, então, encontrei Aaron parado lá, equilibrando uma bandeja nas mãos. Quando fui me levantar para ajudá-lo, ele balançou a cabeça. Levou um segundo para recobrar o equilíbrio, mas fechou a porta quase por completo e caminhou até onde eu estava sentada com um "bom dia" grogue e rouco naquele seu timbre maravilhoso que era quase áspero demais ainda tão cedo.

Sussurrei um "bom dia" de volta ao me sentar direito enquanto Aaron apoiava a bandeja em uma das mesas pequenas, se acomodando na cadeira mais próxima da minha. Seu cabelo loiro estava molhado, e a pele ainda exibia um toque rosado sob a cor dourada. Em uma velha e gasta camiseta cinza que dizia HALL AUTO e um calção de banho verde-água que quase chegava aos joelhos, ele estava descalço.

— Eu te acordei? — perguntei quando ele começou a mexer em coisas que eu não conseguia ver na bandeja.

Aaron me espiou com um sorrisinho, que poderia ter sido considerado reservado ou cansado, e balançou a cabeça um segundo antes de pegar algo na bandeja e estender um prato na minha direção. Nele, havia dois pedaços de torrada, cada um coberto com um quadradinho perfeito de manteiga.

Bufei e olhei para ele, vendo seu sorriso se transformar em um ainda maior.

— É tudo o que temos antes de irmos ao mercado, eu juro — alegou, sua expressão me dizendo que aquilo até poderia ser verdade, mas que, ainda assim, estava gostando de brincar comigo.

Aceitando o prato, tentei pressionar um lábio no outro para me impedir de dizer a Aaron que ele tinha sido a primeira pessoa a me trazer café da manhã, exceto quando eu estava doente, mas mantive as palavras na boca. Eu as prendi ali e joguei a chave fora. Apoiando o prato no colo, me impedi de engolir em seco e sorri, ficando um pouco tímida.

— Obrigada.

Ele me deu uma piscadela enquanto se inclinava para frente e posicionava a cadeira para ficar mais de frente para a minha, antes de tirar outro prato da bandeja à esquerda e apoiá-lo no joelho exposto.

— Alguém precisa se certificar de que você está comendo.

Peguei uma fatia e a segurei a uns dois centímetros do prato, observando Aaron pelo canto do olho.

— Me lembre de comprar cream cheese ou geleia quando formos ao mercado.

Ele me deu aquele sorriso sonolento e cansado.

— Mas obrigada — repeti, caso ele não tivesse percebido que eu estava brincando.

— De nada — respondeu, tranquilo, quase de maneira preguiçosa, os olhos se voltando aos meus rapidamente antes de baixarem e voltarem ao prato. — Eu te disse que ia me certificar de que você ficasse bem. Vamos comer algo melhor depois.

— Está perfeito. Foi muito gentil da sua parte.

Aaron desconsiderou meu comentário e se reclinou enquanto dava uma mordida em uma das três fatias de torrada em seu prato. Fiz a mesma coisa, me revezando entre olhar para ele e para a faixa de praia visível atrás da casa para a qual estávamos virados.

Foquei na cor sob os olhos dele.

— Você dormiu bem? — perguntei depois de terminar a primeira torrada.

Ele ergueu um dos ombros de uma maneira muito mais casual do que a com que eu estava confortável, mas eu estava ciente do seu hábito de ser vago.

— E você?

— Sim. *Seja normal, Ruby.* — É bem bonito aqui — eu disse a ele, apontando para frente com o queixo. — A casa é incrível.

Metade da boca de Aaron se inclinou para cima, mas ele mudou de assunto.

— Quer ir ao mercado com a gente comprar mantimentos? Vamos nos revezar para cozinhar quase toda noite.

Cozinhar?

— É claro. Me fale como posso ajudar.

Ele sacudiu uma das mãos, me dispensando.

— Estou falando sério. Facilite as coisas e me diga como posso ajudar. Se não, vou resolver do meu jeito.

O outro lado de sua boca também se curvou para cima, e aqueles olhos castanhos se voltaram de soslaio na minha direção.

— Pensei que você não fosse mandona.

Eu poderia entrar no joguinho de olhares de Aaron, se ele quisesse.

— Só quando você é teimoso.

Aaron sorriu ao devorar o restante da torrada, e não demorei muito para terminar o que me restava. Assim que terminei de engolir o último pedaço, ele se levantou e pegou meu prato.

— Quer ver o sol nascer na praia? — perguntou. — Se sairmos agora, talvez cheguemos a tempo.

Assenti.

Então, eu o segui de volta para dentro da casa, observando enquanto ele deixava os pratos na pia antes de se virar para mim com aquela expressão tranquila que, de alguma maneira, parecia que Aaron sabia de algo que eu não sabia. Ele parecia muito cansado. Descemos a escada, passando pelo segundo andar e descendo ainda mais. Se ele não pararia para calçar sapatos, eu também não pararia.

Quando chegamos ao térreo, Aaron avançou, destrancando a porta e a abrindo com um "Ruby primeiro", que me fez segurar um sorriso que, com certeza, lhe diria o quanto eu gostava dele.

Não havia notado no dia anterior, mas o caminho do lado de fora da porta era de cascalhos, não de asfalto, e as pedrinhas beliscaram meu pé descalço. Aaron não comentou ao fechar a porta, deslizar os dedos longos pelos meus e, casualmente, dizer:

— Vamos correr.

Correr para onde, eu não fazia ideia, mas, quando sua mão me puxou, saí correndo ao lado dele, avançando pela rua entre as casas e indo um tantinho para a direita, onde havia um caminho de tábuas de madeira entre uma casa verde-água e uma monstruosidade de tom creme. Não notei a temperatura da madeira, nem me preocupei com farpas, tudo o que senti foi a areia que havia sido espalhada pelo caminho ao longo do tempo e a sensação dos dedos quentes de Aaron.

Não era o Caribe, mas a água era linda, ainda mais com o nascer do sol que se aproximava. Areia branca entrou entre os meus dedos e passou sobre o topo do meu pé enquanto Aaron nos levava para a direita. Havia provavelmente uns vinte guarda-sóis na areia dentro de uma faixa de um metro e meio de extensão, todos separados com cadeiras de praias embaixo deles.

Não fomos a nenhum. Em vez disso, Aaron nos levou até quase a beira da água, logo antes de a areia ficar grossa, úmida e gelada. De maneira quase graciosa, ele se agachou até sentar, soltando minha mão enquanto isso. Aaron ergueu os olhos castanhos para mim e os arregalou ao jogar as mãos para trás.

— Você vai querer se sentar, ou prefere continuar ofegante de pé?

Bufei e lutei contra a vontade de chutar areia nele antes de me jogar na areia também.

— Não é todo mundo que corre dezesseis quilômetros por dia.

— Ou um quilômetro e meio — murmurou, angulando os quadris só o bastante para que estivesse de frente para mim e para a água ao mesmo tempo, a lateral do pé se movendo o suficiente para roçar o meu.

— Ha. Ha.

Ele sorriu.

— Pensei que correr fosse bom para pessoas com problemas cardíacos.

— Não tenho mais nenhum problema cardíaco — eu o lembrei. — E gosto de fazer caminhadas...

Ele tossiu.

— ... Caminhadas longas, fique sabendo.

— Caminhadas longas — repetiu. — E *kickboxing*.

Assenti para ele.

— Fiz aulas de zumba três vezes por semana por uns três meses uma vez.

Ele piscou.

— O que é zumba?

Foi minha vez de piscar para ele.

— Você se exercita dançando.

A forma como ele continuou me encarando sem entender nada me fez bufar.

— Era mais difícil do que você imagina — falei, ganhando um sorriso daquela boca na qual eu não havia pensado de propósito.

— Vou acreditar em você.

Eu ri, e, antes de perceber o que estava fazendo, movi o pé para o lado até acertar a lateral do dele.

— Você vai continuar correndo agora que está de volta? — perguntei.

Ele deu de ombros enquanto os olhos focavam na água.

— Não tanto. É bom para relaxar, mas não é algo que eu ame.

O que ele quis dizer era que tinha coisas melhores com as quais ocupar seu tempo do que correr só para fazer o dia passar mais rápido. Essa era uma das coisas com a qual eu tentava não me preocupar em relação a nossa amizade quando a vida dele estivesse de volta ao normal. Como Aaron se esqueceria de mim. Como teria menos tempo para ficar sentado no computador conversando… e, por fim, como desapareceria, vivendo sua vida. E, se eu tivesse sorte, talvez Aaron pensasse em mim uma vez a cada dois meses e me enviaria um e-mail. Conforme o tempo fosse passando…

Eu estava sendo uma babaca egoísta, certo? Me preocupando com coisas que não poderia controlar? Esperando que todo mundo fosse igual àquelas pessoas que me usavam para algo e, depois, se esqueciam da minha existência?

— Vou sair para andar mais de bicicleta — admitiu, interrompendo meus pensamentos quando cutucou os dedos do meu pé com os deles cobertos de areia.

Aquilo me chamou atenção.

— *Mountain bike*?

— Sim. — Ele sorriu. — Você pratica *mountain bike*?

Balancei a cabeça.

— Não, mas sempre me pareceu divertido. Não temos muitas

montanhas nem colinas em Houston. Sei de duas trilhas, mas geralmente estão lotadas, porque não tem outro lugar para ir. Eu teria medo demais de começar por lá.

— Tem um montão de trilhas no Kentucky — ele me disse, me dando um sorrisinho que fez meu coração acelerar de uma maneira que não deveria.

— Que tipo de bicicleta você tem?

— Uma Yeti.

— Nunca ouvi falar. Ainda tenho a minha Huffy de quando era pequena.

Pude notar pelos vincos no canto de seus olhos que Aaron estava reprimindo um sorriso.

— Aposto que você ainda cabe na sua Huffy de criança.

Aquilo me fez olhá-lo de lado.

— Conheço muitas pessoas mais baixas do que eu, fique sabendo.

— Ah, é? — Ergueu uma sobrancelha como se não acreditasse em mim, e as chances eram de que não tinha acreditado mesmo.

Assenti de maneira sarcástica.

— É.

— De onde você as conhece? — ele perguntou, as sobrancelhas ainda erguidas. — Do Condado, de *O Senhor dos Anéis*?

O riso que irrompeu de mim me fez inclinar a cabeça para trás e literalmente apoiar o pé todo acima do dele enquanto esticava o braço para cutucá-lo com força na lateral. Aaron segurou minha mão enquanto também ria.

— Vou voltar para casa — choraminguei quando enfim consegui recuperar o fôlego.

— Não, não vai — brincou, apertando meus dedos antes de soltá-los lentamente.

Ele sorriu para mim, e eu sorri para ele, e senti... Eu senti algo. No meu coração. Na minha pele. Nos dedos das mãos e dos pés. Por toda a espinha. Não era um formigamento. Era uma daquelas sensações arrasadoras. Era algo de que eu não tinha certeza completa, mas que bastou para que meu sorriso crescesse.

Então, Aaron disse:

— Estou muito feliz por você ter vindo, Ruby. — E eu não sabia que meu sorriso era capaz de crescer tanto.

— Eu também. — Deslizando o pé para longe do dele, não consegui parar de sorrir. — Desculpa por ter surtado ontem, e por ter sido tão instável.

— Eu te disse, você não precisa se desculpar. Está tudo certo.

Unindo as mãos no colo, dei de ombros.

— Poderia ter sido melhor. Estou me sentindo mal por não ter conversado mais com seus amigos. Não quero que pensem que sou metida, ou algo assim.

Foi o tensionar da mandíbula dele que me disse que Aaron não gostou de algo que eu tinha dito.

— Alguém já pensou que você era metida?

— Uma ou duas vezes, mas é que sou quietinha até me sentir confortável ao redor de estranhos, entende? Só isso.

Seus olhos foram de um dos meus ao outro, traços ainda tensos, e pude notar que Aaron estava processando minhas palavras antes de suspirar lentamente. Suas palavras soaram baixas outra vez, compreensíveis, muitíssimo parecido com algo que Aaron faria:

— Eu sei, Ru. Mas você não é. Eles não vão pensar que você é metida.

— Espero que não.

Seu sorriso foi tão gentil que eu realmente senti que não importava o que pensassem, desde que ele gostasse de mim. Mas eu não podia pensar assim.

— Não se preocupe. — Gesticulou em direção às ondas que quebravam perto dos nossos pés. — Olha, ele vai aparecer a qualquer minuto. Observe.

Ficamos sentados ali, na beira da água, o pé dele bem ao lado do meu, aquele tronco longo repleto de músculos fortes a um braço de distância se eu me esticasse um pouquinho para o lado, e observamos o sol nascer bem na nossa frente. Azul, roxo, lavanda, laranja, vermelho e assim por diante, tão amarelo em alguns lugares que meu coração doía. Eu tinha visitado diversos lugares, mas ver o sol nascer naquela manhã — porque eu nunca estivera acordada para ver aquilo — era algo de que eu não conseguiria me esquecer. Pareceu um despertar. Como nada que eu já tinha visto antes, como tudo que eu já tinha visto antes, todos aqueles momentos misturados em um único evento inesquecível.

E quando Aaron perguntou:

— É bonito, né?

Contei a ele a única verdade que eu sabia:

— É realmente lindo. — Então, contei a segunda verdade na minha lista de coisas que não poderia negar: — Vou te dever uma para sempre por ter me convidado e mostrado isso a mim.

Aaron não disse mais nada, nem eu, enquanto o sol continuava a subir, sem pressa. Sei que, em algum momento, prendi a respiração na mesma hora que o som de duas novas vozes, vindas de algum lugar atrás de nós, quebrou o silêncio. Não olhei para trás, e tudo o que fiz foi manter o olhar fixo em frente, absorvendo os raios por completo.

— Acho que quero acordar todos os dias e ver isso — sussurrei para ele, puxando os joelhos em direção ao peito para que pudesse apoiar o queixo neles. — Valeria a pena acordar cedo todo dia.

E tudo o que Aaron disse, em sua voz baixa e tranquila que estivera usando comigo desde o dia anterior — e algo naquelas notas que eu não conseguia classificar soou quase como esperança, se esperança tivesse som e se uma promessa pudesse ser feita sem ser vocalizada — foi:

— Na manhã que você quiser, Rube. Eu veria com você.

— Então, Ruby... tenho uma pergunta importante para te fazer.

Espremida no meio do assento de trás da caminhonete de cabine dupla de Aaron, deslizei as mãos entre as coxas e aceitei que eu tinha me safado a caminho do mercado. Ajudei Aaron a fazer a lista, que consistia basicamente em batatinhas de sal e vinagre, salgadinhos Fritos, macarrão com queijo e pizzas congeladas enquanto esperávamos na cozinha todo mundo acordar. Aaron, Des e a irmã de Max, cujo nome descobri ser Mindy, e Britanny, a namorada de Des, e eu, todos entramos na caminhonete exatamente às 10:05. Aaron tinha me convidado para me sentar no banco da frente, mas não aceitei, porque obviamente as pernas de Des eram mais longas do que as minhas. Então, notando que Brittany era uns doze centímetros mais alta do que eu e que Mindy tinha um braço quebrado que, provavelmente, não deveria ser sacudido, me ofereci para ficar com o assento do meio.

Mindy e Brittany estiveram ocupadas com o celular antes mesmo de entrarmos no carro, e continuaram assim durante todo o caminho até o mercado. Só pesquei algumas coisas de cada uma das conversas acima da música que Des tinha começado a tocar no carro, mas eu sabia que Brittany estava falando com alguém do trabalho e que Mindy discutia com quem eu tinha quase certeza de que era a outra garota do acidente, porque estavam falando de remédios para dor e de como eles as afetavam de maneiras diferentes.

Não que eu estivesse prestando muita atenção. Já tinha enviado uma mensagem para minha mãe para avisá-la de que estava viva e bem; não havia mais ninguém para quem mandar mensagens.

Meia hora depois, com os mantimentos no fundo da caminhonete, todos nós entramos de novo, ninguém no celular. Então não fiquei surpresa quando Mindy finalmente falou.

— Tudo bem — eu disse a Mindy, analisando seu cabelo castanho-claro e seu rosto cuja juventude e ângulos me faziam lembrar de Jasmine... se minha irmãzinha não tivesse aquela faísca de pessoa doida nos olhos.

A garota mais jovem e muitíssimo bonita estava com o braço quebrado apoiado na porta do carro. Sua expressão parecia séria.

— Onde você arranjou aquela meia-calça?

Meia-calça?

— A que você estava usando ontem, a com os gatos desenhados. Onde a comprou? — perguntou, como se tivesse lido minha mente.

Pisquei, levando um segundo para processar o que Mindy dizia.

— Ah. Na internet. Tem uma loja da qual peço coisas que é bem barata. Posso anotar o nome para você depois — respondi, soando só um pouquinho esquisita.

A lateral da coxa de Brittany tocou a minha quando perguntou:

— E a saia?

Meu rosto com certeza ficou um pouco corado com a atenção que as duas estavam me dando.

— Comprei em um brechó e refiz grande parte dela, desculpa.

Brittany piscou.

— Você refez? Como assim?

— Ela costura fantasias e vestidos — Aaron se intrometeu do banco da frente, seus olhos castanhos visíveis no espelho retrovisor.

Brittany se inclinou ainda mais na minha direção, semicerrando um pouco os olhos de uma maneira que não me fez sentir que estava me julgando, mas que estava... curiosa.

— Onde você mora?

— Em Houston — falei, inclinando a cabeça para o lado apenas o suficiente para fazer contato visual com a linda mulher de cabelo preto que estivera me observando com atenção, vez ou outra, com uma expressão amigável toda vez que eu percebia. Eu conseguiria fazer aquilo. Todo mundo tinha sido gentil até então. — Você mora em Shreveport? — perguntei, tentando puxar assunto.

— Eu moro em Haughton. É perto de Shreveport — explicou, me dando um sorriso despreocupado que me relaxou.

Assenti e tentei pensar em outra coisa para lhe perguntar.

— Você já veio aqui antes?

— Sim, viemos na primavera passada antes do Hall viajar.

Eu não sabia disso. Sabia? Eu não conseguia me lembrar de ele ter mencionado se aquela era a primeira vez dele em Port Saint Joe, a cidade mais próxima da faixa de península chamada Cape San Blas, onde estávamos hospedados. De qualquer forma, não era da minha conta aonde Aaron tinha ido antes de nos conhecermos.

Mesmo que talvez eu quisesse saber de tudo.

— Você tem namorado?

Congelei com a pergunta aleatória que veio da minha direita, da garota mais nova, cujo rosto, de repente, ficou vermelho como se não pudesse acreditar que havia perguntado aquilo. Acho que também fiquei um pouco corada. Nunca ouvi ninguém simplesmente... fazer aquele tipo de pergunta de maneira tão inesperada.

— Ahhh... — Fiquei sem palavras, sabendo a resposta, mas...

Ela devia ter percebido o que havia saído de sua boca, porque começou a gaguejar:

— Desculpa. Desculpa mesmo. Eu não tenho filtro...

— Está tudo bem...

Mindy acenou para mim.

— Foi muito rude da minha parte. É que eu estava pensando... Max disse que Aaron falou que você não era namorada dele...

Por que aquilo pareceu como um soco na barriga, eu não sabia. Não era novidade. Não era como se Aaron também não soubesse que eu não era sua namorada.

— ... e minha mãe sempre diz que caras e garotas não podem ser amigos, e só estou tentando entender por que você viria, já que não estão juntos, e, ai, meu Deus, ainda estou falando. Desculpa —

Mindy, que não poderia ter mais do que dezoito anos, tagarelou tudo de uma vez.

Tudo o que consegui fazer foi olhá-la.

— Jesus Cristo, Mindy — foi Aaron quem falou do banco da frente, olhando sobre o ombro e balançando a cabeça.

— Não tem problema — tentei garantir, apesar de ter certeza de que meu rosto estava vermelho. — Provavelmente, eu também me perguntaria isso. — Eu só não perguntaria de forma tão direta. Uma coisa era todo mundo que eu conhecia há anos saber dos meus fracassos no campo dos relacionamentos, mas era um pouco depressivo uma garota que eu mal conhecia me perguntar aquilo. O mundo todo sabia que havia algo estranho no fato de Aaron ter me convidado para vir. Não tinha como negar. Não havia como fingir que ele me via como algo além de... de uma... *parente*. Aff. Mas contei a verdade: — Não. — E meu rosto com certeza ficou vermelho, caso já não estivesse.

— Você acabou de terminar um relacionamento?

— Não — repeti. — Eu não tenho namorado há... um tempo. Aaron é só meu — quase me engasguei com a palavra, mas consegui colocá-la para fora com um toque de indiferença — amigo. Um dos meus amigos preferidos.

E lá estavam duas mentiras antes mesmo de eu saber que estava seguindo por aquele caminho.

Eu não olharia para Aaron. Não mesmo. Não naquela hora.

Colei um sorriso no rosto e fiz outra pergunta à garota antes de ter a chance de me atacar com outra que eu não saberia como lidar:

— Você tem namorado?

A maneira como Mindy sacudiu a cabeça com pressa fez parecer que estava enojada.

— Ah, não. Eu não tenho tempo para caras idiotas.

Não consegui evitar, então sorri mesmo olhando para frente outra vez.

E foi Brittany, ao meu lado, que se intrometeu dizendo:

— Leva um tempo para encontrar um cara que não é idiota, mas tem alguns por aí.

Não sei por que voltei a olhar no espelho retrovisor, mas não consegui segurar o sorriso, ainda mais não quando o olhar de Aaron encontrou o meu. A maneira como as sobrancelhas dele se moviam indicava que, provavelmente, estava sorrindo.

— Quanto tempo você levou, Brit? — a garota mais jovem perguntou.

A mulher ao me lado emitiu um barulho pensativo enquanto Des se virava no assento para lançar a ela um olhar que eu não deveria ter visto. Me perguntei há quanto tempo estavam juntos.

— Vinte e oito anos.

Do banco da frente, ouvi Des, o homem de olhos verdes, murmurar bem baixinho:

— Isso mesmo.

— Não tente apressar as coisas, Mindy. Ele... ou a pessoa que seja... Quem você quer está por aí. Você ainda é um bebê, divirta-se e não se preocupe com relacionamentos. Eu queria poder voltar no tempo e evitar alguns dos caras com quem namorei na sua idade, acredite em mim — foi o conselho de Brittany.

Se suas palavras reconfortaram Mindy, eu não fazia ideia, mas serviram para mim. Não era aquilo que eu havia dito a Aaron antes? Como eu não tinha deixado nada passar? Não muita coisa, pelo menos.

Tudo bem, eu tinha deixado *algumas* coisas passarem.

O suspiro que saiu de Mindy me fez olhar para ela, mas sua atenção estava focada do outro lado da janela.

— Um dia. Quem sabe quanto tempo vai levar?

Talvez fosse porque eu via muito de mim mesma nela com aquele seu rosto igual ao da minha irmã mais nova, mas talvez fosse porque quis que ela não se sentisse sozinha, mas lhe contei uma pequena parte de algo que eu nunca tinha admitido em voz alta para ninguém:

— Eu tenho vinte e quatro anos, e ainda não encontrei ninguém que goste de mim o suficiente para ser mais do que uma amiga. Está tudo bem.

Não percebi, até as palavras terem saído da minha boca, o quanto aquilo soava triste e vitimista, mas... era verdade. Eu tinha sido a irmãzinha dos meus irmãos, e agora Aaron só tinha sentimentos platônicos por mim. Era um golpe atrás do outro que não me deixava esquecê-los, não importava o quanto eu quisesse.

E devia ter sido algo bom de admitir, porque pude ver a garota de dezessete anos sorrir um pouquinho em seu reflexo na janela.

Mas quando voltei a olhar para frente e acabei focando no espelho retrovisor, pude ver os olhos de Aaron em mim.

E simplesmente sorri para ele, esperando não estar parecendo tão patética quanto eu pensava depois daquele comentário.

Mas era bem provável que eu parecia.

— Você está bem? — perguntei a Aaron no segundo em que terminamos de subir com todas as compras pelos dois andares. Todo mundo, exceto ele, xingou o peso.

Com seu tronco quase todo dentro da geladeira ao guardar as quatro caixas de ovos e os três galões de leite, pude notar que algo o incomodava, apesar de ter erguido os ombros de maneira quase casual. Mas foi casual demais. Ele tinha ficado em silêncio pelo resto do caminho até em casa, deixando Brittany e Des discutirem a respeito de qual dos dois cozinhava melhor. Eu tinha deixado aquilo de lado, mas, com todo mundo desaparecido quando Aaron se oferecera para guardar os mantimentos, quis aproveitar a oportunidade que tivemos de estarmos sozinhos de novo e perguntar.

— Tem certeza? — insisti enquanto ele dava um passo para trás e fechava a porta branca.

Aqueles olhos castanho-escuros pousaram nos meus, e ele assentiu, o rosto sério demais... distraído, talvez? Eu ainda não conhecia sua linguagem corporal tão bem assim para ter certeza. Quando mudou de assunto, isso praticamente confirmou que Aaron tinha outra coisa em mente sobre a qual não queria conversar. Igual a quando nós nos falávamos pela internet.

— Quer dar uma volta na praia?

O que eu queria era saber no que ele estava pensando. O que eu poderia receber, realisticamente, era um passeio na praia.

— Sim, é claro — concordei, observando seu rosto com atenção. Aaron tinha parecido cansado naquela manhã, mas, passadas seis horas, havia algo em seus olhos que o fazia parecer ainda mais exausto. Será que não estava dormindo bem?

— Tenho só mais algumas coisas para guardar. Te encontro na porta do seu quarto para irmos — avisou com um sorriso esquisito que parecia uma imitação ruim dos que ele havia me dado antes.

O que estava acontecendo?

Assenti, mantendo a pergunta enterrada no fundo da garganta, e desci a escada em direção ao meu quarto. Não demorei muito para encontrar minhas roupas de banho, mas o que demorou mais foi decidir qual delas vestir. Experimentei todas as três antes de escolher a mais modesta, uma peça única vermelha com tiras finas, a parte de trás em um formato de V até o meio das costas. Não havia muitos lados positivos em se ter seios pequenos, mas um maiô sem bojo era um dos prós. Vestindo uma saída de praia e colocando a toalha, o protetor solar, os óculos de sol e a garrafa de água, que eu não havia bebido na noite anterior, na bolsa de lona, calcei o sapato e saí do quarto, esperando que Aaron estivesse se trocando ou que ainda estivesse no andar de cima.

Não estava.

Ele já estava esperando por mim no corredor, apoiado em sua porta como um modelo em um comercial de jeans. Uma toalha sob um braço, um galão de água que havíamos comprado no mercado em mãos, e aquele sorriso fraco e ilegível na boca.

— Pronta? — perguntou, endireitando a postura ao se afastar da porta.

— Sim.

Incerta sobre como agir ou ao que dizer, se houvesse algo a ser dito, caminhamos lado a lado em silêncio até o térreo e para fora da casa. O céu brilhava azul, e o vento estava forte enquanto seguíamos em direção à praia, serpenteando por entre as casas até o calçadão que levava à areia. Vi Brittany e Des à direita, Des sob um guarda-sol laranja com Brittany de bruços em uma toalha, pegando sol.

— Max ainda não acordou? — perguntei a Aaron em um sussurro. Ele já tinha me explicado que Mindy só tinha vindo com todo mundo a San Blas para sair de casa, já que não podia nadar com o gesso.

Aaron deu uma risadinha com a garganta.

— Não. Ele trabalha de madrugada. Provavelmente, a semana vai estar quase no fim quando Max começar a acordar antes das duas.

— É ele que trabalha em uma refinaria?

— Sim.

Assenti ao nos aproximarmos de seus amigos, e respirei fundo pensando no que eu teria que fazer em seguida. Eu nunca tinha sentido vergonha de estar de maiô, mas só porque eu havia praticamente desistido de me comparar com os outros. Quando se tem uma irmã que se exercita todos os dias e se tem outra irmã e a mãe que são magras com proporções perfeitas, independentemente do quanto comam, você meio que é obrigada a fazer isso. Eu era bem pequena, exceto pelas coxas e traseiro, mas nada tão chamativo, levando em conta que eu via as nádegas de aço de Jasmine todos os dias por anos. Não havia nada pior do que se comparar com outra mulher, porque sempre haveria algo que elas tinham e você não. Sempre. O que ajudava era o fato de que minha mãe sempre me dizia que eu era bonita do jeitinho que eu era, mesmo eu não acreditando totalmente. Esse é o tipo de coisa que mães dizem. Ela até falava que os meus irmãos eram lindos, e aqueles dois pareciam gremlins.

O que também pode ter ajudado, enquanto Aaron e eu deixávamos nossas toalhas perto de onde Des estava deitado em uma espreguiçadeira, os braços cruzados atrás da cabeça e óculos de sol no rosto, foi que Aaron não me via como... mais do que uma amiga. Eu não tinha nada a provar... mesmo se quisesse. Com a toalha esticada, larguei o restante das minhas coisas sobre ela e encarei a água ao tirar a saída de praia e deixá-la cair.

Não me importei em olhar para trás ao me agachar na toalha e me acomodar sentada. Peguei a embalagem de protetor e derramei um pouco na palma para que eu pudesse começar a passar nas pernas. Pelo canto do olho, vi Des se sentando e indo acordar uma Brittany sonolenta antes de os dois cambalearem em direção à água. Besuntei bem minhas duas pernas antes de olhar para o lado e ver Aaron sentado ali, com a toalha dele, provavelmente a uns dez centímetros da minha. Seu olhar estava tão focado na orla da praia que franzi a testa. Eu não tinha dado muita bola para o quanto Aaron havia estado em silêncio, mas... O que estava se passando na cabeça dele? Algo ruim? Eu me lembrava do quão silencioso meu irmão tinha ficado por um tempo depois de ter voltado da missão machucado, e eu não gostava de ver Aaron passando pela mesma coisa, ainda mais quando eu não o conhecia bem o suficiente para ter uma solução... caso houvesse uma.

Sentindo-me prestes a entrar em pânico, ou talvez fosse só o desespero mexendo com minha barriga, me inclinei para cutucá-lo, não sabendo o que mais fazer ou dizer para arrancar aquela expressão distante do seu rosto.

Por sorte, foi o bastante para tirá-lo do transe, porque Aaron piscou uma vez e virou o rosto para mim, sua expressão, por fim, tranquila, não a estranha que estivera ali logo antes.

— Tudo bem? — perguntou, me encarando como se fosse a primeira vez que me via em um bom tempo, seu olhar indo do meu rosto para baixo, ficando muitíssimo óbvio que estava dando uma olhada no meu maiô.

Eu não pensaria nisso.

— Sim — disse, notando que ainda não havia tirado a camiseta. — E você?

Ele deu aquele aceno rápido outra vez, fazendo meu estômago revirar. O que estava acontecendo?

— Tem certeza?

— Sim — respondeu, seu olhar finalmente indo um pouco mais para baixo, uma covinha marcando sua bochecha. — Que fofo.

Meu rosto ficou tão vermelho quanto meu maiô. Naquela velocidade, eu precisaria queimar o corpo todo para não ficar tão obviamente corada todos os dias.

Seu indicador tocou a alça direita com tanta leveza que quase não senti.

— Foi você que fez?

Lutei contra a vontade de me encolher.

— Meu maiô?

— Aham — confirmou, agora de olho no pequeno fecho dourado bem entre onde meus seios modestos se encontravam.

Ninguém nunca tinha olhado para baixo do meu pescoço.

— Não. Era da Jasmine, mas ela me deu. — Puxei a alça que ele havia acabado de tocar, fazendo-a estalar. — Fica melhor nela, mas eu gosto.

O sorriso que tomou conta da boca de Aaron foi a coisa mais gradual e lenta que eu já vira. Parecia quase que sentia pena, mas algo ali eliminou aquela possibilidade e o fez parecer tão doce que fiquei ainda mais confusa. E, de todas as palavras que Aaron poderia ter dito a mim, ele optou por:

— Eu duvido, RC. — E, ainda com aquela expressão , ergueu o queixo e franziu a testa, olhando para minha pele. — Você não tem nenhuma cicatriz.

Fiz um barulho na garganta alto o bastante para que ele erguesse os olhos.

— Da cirurgia? — praticamente resmunguei, mesmo sabendo que só poderia ser disso que ele estava falando.

Aaron assentiu, seu olhar voltando a descer pelo triângulo de pele exposta no meu peito.

— Eles não... os cateteres entram pelos meus... — Acenei as mãos ao redor da virilha. — ... quadris.

Aquilo o fez voltar a olhar para mim, uma sobrancelha erguida.

— É mesmo?

— É mesmo. — Eu sorri.

Outro sorriso lento se arrastou por aquela boca com a qual eu provavelmente sonharia acordada pelo resto da vida.

— Tudo bem. Se apresse e termine de passar o protetor, então, pode ser?

Franzi o nariz, mas estiquei a mão para pegar o tubo, parte de mim grata por ele ter deixado a conversa sobre cirurgia de lado. Coloquei mais protetor na palma e olhei da minha mão para Aaron, e de Aaron para minha mão, tentando avançar a conversa antes que ele mudasse de ideia.

— Você não trouxe protetor?

Como todos os outros homens que eu conhecia, ele não "precisava" de protetor.

Inclinei a cabeça para o lado e o olhei feio, o que o fez abrir um sorriso como se não estivesse encarando o nada havia alguns minutos e, depois, encarado meu maiô e meu peito.

— Tudo bem — ele, por fim, resmungou, tirando o protetor de onde eu o havia deixado equilibrado na minha coxa.

Dando o meu melhor para não ser tão óbvia ao espalhar o protetor pelos antebraços antes de subir aos bíceps e ombros, observei Aaron passar uma quantidade ínfima nas pernas, o branco ficando preso nos pelos castanho-claros e no topo do pé grande e quase pálido. Havia uma linha, centímetros acima do ossinho do tornozelo, em que a cor das pernas mudava quase dramaticamente para o tom de bronzeado fraquinho dos pés. Por causa das botas, pensei.

— Ei, não seja pão-duro. Pegue mais protetor se precisar — avisei.

Ele soltou um risinho pelo nariz. Mas só isso. Sorri para ele, e Aaron sorriu de volta para mim antes de abaixar a mão e voltar a aplicar o protetor solar, os dedos mergulhando sob a bainha da camiseta para esfregar o peito sem expor mais do que uma lasca de um quadril em forma e alguns centímetros da pele acima do calção de banho.

Terminei de passar o protetor no rosto quando Aaron ficou de joelhos na toalha, seu corpo de frente para o meu. Ele não se moveu por um tempo, e eu não quis olhar para seu rosto e ver no que Aaron estava focado, até que, por fim, falou:

— Você se esqueceu de um lugarzinho.

Quando seu polegar foi até a concha da minha orelha, espalhando o protetor solar ali antes de descer e acariciar o lóbulo, movendo os pequenos brincos em formato de estrela, eu deixei. Não deveria, mas deixei. Manter os olhos no centro do meu peito para que Aaron não pudesse ver o esforço dentro de mim foi mais difícil do que jamais imaginei, ainda mais quando ele repetiu o movimento na minha outra orelha, e tive que segurar a respiração para me impedir de ofegar.

Ele estava tocando minhas orelhas, pelo amor de Deus. Se eu não soubesse o quão triste minhas experiências com homens tinham sido, eu teria ficado mais surpresa com o quanto foi patético me animar com ele tocando meus lóbulos dentre todas as coisas. Ridículo.

Engoli em seco e esperei até Aaron levar as mãos ao centro do meu rosto, o polegar escorregando pelo meu queixo devagarinho antes de se afastar e dizer:

— Pronto.

Só consegui soltar um "obrigada" que fez parecer que eu estava sem ar.

Aaron se levantou, e fiz a mesma coisa, passando mais um pouco do creme sob a costura do maiô no meu traseiro. Estava fazendo isso quando a camiseta de Aaron flutuou até a areia. *Ele estava sem camiseta.* Não deveria ser grande coisa, porque... quantas vezes eu tinha visto um cara sem camiseta? Milhares? *Obrigada, internet.* Eu conseguiria ficar calma. Agir como uma pessoa normal.

Fiz questão de não erguer os olhos muito de repente e encará-lo ou deixá-lo envergonhado enquanto eu continuava a passar protetor na pele. Quando um bom tempo tinha se passado, e não consegui pensar em mais nada para continuar enrolando, soltei um suspiro. E eu tinha um sorriso pronto quando ergui os olhos de maneira casual e amigável. Parada sob o sol, a diferença entre o tom quase bronze do rosto, pescoço e braços, e do bronzeado fraco no peito, pernas e pés ficou bem aparente. Mas eu nunca chamaria aquilo de bronzeado de trabalhador. Não havia qualquer ponto vermelho ou cor-de-rosa em sua pele, como minha mãe ou Tali teriam se ficassem sob o sol por tempo demais. Não importava o quanto tentassem, aquelas duas nunca se bronzeavam. Eram brancas ou vermelhas, não havia meio-termo.

Aaron não era uma dessas pessoas. Ele era dourado-claro, não havia como negar. Mas era impossível esconder aquele corpo sob os três tons diferentes de pele.

Pegue um desfibrilador, eu estava *morrendo.*

Vi toda a minha vida passar naquele milésimo de segundo.

Eu jamais conseguiria superar Aaron. Nunca. Eu morreria sozinha. Aceitei isso quando desisti de tentar disfarçar, observando o formato de seu corpo. Ele não era grande e bombado, nem tinha o peito cheio. Era um pouquinho mais musculoso do que um nadador, mas tinha todo o físico, abdômen, ombros e bíceps longos. Era perfeito. Absolutamente perfeito. Aquele ditado sobre Deus quebrar a forma depois de ter feito alguém perfeito foi escrito tendo o nascimento de Aaron em mente. Cada músculo parecia ter sido esculpido, cada osso perfeitamente lapidado. Até os mamilos eram perfeitos. Como? *Como?*

Como eu deveria olhar para aquilo por quase uma semana toda e saber que *Aaron era só a droga do meu amigo*?

A resposta era: eu não fazia ideia de como aquilo aconteceria. Realmente não fazia. Tinha mentido para mim mesma e tentado me convencer de que era possível. Mas não era, certo?

Engoli em seco e desviei os olhos, me lembrando de não ser aquela pessoa. Eu conseguiria. Conseguiria sobreviver àquela semana. Eu precisava.

— Pronta? — perguntou, me fazendo voltar a olhá-lo, mas decidi manter os olhos em seu rosto.

Havia um nó na minha garganta quando assenti.

— Sim. Mas, se você quiser ir na frente e passar um tempo com seus amigos, não tem problema. Não quero roubar todo o seu tempo. — A boca dele fez aquela coisa de quando entortava. — Eu posso ficar sozinha.

Seu pomo de adão saltou.

— Ru — ele disse, daquele jeito calmo. — Eu prefiro ficar com você. — Então, como se aquele corpo em exposição não tivesse bastado para me lembrar do quanto a ideia de ter vindo tinha sido ruim, ele adicionou: — Você não precisa ficar sozinha.

Se meu sorriso estava tenso e dizendo "Você está me matando", não ficou claro no rosto dele. Tudo o que consegui fazer foi emitir um som com a garganta que poderia ter significado qualquer coisa.

Não dissemos nada ao avançarmos. A faixa de areia estava lotada, mas não a ponto de parecer tumultuado. Em grande parte, eram famílias em grupos de todos os tamanhos, com crianças correndo, castelos em processo de construção e várias caixas térmicas espalhadas.

A água estava mais quente do que o esperado quando entrei.

— Arraste o pé pela areia, assim você não vai pisar por acidente em uma raia — Aaron avisou sobre o ombro.

Uma raia? Na água? Na qual eu poderia pisar?

Eu estivera ocupada demais tentando não encarar a extensão macia das costas de Aaron e sua pequena cintura, com duas covinhas acomodadas bem na base, que acabei não pensando em nada que pudesse estar nadando ao nosso redor. Eu tinha ido três vezes ao Caribe com minha família durante as férias, e minha mãe, que não era fã de mergulhos, sempre reservou hotéis com água cristalina bem longe dos corais. Eu nunca tinha mergulhado antes. A água ali era muito clara, mas...

Tudo bem. Sem problema. Havia provavelmente centenas de famílias nos poucos quilômetros de praia. Quais eram as chances de...

Dei um grito.

Eu poderia ser mulher suficiente e admitir que gritei a plenos pulmões assim que algo roçou minha perna na água.

Também poderia ser mulher suficiente para admitir que quando aquilo, seja lá o que fosse, me tocou, e gritei em uma voz agudíssima que teria feito qualquer cachorro uivar, eu dei um pulo.

Dei um pulo no ar.

Me projetei em direção à coisa mais próxima de mim, apesar de estar com água até a altura dos quadris. A coisa mais próxima de mim era quase um metro e noventa de um homem chamado Aaron. Só que, naquele instante, Aaron não estivera de frente nem de costas para mim, estávamos praticamente lado a lado, e foi só por causa do seu reflexo ultrarrápido ao me ouvir gritar que conseguiu me segurar logo antes de eu me chocar contra ele.

— Você está bem? — perguntou rapidamente, o braço direito se enrolando ao redor da minha cintura na mesma hora em que inclinou o rosto bonito para baixo, encarando a água limpíssima abaixo de nós. Eu não estava imaginando a expressão protetora e preocupada que dominou seus traços no instante em que gritei. Eu vi, tenho certeza disso.

— Sim, sim — arfei, também olhando para baixo, de repente envergonhada por ter... feito aquilo.

— O que aconteceu? — Aaron indagou, ainda soando preocupado ao nos virar em um meio-círculo para verificar outra área. — Pisou em uma raia? Você está bem?

Engoli em seco e toquei seu ombro para que ele pudesse me descer.

Ele não me desceu. Ainda estava olhando ao redor na água. Ainda me segurando.

Dentre tudo o que poderia acontecer...

— Algo me tocou — admiti, soando tão envergonhada quanto deveria.

Ele entendeu.

E parou, a cabeça virando para trás devagarinho enquanto eu estava ali, para todos os efeitos, em cima dele. Uma das sobrancelhas subiu, e perguntou, se demorando em cada palavra:

— Algo te tocou?

Meus parabéns, Rubes. Lutei contra a vontade de tossir e quase perdi. Também quis desviar os olhos, mas eu era a única culpada por ter me colocado naquela situação. Eu teria que aceitar as consequências.

— Acho que talvez tenha sido um peixe... — murmurei, então as chances estavam a meu favor de Aaron não ter me ouvido.

Ele ouviu. Foi a maneira como Aaron engoliu a saliva que me avisou de que tinha ouvido. Pude ver as íris castanhas se moverem na minha direção. Pude sentir a tensão em seu tronco enquanto ele continuava falando devagar.

— Não tem peixe nenhum aqui.

— É o mar. É claro que tem peixe aqui. Ele talvez só tenha saído nadando muito rápido.

Não precisei olhar diretamente em seus olhos para saber que Aaron estava piscando. Sua voz soou um pouquinho rouca.

— Você acha?

Ele só poderia estar de brincadeira.

— Talvez.

Seus lábios se uniram com tanta força que havia uma linha branca onde se encontravam. A garganta dele saltou, e eu soube. *Eu soube* que Aaron estava tentando não rir.

— Ruby — praticamente sussurrou meu nome. — Querida, quantas vezes você já entrou no mar?

Eu me senti murchar um pouquinho, apesar de ele ter acabado de me chamar de querida. *Querida*. Igual a como você chamaria uma doce criança que caiu da bicicleta e comeu asfalto.

— Várias. — Pigarreei e o olhei feio de lado, vendo o suficiente de seu rosto. — Mas, geralmente, prefiro piscinas. Como você sabe, eu moro em Houston. Não é como se as pessoas fossem a Galveston nadar por horas.

Ele estava espremendo os lábios com mais força ao assentir, seu aperto ainda firme. Aaron havia parado de piscar em algum momento. Os dedos na minha cintura se tensionaram.

Eu pude notar. *Eu pude notar* que Aaron estava prestes a fazer uma piada, então fui mais rápida.

— Cale a boca. — E isso o fez engolir com ainda mais força do que todas as vezes anteriores.

Seus olhos estavam fechados, e Aaron sorria como um idiota quando disse:

— Os únicos peixes que vi foram os pequenos na beira do mar.

— Sei — concordei, não escondendo minha carranca de vergonha ao estender as pernas, esperando ser descida. Ele, por fim, bem devagarinho, me abaixou até meus pés voltarem a mergulhar na água.

Aaron ainda sorria, se esforçando ao máximo para não rir

quando apontou na direção de Des e Brittany um pouco à frente de nós, já bem fundo no mar, nadando em estilo cachorrinho. Bufou, a voz tremendo:

— A união faz a força.

Tudo o que fiz foi lhe lançar outro olhar feio, decidindo que eu merecia aquilo, mas caminhei ao seu lado, indo mais fundo na água até encontrarmos seus amigos, minha paranoia ainda presente. Brittany deu um sorriso alegre para mim, sua cabeça só um pouquinho fora da água, onde agora ela parcialmente flutuava de costas.

— Você foi queimada?

— Oi? — perguntei como uma idiota.

— Você foi queimada por uma água-viva? Nós te ouvimos gritar — explicou.

Meu rosto ficou vermelho; sem qualquer sombra de dúvida, deve ter ficado. Não havia outra possibilidade. Onde estava a maldita onda gigante quando eu precisava dela?

— Ah, hum, não. Eu pisei em alguma coisa — consegui contar devagarzinho, olhando bem para frente e não para o homem ao meu lado.

— Era afiado — Aaron sussurrou de onde estava a nem mesmo trinta centímetros de distância. — Muito afiado.

Se Des ou Brittany me viram chutá-lo de lado, nenhum deles disse nada.

— Eu sei, mãe. Também te amo.

O suspiro que chegou pelo celular me fez balançar a cabeça.

— Se você me amasse... — começou a dizer talvez pela décima vez nos últimos quinze minutos em que estivéramos na linha.

— Eu te amo mesmo. Estou bem, juro — assegurei-lhe do meu lugar, sentada de pernas cruzadas na cama que eu dormiria pelo resto da semana. — Estou me divertindo, e você gostaria de todo mundo que está aqui.

Minha mãe emitiu um barulho que dizia que ela não queria acreditar, mas...

— Ok. Tudo bem. Sei que você não é de mentir, Rubella. Não como aquelas outras crianças que só me ligam quando querem algo. — Ela murmurou algo baixinho que soou suspeitosamente como o nome de Jasmine. — Tome cuidado e me mande mensagem pelo menos a cada hora.

Bufei.

— Tudo bem, tudo bem — respondeu, e pude ouvir o sorriso em sua voz. — Pelo menos me mande uma mensagem avisando que o tubarão do filme ainda não apareceu para te comer.

Então, me lembrei do motivo de eu ser tão covarde. Eu não conseguia viajar sem minha mãe alegar que eu estava "perto *assim* de quebrar a perna".

— Com minha sorte, vai ser a Shamu que vai me comer, mas tudo bem, vou te mandar mensagens e te avisar de que está tudo bem — assegurei-lhe.

— Eu te amo, Pequenina.

— Eu te amo, mãe. Boa noite.

— Boa noite — ela disse antes de desligar. Já tinha passado e muito da sua hora de dormir.

Eu tinha ficado surpresa quando meu celular começou a tocar quase perto da meia-noite naquele domingo e vi o nome dela na tela. Eu estava na cama, mexendo no computador, após um longo dia na praia que tinha me dado um bronzeado leve no pescoço e nos ombros. Des e Britanny tinham preparado o jantar, algum tipo de sopa de casamento com almôndegas[6] que tinha ficado tão gostosa que todo mundo fez um segundo e um terceiro prato. Depois, todos

---

6   Sopa de origem italiana muito popular nos Estados Unidos que mistura vegetais verdes e carne. (N.E.)

nos reunimos para ver TV na sala de estar e assistimos ao primeiro filme de *Guerra nas Estrelas*. Aaron me viu sorrindo ao colocar o filme no DVD Player, e soube que ele havia sugerido aquilo especialmente para mim. Eu sabia.

Comecei a cair no sono no sofá perto do fim, e quando os créditos começaram a subir, dei boa-noite a todos e desci as escadas, enquanto eles ficaram lá em cima fazendo... seja lá o que estivessem fazendo.

Mas então, ao desligar o celular após uma conversa de quinze minutos com minha mãe... eu não estava mais tão sonolenta. Sabia que não conseguiria dormir de jeito nenhum. Além disso, eu havia tirado um cochilo sob o guarda-sol na praia por quase uma hora em algum momento depois de termos almoçado sanduíches e batata chips, antes de entrarmos na água para outra rodada.

Por alguns momentos, considerei ficar no quarto, apenas mexendo no computador, já que não tinha nada no que trabalhar, mas decidi que não. Abrindo a porta, pude ouvir o som de uma televisão em um dos quartos, mas não consegui identificar qual. As luzes pareciam estar apagadas debaixo de todas as portas.

No andar de cima, encontrei todas as luzes acesas, até a televisão. Sentado na frente dela, no grande sofá com os pés apoiados na mesinha de centro de palha branca e os braços cruzados sobre o peito, estava a única pessoa naquela casa que eu realmente queria ver. Aaron devia ter ouvido alguém subindo a escada, porque sua cabeça virou para o lado, sua expressão calma e quase neutra, e, quando provavelmente entendeu que era eu, um sorriso pequeno cobriu sua boca.

Ele me chamou para perto com um movimento de cabeça.

Eu fui. É claro que fui.

— Oi — cumprimentei ao cruzar pela frente da mesinha de centro e me jogar no sofá ao lado dele.

— Oi — sussurrou, sua cabeça pendendo para o lado e me observando do jeito mais preguiçoso possível. — Acordou?

— Não, minha mãe me ligou. Acabei de desligar o celular — expliquei.

— Está tudo bem?

O fato de Aaron ter se preocupado quanto a algo não estar certo antes de mais nada me deu um aperto no peito.

— Sim, ela só queria se certificar de que eu ainda estava viva — tentei brincar, observando-o, à espera de um sorriso ou algum tipo de expressão satisfeita.

E ali estava.

— Você disse que estamos te tratando bem?

— Sim. Eu falei que ela gostaria muito de todos vocês — comentei. — Você não conseguiu dormir?

Ele balançou a cabeça, com tamanha preguiça que seu pescoço não conseguiu aguentar o peso para fazer aquilo do jeito certo.

— Estou cansado, mas não consigo relaxar. — Diferente de mim, Aaron não tinha tirado um cochilo na praia. Eu não tinha perguntado o motivo, mas pude imaginar.

— Você não quer se deitar na cama e ver se ajuda?

Ele não disse nada por um segundo, e eu estava começando a achar que ignoraria minha pergunta quando disse:

— Aquele quarto me deixa claustrofóbico. Consigo dormir lá, mas não consigo… só ficar lá.

Não tive certeza de que tinha entendido, mas sorri e assenti, de qualquer forma.

— Quer que eu busque um travesseiro e uma coberta para você tentar dormir aqui?

— Não, Rubes, estou bem. Vou superar. Só preciso de um tempo.

— Não é a mesma coisa, mas tenho dificuldade para dormir quase toda noite. Não consigo desligar a cabeça, penso em um monte de coisas, e isso me faz ficar acordada.

Seus olhos castanhos piscaram com preguiça.

— Tipo no quê?

Hesitei e ergui os ombros, me lembrando de que aquele era Aaron.

— Tudo. Procuro defeitos em coisinhas que fiz ou disse durante o dia. Penso em coisas que não posso controlar. Eu costumava pensar no que faria no dia em que me demitisse dos trabalhos, se poderia ter um negócio próprio, ou se pelo menos encontraria algo ou alguém com que trabalhar que me valorizasse mais... É a prova de que eu estava praticamente fantasiando. Sei que isso nunca aconteceria... Eu só... ficava deitada, pensando em tudo. Até mesmo nos problemas de outras pessoas. E nos problemas idiotas. É meio patético.

— Não é patético.

Dei de ombros.

Aaron me observou por um segundo antes de soltar um longo suspiro, seus olhos indo até o teto alto da sala de estar antes de descerem outra vez e encontrarem os meus.

— Eu também penso nessas coisas.

— Tipo no quê? — perguntei, imaginando que o pior que Aaron poderia me dar seria uma resposta vaga.

Mas não foi o que aconteceu.

— Como você disse, em merdas que não posso controlar. Nunca poderia controlar. Volto e revivo coisas de anos atrás e me pergunto o que eu poderia ter feito diferente.

Não quis interrompê-lo, mas, ao mesmo tempo, tinha dezenas de perguntas que queria fazer. O problema era que, por mais que eu não pudesse chamá-lo de reservado, havia muitas coisas sobre as quais Aaron não queria conversar. Coisas que evitava com afinco. Por mais que eu quisesse saber, também não queria forçá-lo a algo que o deixasse desconfortável. Eu odiava quando as pessoas faziam isso comigo, então fiquei de boca fechada quando ele continuou:

— Penso no que quero fazer, então, penso em como não sei o que quero.

— Como assim? — não me segurei e perguntei.

O peito dele subiu e desceu, e Aaron voltou a olhar para o teto, sua linguagem corporal tentando me dizer que aquilo era casual, mas eu sabia que não.

— Não sei o que quero fazer quando sair, nem mesmo se quero sair — explicou, e imaginei que estivesse falando do exército. — A ideia de... falhar... de não entender o que está acontecendo mexe muito comigo.

Devo ter me chocado com seu comentário.

— Se você é um fracasso, eu também sou. Mas não somos. — Talvez eu fosse, mas não poderia admitir naquela hora.

Aaron balançou a cabeça de um jeito que pareceu um pouco resignado demais para mim, e, quando voltou à sua tática de trocar de assunto, meu peito doeu.

— Eu também parei de ter esperanças, e não sei quando isso aconteceu.

Seria aquele o som do meu coração se partindo?

Aaron ainda não olhava na minha direção quando continuou:

— Eu quero, sabe? Quero ficar animado com as coisas, mas é difícil. Espero o pior o tempo todo. Sei que te disse antes que não gosto de focar muito no futuro, mas, às vezes, quando tudo em que você pode focar é no que está acontecendo agora... é difícil. É meio que uma bola de neve gigante. Não saber o que quero fazer, não conseguir ter esperanças pelo que está por vir. Só preciso dar um jeito nisso. E vou, acho que só estou exausto — tentou explicar, seu tom um pouco cansado, um pouco abatido. Ele inclinou a cabeça para o lado, e arregalou os olhos, balançando-a como se pudesse simplesmente mandar os pensamentos e o mau humor para longe. — Eu sou uma bela de uma companhia, né?

Suas palavras soaram sarcásticas, mas eu sabia que a intenção de Aaron não era ser rude. Então disse a ele, tentando soar abrangente com minha afirmação porque as palavras dele pesaram muito em mim:

— Eu não te chamaria de alma da festa. Você seria mais como o barman que se certifica de que todos estejam se divertindo — tentei brincar. — Não sou a melhor pessoa para dar conselhos de vida ou nada do tipo, mas entendo, em parte, o que você quis dizer. Todo mundo precisa ter algo pelo que ansiar. Não precisa viver antecipando ou temendo o futuro, mas pode ter algumas coisinhas pelas quais espera todos os dias. Sei que você vai conseguir dar um jeito em tudo, só não precisa fazer isso agora.

"Eu odiava o ensino médio — confessei. — Só consegui terminá-lo por causa dos meus amigos. Eu vivia para almoçar com eles e planejarmos o que faríamos no próximo fim de semana. Também odiei a faculdade, e a única razão pela qual terminei foi porque não parei de dizer a mim mesma que, quanto mais rápido eu fosse aprovada nas matérias, mais rápido daria o fora e faria o que eu realmente queria fazer. Não tem nada de errado nisso."

Olhos acaju se demoraram em mim por um momento, parecendo pensativos demais.

— Tudo pode acontecer a qualquer momento, Aaron. Você precisa aproveitar o que tem em mãos quando possível. — Tentei lhe dar um sorriso que eu esperava que fosse apreciado.

Houve algo em seu aceno de cabeça que me fez sentir como se houvesse muita coisa sobre Aaron que eu ainda não compreendia por completo, que talvez nunca compreendesse. E não tinha o direito nem a obrigação de compreender. Com certeza, não foi uma boa ideia, mas estendi o braço pelo sofá e cobri o topo de sua mão, que estivera apoiada no peito, com a minha. E a apertei.

Então, falei para ele:

— Você pode começar devagar. Fique animado para... sentir o cheiro de café fresco. O cheiro de alguma pizza que você vai jantar. A sensação de lençóis bons, limpos e frescos quando você deita na cama. — Apertei a mão dele e me certifiquei de que seus olhos castanhos estavam em mim quando lhe disse: — Encanamento.

O sorriso que tomou conta de seu rosto com minha última

palavra valeu... tudo. Eu faria qualquer coisa por aquele sorriso. Nunca me senti mais poderosa em toda a minha vida do que naquele momento.

Então, como se não tivesse acabado de me acertar em cheio, Aaron murmurou:

— Já te disse hoje que estou grato por você estar aqui?

— Hoje não.

Ele abriu os dedos e os entrelaçou nos meus, ainda sorrindo.

— Neste caso, estou muito grato por você estar aqui, Ru.

Eu não deveria mais ficar surpresa pela maneira que eu era arrebatada por ele. Realmente não deveria. Quem mais seria tão acolhedor, gentil e engraçado quanto aquele homem ao meu lado? Eu deveria me sentir grata por ele me tratar assim quando tudo o que havia entre nós era amizade. Como será que ele trataria uma namorada?

O roçar de seu polegar na lateral da minha mão me fez voltar à realidade.

— Você nunca me disse que terminou a faculdade nem o que estudou.

— Ah. — Franzi o nariz. — Eu terminei. Ciências Contábeis.

Ele piscou.

— Ciências Contábeis?

— Sim. Foi o que tanto minha mãe quanto meu pai estudaram. Eu não sabia o que estudar, e não sou tão ruim assim com números.

Ele soltou um barulho engraçado de descrença.

— Não consigo te ver como contadora.

Eu ri.

— Pois é, nem eu. Eu odiava. Mas, quando percebi o quanto odiava, era tarde demais. Não quis desperdiçar o dinheiro da minha mãe ou a bolsa parcial que eu tinha e recomeçar em outro lugar. É por isso que minha mãe e o marido dela estão sempre tentando me convencer a trabalhar na empresa onde trabalham. Eu tenho um diploma. Faria sentido.

— Por que não estudou Design de Moda? — perguntou, me pegando totalmente de surpresa, porque... Como ele sabia que sequer era possível estudar aquilo na faculdade?

Levei um segundo para reorganizar os pensamentos de tão chocada que fiquei.

— Ah, porque todo mundo me disse que eu precisava ter um diploma "de verdade". — Seria decepção o que eu estava sentindo, ou outra coisa? — Meus pais diziam que eu precisava terminar a faculdade para que tivesse um "plano B", e sempre imaginei que poderia fazer o que quisesse depois. Eu te contei que trabalhei com ajustes e com vestidos como um trabalho paralelo durante todo o curso.

Aaron assentiu, mas pude notar que não concordava com o que eu tinha feito.

Sinceramente, uma parte minha entendia. Tinha sido um desperdício eu ter cursado algo pelo qual não era apaixonada. Eu tinha um diploma, mas ainda preferia ganhar apenas uma fração do que era possível e trabalhar com o que queria. Mas tinha feito o que meus pais queriam, como sempre.

— Sei que é idiotice — argumentei, aproveitando minha vez de soar despreocupada em relação a algo que me preocupava. — Mas não posso voltar atrás agora. Estou tentando nem sempre fazer o que todo mundo quer só porque me sinto culpada ou porque quero deixá-los felizes. Não mais, pelo menos. É por isso que estou aqui.

A boca de Aaron se curvou para o lado, e ele assentiu, dando um aperto pequeno nos meus dedos bem onde estavam, não os tendo movido nem um pouco da posição no peito.

— Eu também quero isso para você, Ru. Você é muito mais corajosa e autossuficiente do que acredita, sabia?

Meu rosto corou com o elogio, e não tive certeza se deveria assentir como se tivesse concordado, porque eu não concordava, ou só dar de ombros e esquecer aquilo. Então não fiz nenhuma das duas coisas. Simplesmente, fiquei sentada lá como uma estátua.

Por sorte, Aaron sorriu.

— Tudo bem. Vou parar com isso. Quer ver um filme ou uma série?

@capítulo dezoito

Mãe: Você virou isca de peixe?

Eu: Não, ainda estou viva.

Mãe: Tudo bem, divirta-se.

Mãe: Mas não muito.

Mãe: Não apareça em um daqueles vídeos de garotas que surtaram, deixando todo mundo aqui em casa com vergonha.

Mãe: TE AMO.

Mãe: É sério, Pequenina. Eles mostram essas garotas em propagandas. Jonathan teria um ataque cardíaco.

Eu: Eu nunca faria isso, e você sabe. Te mando outra mensagem mais tarde.

Mãe: Nunca pensei que você fosse viajar sem minha permissão.

Eu: Mãe, eu tenho vinte e quatro anos.

Mãe: Você ainda é minha bebê.

Eu: Jasmine é sua bebê.

Mãe: Jasmine nasceu já sendo adulta.

Mãe: Tenho que levantar. Ben mandou oi.

Eu: Tudo bem, nos falamos depois. Estou bem, sério. Todo mundo está sendo gentil comigo. Te amo.

Mãe: Eu tbm te amo.

— Bom dia.

Deixando o celular no chão ao lado da perna da espreguiçadeira, me virei para encarar Aaron nas portas de correr e sorri para ele, ainda com sono. Só tínhamos ido nos deitar quatro horas antes, depois de termos cochilado assistindo a televenda após televenda, comentando sobre eles o tempo todo. Eu não me lembrava da última vez em que tinha rido tanto, e isso era grande coisa, porque eu quase sempre me divertia com meus amigos e família.

— Bom dia — respondi, em uma voz baixa. — Também não conseguiu dormir?

Aaron balançou a cabeça ao fechar a porta, equilibrando uma bandeja na mão livre ao se aproximar de mim. Seu rosto mostrava todos os sinais do quanto estava cansado, e eu tinha certeza de que minha aparência era exatamente a mesma.

— Sim, também não consegui voltar a dormir — revelou, colocando a bandeja na pequena mesa e tomando o mesmo assento que tinha usado na manhã anterior.

Era fácil uma garota se acostumar àquilo, pensei, aceitando uma tigela com um "obrigada" que, por sorte, não soou como um "eu te amo" nem com um "você é incrível".

— Você realmente não precisava ter feito isso — falei, dando-lhe um sorriso.

Aaron estava de costas para mim enquanto pegava a tigela.

— Eu sei — isso foi tudo o que disse ao me encarar de novo com o café da manhã apoiado no peito. — Você estava trocando mensagens com sua mãe? — perguntou, erguendo uma sobrancelha.

— Sim — respondi com um sorriso. — Ela estava garantindo que eu ainda estou viva e, basicamente, me falando para não mostrar os seios para uma câmera. Também tentou me convencer a mandar mensagens toda hora.

— Toda hora?

— Sim.

Ele riu.

— Eu sei. Ela tem sorte se algum dos meus outros irmãos liga ou manda mensagens enquanto está de férias. Ela é doida.

— Você pode passar meu número para sua mãe, se quiser — ofereceu.

Passar o número dele para minha mãe? Por quê? *Por quê?* Por que Aaron tinha que ser praticamente perfeito? Não era justo. Não mesmo. O que também não era justo era que, então, eu teria que contar a ele a verdade sobre o que eu tinha feito.

— Passei seu número para ela ontem à noite em caso de emergência. Espero que não tenha problema.

Ele piscou.

— Não, não tem problema. — Aaron girou a colher no mingau de aveia, me dando uma olhada de lado que não deixei de notar. — Você passou meu RG também?

Meu rosto queimou pelo que deveria ser a milésima vez desde que eu o havia encontrado dois dias antes. Eu quis mentir, realmente quis. Mas havia prometido a ele que não faria isso, e não queria voltar atrás com minha palavra. Então lhe disse a verdade, apesar de estar fingindo que meu mingau de aveia fosse a coisa mais interessante no mundo:

— Anotei o número em um pedacinho de papel e o escondi debaixo da cama.

Houve uma pausa. Então, ele disse:

— Como é que alguém saberia onde procurar?

Eu lhe dei outra olhada de lado e fingi pigarrear porque havia algo lá, não porque estava envergonhada de ter feito o que qualquer outra mulher sensata teria feito.

— Deixei um papel com meu padrasto com instruções, só por precaução, caso alguma coisa acontecesse — praticamente sussurrei. — Ele é o mais confiável naquela casa.

Aaron não disse nada.

Ele não disse nada por tanto tempo que tive de lhe lançar outro olhar.

Mas, quando o fiz, seus olhos semicerrados e os lábios espremidos foram as primeiras coisas nas quais foquei. Logo depois disso, havia o fato de que seus ombros e tronco estavam sacudindo um pouco, só um pouquinho, tão pouquinho que não fui capaz de notar sentada ao seu lado. Depois de um momento, sua mão se ergueu em direção ao rosto, e Aaron a espalmou sobre os olhos ao dizer muito, muito devagar:

— Quais eram as instruções?

Corando pela quinquagésima primeira vez, revelei:

— Que, se eu sumisse, ele deveria tentar entrar em contato com você primeiro. Anotei seu nome e celular, e a caixa postal do seu pai. Também anotei onde poderiam encontrar o número do seu RG e o endereço do Max — murmurei, sentindo vergonha de mim mesma, mas também orgulhosa de ter esperado o pior e feito o que uma garota esperta faria. — Então, anotei que era bom ninguém pegar minhas coisas até eu estar desaparecia por pelo menos dois anos. Depois disso, poderiam parar de ter esperanças de me encontrar.

Aaron não disse nada, sequer uma palavra, e isso só me fez querer procurar um buraco onde me enfiar.

— Desculpa. Não era como se eu estivesse esperando que você fosse um assassino em série, um traficante de mulheres ou algo do tipo, mas cuidado nunca é demais, entende? Imagine... — Tive que pigarrear outra vez antes de colocar as palavras para fora. — Imagine se eu fosse sua irmã. Você teria me dito para fazer a mesma coisa, não é?

Um olho castanho-escuro se abriu e me encarou, seu rosto bonito e atraente um pouquinho rosado. Aaron assentiu, só um tantinho, apenas o bastante para que se pudesse notar. Mas foi sua covinha que chamou minha atenção.

— Não vou encher seu saco quanto a isso. Ainda bem que você se precaveu — conseguiu dizer com aquela a covinha fofa ainda aparecendo.

— Certo — murmurei em resposta, ainda envergonhada de

ter praticamente admitido que não confiava nele o bastante, como aquelas esposas que pensavam que os maridos as matariam e deixavam cartas apontando dedos para eles. — Mas confio em você. Acho que, se alguém tentasse me sequestrar, você pelo menos lutaria contra eles um pouco... — observei o rosto dele por um momento antes de semicerrar os olhos — ... não lutaria?

Aquilo fez o outro olho dele se abrir, as bochechas ainda um pouquinho coradas, mas todo o resto totalmente alerta.

— Você sabe que sim.

Porque aquilo me agradou tanto, eu não perderia tempo tentando descobrir.

— Se alguém tentasse te levar, eu sei *aikido*, um pouco de *jiujitsu* e *kickboxing*. Mas meu dentista diz que tenho dentes bem fortes, então eu me sairia melhor tentando arrancar o dedo ou a orelha de alguém com uma mordida.

As sobrancelhas de Aaron subiram de maneira quase cômica.

— Como um chihuahua pequenininho — sugeriu, a colher entrando na boca com um sorriso malicioso.

Dei uma piscadela para ele, me arrependendo na mesma hora. Não quis que parecesse que eu estava flertando.

— Eu estava pensando mais em uma piranha. Só tive que fazer uma obturação durante a vida — contei, desejando que cada palavra não tivesse saído da minha boca.

Se ele achou que eu estava sendo esquisita ou paqueradora, não deixou transparecer.

— Ou uma ave de rapina.

— Um leão.

— Um tigre.

— Você sabia que as onças têm mordidas duas vezes mais fortes do que a de um tigre?

Aaron franziu a testa ao comer outra colherada do mingau.

— É sério?

— Sim. Com uma força de 270 quilos. São os únicos felinos grandes que matam a presa mordendo a cabeça, atravessando o osso e tudo mais. Os tigres mordem o pescoço dos animais que estão comendo para interromper o fluxo de ar e de sangue. Doideira, né?

Ele pareceu impressionado.

— Eu não fazia ideia.

Assenti.

— A maioria das pessoas não faz.

— Existe algum animal que morde mais forte do que elas?

— Crocodilos. Aqueles grandões. Tenho certeza de que eles têm mordidas de uns 2.267 quilos. — Pela quinquagésima segunda vez, dei de ombros. — Eu gosto de assistir ao Animal Channel e ao Discovery — comentei, fazendo aquilo soar como um pedido de desculpa.

Aaron me deu seu sorriso suave que fazia minhas entranhas parecerem estar pegando fogo. Então, uma piscadela.

— Não sei muita coisa sobre crocodilos, mas sei sobre jacarés — ofereceu. — Você sabia que só restaram duas espécies no mundo?

— É mesmo?

— O jacaré-americano e o jacaré-da-china. Mais de um quinto de todos eles vivem na Flórida.

— Nós temos alguns jacarés no Texas. Tem um parque em Houston aonde podemos ir e, geralmente, vemos um punhado deles lá. Fui acampar lá uma vez.

Um canto da boca dele se ergueu enquanto mastigava.

— Olhe só para você, *Juventude Transviada*.

Se fosse qualquer outra pessoa, eu acharia que estavam zombando de mim, mas pude notar o afeto no rosto de Aaron. Senti a gentileza que irradiava dele em ondas, então lhe dei uma piscadela em resposta.

— Eu vivo a vida no limite. Deveria começar a dar aulas sobre como ser do mal.

— Não é? Se demitir, vir para a Flórida mesmo estando preocupada... — Ele parou de falar, me dando um sorriso e uma olhadela enviesada.

— Eu basicamente tenho doutorado no assunto, além de licença para praticar. Ensinarei às pessoas tudo o que sei. — Não deixei de notar a outra olhada rápida que ele deu na minha direção.

— Desde que não te perguntem sobre namorados.

Empurrei o ombro dele, antes de perceber o que estava fazendo, e ri alto, muito mais alto do que até aquele momento.

— Estou esperando pelo cara certo. Pensei que você estivesse de acordo com essa espera.

Seus olhos castanho-escuros encontraram os meus, e ele exibiu os dentes brancos para mim.

— Estou de acordo. Por que se apressar?

Aquilo era basicamente o oposto do que Aaron estivera colocando na minha cabeça desde que tinha descoberto sobre minha falta de relacionamentos, mas ele tinha razão. Por que me apressar? Não era como se qualquer outro cara que eu fosse conhecer em breve — ou em qualquer outro momento — iria ou sequer poderia se comparar a ele. Era o que eu sentia. Pigarreando, olhei para baixo em direção à minha tigela de mingau de aveia outra vez ao dizer:

— O lado positivo é que, agora, posso parar de frequentar a igreja para tentar conquistar todos os pais divorciados e viúvos.

O sorriso dele me fez olhar de soslaio em sua direção.

— Você nunca vai se esquecer disso, né?

— Não. — Sorri, estudando seu rosto bonito que me fazia suspirar por dentro. — Algum problema?

A colher estava a caminho de sua boca quando disse:

— Eu não esperaria nada diferente de você. — Então, piscou outra vez. — Coma seu café para que possamos ir — demandou logo antes de comer outra colherada, olhos em mim, as bochechas mostrando que sorria mesmo enquanto mastigava.

Por quê? O que eu tinha feito em alguma outra vida para merecer aquilo?

Fiz o que ele disse e consegui comer três colheradas antes de suas palavras realmente fazerem sentido.

— Para onde nós vamos? — perguntei assim que eu tinha engolido a comida.

— Pescar — respondeu, casualmente.

Eu disse as palavras com calma para me certificar de que o tinha escutado corretamente:

— Você disse pescar ou nadar?

Ele me lançou um olhar furtivo.

— Pescar.

— Nadar?

Aaron finalmente se virou para me encarar com um sorriso em seu lindo rosto esculpido.

— P-E-S-C-A-R.

Pigarreei e comi mais duas colheradas antes de falar, baixo o suficiente para que ele mal me ouvisse:

— Eu não quero fazer isso.

Ele teve a audácia de me dar outra piscadela.

— Imaginei. É por isso que deveríamos ir.

— Eu não trouxe vara.

— Tem algumas aqui que você pode pegar emprestadas.

Acomodando a tigela no colo, comecei a segurar o pulso esquerdo com a mão direita.

— Meu pulso está um pouco dolorido...

Aaron bufou, enxergando a verdade por trás da minha mentira.

Eu tinha pedido por aquilo, não tinha? Não significava que eu teria de ser graciosa o tempo todo pescando. Com um resmungo, praticamente fiz cara de choro e assenti devagar. Choraminguei um "tá" que o fez rir em triunfo.

— Mas não vou tocar em peixe nenhum enquanto estiver vivo.

Aaron tinha um sorriso enorme quando concordou:

— Combinado.

— Como assim você nunca foi pescar?

Aaron não mentira quando tinha dito que havia varas de pesca extras na casa. Uma parte minha esperava que ele mudasse de ideia... ou que chovesse, mas nenhuma dessas coisas aconteceu. Depois de irmos arranjar quatro licenças para pesca — uma para ele, uma para mim e outras duas para Des e Brittany, que nos ouviram discutindo sobre irmos pescar e decidiram que também queriam ir —, comecei a aceitar que aquilo iria acontecer, não importando se eu quisesse ou não.

Mas eu poderia passar sem essa.

Parada ao lado da caminhonete, com as duas varas em mãos, estremeci enquanto Aaron pegava os peixes pequenos que havia comprado na mesma loja em que arranjamos as licenças. Peixinhos frescos nos quais eu não tocaria. De jeito nenhum.

— Pelo que me lembro, meu pai levou meus irmãos para pescar algumas vezes no píer da praia perto de casa — expliquei, observando-o. — Depois que ele voltou para a Califórnia, nunca mais teve tempo, quando vinha nos visitar, para irmos simplesmente... pescar, sabe? — Olhei para o balde onde estavam os peixinhos e fiz uma careta. — Não que seja algo pelo qual eu tenha interesse, para começo de conversa.

Aaron riu de costas para mim.

— É bem relaxante, se você se esforçar.

Eu duvidava muito.

— Não vai ser tão ruim assim. Se você odiar, nunca mais precisa pescar — ele me disse, fazendo parecer que aquele seria o caso pelo resto da minha vida. Simples assim. Eu nunca teria que pescar..

Por mais que eu apreciasse o que Aaron implicava, aceitei que eu precisaria parar de ser covarde e só... fazer as coisas. Mesmo se isso significasse tocar um peixinho para prendê-lo no anzol ou seja lá qual fosse o nome daquela coisa. Mesmo se eu gritasse durante e depois do processo.

— Seu pai levava você para pescar quando era mais novo?

Ele assentiu.

— Quase todo domingo. Ele trabalhava muito, mas os domingos eram nossos, depois da igreja, para fazermos coisas em família. Nas férias de verão, sempre íamos a algum lugar onde podíamos pescar.

— Parece legal.

— Sim. Eu ainda me lembro. Este é o ponto de fazer coisas em família. Eu me lembro da maioria delas, principalmente depois de a minha mãe ter ido embora. — Ele estivera falando com tanta facilidade antes de dizer a palavra com M que quase deixei de notar como seu corpo todo ficou tenso em resposta.

Aaron raramente mencionava a mãe para mim. Me perguntei qual era o problema com ela, depois de saber e de ter visto a reação dele... eu queria não ter visto. Não era preciso ser um gênio para saber que aquele era um assunto complicado.

Também fazia muito sentido a maneira como reagira à minha mãe ser superprotetora e a forma como Aaron enxergava o casamento. Meu pai também tinha ido embora, mas continuou participando ativamente da minha vida. Eu nunca chamaria o meu pai de "pai biológico" ou algo do tipo. Ele era meu pai, minha figura paterna nos bons e maus momentos. Nunca duvidei de que ele me amasse.

Por mais que eu quisesse pensar no que Aaron tinha acabado de dizer, sabia que tinha pouco tempo para mudar de assunto e agir como se aquela menção não tivesse sido grande coisa. Ele não queria falar naquilo, e eu entendia. Então, falei de outra coisa.

— Nosso tempo em família era aos domingos com todo mundo limpando a casa. Minha mãe sempre nos fazia ajudar no preparo do jantar. Então, nos sentávamos e assistíamos a um filme. Todo domingo. Meus irmãos nem tentavam perguntar se poderiam sair com os amigos naquele dia, porque não importava o fato de terem dezessete anos, *aquele* era o dia em família para todo mundo que ainda estivesse morando com minha mãe.

Ele riu e só soou um pouquinho forçado.

— Ela ainda faz isso?

Bufei e o observei rolar os ombros para trás, como se os obrigando a relaxar.

— Não. Ela parou depois de se casar com o marido nº 3. Àquela altura, eu já estava no segundo ano do ensino médio, Jasmine estava focada na patinação no gelo e meus irmãos e Tali eram mais velhos. Mas, agora, todo mundo aparece por lá pelo menos a cada duas semanas para jantarmos ou tomarmos café juntos. Não sei bem como eles se organizam para dar certo. Acho que nunca pensei nisso. Eles simplesmente aparecem.

— Você conversou com algum deles, além da sua mãe, depois que chegou aqui?

— Não. Não encho o saco deles quando vão a algum lugar sem mim. Nenhum deles me mandou mensagem, exceto minha irmãzinha. Estou um pouco preocupada por Jasmine não ter me mandando mais mensagens, mas espero que seja só porque está brava e porque minha mãe está repassando meus recados — expliquei. — Isso, ou Jas pegou todas as minhas coisas e está me evitando. — Sorri. — Você falou com o seu pai?

— Não. — Ele fechou o porta-malas com tudo e se virou para mim. — Ele sabe que estou aqui. Eu te falei, nós não somos tão próximos assim.

Aquilo soou triste pra caramba.

— Porque você entrou para o serviço militar?

Aaron deu de ombros, e, nesse caso, não pareceu chateado.

— Sempre fomos assim. Ele... me dava dinheiro e fazia de tudo para eu ter o que fosse necessário financeiramente, sabe? O básico.

Mais do que o básico, acho. Ele esteve presente o máximo que pôde. Meu pai não demonstra muita emoção. É o jeito dele. Ele não nos mimava ou colocava para dormir toda noite, nada do tipo. Meu pai passa tempo com a gente. Mas, depois que contei que me alistaria, as coisas ficaram tensas. — Eu deveria estar com uma careta, porque Aaron piscou. — Não é tão ruim assim, Ruby. Ele me ama do jeito dele. É só que esperava mais de mim.

— Não estou criticando. Os pais de ninguém são perfeitos. Só fico um pouco triste por você não ser mais próximo dele. Mas... sei lá. Todo mundo merece abraços e saber que alguém no mundo ainda se preocupa, não importa o que estejam fazendo, nem se estão bravos um com o outro. Eu nunca faria isso com ninguém. — Fiz questão de encontrar os olhos dele quando disse: — Você é ótimo do jeito que é, militar ou não. Eu teria orgulho de você, independentemente do que fizesse na vida.

O sorriso desaparecia devagarinho do rosto de Aaron quanto mais eu falava, e comecei a me preocupar quanto a ter dito algo errado. Eu tinha passado dos limites, não tinha?

— Desculpa, não quis criticar sua família...

— Não é isso — ele disse de maneira quase enigmática, ainda parado ali, me observando com uma expressão cautelosa. Seu pomo de adão saltou, e, em três longas passadas, Aaron estava na minha frente. Sua mão, a que não segurava o que ele havia chamado de balde de iscas, envolveu minha bochecha. Enquanto ele praticamente se agigantava sobre mim, com a cabeça inclinada para baixo, pude sentir a respiração de Aaron tocar meu queixo, apenas um sopro. Quase inexistente, como se ele estivesse prendendo a respiração.

Então, seu polegar se moveu em um escorregar que deve ter coberto apenas uns dois centímetros da minha bochecha.

O que estava acontecendo?

Por um segundo, algo quase gelado tocou um pequeno ponto na minha testa, antes de seu polegar acariciar de novo a minha pele.

Aaron tinha me beijado na testa.

Eu era ingênua, só que não tanto, e aquilo me deixou confusa.

Mas tão rapidamente quanto havia se aproximado, Aaron deu um passo para trás. Suas palavras ainda suaves, mas mais imponentes do que como havia falado comigo antes.

— Tudo bem, chega de falar. Deixe-me te mostrar o que fazer.

— Então, ele me fez jogar aquilo de novo na água — contei a todos, olhando de soslaio para Aaron, que estava sentado ao meu lado no restaurante.

Ele sorriu e, debaixo da mesa, a lateral do seu sapato cutucou o meu.

— Eu te disse que iríamos devolvê-los.

— Sim, mas todos os outros eram *minúsculos*. Nós ficamos lá... o quê? Umas seis horas antes de eu pegar o grandão? — Eu tinha fritado sob o sol com Aaron, e havia uma queimadura no meu pescoço para provar. Levou cerca de uma hora para ele me ensinar a como usar o carretel e lançar o anzol, e, mesmo assim, minha técnica tinha sido bem duvidosa. Mas ficamos um tempo ali na água e arremessamos as iscas por horas, sussurrando piadas um para o outro ao tentarmos ficar tão parados quanto possível, falhando em fazer silêncio pelo menos cinco vezes quando eu sentia alguma coisa roçar minha perna e eu gritava.

Aaron só tinha feito cerca de quatro piadas de tubarão durante todo o tempo em que tínhamos estado lá.

Eu não tinha tocado nos dois primeiros peixes que peguei, pois eram pequenos demais, mas o terceiro... Aaron me fez cutucar o animal. Quando ele pegou outro, me fez segurá-lo por um segundo, e eu provavelmente guinchei. Quando pesquei um tão grande que pensei que Aaron fosse prepará-lo para o jantar... eu o segurei — se sacudindo, se debatendo — até Aaron soltar o anzol e, então, eu o joguei de volta na água para que pudesse viver mais um dia.

Sinceramente, eu não tinha certeza de que seria capaz de comer peixe outra vez depois de ter segurado um vivo, mas o dia tinha sido muito mais divertido do que eu poderia ter imaginado. Pescaria. Eu. Quem diria?

Uma mão gentil subiu para envolver minha nuca naquele momento, consciente da pele rosada e inchada que tinha sofrido sob os raios solares, e pude sentir Aaron se inclinando para mais perto de mim e dizer, alto o suficiente para que todos na mesa do pub pudessem ouvir:

— Estou muito orgulhoso de você.

Eu sabia que ele estava orgulhoso de mim. Aaron tinha beijado minha testa outra vez depois de eu ter pegado o peixe e me dito aquelas mesmas palavras, e, quando fui abraçá-lo pela primeira vez desde o dia em que me buscou no aeroporto, ele me abraçou de volta. Me apertou. Carente, carente, carente. Todo caloroso, firme, afetuoso e perfeito.

— Íamos nos encontrar com vocês, mas alguém começou a passar mal de repente — Des comentou com um sorrisinho.

Brittany revirou os olhos em seu assento do outro lado da mesa.

— Meu estômago estava doendo. Não tinha um banheiro lá que eu pudesse usar. Como eu iria me virar? Faria direto na água?

Des deu de ombros, o que a fez murmurar:

— Que nojo.

— Você se saiu muito bem, sendo a sua primeira vez — Aaron elogiou.

Era triste o quanto eu devorava sua atenção e seus elogios, como se nunca os tivesse recebido antes.

— Precisam de mais tempo para decidir? — soou uma voz à esquerda que já tinha se tornado familiar para mim. Era a garçonete. A garçonete muitíssimo bonita. Uma das muitas mulheres que eu já tinha pegado comendo Aaron com os olhos.

Levou dois minutos inteiros depois de termos saído da caminhonete de Aaron para os olhares começarem. Não sei se eu simplesmente tinha estado sobrecarregada demais no primeiro dia para notar toda a atenção que Aaron recebia, ou se eu era mesmo tão ignorante assim, mas a verdade era: não havia como ignorar agora. A hostess adolescente do restaurante tinha dado uma olhada em Aaron e em Max e ficado mais vermelha do que eu alguma vez já fiquei na vida. Ela gaguejou na hora de nos cumprimentar antes de nos mostrar a mesa, dando uma olhada para trás a cada dois passos para encará-los.

Então, a garçonete tinha aparecido.

— Vocês voltaram! — a mulher praticamente gritou antes de chegarmos à mesa.

Todos, exceto Mindy e eu, aparentemente sabiam quem ela era, porque a cumprimentaram na mesma hora. Pelo que ouvi da conversa enquanto os quatro lhe davam oi, eles a conheciam da última viagem que tinham feito a Port St. Joe. Tudo o que consegui entender era que tinham saído para beber juntos, ou algo assim. Não deveria ter significado nada.

Até ela se virar para Aaron e Max com um sorriso e perguntar, simplesmente *perguntar*:

— Vocês dois ainda têm namoradas?

Assim. Simples assim.

Bem, foi Max quem respondeu:

— Não mais. — E isso me fez desviar o olhar, ao mesmo tempo me lembrando de que era verdade. Pelo menos, Aaron estava solteiro. E, se esteve ali antes de sair em missão, não estivera solteiro. Mas naquele momento estava.

A mulher anotou o pedido de bebida de todos em meio a toques brincalhões nos ombros e mais do que uma piscadela que não tive certeza de para quem tinha sido, mas, enquanto ela não estava ali, Aaron mergulhou de cabeça na nossa história de pescaria, me distraindo com a maneira como a contava, soando muito satisfeito. Mas a garçonete voltou, e não gostei de como meu estômago reagia à presença dela.

— O que você recomenda no cardápio? — Max perguntou, ainda com o cardápio em mãos.

A garçonete amigável e bonita nem sequer pensou na resposta ao parar ao lado da mesa, bem entre Aaron e Max. Não era que eu não gostasse dela por ser atraente; ninguém chegava aos pés das mulheres da minha família. Além disso, eu não era aquele tipo de pessoa. Na maior parte do tempo, a dor na minha barriga era causada pela atenção descarada que ela dava a Max e Aaron. Realisticamente, eu sabia que não poderia culpá-la. Eu sabia. Os dois eram bonitos demais para não ter ninguém notando.

Mas... ela tinha tocado o ombro de Aaron duas vezes desde que havíamos nos sentado. Eu contei.

— O frango com waffles é um dos mais pedidos — a mulher respondeu à pergunta de Max, seus olhos se assentando em Aaron por um momento enquanto o sorriso de flerte se transformava em um sorriso tímido, contrastando com o batom rosa-chiclete.

Amigos não ficam com ciúmes quando outros amigos levam cantadas, eu me lembrei.

— Muita gente gosta das pernas de rã também — ela adicionou.

Pernas de rã?

— Pernas de rã? — Ouvi Mindy ecoar baixinho de seu assento ao meu lado, soando tão horrorizada quanto eu me sentia.

— É um dos pratos preferidos da região — a garçonete revelou, como se aquilo fosse fazê-lo parecer mais apetitoso, e deu um sorriso radiante para a garota mais jovem.

— Quero o frango com waffles — Des basicamente murmurou com Brittany, seguido por mim. Mindy e Aaron escolheram algo que incluía um sanduíche.

— Quero uma porção de pernas de rã — Max gritou, sorrindo.

— Ah, que nojo, Max — murmurou Mindy.

— O quê? — Ele deu de ombros ao entregar o cardápio para a garçonete com uma piscadela antes de a mulher se afastar.

— Muito nojento.

— Tenho certeza de que tem gosto de frango. Tudo tem gosto de frango.

Até Brittany sacudiu a cabeça com um *eca*.

Os olhos de Max encontraram os meus, e sorri para ele timidamente.

— Tudo tem gosto de frango mesmo. Uma vez, comi jacaré, e o gosto era igualzinho.

Mindy se virou na cadeira para olhar para mim.

— Você já comeu jacaré?

Assenti.

— Uma vez, comi cabeça de ovelha.

— *Você comeu... o quê?*

— Na Islândia. O guia não me disse o que era, e experimentei. Eu nunca comeria de novo, mas não foi a pior coisa que já provei — expliquei.

Mindy me olhava com uma expressão horrorizada, os dedos mexendo no guardanapo enquanto ela o enrolava.

— Qual foi a pior? — perguntou, hesitante, como se não quisesse realmente saber a resposta, mas não pudesse evitar.

Movendo as mãos no colo, sorri e olhei para Aaron, que me observava.

— Já comi língua de vaca algumas vezes. Na verdade, até que foi bom...

— *Língua de vaca?* — foi Brittany quem perguntou.

— Sim. Vendem por toda parte em Houston. Eu comi *dinuguan*...

— O que é isso? — Max indagou.

Franzi o nariz, ainda me lembrando claramente de ter comido aquilo.

— É um prato filipino que meu pai me fez experimentar. Leva

intestino, fígado, pulmão, coração e focinho de porco, tudo cozido no próprio sangue...

Pelo menos quatro deles soltaram uma variação de "eca" que me fez sorrir.

— Eu sei. Meu pai disse que era sobremesa, igual a pudim. Ele ama. Não consigo mais comer pudim por causa disso.

— Nunca mais vou conseguir comer pudim depois dessa... — As palavras de Mindy desapareceram.

— Isso não foi o pior — comecei a dizer antes de fechar a boca. — Esqueçam. Vou parar. Não quero arruinar o jantar de ninguém.

— Tem algo mais nojento do que isso? — Brittany questionou.

Ergui os ombros, não querendo dizer mais nada.

— Agora você precisa nos contar — ela insistiu.

— Nós aguentamos — Max continuou.

— Não, é sério, vocês não querem que eu conte — tentei explicar.

— Anda, Rubes — Aaron se intrometeu, me fazendo olhar para ele.

— Eu vou cobrir as orelhas — Mindy ofereceu. — Não quero saber.

Eu os observei e perguntei, devagarinho:

— Têm certeza?

Quatro cabeças assentiram ao redor da mesa, confirmando. Mas Mindy levou as mãos para o lado da cabeça, o dedo do meio já indo tapar os ouvidos.

— Não digam que não avisei, ok? — lembrei-os. Todos pareciam tão confiantes... aquilo quase me fez rir. — Eu nunca provei, mas meu pai já comeu um monte de vezes...

— O quê? — Max perguntou.

— Chama-se *balut*. Eu o vi comendo e não fiquei com vontade de vomitar, e tenho muito orgulho de mim mesma por isso...

— O que é isso? — Max repetiu.

— Jesus, Max, dê um tempo a ela — Aaron entrou na conversa, as mãos grandes apoiadas na mesa.

Espremi os dedos entre as coxas e acabei logo com aquilo.

— É um embrião de pato ainda na casca.

Quatro pares de olhos piscaram. Mas foi Des quem perguntou lentamente:

— Oi?

— É um...

— Não. Não, eu te ouvi — me interrompeu, ainda se demorando com as palavras. Ele piscou, baixou a voz e espremeu os olhos. — Como?

— Como o quê?

— Como você...?

Eu sabia o que ele estava tentando perguntar e franzi o rosto, me arrependendo de ter trazido aquilo à tona.

— O bebê pato é cozido... vivo.

Quatro pessoas diferentes emitiram barulhos de ânsia e de engasgo.

— *E as pessoas comem isso?* — tenho quase certeza de que foi Brittany quem perguntou.

Assenti.

— Estou suando só de pensar — Brittany sussurrou, estremecendo de maneira visível.

— Eu sei, desculpa. Eu não devia ter dito nada.

O rosto de Des ficou um pouco verde.

— Você já comeu?

— Ela disse que não — Aaron falou. — Foi o seu pai, não foi?

Assenti.

— Nenhuma comida dá nojo nele. Tento ser tão corajosa quanto ele, mas não consigo.

— Algum dos seus irmãos já experimentou? — meu amigo perguntou.

Aquilo me fez rir alto.

— Até parece. Essa é a única coisa com a qual não estão dispostos a se arriscarem. — E experimentar comidas novas era uma das únicas coisas das quais eu não tinha medo.

— Nunca mais vou olhar para um pato do mesmo jeito... — Des murmurou.

— Posso destampar o ouvido agora? — Mindy indagou um pouco alto demais, os olhos analisando a mesa.

Sorri e assenti.

A garota mais nova olhou para todos e franziu a testa ao abaixar as mãos.

— Vou assumir que devo estar feliz por ter perdido a conversa. Vocês todos parecem prestes a vomitar.

Max tossiu, se virando na cadeira.

— É tarde demais para mudar o pedido?

Não era.

Todos estávamos pensando em patos e/ou garçonetes bonitas que apareciam a cada poucos minutos para ver se estávamos bem, mais vezes do que em qualquer outra mesa, porque ninguém falou muito depois que a comida foi servida. Comemos em silêncio, e, de vez em quando, eu encontrava os olhos de Aaron enquanto mastigava.

— Quero dar uma olhada nas lojas da região antes de fecharem. Me mandem uma mensagem quando quiserem ir embora — Mindy falou, empurrando a cadeira para trás. — Alguém quer vir comigo?

Quando ninguém falou nada, eu me senti mal, então, apontei para a comida que ainda restava no meu prato.

— Vou terminar de comer, então te procuro lá.

Ela me deu um pequeno sorriso e um peteleco na orelha do irmão a caminho da saída do restaurante, aparentemente assumindo que ele pagaria sua conta. Aquilo me fez sentir falta dos meus irmãos.

— Vou pegar uma cerveja. Alguém quer alguma coisa? — Aaron perguntou um momento depois, se levantando. Sua mão apertou meu ombro. — Ruby?

— Não, obrigada — eu disse a ele, muitíssimo bem com o meu copo de água.

Ele me deu um sorriso fraco bem quando Max pediu:

— Pegue uma cerveja para mim. Você sabe do que eu gosto.

— Eu também quero uma — Des falou.

Aaron fez cara feia, soltando meu ombro.

— Não vou comprar porcaria nenhuma para vocês, venham comigo ou me deem dinheiro.

— Para que você possa se esquecer de me dar o troco? De jeito nenhum — foi a resposta de Max ao também se afastar da mesa. Des resmungou, mas se levantou, seguindo os amigos até o bar. Eu só o observei por um segundo antes de voltar a baixar os olhos até o prato.

Brittany fez um barulho, os cotovelos na mesa, enquanto os três homens se afastavam.

— Sabe, eu estava na casa de uma amiga uma vez, e os pais dela são filipinos. Eles prepararam um porco crocante que eu achei delicioso…

— *Crispy pata*[7]? — perguntei, sorrindo.

Ela assentiu, mergulhando uma batata frita em uma pilha gigante de ketchup que espremeu no prato.

— Eu estava comendo aquilo sem parar até a mãe dela me avisar que eram juntas. Se eu estivesse em qualquer outro lugar, teria vomitado.

— É gostoso, mas… sim, é um pouco nojento quando se para e pensa.

---

7   Prato de origem filipina de pés ou juntas de porco fritos em molho de soja. (N.E.)

Ela inclinou a cabeça para o lado e me encarou.

— Não dá para saber que você é filipina, exceto pelo formato dos olhos. — Ela piscou. — Isso soou muito racista. Desculpa. Mindy está me influenciando demais esta semana.

Bufei.

— Eu entendo. Minha mãe tem o cabelo ruivíssimo e é bem pálida. Sou uma mistura esquisita dos dois. Ninguém nunca sabe o que eu sou.

— É sério?

— Sim. Uma das minhas irmãs é ruiva, e a outra tem o cabelo preto igual ao do meu pai — eu disse a ela, casualmente olhando para o bar aonde Max, Aaron e Des tinham ido.

Meus olhos congelaram lá por um minuto.

Inclinando-se para frente, por cima do balcão do bar, estava a garçonete, e ela sorria e ria, conversando com os três, que também sorriam e riam para ela.

Seria aquilo indigestão ou...

Não. Não era indigestão deixando o meu peito dolorido. Era ciúmes.

Eu não tinha direito de sentir isso. Nenhum direito. Zero. Nadinha. Ela era bonita e extrovertida. Ela poderia fazer o que quisesse.

Cacete, pare de olhar, Ruby. Você não estaria olhando se fosse qualquer outra pessoa. Isso era verdade.

Voltei a olhar para Brittany, esperando que ela não tivesse notado onde minha atenção estivera, mesmo enquanto tudo ao norte do meu peito esquentava.

— De onde é a sua família? — soltei, tentando distrair a mulher.

Ela ergueu um ombro.

— Meu pai é da Etiópia. Minha mãe é *creole*. Eles moram desde sempre na Louisiana — ela explicou.

— Foi Des que se mudou para Shreveport no fundamental, ou Max? — perguntei ao mesmo tempo que uma risada fofa vinda do bar chegou aos meus ouvidos. Eu tentei. *Dei o meu melhor* para não olhar outra vez para o bar.

Falhei.

Foi só uma olhadela. Pelo cantinho do olho.

Aaron ainda estava rindo de algo que a garçonete havia dito. Aquele rostinho bonito tinha uma expressão agradável e tranquila, sua linguagem corporal convidativa... e Aaron não estava olhando para ela da forma como olhava para mim. Com afeto. Ou igual a um filhotinho. Ele estava apenas... a olhando.

Não sei por que aquilo me fez querer vomitar, mas fez. Realisticamente, eu deveria estar feliz por ele não exibir para todos as expressões que usava comigo. E não era como se Aaron a estivesse observando com interesse. Eu já havia testemunhado aquele rosto vezes o bastante pessoalmente para reconhecer o que era.

Aaron estava apenas a observando. E isso ainda me pareceu uma facada no estômago. Porque eu sabia o que aquilo significava, do que aquilo me fazia lembrar.

Um dia, independentemente do que ele tinha dito sobre relacionamentos e casamento, ele teria outra namorada. Poderia ser dali a um mês ou um ano, mas aconteceria.

E não havia nada que eu pudesse fazer a respeito.

Aaron não era meu namorado nem meu parceiro, e eu precisava ser grata simplesmente por tê-lo em minha vida, foi o que me disse enquanto espremia as mãos em punhos debaixo da mesa. Ele era um amigo que se importava comigo, um homem com quem eu não me casaria. Um homem que só queria compartilhar uma parte dele comigo. Eu não tinha direito de ficar olhando ou me importar. Direito algum.

Ainda assim...

— É Des que o conhece a vida toda. Max se mudou para

Shreveport quando estavam no ensino médio — Brittany explicou, suas palavras me ajudando a focar nela e em mais nada, mais ninguém.

Assenti, engolindo um nó de algo que eu não consideraria ser agonia.

— Legal.

Brittany assentiu, seu olhar verificando rapidamente a direção para onde os meus queriam muitíssimo ir outra vez. Mas eu não faria aquilo. Não faria. O riso fofo e agudo que pertencia à garçonete pareceu atravessar a porcaria do restaurante mais uma vez, e foi tão suave e doce que fez com que eu sentisse que minha risada era igual a de um burro, alta e abrasiva, nada sofisticada e simplesmente... eu. Esquisita. Por isso eu não me comparava a outras pessoas.

Meus olhos traidores deslizaram em direção ao bar, apesar de eu estar ciente da situação. E vi que a garçonete estava com a mão bem próxima da de Aaron no balcão do bar. Olhei para trás o mais rápido que pude, com sorte, passando desapercebida pelo olhar de Brittany. Eu estava focada demais para notar sua boca franzida.

— Ela é uma baita de uma paqueradora, não é? — afirmou baixinho, os olhos se semicerrando.

Pressionando um lábio no outro, tentei parecer desligada.

— Quem?

— A garçonete — ela disse, ainda olhando naquela direção. — Todas as vezes que viemos aqui na última visita, ela foi um pouco amigável demais com Des, mesmo me vendo sentada ao lado dele. Não gosto disso.

Eu não poderia dizer a ela que também não gostava daquilo, mas sorri como se pudesse compreender o que tinha dito.

— Des é bem fofo.

Isso fez Brittany sorrir na mesma hora para mim.

— Ele é, não é?

Assenti.

— Aaron também é bem bonito, caso você goste do tipo Capitão América — brincou.

É, minha tentativa de ir com calma falhou naquela hora. Eu não confiava em mim mesma para não dizer algo idiota, então, dei uma risadinha. Uma *risadinha*. O quanto mais falsa eu poderia ser? Eu não dava uma risadinha desde os dezessete, quando ficava perto de Hunter.

Deve ter ficado claro que eu tentava esconder algo, porque ela riu.

— Eu tentei perguntar ao Des o que está rolando entre vocês dois, mas ele disse que não sabe.

— Ah, não tem nada…

Ela revirou os olhos.

— É sério, não tem nada. Ele me chamou de irmãzinha outro dia — expliquei, estendendo o braço para coçar a nuca.

A boca de Brittany se entortou para um lado por um segundo, como se pensasse que eu estava mentindo, mas não disse mais nada, optando por tomar um gole de chá gelado.

Houve outro riso vindo do bar que fez minha garganta se embolar toda, e eu soube o que precisava fazer. Empurrando o prato para frente, tomei outro gole de água e arrastei a cadeira para trás.

— Eu estava pensando em dar uma volta e ver se encontro Mindy…

Ela assentiu, a expressão focada no bar outra vez, até seus olhos se voltarem para os meus brevemente.

— Você quer que eu te acompanhe, já que o Príncipe Encantado está ocupado? — perguntou.

Balancei a cabeça.

— Vou ficar bem, a não ser que você queira vir junto.

— Estou economizando para comprar um imóvel. Eu não deveria fazer compras agora. Não tenho autocontrole — explicou.

— Tudo bem — garanti um pouco rápido demais, meu sorriso

um tanto frágil quando outro riso fofo chegou até nossa mesa quase vazia.

Minhas mãos não estavam tremendo quando tirei a quantia aproximada que seria minha parte mais a gorjeta e a deixava no centro da mesa. Eu não estava prestes a chorar. Não. Não. Não. Quando forcei os olhos a não piscarem, racionalizei de que precisava de um pouco de ar, não porque eu estava preocupada de que uma piscada mal dada me levaria a irromper em lágrimas.

— Te vejo daqui a pouquinho, então.

De pé, peguei a bolsa e disse a mim mesma para não olhar outra vez na direção do bar.

E falhei. Como sempre. Igual a como eu falhava na maioria das coisas.

Daquela vez, os três homens estavam todos sentados ao balcão, ouvindo a garçonete falar abertamente sobre sei lá o quê. E todos sorriam. Quem era eu para ficar brava com alguém que deixava Aaron feliz, sendo que tudo o que eu tinha ouvido era como era incomum ele reagir daquela forma?

Eu queria sentir ciúmes e inveja, mas não poderia.

Mentira. Eu poderia. Mas não me permitiria.

Além disso, apesar de as minhas mãos tremerem e suarem, lancei outro sorriso a Brittany e abri caminho pela multidão de turistas, seguindo em direção à porta. O ar gelado foi mais do que bem-vindo, mesmo não ajudando em nada a aliviar o sentimento terrível e amargurado que borbulhava na boca do meu estômago com a imagem ridícula na minha cabeça de Aaron sorrindo e rindo com outra mulher. Deus, eu estava agindo pior do que uma namorada louca.

De todos os homens do mundo pelos quais eu poderia me interessar, eu tinha de estar apaixonada pelo que não me enxergava assim. O que havia de errado comigo? Era como se eu estivesse implorando que partissem meu coração, já que sabia muito bem no que estava me metendo. Eu fazia a mesma coisa comigo toda vez, não fazia? Sempre. Sempre me apaixonando pelo cara que eu não deveria e que não me via como nada mais do que uma amiga.

O que havia de errado comigo? Quem continuava fazendo aquele tipo de coisa consigo mesmo por livre e espontânea vontade? Sabendo como acabaria?

Muito bom, disse a mim mesma. *Muito bom mesmo.*

Não era de se surpreender. Não era de se surpreender nem um pouco o ponto em que eu estava.

Talvez eu estivesse olhando para essa coisa de relacionamentos do jeito errado desde sempre. Talvez eu não devesse esperar fogos de artifício e olhinhos de coração desde o começo. Talvez, se apaixonar ou gostar de alguém, fosse algo gradual que levava alguns encontros. Talvez.

Afinal de contas, eu estava dando ouvidos a minha mãe, que havia se casado quatro vezes.

Talvez eu realmente estivesse esperando muito.

Enfiando as mãos nos bolsos do short, olhei de um lado para o outro da rua deserta e fui para a esquerda, meu coração tão pesado no peito que parecia estar quase no umbigo. Não havia praticamente ninguém caminhando por ali enquanto eu avançava com pressa em direção às lojas que tinha visto a caminho do restaurante, literalmente a cinquenta passos de distância da entrada do pub.

Eu mal tinha chegado na metade do quarteirão quando meu celular vibrou contra o quadril, onde a bolsa estava encostada. Parando na esquina, eu o peguei e forcei um suspiro trêmulo a sair da boca, que foi imediatamente seguido por uma lágrima escorrendo do olho. Eu a enxuguei antes que fosse longe demais, e encarei o **NOVA MENSAGEM DE AARON HALL** na tela. Deslizando-a para desbloquear o aparelho, eu disse a mesma coisa que vinha me dizendo desde o momento em que percebi que sentia algo por ele: ele não me via do jeito que eu queria, e, mesmo se visse, eu queria mesmo ficar com alguém que mantinha tantas coisas só para si?

Na verdade, não, minha cabeça falou, mas meu coração dizia

que eu conseguiria lidar com aquilo.

Abri a mensagem.

Aaron: Cadê você?

Parada ali na rua, digitei minha resposta.

Ruby: Vim procurar Mindy.

Eu tinha provavelmente dado cinco passos depois de enviar a mensagem quando o celular vibrou de novo.

Aaron: Para que lado você foi?

Apertei o celular e respirei fundo, erguendo o braço para enxugar o rosto no segundo em que pensei ter notado outra lágrima. Eu era uma fracassada e tanto. Por que estava chorando?

Ruby: Esquerda.

Eu o respondi com honestidade, mesmo não querendo. E digitei outra mensagem.

Ruby: Não precisa vir. Estou bem. Não vou me perder. Me mande uma mensagem quando tiver terminado.

Enviei e, então, adicionei ☺, porque aquilo não tinha sido passivo-agressivo o bastante.

Aaron: Ruby.

Isso era tudo o que a resposta dele dizia.

Ruby: Está tudo bem. Você também precisa passar um tempo com seus amigos em vez de ser minha babá o dia todo.

Digitei: Estou acostumada a ficar sozinha, mas deletei, porque aquilo não soava nem um pouco melodramático ou patético. Em vez disso, optei por: Vou encontrar Mindy. Divirta-se.

Colocando o celular de volta na bolsa, levei a mão ao rosto e pressionei os dedos no osso da testa, o polegar na maçã do rosto, e soltei um suspiro trêmulo. Eu precisava superar aquela porcaria, ou, pelo menos, aprender a lidar com ela de um jeito melhor assim que possível. Eu não poderia ser uma babaca com ele por causa das coisas que se passavam na minha cabeça, coisas pelas quais ele não tinha culpa. Eu não poderia ficar brava com Aaron por ter flertado com uma mulher bonita.

Mesmo parecendo que tudo dentro de mim tinha levado uma surra, e mesmo eu me sentindo derrotada e mais do que só um pouco solitária.

Meu celular não vibrou de novo quando entrei na primeira loja que encontrei aberta. Mindy não estava lá, mas dei uma volta na loja de vidro soprado, vendo todas as bugigangas ali. Então, entrei em uma loja de lembrancinhas e passei mais um tempo lá, comprando um pequeno ímã para minha mãe e Ben que estava na promoção. Depois, fui a uma loja de camisetas, a uma galeria de arte... Devo ter passado uma hora indo de um lugar a outro, nunca dando de cara com Mindy. Foi só quando meu celular começou a tocar que finalmente o peguei de novo. O nome de Aaron piscou na tela.

Engoli um suspiro quando atendi.

— Alô?

— Onde você está?

Sorri para o homem atrás do caixa ao sair da loja, tentando me lembrar de qual direção eu tinha vindo.

— Estou em uma loja. Não consegui encontrar Mindy. Vocês já terminaram?

— Ela voltou há alguns minutos. Pensei que estivessem juntas.

Eu soube que estava em um dos meus raros momentos de mau humor quando a preocupação dele me irritou.

— Eu ia, mas não consegui encontrá-la. Vou voltar se vocês estiverem indo embora.

Sem dúvida alguma, houve um suspiro do outro lado da linha seguido por:

— Estamos te esperando. Tome cuidado.

Cerrando as mãos nas laterais, mandei as emoções que consegui para longe e comecei a caminhar de volta pela direção que tinha vindo. Não levei mais do que dez minutos para chegar ao restaurante depois de ter feito uma curva errada em um quarteirão antes. Assim que cheguei, pude ver o grupo parado na rua bem ao lado dos dois carros. Brittany estava com seu Alero branco, girando as chaves na mão. O único loiro do grupo, que eu provavelmente reconheceria a um quilômetro e meio de distância, estava ao lado da porta do passageiro de sua caminhonete, a cabeça indo da esquerda para a direita, de cima para baixo na rua.

Foi Mindy que me viu primeiro.

— Eu não fazia ideia de que você estava me procurando, desculpa — disse Mindy imediatamente, assim que cheguei perto o bastante.

— Não tem problema — garanti, me certificando de manter os olhos apenas em seu rosto.

— Vou te passar meu número para uma próxima vez — ofereceu, já tagarelando números antes mesmo de eu ter tirado o celular do bolso.

— Desculpa ter demorado tanto — falei para os outros quatro no segundo em que Mindy se afastou. Brittany parecia bem, mas os três homens... nem tanto. Mesmo com mais de um metro e meio entre nós, pude ver o vermelho nos olhos de Max e Des. Eu ainda não havia olhado para Aaron, porque não havia necessidade.

O quanto eles tinham bebido?

— É, você vai ter que dirigir — Brittany disse, como se tivesse lido minha mente.

Por sorte, Aaron não era idiota, porque perguntou:

— Ruby, você sabe dirigir?

Assenti, finalmente olhando em sua direção, mas fixando o olhar em sua boca. Comecei a dizer que talvez eu não fosse a melhor pessoa para dirigir uma caminhonete enorme por aí, mas, com o braço de Mindy engessado, quem mais dirigiria? Então optei por uma resposta ríspida:

— É claro. — Tudo o que eu tinha de fazer era dirigir. Eu conseguiria. Conhecia várias pessoas com caminhonetes. Se elas conseguiam, eu também conseguiria.

Ele não jogou a chave, e fiquei grata por isso. Caminhando em direção a ele, eu a peguei de sua mão, notando que a segurou por um tempo mais longo do que o necessário, e fui até a porta do lado do motorista. As portas já estavam destrancadas quando me ergui no primeiro degrau e, então, entrei na cabine enquanto Aaron se acomodava no assento do passageiro, e Max e Mindy, no banco de trás. Não olhei para ele enquanto ajeitava o banco para conseguir alcançar os pedais, e não olhei para ele enquanto mexia nos retrovisores. Sem dúvida alguma, também não olhei para ele enquanto eu guiava sua caminhonete até a rua.

— Você quer que eu te ajude com o caminho de volta? — Mindy perguntou do banco de trás.

— Sim, por favor — eu disse, muitíssimo ciente de que eu sabia apenas o básico sobre aonde deveríamos estar indo.

Foi só quando estávamos basicamente na reta de volta à casa na praia que a pergunta de Aaron chegou até mim, como se ele tivesse tentado ficar em silêncio, mas não conseguiu.

— Você comprou alguma coisa?

Aaron era meu amigo, e eu não tinha motivos para agir de maneira estranha. Com as mãos firmes no volante, olhei para ele rápido e lhe dei um sorriso completamente tenso.

— Só um ímã para minha mãe e o marido dela.

— Nada para você?

Em um tom mais rabugento do que o esperado, eu disse:

— Não.

— Você não encontrou nada de que tenha gostado? — Aaron perguntou.

— Havia algumas lojas com coisas legais — falei, tentando soar normal. Despreocupada. Tranquila. — Eu só não posso... você sabe, gastar dinheiro em coisas de que não preciso agora.

— Eu teria comprado, se você quisesse.

Flexionando os dedos ao redor do volante, me lembrei de que nada daquilo era culpa dele. Só estava tentando ser gentil comigo... Aaron estava sempre tentando ser gentil comigo. O que fazia com que eu me sentisse culpada, porque... por que eu merecia aquilo? Não tinha feito nada de especial para receber presentes.

Aaron não fazia ideia de como eu me sentia em relação a ele. Ele não merecia minha atitude irritadiça. Se eu fosse Jasmine, diria a ela para parar de ser uma criança mimada.

Dividida entre me sentir má e ainda me agarrar àquela raiva residual que borbulhava em minhas veias, enquanto eu me lembrava da garçonete bonita com quem ele estivera conversando, engoli o nó na garganta e tentei, tentei *mesmo*, ser normal. Ser gentil. Ser justa.

— Não tem problema, obrigada — respondi, soando não tão ingrata quanto sentia necessidade, minha voz mais aguda e esganiçada do que o normal me traindo. — Eu já te devo o bastante.

Talvez eu não precisasse ter adicionado aquela parte no fim.

— Você não me deve nada — Aaron praticamente sussurrou.

— Se você diz — falei igualmente baixo, meus dedos apertando o volante.

— Ruby...

Balancei a cabeça e lancei a ele um sorriso cauteloso antes de voltar a olhar para frente. A mentira estava nos meus lábios, e a dor, no coração.

— Você é um ótimo amigo, perseguidor. Obrigada.

Eu talvez tivesse ficado bem pelo resto da noite se ele tivesse respondido, se ele tivesse dito *qualquer coisa*, mas não disse. Aaron simplesmente voltou a atenção para a janela e não disse quase nenhuma outra palavra para mim pelo resto da noite.

@capítulo dezenove

Acordei cedo na manhã seguinte, de novo sem precisar do despertador. Se foi porque eu estava em um lugar onde meu corpo sabia subconscientemente não ser minha cama em Houston, ou se era porque eu tinha *Aaron, Aaron, Aaron* tão gravado no meu cérebro que não queria dormir mais do que o estritamente necessário, eu não fazia ideia. Tudo o que sabia era que eram seis e meia quando peguei o celular e enviei uma mensagem para minha mãe dizendo que estava viva.

Três minutos depois, recebi uma mensagem dela que dizia: Ótimo. Continue assim.

Eu tinha tomado um banho na noite anterior assim que chegamos do restaurante, mas a ideia de ficar de maiô o dia todo, mesmo sabendo que ninguém, além de mim mesma, notaria ou se importaria se minhas pernas estavam bem depiladas, me fez voltar ao banheiro e tomar uma ducha rápida. Depois de me vestir, a casa estava em silêncio como em todas as outras manhãs. Fui ao andar de cima e vi o sol já nascendo. Peguei uma garrafa de água na cozinha e, em vez de sair no terraço como vinha fazendo, me apoiei no balcão e me hidratei, olhando ao redor da cozinha e da sala de estar, tentando reorganizar meus pensamentos em um lugar que não tivesse Aaron me surpreendendo todas as manhãs com o café da manhã.

Se aquilo não me fez soar como uma babaca amargurada, não sei o que faria.

Para falar a verdade, estava decepcionada comigo mesma — principalmente, quanto mais pensava na nossa situação, a situação na qual me encontrava com Aaron. A parte do meu cérebro que não era governada por hormônios e emoções, que tinha observado as pessoas ao meu redor terem dificuldades com relacionamentos e amizades e as julgava por suas decisões, sabia que eu estava agindo como louca. Ela sabia. Aaron havia percebido e aceitado que eu tinha zero direitos sobre aquele homem pelo qual estava apaixonada e que me trazia café da manhã, passava protetor solar em mim, me ensinou a pescar e que me fazia me sentir especial.

Aquela parte minha que não queria ouvir nenhuma baboseira sobre como qualquer relacionamento entre mim e Aaron nunca, jamais aconteceria, queria pedir um tempo e se revoltar.

Ele poderia ou não ter flertado com outra mulher.

Ele não queria um relacionamento.

Eu era Ruby, a amiga dele.

Esses eram os fatos mais importantes dentre todas as coisas que eu sabia.

Depois, estavam: havia coisas que ele não queria me contar sobre seu passado, e havia coisas que Aaron não queria me contar sobre a vida em geral. Eu tinha entendido aquilo. O que eu poderia fazer ou realmente faria a respeito ainda teria que ser decidido. Eu não era o tipo de pessoa que insistia, e tudo o que não queria era forçá-lo a me contar algo que não desejava, seja lá qual fossem seus motivos. Em nenhum momento ele tinha me dado razão para não acreditar nele, disso eu tinha certeza.

Mas... eu realmente queria que ele confiasse em mim. E, se fosse ser muitíssimo honesta comigo mesma, eu estava magoada por ele não ter confiado e por ainda não confiar. E eu poderia viver com aquilo ou não, a escolha era minha.

Nada de mais.

Até parece.

Talvez eu estivesse melhor não me importando com encontros, homens e relacionamentos. Essas besteiras eram complicadas demais. Não fui feita para isso. Àquela altura, tudo acabaria me fazendo chorar em silêncio com um pote de sorvete.

Suspirando e com o restante da água em mãos, fui até o terraço, abraçando as pernas contra o peito assim que me sentei.

Tinha apenas mais quatro dias inteiros até eu voltar para Houston, e essa ideia fez meu estômago revirar... mas me esforcei para ignorar e simplesmente clarear a cabeça e apreciar o momento. Eu não tinha que temer seja lá o que estivesse, ou não, por vir. Eu iria a São Francisco visitar meu pai por um tempo e, então, voltaria para casa e continuaria tentando expandir meu negócio. De alguma maneira. Se não... bem, eu não tinha certeza de qual exatamente era o Plano B.

Muitas pessoas não sabiam o que queriam da vida por um longo, longo tempo. Não era nada de outro mundo se eu ainda não tinha descoberto o que fazer. Talvez fosse bom Aaron ser apenas meu amigo. Quem era eu para estar em um relacionamento com alguém sendo que minha vida estava toda fora de controle?

Eu tinha sobrevivido a ter sentimentos por alguém que não os correspondia antes. Eu poderia sobreviver de novo. Eu teria que sobreviver.

Eu precisava sobreviver...

Foi o deslizar das portas do terraço que me fez olhar para trás e encontrar Aaron ali, um ombro atravessando a porta antes do outro o seguir, as mãos erguidas de maneira esquisita ao lado do corpo enquanto segurava um prato em cada uma. Há quanto tempo eu estava ali fora? Tempo o bastante para ele ter me preparado algo para comer? Ele não se importou em fechar a porta, me dando o que deveria ser um sorriso, mas não chegando nem perto disso.

— Bom dia — cumprimentou com uma voz contida ao caminhar até onde eu estava sentada.

— Bom dia. — Meus olhos foram de Aaron para os pratos em suas mãos, que eu ainda não conseguia ver direito. — Pensei que fosse dormir até mais tarde.

Ele balançou a cabeça e parou bem ao lado da minha cadeira, estendendo o prato na minha direção.

— Não consegui dormir. Coma.

— Obrigada — eu disse em um tom muito mais baixo do que vinha usando nos últimos dois dias, pegando o prato com aquela emoção esquisita e incerta enchendo meu peito. Havia duas fatias de torrada, cada uma com ovos mexidos em cima, e algo que parecia *pico de gallo*, queijo, abacate e bacon. Prendi a respiração e o fitei enquanto ele se abaixava na cadeira, já pegando um pedaço de torrada com a mão esquerda e dando uma mordida. Eu o observei comê-la.

Não trocamos mais do que quinze palavras desde que havíamos voltado para casa na noite anterior, e, mesmo assim, Aaron ainda tinha me preparado café. Eu não sabia se chorava ou se o abraçava, eu realmente não sabia.

Afinal de contas, quem é que preparava comida para um amigo? Eu amava meus amigos, e amava minhas irmãs, mas, a não ser que tivessem pedido, eu não prepararia café da manhã para eles. Aaron não sabia que eu não estava mentalmente estável para lidar com aquilo? Que o meu coração não tinha a melhor das intenções? Que o meu coração não sabia que Aaron era meu amigo e seria apenas meu amigo, independente do quanto eu o dissesse o contrário?

Era de se imaginar que ninguém na minha vida jamais tivesse sido tão gentil assim comigo pela maneira como fiquei sentada ali.

Ele provavelmente tinha chegado à metade da refeição quando percebeu que eu o encarava em vez de comer, então, começou a mastigar mais devagar.

— Eu sei que você gosta de ovos, e deve gostar de bacon, então... o que foi? — perguntou, a voz rouca, engolindo o que restava em sua boca. Os olhos se arredondaram ao dizer devagarinho: — Se me falar que não gosta de abacate, vou ter de repensar toda essa coisa que está rolando entre nós.

Essa coisa que está rolando entre nós? Amizade?

Estávamos outra vez agindo como se tudo estivesse bem, e como se eu não tivesse começado a parecer doida e fria na noite anterior, e como se ele não tivesse se perdido em seus pensamentos misteriosos e parado dé falar comigo?

Me preocuparia com aquilo mais tarde. Em vez disso, balancei a cabeça enquanto todas as células do meu corpo gritavam por aquele homem que sempre se certificava de que eu tivesse comido e que tinha me preparado algo para o café da manhã outra vez. Eu o desejava. Eu o desejava tanto que mal conseguia respirar. E...

Eu não poderia tê-lo.

Seria um teste? Minha mãe sempre resmungava sobre como estava sendo testada: sua paciência, sua carteira, sua saúde mental. Então, começava a resmungar sobre como Deus nunca nos dava nada além do que poderíamos aguentar.

Então era isso o que aquilo era?

Eu estava sendo testada por aquele homem bonito para que, se passasse, pudesse, com sorte, encontrar outro igualzinho a ele que gostaria de mim do jeito que eu desejava?

— É o abacate, Ruby? — Aaron perguntou devagar, dando outra mordida e franzindo a testa ao mesmo tempo.

Engolindo as dúvidas e as frustrações, tentei me lembrar de que eu precisava ser justa. Eu precisava. Então, disse a ele muito, muito, muito baixinho:

— Não, eu gosto de abacate.

Mesmo com as bochechas estufadas com torrada, ele piscou.

— Tem certeza?

Por quê? Por quê? Por que Aaron não poderia ser normal? Bonito, mas não deslumbrante. Legal, mas não gentil. Compreensivo, mas não tão paciente. Atencioso, mas nem tanto.

Eu deveria ter ido para casa. Eu realmente deveria ter ido para casa, para que pudesse ter a mínima chance de seguir em frente com minha vida depois que aquela semana acabasse. Não precisava adicionar uma pessoa à minha personalidade obsessiva.

Mas não fiz nada disso.

— Tenho certeza — confirmei, me forçando a pegar a torrada e dar uma mordida.

Talvez aquele fosse o meu teste. Talvez eu só precisasse sobreviver àquela semana da melhor maneira possível, então, saberia que era capaz de lidar com qualquer coisa. Eu poderia ser sua amiga preferida e, por fim, em algum momento, seguir em frente e encontrar alguém que não fosse tão bonito ou doce, mas honesto, alguém que compartilharia as coisas comigo. E isso seria o bastante. E ainda poderia ser bonito dentro da média. Quem disse que não?

— Ruby... — começou a dizer antes do som de um telefone tocando dentro da casa o interromper.

Havia um telefone fixo ali?, foi o que me perguntei, já que não tinha visto um.

Aaron xingou, acomodando o prato no canto da mesa e se levantando.

— Eu já volto — ele disse, me olhando com uma expressão tensa antes de praticamente voltar correndo para dentro.

Na verdade, eu não tinha planejado ser enxerida e tentar ouvir a conversa que estava prestes a acontecer no telefone que eu nem sabia que existia, mas a curiosidade levou a melhor. Em grande parte, porque eu queria ver onde o telefone estivera aquele tempo todo. Mas algo me incomodou quando Aaron seguiu direto ao armário bem ao lado da geladeira, um que eu nunca tinha aberto, como se ele soubesse exatamente onde estava, e puxou dali um aparelho com fio branco, levando-o à orelha.

Acho que aquilo não deveria me surpreender, considerando que tinha sido ele quem havia guardado as compras no segundo dia em que estive ali. Talvez ele tenha dado uma olhada na casa, ou talvez aquele fosse o mesmo lugar onde tinham ficado quando vieram a San Blas no ano anterior. Fazia sentido.

Mas a questão era que continuei observando enquanto ele atendia à chamada, sua voz intencionalmente baixa.

— Alô.

Posso não ser tão atlética quanto Jasmine, ou tão inteligente, extrovertida e bonita quanto minha mãe e irmã, mas havia herdado a audição, a visão e os dentes perfeitos do meu pai. Eu usava tampões de ouvido toda vez que ia a um show e conseguia, em geral, ouvir quase tudo. Então, apesar de Aaron estar basicamente sussurrando ao se reclinar no balcão da cozinha com o telefone ao ouvido, eu o ouvi e observei sua expressão, o tom da voz mudando de imediato. É sério, *de imediato*.

Tivemos um desentendimento na noite anterior, mas não foi nada comparado à tensão que se espalhou pelo seu corpo, e eu, sem dúvida, não havia pensado ser possível que ele franzisse a testa e todo o rosto ao dizer, para seja lá com quem estivesse falando:

— O que você quer?

Se aquilo não soou mordaz, não sei o que soaria.

Seus traços não mudaram nem um pouquinho ao responder à voz do outro lado da linha:

— Estou bem. Tenho certeza de que Colin lhe disse que eu estava bem quando falou com ele.

Quem era Colin?

— Olhe — ele basicamente rosnou após um momento, e me apoiei no painel de vidro que separava o terraço da sala de estar, como se aquilo fosse me fazer chegar mais perto da ação que acontecia ali dentro. — Se eu quisesse ter te visto quando estava em casa, eu teria. Desculpa.

Eu sabia que Aaron era muito sarcástico, mas ele nunca tinha soado tão insincero. Com quem ele estava falando? E quem teria o número do telefone daquela casa?

— Estou na casa da praia...

Na casa da praia. Não *em uma* casa na praia. Espere um segundo...

— ... Tenho que ir. Se você quiser conversar, ligue para Colin ou Paige...

Eu conhecia aquele nome. Paige era o nome da irmã dele. Seria Colin o irmão mais velho? Só poderia ser. Então quem...

— Vou desligar agora. Tchau — ele terminou a chamada de repente, ainda falando e soando como uma pessoa completamente diferente do homem caloroso que eu tinha conhecido.

Ele ficou parado ali. Todo alto e esbelto, seu corpo inteiro tenso. Foi só quando sua cabeça caiu para frente e as mãos subiram para se fecharem por trás da cabeça que me virei, meu coração acelerado.

Tentei processar tudo. Uma ligação. Toda a personalidade de Aaron mudando como Jekyll e Hyde. Ele mencionando a irmã e quem eu só pude imaginar ser seu irmão. A casa na praia.

Ele nunca mencionou estar alugando a casa, não é?

Ele tinha dito diversas vezes que tinha um relacionamento decente com o pai, então de jeito nenhum era ele no telefone, mas... teria sido a mulher de quem ele chamou diversas vezes de "mãe biológica", a que "havia partido"?

Minha mente estava se movendo a mais de um quilômetro por segundo ao tentar *pensar*. Pensar, pensar, pensar.

Uma lembrança breve da camiseta que ele tinha vestido na primeira manhã surgiu. Hall Auto. Ele nunca tinha mencionado o que exatamente o pai fazia, só que tinha funcionários e que o irmão e a irmã trabalhavam para ele.

Eu sabia que não era da minha conta, mas a necessidade de saber perdurou no meu cérebro enquanto meu estômago se revirava com a não mentira, mas não verdade, que Aaron poderia estar escondendo de mim. Talvez não exatamente escondendo, mas também não havia sido direto comigo. Dei mais uma olhada pela casa, encontrei Aaron na mesma posição em que estivera, e ergui o celular e abri o navegador, rapidamente digitando "Hall Auto" e "Shreveport" na barra de pesquisa.

Não demorou mais do que dois segundos para cinco resultados diferentes preencherem a tela. Cinco resultados diferentes para cinco concessionárias diferentes no estado da Louisiana, todas chamadas de alguma variação de HALL AUTO. Um nó se formou no meu peito, e, apesar de eu saber que não merecia sentir como se ele tivesse mentido para mim, não pude evitar. Levei cerca de um minuto pesquisando antes de encontrar uma seção "Sobre Nós" em um dos sites das concessionárias. Palavras-chaves como "negócio familiar fundado em 1954" e "valores familiares" chamaram minha atenção. Mas foram as três fotos no final que me fizeram congelar no lugar.

Uma era uma foto antiga que devia ter sido tirada nos anos 1950, de um senhor e uma mulher ao lado de um carro que, atualmente, seria considerado *vintage*. Essa não era nada de mais.

A segunda era mais recente. Um homem nos seus quase sessenta anos parado ao lado de um carro branco.

A terceira também era, sem dúvida, não tão antiga, com um homem parado entre dois jovens e uma garota. O senhor era obviamente o que estivera sozinho na primeira foto, mas era o jovem ao seu lado que era quase um reflexo de Aaron, só um pouquinho mais jovem do que atualmente. Parado a alguns centímetros dele, estava a garota, não o tocando. E, bem no canto, um rosto que eu conhecia bem. Um rosto muito mais novo do que o que eu andava vendo constantemente.

Era um Aaron de dezessete, talvez dezoito anos, parado ali, ao lado de quem eu tinha certeza de que só poderia ser seu irmão.

Se a prova física não tivesse sido o bastante. Aaron tinha me contado que o pai sempre tivera carros brancos.

O pai era dono de concessionárias. Não só de uma ou duas, ou daquelas concessionárias pequenas de carros usados à beira da estrada, ou que ocupavam as esquinas de certos bairros. Eram grandes concessionárias. E o pai dele — o avô, a família, tanto faz — era o dono.

Aaron não tinha me falado que não quis se juntar ao negócio da família e que, por isso, todos pensaram que ele estava sendo burro? Ele não tinha dito que o pai o teria apoiado financeiramente caso precisasse de algo? Não tinha me dito especificamente que *estava bem de grana*? Sempre muito vago.

Por que Aaron simplesmente não... me contou? Ele achava que eu era interesseira?

A resposta àquela pergunta chegou até mim na mesma hora, fazendo com que eu me sentisse tola. Não, ele não acharia isso. Ele deveria ter suas razões para não ter sido direto comigo sobre o negócio familiar. Deveria mesmo. Eu sabia.

Mas a pergunta de um milhão de dólares continuava: com quem ele estivera falando ao telefone? Seria o pai dele dono da casa de praia? Eu sabia que poderia, pelo menos, responder à segunda pergunta, mas fazer aquilo pelas costas de Aaron parecia nojento.

Eu tinha de confiar nele. Eu tinha que não levar o seu silêncio para o lado pessoal. Eu tinha que...

— Foi mal por isso — Aaron disse, voltando ao terraço com uma expressão que parecia exigir esforço. Ele pigarreou ao se sentar, e me deu um sorriso que eu saiba ser forçado. — O que você acha de irmos pescar de novo?

— Boa noite — Brittany e Des gritaram ao seguirem em direção às escadas.

Todo mundo já tinha ido para a cama, ou, pelo menos, para seus quartos.

Aaron, que estivera sentado na namoradeira enquanto assistíamos ao DVD de *A Múmia* que ele havia "encontrado" em um fichário cheio de outros filmes, ajeitou-se no assento e ergueu os olhos na minha direção, sua expressão cautelosamente neutra, igual a como estivera durante toda a tarde e noite desde que havíamos voltado da pescaria. Ele tinha dado o seu melhor para agir de maneira normal e doce, como sempre, enquanto estivéramos no barco, mas pude notar que havia algo em sua cabeça. Eu só não sabia exatamente o quê.

— Você está cansada?

Não conversamos muito enquanto estávamos pescando, já que Des tinha ido junto. Fui à praia com Mindy e Brittany depois que chegamos e Aaron alegou que precisava tirar uma soneca e ficou na casa. Na hora em que voltamos, duas horas depois de ficarmos deitadas sob o guarda-sol, encontramos os três caras apagados pela casa. Aaron em uma poltrona reclinável, Max no sofá grande, e Des, aparentemente, estava dormindo no quarto dele, pelo que Brittany disse. Eu a ajudei a preparar o jantar, e, quando terminamos, todos já tinham acordado.

Não era um exagero dizer que eu havia tentado lhe dar espaço enquanto ainda percebia que havia alguma coisa rolando com Aaron e que ele não queria compartilhar. Eu havia passado as últimas horas, principalmente durante o filme, me lembrando de que ele havia me convidado para que pudesse passar um tempo comigo. Porque se importava comigo. Não para que eu agisse como uma idiota de coração partido que o ignorava e se magoava sem razão.

Era de se imaginar que eu saberia, àquela altura, o quanto a vida poderia ser complicada, mas, aparentemente, eu não sabia.

Então o pai dele — a *família* dele — era rico, e ele não tinha dito nada a respeito. E daí?

Havia alguém ligando para a casa que o deixava irritado a ponto de todo o seu comportamento mudar, e sobre quem ele não queria falar. E daí?

Balancei a cabeça, tentando manter a expressão neutra e tranquila, de modo a não ter nenhum *você partiu meu coração ao esconder coisas de mim* escrito na testa. Não era como se eu não soubesse disso quando tinha vindo.

— Não estou cansada, e você?

— Também não — respondeu, esfregando as mãos na bermuda cáqui.

Eu o observei, aquele rosto lindo, aquela linguagem corporal resignada estampada em todo o corpo e, sinceramente, senti uma pontada no peito. O que eu poderia fazer?

— Quer dar uma volta na praia? — perguntei antes de pensar melhor.

Tenho de reconhecer que ele não hesitou. Assentiu e se levantou.

Não demoramos para descer as escadas e sair da casa. Aaron pegou uma lanterna no hall de entrada, apesar de não ter se preocupado em acendê-la durante nossa caminhada pela rua iluminada com a luz da lua e por entre as casas do bairro. Eu já tinha feito aquele caminho vezes o suficiente para saber quantos guarda-sóis encontraríamos e quantas cadeiras estariam sob cada um deles.

Não fiquei surpresa quando ele foi direto ao mesmo lugar onde tínhamos assistido ao pôr do sol naquela primeira manhã. Ele se sentou na areia, o som de seu suspiro sendo o único barulho, além das ondas, que eu podia ouvir. Aquilo me fez querer chorar. Não queria vê-lo daquele jeito; não me importava com quem ou o que tivesse sido responsável. Só não queria ver... seja lá o que fosse lhe roubando tantas das coisas que eu amava nele. Sabendo que havia uma linha que eu precisava cruzar, tentei pensar no que poderia dizer ou fazer, e optei pelo mais simples.

— Você está bem? — questionei, me sentando a trinta centímetros dele, esticando as pernas em frente. Não tive coragem de puni-lo por ser tão reservado. Ele era meu amigo, e, mais importante do que isso, eu me importava.

Aaron assentiu, seu olhar na água, mas era esse tipo de coisa distraída que só reiterava que estava enfrentando algo e falhando em vencer.

Eu tinha certeza de que Aaron tinha seus motivos, e, se eu já não tivesse deixado claro o suficiente que poderia conversar comigo sobre qualquer coisa, bem, ele era burro e já deveria ter entendido o recado àquela altura.

— Você se divertiu até agora? — optei, em vez de pressioná-lo a falar comigo sobre quem ou o que estivesse em sua mente.

Aaron assentiu, e me obriguei a parar de pensar em coisas que não tinham nada a ver comigo.

— Passou mais rápido do que pensei.

— Também achei — concordei, olhando para a água escura. — Estou com receio de voltar para casa.

Houve uma pausa, e, então:

— Está?

— Sim. Eu queria poder ficar aqui por mais um ou dois meses — suspirei. — Quão perfeito isso seria?

Aquilo fez sua cabeça virar com tudo para me encarar, uma faísca do homem que eu havia começado a me acostumar a ver se escondendo à vista de todos naqueles ossos angulosos das bochechas e mandíbula.

— O que foi? Está estressada por causa do trabalho?

Mantive o olhar na água enquanto assentia.

— Sim. Estou tentando não deixar que isso me enlouqueça, mas estou falhando. Minha mãe me mandou um link para aquela vaga que ainda está disponível no trabalho dela enquanto estávamos na praia, e isso me fez pensar no que vou fazer quando voltar — disse a verdade a Aaron. Minha mãe tinha me enviado o link com um sorrisinho no fim, mas o problema não era que eu havia considerado, o problema era que eu havia passado ainda mais tempo pensando no que estaria rolando com Aaron.

— Você não vai se candidatar, vai? — perguntou, soando mais parecido consigo mesmo do que durante todo o resto do dia. Não exatamente como o Ron do meu Ruron, mas perto.

Naquela hora, não consegui olhar para ele.

— Não sei. Eles provavelmente vão contratar alguém antes de eu ter voltado da casa do meu pai. Mas... não posso continuar na mesma situação financeira de agora. Pelo menos, não por muito mais tempo.

— Mas você não quer trabalhar em um escritório — ele me lembrou.

— Eu sei que não. — Engoli em seco e voltei o foco para o Golfo tão escuro quanto a noite, não querendo olhar para Aaron enquanto lhe contava a verdade. — Sou uma covarde, Aaron. Já te contei as coisas mais doidas que fiz na vida. Eu estava apavorada de ir *pescar*. Pescar. Acho que me arrisquei o bastante nesses últimos meses desde que me demiti do trabalho com minha tia.

— Você não é covarde — garantiu, enquanto o que eu só poderia assumir ser seu pé deslizava pela areia para tocar o meu. Não me permiti focar em seu carinho. Porém, me deixei focar naquele gesto que era totalmente o meu Aaron. Mas não era como se eu pudesse chamar atenção para aquilo e lhe dizer que eu havia notado o que estava acontecendo.

Em vez disso, falei em uma voz que soou quase decepcionada:

— Odeio ter que te dizer isso, mas sou.

— Não, você não é.

— Sim, eu sou. Nós conversamos sobre isso.

— Sim, nós conversamos, mas você continua não sendo.

— Aaron...

— Você não é — insistiu. — Do que tem medo e ainda não fez? — perguntou, a voz ficando mais alta.

Franzi o nariz e, por fim, virei a cabeça apenas o bastante para fazer contato visual com ele por um segundo antes de voltar a olhar para frente, dando de ombros.

— Muitas coisas. — Talvez eu não quisesse falar sobre aquilo, mas não queria que Aaron voltasse àquele humor taciturno e deprimido.

— Tipo?

Foi minha vez de suspirar.

— Sei lá. Muitas coisas. Pular de um avião. Fazer uma tatuagem. — Apontei vagamente para a água. — Caramba, até nadar à noite. Tem milhares de coisas.

Aaron fez uma pausa.

— Você tem medo de nadar à noite?

— Você me viu pulando no seu colo quando algo tocou minha perna há alguns dias. Eu quase chorei quando você me fez segurar aquele peixe, lembra? O monstro do Lago Ness está provavelmente nadando na água neste exato momento, ao lado do tubarão do filme, prontos para me pegar se eu entrar.

Aaron riu, e me vi sorrindo com ele soando mais consigo mesmo do que com qualquer outra coisa. Olhei para o lado, encontrando-o com os braços apoiados atrás de si, seus olhos em mim. Foquei outra vez na água.

— Nessie não vai te pegar — ele alegou.

Eu o olhei de lado, dando um sorrisinho.

— Você a chama pelo primeiro nome?

— Sim, qual é o problema? — Ele me empurrou de novo, e *de novo* mantive a atenção voltada para frente. — Entre na água. Nada vai te pegar.

— Não.

— Ruby.

— Aaron.

— Entre na água. Você diz que tem medo, mas sei que você é muito corajosa, então entre.

Não me segurei e virei a cabeça para encará-lo com uma expressão doida.

— É fácil para você dizer.

— Por quê?

Pisquei.

— Porque você provavelmente não tem medo de *nada*.

A cabeça de Aaron se inclinou para trás, e ele franziu o rosto.

— Eu tenho medo de muitas coisas.

Foi minha vez de erguer a sobrancelha.

— Tipo?

— Eu te disse. De coisas que não consigo controlar. De ser um fracasso.

— Você nunca será um fracasso, e não posso controlar se uma criatura marinha gigante vai nadar até mim ou não.

Ele suspirou de novo e escolheu ignorar minha primeira afirmação.

— Ela está do outro lado do oceano, e o tubarão, muito mais para cima da costa. Vai ficar tudo bem.

Bufei, mas Aaron não emitiu som algum. Estava ocupado demais olhando para mim, cheio de expectativa, como se estivesse esperando que eu enxergasse a razão e decidisse que, *sim*, eu entraria naquela água tão escura que ninguém conseguia ver nada sob a superfície, porque era algo lógico. Mas ele continuou me encarando.

E encarando.

E encarando mais um pouco.

— Aaron — murmurei, inclinando a cabeça para trás e olhando para o céu, porque não conseguiria mais aguentar seu olhar.

Foi só quando ele se levantou rapidamente e endireitou a postura que eu enfim olhei para Aaron, encontrando aquele corpo longo parado acima de mim, as mãos indo até a barra da camiseta por um momento antes de puxá-la pela cabeça e jogá-la na areia sem qualquer cerimônia.

Eu me movi para trás, gaguejei e olhei para seu abdômen por um segundo antes de focar em seu rosto.

— O que você está fazendo?

Ele me observava enquanto as mãos iam para o zíper do short, e continuou me observando ao desabotoar e puxar o zíper, descendo o short com uma sacudidela daqueles quadris firmes nos quais eu estivera discretamente de olho toda vez que Aaron esteve de roupa de banho perto de mim. E, como da primeira vez, e todas as outras, seu corpo pareceu imaculado, mesmo sob a luz da lua enquanto ele continuava ali parado com uma boxer que inadvertidamente contrastava com suas pernas longas e musculosas e a região bem ao centro de seu corpo, a qual fazia com que eu me sentisse pervertida demais, caso eu desse mais do que uma olhada rápida.

— Tirando as roupas para que não se molhem — respondeu casualmente, se livrando do short antes de se curvar para recolhê-lo.

— Por que elas ficariam molhadas? — perguntei em uma voz que até eu poderia dizer que soou histérica, algo em mim já me avisando que eu havia cavado minha própria cova e que eu sabia exatamente aonde Aaron iria com aquela besteira. Eu estava repensando se queria animá-lo, caso aquele fosse o preço.

— Porque eu vou entrar na água. — Ele dobrou o short no meio e o largou em cima da camiseta. — Você vem?

Meu coração estava batendo, batendo, batendo.

— Não.

Aaron deu uma piscadela.

— Sim.

Minha garganta se fechou.

— Aaron...

— Vamos. Não temos que ir fundo. Você pode segurar minha mão.

Tossi. Gaguejei mais um pouco. Talvez até tenha me engasgado.

— Eu vou querer segurar mais do que só sua mão ao entrar na água...

Aaron se engasgou. Literalmente se engasgou. E arfou:

— Jesus, Ruby.

Ah, não.

O sangue sumiu do meu rosto.

— Você sabe que não foi isso que eu quis dizer!

O riso dele foi tão áspero, alto e feliz, e algo em mim fez sentido.

— Será que sei?

— Sabe!

Eu não sabia que era possível Aaron rir ainda mais alto, mas riu.

— Vou voltar para casa — murmurei, mas não me movi.

Ele jogou a cabeça para trás e continuou rindo, uma das mãos subindo para se apoiar no tanquinho para o qual eu não olharia.

— Tudo bem, tudo bem. Só estou brincando — ele disse, rindo e soando muitíssimo satisfeito, com um longo suspiro em seguida. Semicerrei os olhos quando ele ergueu as mãos para enxugar abaixo dos olhos. — Entre na água comigo, e nunca mais tocarei nesse assunto. Prometo.

Resmunguei.

— Ruby.

— Aaron.

— Entre na água comigo — insistiu, soando totalmente de volta ao normal.

Eu o encarei.

— Acho que não.

Ele me encarou de volta.

— Você vai se arrepender mais tarde quando parar para pensar nisso.

Como eu poderia ter me esquecido do quão bem Aaron me conhecia?

Bufei de novo, ignorando a verdade em suas palavras.

— Vamos. Só você e eu, o que acha? — falou gentilmente. — Ruron para sempre.

De todas as coisas que Aaron poderia ter me dito, ele foi direto na que eu amava e ao mesmo tempo queria odiar. Ruron. Aff.

O que deveria ser seus dedos pressionaram a lateral do meu pé.

— Ruby Chubi, você pode segurar em qualquer coisa que quiser se entrarmos. Não vou deixar nada acontecer com você.

Ele me tinha na palma da mão. Ele me tinha todinha na palma da mão. E eu era patética.

Cerrando os punhos, grunhi resignada e engoli um choramingo.

— Só por... dois minutos. Dois minutos e nada mais.

Olhei na direção das ondas que quebravam gentilmente na praia, calmas, escuras, escuras, escuras. Nenhuma parte de mim queria entrar lá, mas... eu sabia o que ele estava tentando fazer. Aaron sabia o que ele estava tentando fazer.

Mas...

Apertei as mãos em punhos ao lado do corpo, e disse a verdade em um quase grasnido:

— Estou com medo.

Ele piscou e, quando percebi, Aaron estava se agachando bem na minha frente, seu rosto logo acima do meu. Suas mãos foram em busca de uma das minhas, envolvendo-a entre as dele. Suas palavras soaram suaves e gentis ao levar nossas palmas em direção ao peito:

— Vou estar com você o tempo todo. Sabe que eu não te deixaria lá sozinha só por maldade.

A pior parte era que eu sabia que ele estava dizendo a verdade. Aquilo era algo que meus irmãos fariam, não Aaron. Nunca Aaron. Não se ele soubesse que eu estava assustada de verdade, o que eu estava.

— Dois minutos, só isso. Só quero que saiba que não tem nada do que sentir medo. Já passou da hora do jantar...

Parei de respirar.

— Ruby. — Seu riso soou baixo. — Existem coisas muito mais assustadoras em terra do que na água, mas a questão é como você enfrenta aquilo de que não tem certeza, entendeu?

Resmunguei com as palavras dele e a verdade nelas.

— Você entendeu — ele respondeu à própria pergunta quando não o fiz. — Venha. Não vou te deixar. Você é mais corajosa do que imagina.

Eu era, não era? Ou, pelo menos... eu poderia ser. Já não tinha provado isso a mim mesma?

Eu não queria mais ser aquela Ruby covarde, apesar de que, talvez, eu sempre fosse ser. Talvez. Não queria ter tanto medo das coisas a ponto de evitá-las. Minha mãe, que tivera seu coração partido repetidas vezes, relacionamento após relacionamento, não parou de sentir medo de se apaixonar só porque não havia dado certo para ela no passado. Além de perder, eu não conseguia pensar em uma coisa sequer de que Jasmine tivesse medo. Elas eram duas das pessoas mais corajosas que eu conhecia. Eu poderia ser igual a elas. Afinal de contas, tínhamos o mesmo DNA.

Não percebi que eu me levantava até estar de pé. Com certeza, não notei que tirava a camiseta até o tecido estar sobre a minha cabeça e eu o soltar no topo da pilha de roupas de Aaron. O que percebi, assim que minhas mãos foram ao elástico do meu short, foi que Aaron estava outra vez em pé.

Ele me observava, as pálpebras um pouco caídas. Seus olhos poderiam estar focados em uma dúzia de lugares diferentes, mas não tinha como eu ter certeza, por causa da escuridão. Foi a vez dele de fazer a mesma pergunta:

— O que você está fazendo?

Desci o short e dei a mesma sacudidela que ele antes de me livrar da peça.

— Tirando as roupas para que não se molhem — expliquei, usando as mesmas palavras de Aaron. — Não vou ficar pelada.

Mesmo na escuridão, pude notar sua garganta se movendo. Mas ele não disse mais nada enquanto eu deixava o short no topo do resto da pilha. Nervosismo e antecipação reverberavam em minhas veias e meus braços, mas, dane-se, eu faria aquilo. Dois minutos. Eu conseguiria entrar na água por dois minutos.

A respiração que escapou da minha boca foi trêmula e fraca.

— Você tem certeza de que posso me segurar no que eu quiser?

Aaron ergueu a sobrancelha de uma maneira que me fez pensar que ele estava repensando a oferta.

— Tudo bem, só não se esqueça do que você disse — eu o avisei, dando um passo para mais perto da água. — Vamos acabar logo com isso, então.

Ele manteve os olhos em mim por mais um segundo antes de eu baixar a cabeça apenas o suficiente para que aquilo fosse considerado um aceno, então, dei um passo à frente. Esperei até ele estar ao meu lado para virar o rosto em direção à água e avançar. Suas mãos pendiam livremente nas laterais enquanto caminhávamos lado a lado, indo mais fundo na água fresca, mas não gelada, que atingia os meus tornozelos, panturrilhas e joelhos. Foi só quando a água chegou logo acima dos joelhos que estremeci e dei um passinho para o lado, para mais perto dele.

A água estava na metade da minha coxa quando estiquei a mão e agarrei seu antebraço.

— Ok? — perguntou, com calma, assim que os meus dedos o tocaram.

Balancei a cabeça, olhando para baixo e tentando não surtar quando a água escura começou a bater no meu quadril.

— Ah, não.

— Mas então o que...

Fui parar atrás dele como uma ninja, as palmas das mãos indo para sua clavícula, mal notando que a pele de Aaron estava quente. Os cumes da espinha dele ondularam quando o toquei, minhas palmas deslizando para segurar cada lado de seu pescoço. Eu sabia o que faria, e sabia que não era exatamente o que amigos platônicos fariam, mas ele tinha dito, não tinha? Eu poderia me segurar no que quisesse.

— Segura caubói! — disse a ele dois segundos antes de pular em suas costas.

Quando paro e penso naquilo, eu deveria tê-lo avisado bem antes ou, pelo menos, ter dado um aviso melhor.

Porque ele não estava pronto.

Ele não estava pronto.

Se estivesse, tenho certeza de que nenhum de nós teria caído de cara na água, meu corpo em cima do de Aaron, voando sobre ele e praticamente dando uma cambalhota que me fez soltar água pelo nariz assim que minha cabeça voltou com tudo à superfície. Por um segundo, pensei que ia me afogar, demorando tempo demais para recuperar o equilíbrio antes de poder tirar o tronco da água com um arquejo, como se eu realmente houvesse estado à beira da morte.

Eu o ouvi antes de vê-lo cuspindo água.

— O que foi isso? — Ele tossiu, e eu cuspi a água do Golfo da qual eu tinha acabado de engolir alguns litros.

Encharcada e com nariz e olhos queimando, estremeci e cruzei os braços no peito.

— Eu ia te fazer me dar cavalinho — tentei explicar, ainda piscando para afastar a água dos olhos e conseguir ver melhor.

— Eu poderia ter feito isso se você tivesse me avisado — ele disse, rindo tranquilo enquanto passava a mão pelo rosto, tão parecido com o meu Aaron que não tive coragem de me arrepender do que havia acabado de acontecer. — Minha testa acertou o fundo, e minha barriga ficou arranhada.

Estremeci de novo.

— Desculpa. Foi uma ideia idiota. Se isso não for um sinal para que eu saia antes de ser engolida viva, não sei de mais nada.

A mão de Aaron pousou no meu antebraço antes que eu pudesse dar um passo em direção à praia, e, quando percebi, aquelas costas amplas, macias e musculosas, com as duas covinhas no fim, estavam no meu campo de visão.

— Nós já estamos molhados. Vamos.

Hesitei, e Aaron se aproximou apenas um pouquinho, de forma que, se eu me inclinasse alguns centímetros para frente, ele estaria lá, pressionado contra mim.

Pude ver seu perfil sob a luz da lua enquanto ele me observava sobre o ombro.

— Eu posso te levar no colo se você quiser.

Aaron me carregando no colo? Sim, por favor.

Mas, realisticamente e pelo bem da minha sanidade e emoções, *não*. Não, obrigada. Aquela era uma péssima ideia.

— Não, não, está tudo bem — eu disse, provavelmente rápido demais. — Está pronto desta vez?

— Eu estaria pronto da última vez se eu soubesse que...

Não esperei depois de apoiar as mãos em seus ombros, então, simplesmente *pulei*. De novo. Joelhos indo às laterais dos seus quadris, meus antebraços se fechando ao redor do seu pescoço de maneira tão firme que eu poderia asfixiá-lo. Então, suas mãos estavam no meu traseiro, e dei um gritinho quando ele me impulsionou um pouco mais para cima.

— Ru, preciso respirar antes de eu desmaiar e virarmos comida de tubarão.

Tentei sacudir e afastar uma das pernas de onde estava enrolada em sua cintura, mas a palma subiu ainda mais na minha coxa.

— Pare. Vamos só um pouquinho mais fundo — me assegurou com um risinho.

— Certo — murmurei atrás dele. — Mas eu juro que, se entrarmos para a estatística de ataques de tubarões porque um deles me mordeu no rosto, e o cirurgião não conseguir consertar o estrago, você vai se casar comigo para que possa olhar para o meu rosto pelo resto da vida e se lembrar de que a culpa foi sua.

Ele riu tão baixinho enquanto ia mais fundo na água que eu quase não o ouvi. Não demorou muito até estarmos com a água na altura do peito, me atingindo bem nos seios de tão alta que eu estava nas costas de Aaron. Pude senti-lo respirar, e tenho certeza de que ele também podia me sentir respirar, assim como sentia meu coração batendo tão rápido que parecia estar quase no limite.

Mas ignorei tudo aquilo. Ignorei tudo, exceto pelas luzes que vinham das casas na praia quando Aaron nos girou em um círculo.

Exceto pela lua brilhante e quase cheia no céu, iluminando a superfície da água espelhada. Exceto pela sensação do corpo sólido de Aaron na minha frente, suas mãos indo descansar nas minhas panturrilhas.

— Bonito, não é? — sussurrou, como se também estivesse preso em um transe.

— Muito bonito — concordei, minha boca bem ao lado de sua orelha. — Eu poderia me acostumar com isso.

— Você entraria sozinha na água da próxima vez?

Bufei.

— É claro que não. Mas, se você me desse cavalinho, eu viria de novo — disse, afrouxando meu aperto mortal apenas um pouco para que eu pudesse beliscar sua bochecha magra. — Já te agradeci hoje por ter me convidado?

Ele soltou um barulho pensativo.

— Hoje, não.

Com o meu braço ao redor do seu pescoço, lhe dei outro apertão e sussurrei:

— Neste caso, obrigada por ter me convidado.

Aaron apertou minhas panturrilhas quando disse, em resposta:

— Obrigado por ter vindo comigo. — E, então: — E por ter me escrito por tanto tempo.

Aquele homem me tinha todinha na palma da mão, e ele não fazia ideia.

— Não me agradeça por isso.

Ele virou a cabeça só um pouquinho, como se pudesse me ver pelo canto dos olhos.

— Por quê?

— Porque, sim. Confie em mim, você me ajudou muito mais do que eu te ajudei.

— Não.

— É verdade.

— Não, não é — argumentou. — Você não sabe do quanto eu precisava dos seus e-mails, Ruby. — Houve uma pausa. — Nem eu sabia do quanto eu precisava deles.

Quase derreti e, com certeza, tive de ignorar o friozinho na barriga que me fez lembrar de que estava apaixonada. Eu não tinha direito algum de pensar assim, não quando havia tantas coisas sobres as quais Aaron não podia me contar.

— Você tinha, tipo, mais umas duas outras famílias. Não me dê todo o crédito. Eu sei como é.

A pontinha dos seus dedos roçou minhas panturrilhas, e o senti suspirar sob mim.

— Não, você não sabe, e espero que nunca saiba — falou em uma voz que parecia resignada ou triste, ou talvez os dois. — Há tantas coisas que vemos ou escutamos das quais não conseguimos nos esquecer ou tirar da cabeça, não importa o quanto tentemos. Foi só quando você apareceu que eu me ouvi rir, Ruby. — Aquele perfil perfeito se virou para o lado, e vi o cantinho de seus olhos me observando. — Você não sabe o que isso significa para mim.

Funguei, tocada pelas palavras dele, e tão apaixonada por aquele cara que eu quis preparar uma poção que o fizesse se apaixonar por mim, que eu pudesse tê-lo para sempre. Eu o continuaria enfeitiçando pelo resto da vida se fosse possível. Tudo isso, só para que eu pudesse tê-lo.

Mas, infelizmente, não era assim que aquele tipo de coisa funcionava.

Em vez disso, esperei que Aaron pudesse notar a diferença na maneira com que eu mantinha os braços ao seu redor, assim como a diferença em como eu o estava tentando abraçá-lo, em vez de me agarrar a ele como se minha vida dependesse daquilo, e disse com a boca bem pertinho de seu ouvido:

— Você é incrível, Aaron, não um babaca.

Tenho certeza de que, se houvesse alguém parado naquele terraço, teria conseguido ouvir nós dois rindo.

@capítulo vinte

Foi idiotice pensar assim, mas acordei me sentindo diferente na manhã seguinte.

Talvez diferente não fosse a palavra certa, mas me sentia...

Não sei como eu me sentia exatamente. Depois de passar muito mais do que dois minutos na água, agarrada a Aaron como um macaco-aranha, algo em mim pareceu mudar. Talvez essa fosse a questão sobre fazer coisas que você pensava que não conseguiria: você acabava percebendo que talvez não fosse quem sempre pensou ser. Eu era muito mais do que algum dia pensei ser. Apesar de tudo que eu achava ter aprendido no dia anterior, me sentia mais feliz, mais em paz, simplesmente... melhor, apesar de estar muitíssimo cansada depois de só ter dormido cinco horas.

Arrastando-me até o banheiro naquela manhã, tomei um banho rápido e segui escadaria acima, bocejando sem parar. Como de costume, fui com a garrafa de água em mãos até o terraço e tentei clarear a mente o máximo possível. Tentei pensar nas coisas que me deixavam feliz e no aroma do ar. Tentei pensar em tudo, menos em Aaron.

Mas, como uma garotinha do ensino médio com sua primeira paixonite, quase todos os pensamentos voltavam a ele de alguma maneira. Como eu estava preocupada com ele ou decepcionada por não confiar em mim o suficiente. Como eu não deveria gostar tanto dele. E, quando eu não pensava nele, pensava no que faria quando voltasse para casa depois de visitar meu pai.

A porta do deque se abriu, e ali estava Aaron com sua bandeja.

Havia um pouco de cor sob os olhos, igual a todos os outros dias, mas ele sorriu para mim com mais calidez do que antes, e isso era algo notável naquele seu idioma que eu não conhecia.

— Bom dia — ele disse.

— Bom dia — respondi, observando enquanto Aaron se encaminhava até onde eu estava sentada.

Ele estendeu o prato na minha direção enquanto se sentava na cadeira de sempre. No prato branco, havia duas panquecas com o que pareciam ser gotas de chocolate. E tinham o formato da cabeça do Mickey Mouse.

Olhei para ele, e o encontrei sorrindo para mim quase na expectativa.

— Gostou? — Aaron perguntou, tirando dois garfos do bolso do calção de banho e me entregando um.

Não consegui impedir meu sorriso idiota.

— Como você fez?

— Tenho habilidades.

Revirei os olhos mesmo que continuasse sorrindo.

— Não. É sério.

Ele piscou.

— Tem uma forminha no armário. Pensei que você fosse achar divertido.

Uma forminha no armário da casa de praia do pai dele. Deixei o lembrete de lado e disse:

— Já te falei, você sabe que não precisa cozinhar para mim todas as manhãs. Eu posso comer cereal.

As palavras dele foram tão simples, mas, ainda assim, mais poderosas do que tudo:

— Mas eu quero.

E, como a idiota carente que eu era, perguntei:

— Por quê?

Com a lateral do garfo no prato, Aaron começou a cortar um pedaço de sua panqueca simples e redonda, seu olhar indo e vindo entre mim e a comida, como se as palavras saindo de sua boca não necessitassem de qualquer esforço:

— Porque eu quero, Ru. — Sua boca se curvou para o lado ao mastigar o pedaço de panqueca, e disse: — Ande logo e coma para que possamos ir.

— Pescar? — perguntei, soando muito mais esperançosa do que, um dia, eu poderia ter imaginado.

A boca torcida dele se transformou em um sorriso.

— Não. Caçar vieiras.

— Caçar vieiras? — resmunguei.

— Sim. Caçar vieiras. Você trouxe algum sapato à prova d'água?

— Estou parecendo uma idiota, não é?

— Você não está parecendo uma idiota. — Aaron inclinou a cabeça para o lado e sorriu.

Aquele sorrisinho disse o suficiente. Eu estava parecendo uma idiota. Fazia mais de trinta graus, e eu tinha um chapéu de palha enorme na cabeça e algo que Aaron tinha chamado de protetor, mas que parecia muito com a parte do pescoço de uma blusa de gola alta. Pisquei para ele e suspirei.

— Parece que eu estava planejando ir a uma corrida de cavalos no Kentucky e, de repente, mudei de ideia e resolvi ir esquiar, mas, depois, decidir ir à praia.

Ele balançou a cabeça, mas não pude deixar de notar seu sorriso.

— Seu pescoço já está bem vermelho. Eu te disse para passar mais protetor solar ontem, lembra? — falou pelo que deveria ser a quinta vez.

Fiquei tentada a erguer a mão e tocá-lo, mas não o fiz. Eu já tinha passado um gel de aloe vera na pele duas vezes antes de Aaron ter me mostrado o protetor e sorrido de maneira tão gentil que não percebi que ele o estava colocando na minha cabeça até já estar lá. Logo em seguida, ele tinha me dado o chapéu.

Continuou falando:

— Poderíamos nadar até mais ao fundo e mergulhar, mas vamos ficar perto da praia. Já encontrei um monte de vieiras aqui antes.

Antes. Como eu tinha deixado de notar todos os sinais que ele tinha me dado de que estivera ali mais do que uma vez no passado? *Não é nada de mais*, disse a mim mesma, tentando não deixar aquela lembrança arruinar o nosso dia.

— Se o calor começar a te incomodar muito, me avise para podermos sair do sol — ofereceu, dando um passo para trás para me observar.

Suspirei, e aquilo apenas fez o sorriso dele crescer.

— Estou te irritando?

Se Aaron estava me irritando? De certa maneira, aquilo era a coisa mais longe da verdade. E foi o que eu lhe disse:

— Não. É só que... — Acenei com a mão um segundo antes de admitir. — Você é legal demais comigo. — *Apesar de não me contar nada.*

O riso dele quase fez com que o sofrimento desaparecesse.

— E eu deveria ser maldoso com você?

— Não. — Eu ri.

Um sorriso apareceu no rosto dele quando deu as costas para mim e seguiu para a água, então, falou sobre o ombro:

— Se você decidir que precisa subir nas minhas costas hoje, me avise, pode ser?

Talvez meu queixo tenha caído por um segundo antes de eu piscar.

— Alguém já te disse o quanto você é um pé no você-sabe-onde?

Aaron parou de caminhar e jogou a cabeça loira para trás, rindo.

— Sim. Só que você é a única que o chama de você-sabe-onde.

— Ha. Ha — brinquei, começando a ir atrás dele. — É algo em que você precisa melhorar, só estou falando.

Aaron bufou e olhou sobre o ombro, com um sorrisinho.

— Aulas com a Ruby às oito da manhã.

Eu estava ao lado dele quando o empurrei com o quadril.

— Cale a boca e me mostre o que estamos procurando.

— Precisa de ajuda?

Congelei com o cotovelo no ar, minha mão quase tocando a nuca enquanto eu estava sentada na beira do sofá na sala de estar com um tubo de aloe vera em gel equilibrado na coxa. Na poltrona reclinável à esquerda de onde eu estava, com o tilintar de potes e panelas ao fundo, estava Max com um sorriso entretido no rosto bonito. Na namoradeira do lado oposto, estavam Brittany e Des, ocupados em uma conchinha adorável, vendo TV. Aaron estava na cozinha, lavando as louças que não iam na máquina, depois de uma refeição deliciosa de espaguete que a garota de dezessete anos, com só um braço bom, tinha conseguido fazer, apesar de quase todos nós termos oferecido ajuda. Agora, ela tinha ido ao quarto para falar no celular.

Eu estava tentando passar mais um pouco de aloe vera na pele dolorida da nuca, que tinha ficado ainda mais queimada depois das três horas que passamos caçando vieiras... mas não estava dando muito certo. O problema era que eu não conseguia ver o que estava fazendo, e meus braços estavam acabados depois de caçar moluscos e, em seguida, termos ido nadar.

— Hum — meio que murmurei para mim mesma por um segundo, analisando o homem que havia dormido pela maior parte dos últimos dias. Eu não tinha conversado muito com Max durante a viagem, mas... tudo bem. — Claro — respondi, com um sorrisinho tímido, não querendo negar porque ele havia oferecido ajuda. Eu odiava quando sabia que a pessoa precisava de ajuda, mas, quando era oferecida, ela a recusava.

Com um inclinar do queixo, o homem muitíssimo bonito que eu havia descoberto, por um comentário aqui e outro ali, ter trinta anos e trabalhar de madrugada em uma refinaria, se levantou e se acomodou no assento bem ao meu lado. A lateral de seu joelho tocou o meu, mas não prestei muita atenção quando lhe entreguei o tubo de gel.

— Obrigada — falei baixinho, inclinando o queixo para expor a nuca.

Ouvi a tampa do tubo estalar ao ser aberta e, depois, o que quase foi o barulho de um peido quando o gel saiu da embalagem direto no que eu só poderia imaginar ser a palma dele. Segundos depois, senti o toque frio de seus dedos cobertos de gel roçar de leve minha nuca e o espalhar.

— Pensei que Aaron fosse te fazer usar um cachecol ou algo do tipo — ele comentou, espalhando o aloe vera.

Olhando para minha pele muitíssimo bronzeada por causa de todo o sol que eu havia tomado, sorri.

— Ele fez. Isso é de dois dias atrás. Acho que está melhorando.

— Acho que sim — concordou, seus dedos indo e vindo em círculos e em linhas pela minha pele. — Parece dolorido.

— Só um pouquinho — admiti, dando-lhe uma olhadela sobre o ombro.

Max me deu um sorriso que, seis meses antes, teria me feito cair do sofá ou, pelo menos, me obrigado a mandar uma mensagem para alguém contando tudo sobre o cara gostoso que estava me tocando. Mas naquele momento... bem, não senti nada além de gratidão.

— Prontinho — ele disse, afastando a mão.

— Obrigada — falei, pegando o tubo de Max e o colocando na mesa ao meu lado. Virando-me, encontrei um short cáqui familiar parado bem na minha frente.

Não tive chance de dizer nada antes de ele se virar e abaixar aquele traseiro redondo no espacinho que me separava de Max. Inclinando-me no apoio de braço, ergui uma coxa para lhe dar mais espaço ao se sentar enquanto seu melhor amigo chegava para o lado. *Muito para o lado.* O que ele estava fazendo? Não precisei olhar ao redor para saber que havia outros lugares onde Aaron poderia ter se sentado. Não que eu quisesse que ele se sentasse longe, mas...

Ri quando ele se inclinou contra o encosto, encaixado de maneira tão apertada ali que ele só coube porque Max e eu estávamos esmagados nas laterais.

— O que você está fazendo? — perguntei-lhe com um sorriso assim que se acomodou e baixou os olhos na minha direção.

Aaron deslizou um braço pela parte de trás do sofá e pela minha nuca.

— Me sentando. — Franzi o nariz, e tudo o que Aaron fez foi sorrir de volta. — Seu pescoço está doendo?

— Não muito — eu disse com honestidade. — Está tudo bem. Valeu a pena.

— Se quiser ficar em casa amanhã para dar um descanso para o seu pescoço, podemos fazer isso — sugeriu, movendo a perna apenas o bastante para que todo o comprimento da coxa estivesse espremido contra o meu.

— Provavelmente, é uma boa ideia. Desculpa. Você não precisa ficar aqui dentro comigo se não quiser. Posso ver TV sozinha ou algo assim.

A mão dele pousou na minha coxa exposta, e fiquei muito grata por ter tomado um banho e me depilado depois de termos voltado da praia.

— Ru, eu não ligo...

A sugestão saiu de maneira tão inesperada, que não percebi que aquilo ainda estava na minha cabeça:

— Se quiser ligar para sua amiga e passar um tempo com ela, eu entendo.

As pálpebras cobrindo aqueles olhos castanho-escuros penderam baixas.

— Minha amiga? — perguntou devagarinho.

Por que eu tinha trazido aquilo à tona? Era tarde demais agora, não era?

— Hum, a garçonete.

— A garçonete?

Merda.

— A do restaurante.

Na velocidade de uma lesma, a expressão confusa de Aaron se derreteu lentamente, substituída por um sorriso no mesmo ritmo. Por que ele parecia tão presunçoso?

— RC, eu a conheço, mas ela não é minha amiga.

Fiquei de boca fechada.

— Ela costumava ter um rolo com o meu irmão. É simpática e tudo mais, mas não somos amigos.

Bem, o que mais eu poderia dizer depois daquilo além de: "Ah"?

O loiro ao meu lado sorriu de maneira um tanto arrogante demais.

— Ela não faz o meu tipo.

— *Ela acabou de enfiar os dedos na bunda dele?*

O quê? Onde?, eu me questionei, me esquecendo completamente de perguntar qual era o tipo de Aaron.

Do outro lado da sala, Brittany soltou um riso em resposta.

— Ela enfiou!

— O que raios vocês estão vendo? — foi a segunda pergunta de Max enquanto ele se sentava e olhava ao redor do cômodo para se certificar de que a irmãzinha não estivesse mais na cozinha.

Não estava.

Pude sentir, em vez de ver, Aaron ficar tenso ao meu lado. O que vi foi ele se inclinando para frente, apoiando aqueles braços impressionantes e cobertos por poucos pelos loiros nos joelhos e dizer em sua voz controlada, tranquila:

— Vocês poderiam mudar de canal? Ruby e Mindy não precisam ver essa merda, fala sério.

Eu? Mindy, eu entendia. Mas *eu*?

— Vejam outra coisa — Aaron falou com um ar decisório que não pude deixar de notar. — Ruby está bem aqui.

E quando três outros pares de olhos se voltaram na minha direção, eu corei. Por toda parte. Até a raiz do cabelo.

Por mais que eu não fosse ficar indignada por ver uma garota enfiando o dedo na bunda de um cara — e não seria a primeira, segunda nem terceira vez que eu teria visto —, me encolhi por dentro com Aaron basicamente me comparando a uma garota de dezessete anos. Porque, *simples assim*, entendi o que ele estava dizendo e o porquê de estar tão na defensiva e de ser tão superprotetor.

Ele estava insinuando o que pensei que estava, não havia qualquer dúvida.

Tudo o que pude fazer foi sorrir para os três, o que provavelmente deve ter parecido uma mistura de transtorno e vergonha, mesmo quando baixei os olhos até as unhas limpas, que estiquei amplamente no colo, falando:

— Podem deixar, se quiserem. — Minha voz soou toda sussurrada e esquisita, e *eu não quero falar nisso, mas...*

Mas aqueles amigos do meu amigo, muito mais simpáticos e gentis do que eu poderia admitir, trocaram de canal. Imediatamente.

Todos achavam que...

Sim, todos achavam que eu era virgem. Ou talvez só muito, muito, muito inocente. Basicamente: virgem.

O que era aquilo? Estávamos em 1860? Pornô não estava mais a apenas um clique de distância? Será que ele fazia ideia das coisas que eu já tinha visto na internet, tarde da noite, quando minha porta estava trancada?

Não que houvesse algo de errado em ser virgem, mas eu não era. Fazia um tempo que não era. De onde raios Aaron poderia ter tido aquela impressão?

Levei um tempão para entender, sentada ali e envergonhada.

Foi a coisa de eu nunca ter tido um namorado. Estar apaixonada pelo mesmo cara por anos. Nunca ter encontros. Deveria ser. *Eu sabia*. Tinha de ser.

Ah, cara.

Não consegui olhar para ele ao estender a mão cegamente pela mesinha de canto onde eu havia colocado o gel de aloe vera e, em vez disso, pegar meu celular. Pude sentir os olhos de Aaron em mim enquanto eu levava o aparelho até perto do rosto e abria o aplicativo de notas, digitando as palavras que eu nunca imaginaria dizer a ninguém, muito menos a Aaron. Mas eu não fazia ideia de como sair daquela conversa de maneira elegante. Eu não poderia deixá-lo continuar pensando... aquilo. Não era surpresa ele me ver como uma irmãzinha se estava me comparando a Mindy. A culpa era minha. Totalmente.

Você sabe o quanto eu amo você ser tão gentil comigo? Escrevi para ele, antes de lhe entregar o celular de uma maneira não muito discreta.

Suas sobrancelhas se ergueram na minha direção ao pegar o aparelho das minhas mãos e ler a tela, as sobrancelhas voltando ao lugar em uma expressão confusa. Eu sei, ele respondeu antes de devolvê-lo para mim.

Como é que eu deveria contar aquilo a ele? Eu nunca havia contado a ninguém, nem mesmo pensei que fosse vir à tona e que eu teria de ter um plano. Mas ali estávamos, e eu sabia que precisava dizer alguma coisa.

Eu não sou TÃO inocente assim, digitei.

Depois, adicionei: Mas obrigada por ficar de olho em mim, e deixei o celular no topo da coxa que ele tinha alinhado com a minha.

Aaron o ergueu sem hesitar e leu as palavras. Levou um momento entre quando ele leu e, então, encarou a tela antes de digitar, os dedos parecendo grandes demais para a tela.

Ele o devolveu.

Eu imaginei que você... soubesse das coisas, foi sua resposta.

Soubesse das coisas? O que ele...? Aaron me faria dizer, não era? Ele realmente faria.

Dando-lhe uma olhadela de lado, que Aaron respondeu com seus olhos castanho-escuros, pigarreei e digitei uma mensagem de volta que fez com que eu me encolhesse por dentro. Talvez eu devesse ter largado mão e o deixado continuar acreditando no que quisesse.

O que você quer dizer com "coisas"? Eu já vi... pênis. Eu já vi... coisas... na internet.

O rosto dele ganhou um tom avermelhado que eu nunca tinha visto antes ao ler minha resposta. Aaron hesitou. Engoliu em seco. Os polegares voaram pela tela em um borrão antes de me devolver o celular com seu olhar fixo em frente.

Certo.

Engoli em seco e decidi que eu precisava contar a ele. Acabar logo com isso. Então foi o que fiz.

Eu não sou virgem.

Não era como se ele soubesse o que eu havia digitado quando demorou para tirar o celular da perna e ler o que estava na tela. Não deixei de notar que seus olhos voltaram ao topo como se estivesse relendo o que eu tinha acabado de escrever. Então, fez aquilo de novo. Devagarinho, devagarinho demais, ele digitou outra mensagem e apoiou o celular na minha coxa.

Pensei que você tivesse dito que nunca teve um namorado.

É sério? *É sério?* Meu coração batia acelerado enquanto eu digitava: Você só transou com pessoas que foram suas namoradas? Se digitei aquilo de uma maneira mais defensiva do que eu provavelmente precisava? Sim. Com certeza, sim. Mas nunca tinha contado a ninguém, e... bem, eu o havia escolhido. Admitir o que eu tinha feito não era fácil para mim.

Aaron encarou a tela por um segundo antes do pomo de adão saltar uma única vez.

Não. Foi sua resposta básica e simples da qual não consegui extrair nada. Sua atenção ainda estava focada bem em frente, e não soube o que pensar quanto a ele não querer fazer contato visual comigo.

Mas o que eu faria? Mentiria? Deixaria que Aaron continuasse com aquela coisa de dois pesos e duas medidas? Era culpa minha não ter sido mais direta com ele, mas não tinha orgulho do que havia acontecido, e, se eu pudesse voltar atrás, não teria deixado que as coisas tivessem sido daquele jeito.

Mas não dava para mudar o que já estava no passado.

Foi só uma vez, e eu tinha vinte e um anos. Ele não era meu namorado na época, nem depois. Ele se arrependeu quase na mesma hora, e, além de se desculpar comigo pelo que aconteceu, nunca mais falamos sobre isso.

Meu rosto estava vermelho enquanto eu terminava de digitar, mas ainda mantive o celular em mãos, tentando pensar no que mais poderia lhe contar.

Não gosto de falar disso. É difícil pensar que dei algo a alguém porque quis, e que ele aceitou, e que, depois, basicamente me rejeitou e fez com que eu me sentisse um erro enorme. Ele colocou a culpa em "ter se entregado demais ao momento". Entende o que quero dizer? Não foi o que eu esperava.

Aaron tirou o celular de mim devagar e leu a mensagem pelo menos três vezes, pela maneira como seus olhos subiram e desceram pela tela diversas vezes. Então, sem pressa, sem pressa alguma, ele digitou uma mensagem e colocou o celular outra vez na minha coxa para que eu o pegasse.

O que aconteceu?

O nervosismo me atingiu enquanto eu me lembrava daquela coisa em específico na qual eu realmente dei o meu melhor para nunca mais ter de pensar.

Logo depois que fiz vinte e um anos, eu disse para mim mesma que tentaria ser mais sociável, que eu sairia e faria as coisas que quisesse com mais frequência, sabe? Eu tentei, tentei mesmo sair do meu casulo. O aniversário do meu irmão é alguns meses depois do meu, e ele decidiu dar uma festa. Eu fui. Fiquei muito bêbada, porque havia tomado margaritas demais na casa dele naquela noite, então não estava exatamente agindo como eu mesma. E era o meu objetivo. Acho que estava mais sociável e desinibida. Nunca teria chegado nele com tudo ou flertado tanto se eu não tivesse bebido tanto... mas foi o que fiz. Acabamos conversando a noite toda. Ele estava sendo tão educado e amigável comigo... Ele agiu como se gostasse de mim, mas acho que vi coisa onde não tinha, e, quando eu quis ir para casa, ele se ofereceu para me levar.

Ao me deixar em casa, perguntou se eu queria ir com ele a uma festa no dia seguinte. Na verdade, eu não queria, mas não diria não a ele. Então fui. E bebi demais naquela segunda noite também, porque estava nervosa. Eu só queria que ele gostasse de mim. E ele era ótimo. Achei que seria ele.

Pigarreei e continuei a digitar.

A caminho de casa, eu basicamente me joguei nele. Foi a coisa mais ousada que já tinha feito antes de te conhecer. Ele tentou me avisar que era uma péssima ideia e que não deveríamos fazer nada, mas... fizemos. Uma vez. Ele me levou para a casa dele, e aconteceu. Ele não quis nem me olhar nos olhos depois.

Então, me deixou em casa e me deu um beijo na bochecha sem dizer nada. No dia seguinte, apareceu e me disse que não deveríamos ter feito aquilo. Que ele se importava comigo e me via como uma irmã mais nova, e que esperava que eu não contasse a ninguém. Falei que não contaria, mas, quando ele foi embora, chorei por dias. Pensei que havia algo "mais" naquilo, pensei que ele fosse mudar de ideia algum dia e se desculpar porque pensou melhor, mas ele nunca mais tocou no assunto, e eu também não consegui.

Sei que Aaron viu como minhas mãos tremiam enquanto eu digitava e, então, apoiava o celular em seu joelho. Pude ver seu olhar ir e vir entre meu rosto e o celular enquanto eu apoiava as mãos no colo e o esperava ler. Aaron deve ter lido pelo menos cinco vezes, porque levou quase dez minutos antes de finalmente digitar uma resposta. Não deixei de notar a forma como suas mãos tremeram quando apoiou o celular na perna dele daquela vez, não na minha.

Havia apenas duas palavras na tela, mas eram duas palavras que eu esperava que ele não fosse escrever.

Era ele?

Nós dois sabíamos quem "ele" era.

Mas eu não poderia digitar as palavras e tornar aquilo realidade. O que consegui fazer foi virar a cabeça e encontrar aqueles olhos castanhos mesmo eu não querendo fazer aquilo *de jeito nenhum*, aquelas íris encontraram as minhas de maneira tão aberta e calma, e eu assenti.

Aaron piscou.

A garganta dele se moveu.

Mas seu olhar não foi a lugar algum.

A respiração que saiu pelo seu nariz soou sufocada.

Aqueles olhos castanhos se moveram pelo meu rosto enquanto as mãos foram aos joelhos. Ele os apertou. Uma, duas vezes.

Então, afastou os olhos e respirou fundo outra vez, arrancando o ar do cômodo enquanto enchia seus pulmões.

Eu era tão idiota.

Eu tinha sido tão idiota. Por quê? Por que tinha feito aquilo? Perguntei a mim mesma milhares de vezes nos últimos três anos, e ainda não tinha uma resposta que fizesse com que eu me sentisse melhor. E as chances eram de que eu nunca teria.

Meu coração passou a bater ainda mais rápido, e lágrimas se acumularam na parte de trás dos meus olhos enquanto eu olhava para frente, como Aaron tinha feito. Pensei em me levantar e ir para o quarto, alegando que estava com dor de cabeça ou algo do tipo. Mas eu não queria mais ser aquela pessoa. Arrepios percorreram meus braços, meu estômago começou a doer e parte de mim quis vomitar.

Pelo que o mundo sabia, Pequenina ainda era virgem. Eu nunca tinha contado a ninguém sobre aquilo. Nem mesmo à minha melhor amiga. Ninguém.

Só Aaron.

E foi por esta razão que guardei segredo.

Ergui a mão esquerda e ignorei a maneira como ela tremia ao deslizá-la pela parte inferior do meu olho, segurando as lágrimas. Tentei justificar minhas ações, dizendo a mim mesma que eu era jovem e burra, mas não ajudou em nada. A única coisa que me acalmou foi que ninguém, exceto Hunter e eu, sabia o que havia acontecido. Eu ainda me lembrava do sorriso enorme da minha mãe quando entrei em casa depois que ele me deu carona — depois de Hunter ficar sentado no carro sem se importar em me acompanhar até a porta. Ela tinha me perguntado, parecendo esperançosa e feliz:

— *Como foi, Pequenina? Você se divertiu?*

E, em um dos raros momentos da minha vida, menti para minha mãe e consegui não irromper em lágrimas, apesar de eu querer fazer isso mais do que qualquer outra coisa. Disse a ela:

— *Foi divertido. Hunter me deu carona.*

Chorei muito no banho, tentando tirar *tudo* aquilo de mim.

Tirar, tirar, tirar. Quando Hunter apareceu em casa na manhã seguinte, alegando ter deixado o RG comigo, eu tive esperança, muita esperança. Mas ele só precisou dizer duas palavras para eu saber que havia interpretado mal o motivo de ele ter vindo.

O resto era história.

Tinha sido culpa minha eu ser burra o suficiente para me agarrar a uma fé cega de que ele, de alguma forma, acabaria voltando para minha vida, no final das contas. Tinha sido culpa minha eu ter pausado minha vida, esperando por um amor que nunca se faria presente. Tinha tudo sido culpa minha.

Pelo cantinho do olho, vi as duas mãos de Aaron irem para o rosto, a pontinha dos dedos pressionando o osso da sobrancelha enquanto soltava um suspiro irregular. Pude ver Max o observando com a testa franzida, como se não pudesse entender qual era o problema. Mas eu não ia contar a ele.

— Aaron — sussurrei, tocando com as costas da mão a parte de sua coxa exposta pelo short, que havia subido.

Ele me olhou de soslaio pela esquerda. Então, estava de pé, talvez não se livrando do meu toque porque queria, mas fazendo aquilo ao caminhar em direção às portas que levavam ao terraço e desaparecendo, fechando-as com muito mais força do que necessário.

Max me encarou com olhos arregalados, a testa franzida.

— Qual é o problema dele?

Eu não lhe daria uma explicação detalhada, eu poderia lhe contar parte dela, apesar de saber que aquele era seu melhor amigo e que Aaron talvez não gostasse mais de mim depois de tê-lo deixado chateado.

— Acho que eu o irritei.

A expressão de Max se transformou tão rápido que quase não notei. Ele revirou os olhos e soltou um bufo.

— Ah, não se preocupe. Isso só quer dizer que ele se importa com você. É a única razão pela qual ele fica irritado. Eu o irrito o tempo todo.

O que aquilo deveria significar? Eu o tinha visto ficar irritado com a pessoa com quem havia falado ao telefone. Quem será que tinha sido?

— Dê um tempinho. Ele vai superar logo, logo — Max me assegurou com tranquilidade.

Hesitei. Se eu queria ir lá fora? Não. Mas... pensei que talvez eu devesse. Eu não tinha aprendido do jeito difícil que, quando o estava incomodando, ele se fechava e se recolhia até ter superado? Minha irmã Jasmine era igualzinha, e até mesmo com ela aprendi que, às vezes, as pessoas que instivamente tinham aquela reação precisavam de alguém dizendo "dane-se" e indo atrás delas de qualquer maneira.

A última coisa que eu queria era Aaron pensando que eu não me importava com os seus sentimentos, mesmo se eu, com certeza, não quisesse confrontá-lo quanto a qualquer coisa relacionada a Hunter.

Dei um sorriso fraco para Max quando me levantei e soltei um suspiro trêmulo pela boca antes de seguir em direção ao deque. Não abri as portas sem fazer barulho, queria que ele soubesse que eu estava chegando, e as fechei atrás de mim quando o vi com os cotovelos na grade, dedos entrelaçados. Mesmo só com as luzes da sala de estar iluminando o lugar, pude ver a tensão ao longo de sua mandíbula e ossos da face. Pude sentir a rigidez em seu corpo.

Mas eu não ia deixar nada daquilo me intimidar. Não daquela vez.

— Você está bem? — perguntei, me aproximando.

Ele não olhou para mim.

— Estou ótimo.

Tudo em mim gritava para voltar para dentro. *Volte para dentro.* Eu não queria fazer aquilo. Mas...

— Tenho certeza de que você está — disse a ele. — Mas eu não estou.

Aquilo o fez inclinar a cabeça para o lado e me olhar pelo canto do olho.

— Podemos conversar mais tarde?

A Ruby covarde quis concordar, mas a nova Ruby que eu queria ser talvez tenha estremecido e chorado por dentro, mas disse:

— Prefiro conversar agora.

— Ruby — soou, de repente exasperado. — Não estou a fim agora, tudo bem?

— Entendo. Também não estou a fim de falar sobre isso, mas acho que deveríamos. Acho que mereço saber por que você está chateado.

Aaron balançou a cabeça, seu olhar se voltando em direção à praia.

— Você sabe por que estou chateado.

— Não. Na verdade, não sei — eu disse, minha voz tremendo.

— Você... você... — Soltou um resmungo como se talvez nem mesmo ele soubesse com o que estava irritado. — Tudo o que você me disse faz sentido agora. Eu te falei que não gosto de me sentir idiota.

Algo dentro de mim se afastou, indignado, em respeito a mim mesma, e voltei a ficar na defensiva.

— Ninguém gosta, Aaron. Eu também não gosto.

A mandíbula dele se moveu o suficiente para me dizer que estava, de novo, me olhando de soslaio.

— O que isso quer dizer?

— Você sabe o que isso quer dizer. Eu também não gosto de não saber o que está acontecendo.

Aaron poderia ter mentido. Realmente poderia. Ele poderia ter se fingido de burro, mas não. Em vez disso, Aaron soltou um suspiro profundo que quase fez parecer que ele o esteve segurando por anos, anos e anos. Parte dele pareceu desinflar, mas, tão rapidamente quanto fez aquilo, inspirou para se fortalecer.

— Olha, podemos falar disso amanhã?

— Não. — De onde aquilo tinha vindo, eu não fazia ideia, mas continuei. — Não. Você não pode me afastar e escolher quando conversar comigo sobre certas coisas. Eu me importo muito com você, e não vou voltar para casa só para que você possa ficar sentado aqui, remoendo e reprimindo as coisas. *Eu* te contei algo que eu nunca, jamais tinha contado a ninguém, e não quis fazer isso. Sei muito bem que fiz algo idiota, tudo bem? Você não precisa me lembrar disso. Tive de conviver com isso quase todos os dias pelos últimos três anos.

"Você continua me motivando a ser mais corajosa, e, quando eu faço isso, você simplesmente sai pisando duro e não quer conversar e tentar reverter a situação? Acho que não, senhor. Talvez outras pessoas te dispensem e deixem você agir assim, mas eu não. Não com você — disse a ele, minha voz ganhando e perdendo volume até virar um sussurro enquanto as emoções tomavam conta de mim. — Tive a oportunidade de te conhecer, e sei que ainda tem muita coisa que não me contou, e tudo bem. Espero que, um dia, confie em mim o bastante para isso. Sei que muitas pessoas não te deram razão para acreditar nelas, mas não sou assim. Não sou uma das suas ex-namoradas ou qualquer outra pessoa. Eu prometi que não mentiria para você, e desculpa não ter te contado isso, mas espero que possa entender o quanto foi humilhante. O quanto isso ainda me machuca. Não posso fingir que não, e acaba comigo você talvez mudar de opinião sobre mim por causa disso."

A cabeça de Aaron baixou até a testa tocar as mãos que pendiam sobre a beira do terraço. Pude ouvi-lo respirar. Pude sentir que a tensão não iria a lugar nenhum, e eu sabia, *eu sabia* que ele não se despedaçaria agora. Seja lá no que estivesse pensando e com o que estivesse irritado, nada iria ser resolvido naquela hora.

E essa noção fez um nó se formar na minha garganta, de decepção e resignação.

Não disse nada, e eu não tinha nenhuma palavra restando para lhe oferecer. Então fiz a única coisa que fui capaz naquela hora, porque eu não me deixaria chorar. De jeito nenhum. Me acomodei em uma das cadeiras ali perto e fiquei sentada enquanto Aaron continuou parado contra a grade.

Nenhum de nós disse uma palavra.

@capítulo vinte e um

Não fiquei nem um pouco surpresa quando acordei na manhã seguinte e percebi que já estava de mau humor, e que isso não tinha nada a ver com estar grogue e cansada depois de ter dormido só por algumas poucas horas.

A noite anterior tinha sido cansativa, para dizer o mínimo. Aaron e eu tínhamos ficado do lado de fora por quase uma hora, com todo mundo eventualmente cambaleando para a cama. Foi só quando ele, por fim, deu um passo para longe do corrimão que notou que eu ainda estava lá. A ponta dos dedos roçou meu joelho ao passar por mim, seu olhar não encontrando o meu sequer uma vez ao seguir em direção às portas e abrir uma delas com um empurrão. Ele ficou parado lá enquanto eu me levantava e voltava para dentro, e ele a fechava.

Quando Aaron começou a desligar as luzes, eu finalmente desci a escada e fui direto para o quarto. Imaginei que, se ele quisesse conversar, poderia vir ao meu encontro e dizer o que quisesse. Mas não foi o que ele fez.

Será que estava decepcionado pelo fato de eu não ser virgem ou só por ter sido uma jovem e uma adulta idiota? Será que estaria bravo comigo por ter mantido aquilo em segredo? Ou havia algum outro motivo?

Eu não fazia ideia.

O que eu sabia era que estava exausta, apesar de não querer voltar a dormir. Parecia que eu não teria forças naquela hora para me sentar em silêncio com Aaron, caso ele não estivesse pronto para falar. Parte de mim esperava que fosse ser assim. Não tínhamos passado duas semanas sem nos falar no passado? Eu só tinha mais alguns dias ali, e não queria estragá-los, mas também não ia pedir desculpas.

Frustrada, tirei meu notebook da tomada no chão, o abri e comecei a assistir a um filme na Netflix. O sol encheu o quarto de cor, mas ignorei a luz até os créditos subirem pela tela uma hora e meia mais tarde. Não hesitei ao abrir a porta e ir ao banheiro com as roupas enroladas debaixo do braço. Não consegui ouvir som algum na casa, mas não pensei duas vezes. Fui tomar banho e me vestir, mas me demorei passando aloe vera no pescoço no quarto, notando que já estava muito melhor do que quando a água quente o tocara mais cedo.

Sentindo-me corajosa, finalmente saí do quarto com a intenção de ir até a sala, querendo acabar com aquele desconforto. Mas eu não tinha nem mesmo dado um passo quando ouvi uma voz familiar quase sibilando no andar de cima.

— Eu não entendo o que você quer de mim — Aaron disse em um sussurro frustrado.

Quando não houve resposta, confirmei que seja lá com quem ele estivesse falando não era alguém da casa. Eu deveria ter voltado para o quarto em vez de ouvir escondida, mas fiquei parada ali enquanto ele falava, sua voz equilibrada, a raiva vibrando pela casa.

— Você precisa de mais dinheiro, é isso?... Você não quer dinheiro, só que eu o avise que você está ficando sem, é isso?... De novo? Ficando sem dinheiro *de novo*... Quantas vezes isso já aconteceu? Cinco? Você me pediu cinco, talvez seis vezes, para falar com ele no seu lugar, e eu não falei. Não entendo por que acha que desta vez eu mudaria de ideia... Eu já te disse, se quiser alguma coisa, ligue para o Colin. Talvez ele se compadeça, mas Paige e eu não... *O quê?*

E lá estava a menção a Colin e Paige outra vez. Seria a mãe dele? Eu não conseguia imaginar mais ninguém que pudesse ser, principalmente não com as menções a "ele" e "mais dinheiro", como se existisse outra pessoa, além do pai, sobre quem aquilo poderia ser.

— Não é problema meu. Já te disse que não queria falar com você, mas toda maldita vez você acha que estou brincando, e pensa que mudei de ideia... — Aaron praticamente rosnou. — Isso nunca vai acontecer. Acha que me esqueci de como você começava a chorar em um estalar de dedos perto do papai? Isso parou de significar qualquer coisa há muito tempo. Você usou demais essa desculpa, não me culpe.

Não precisei ouvi-lo dizer a palavra com M para saber que, com certeza, era com a mãe — sua mãe *biológica* — que Aaron estava falando. Jesus. E ela estava pedindo dinheiro? Quem fazia isso? E o que tinha acontecido para deixá-lo tão irritado?

De repente, me sentindo um pouquinho babaca por ouvir algo que, lá no fundo, eu sabia que era extremamente pessoal, me virei e voltei ao quarto, tentando fazer o mínimo de barulho possível ao fechar a porta e me reclinar contra ela.

O que eu deveria fazer?

Devo ter ficado parada lá por pelo menos meia hora, me distraindo com um joguinho no celular antes de ajeitar a postura e resolver tentar de novo. Com base no tom de voz que Aaron estivera usando, de jeito nenhum aquela conversa teria durado muito mais. Estava só um pouco preocupada ao subir as escadas, mantendo o ouvido atento a qualquer barulho, mas não escutei nada. Cheguei até a metade da sala de estar e a encontrei vazia. Dando uma olhada no deque, vi que também estava vazio.

Foi a tigela colocada ao acaso no balcão que chamou minha atenção. Havia algo que parecia um pedacinho de papel ao lado. Quando me aproximei, vi os ovos mexidos, um biscoito e uma colher de sopa de geleia dentro, e tudo no meu interior parou. Meu peito se apertou.

A única coisa em que pude pensar foi que, por mais irritado que ele estivesse, ainda assim havia preparado café da manhã para mim.

Pegando o recado, li com pressa as palavras rabiscadas e suspirei.

> Estou com dor de cabeça. Vou tirar um cochilo. Não fique no sol.
> Aaron

Em algum momento, Aaron deve ter decidido que começaria a me encarar de novo.

Porque era exatamente aquilo o que ele estava fazendo.

Estivera me fuzilando desde o momento em que subiu as escadas no finzinho daquela tarde, parecendo muito exausto de um jeito que eu podia notar que não era apenas físico. Max tinha sido o responsável por ir acordá-lo depois de todos terem decidido sair para jantar, ao invés de alguém cozinhar. Eu não tinha certeza do que exatamente Aaron planejava fazer com as vieiras, então não me voluntariei para preparar algo sendo que nunca tinha me arriscado com elas na cozinha.

Quando ele não subiu ao meio-dia para almoçar, hora em que geralmente comíamos, eu fiz um sanduíche com uma porção daquelas batatinhas nojentas de vinagre e sal de que ele gostava e picles, então, desci para lhe entregar. Ele não respondeu quando bati de leve à porta, e, em um movimento que de jeito nenhum eu teria feito meses antes, abri e dei uma olhada lá dentro.

Como esperado, ele estava encolhido, virado para o outro lado, totalmente apagado, sem roncar, sem assobiar. Nada saía dele, exceto o leve inspirar e expirar da respiração. Então deixei o prato na cômoda em frente à cama e saí na pontinha dos pés, fechando a porta e tentando não fazer barulho. Passei o dia vendo TV, com só um intervalo de trinta minutos para caminhar na praia com Mindy, usando o chapéu gigante e ridículo que Aaron tinha me dado para usar no dia anterior.

Então, quando Aaron finalmente subiu as escadas com suas roupas um tanto amassadas e foi direto ao novo pacote de garrafas de água, mantive os olhos nele. Ele mal tinha terminado de beber uma garrafa toda quando aqueles olhos castanho-escuros se moveram ao redor do cômodo e pousaram em mim.

E não me deixaram desde então.

Mesmo no carro a caminho do restaurante — um novo ao qual ainda não tínhamos ido —, pude vê-lo me observar pelo espelho retrovisor a cada poucos segundos. Com Max e Mindy na parte de trás, não fui ousada o bastante para perguntar se ele estava bem. E, quando fomos levados a uma mesa, fiquei sem saber o que fazer, mas ele tirou a decisão das minhas mãos ao puxar uma cadeira e gesticular para que eu me aproximasse. Em seguida, tomou o assento bem ao lado. O lugar estava barulhento e lotado, e aquilo não deveria ser surpresa considerando que o feriado de Quatro de Julho era no dia seguinte. No canto mais distante do restaurante, havia uma pequena pista de dança com três casais em uma dança lenta.

Pude sentir o olhar de Aaron em mim quando aproximei a cadeira, e ele fez o mesmo. Arriscando dar uma olhada nele, lhe dei um sorriso muito mais fraco do que qualquer um que eu já tinha lhe dado, e ele o devolveu, seus olhos abrindo um buraco nos meus de uma forma completamente nova para mim. Quase como... Eu não tinha certeza. Eu não tinha certeza nenhuma, porque tinha visto todos os homens com quem minha mãe se casou a olharem da mesma forma. Tinha visto o namorado do meu irmão olhá-lo assim.

E Aaron não deveria estar me olhando assim. Nem perto disso.

Fizemos os pedidos e comemos, com Max e Des dominando a conversa ao falarem de um time de esportes que eu não conhecia. Enquanto isso, tentei organizar as ideias. Tentei planejar o que poderia dizer a Aaron quando ele decidisse conversar comigo de novo. *Ignoraríamos tudo e agiríamos como se nada tivesse acontecido na noite anterior?*, eu me perguntei, levando o garfo à boca. Eu tinha acabado de fechar os lábios ao redor do talher quando senti uma mão dele cobrir a minha direita. A palma de Aaron estava nas costas da minha mão, seus dedos sobre os meus.

Aquilo era um bom sinal, não era?

Com a mão livre, ele gesticulou para o garçom que estava ocupado recolhendo o prato vazio de Max.

— Um duplo, por favor.

— Do quê? — o homem perguntou.

— Qualquer coisa.

Fiz uma careta para Aaron enquanto ele soltava um suspiro entrecortado, seus olhos agora no prato quase vazio. Se não fosse pelo peso de sua mão na minha e pelo polegar se movendo ao longo do osso que se estendia do meu mindinho até o punho, eu teria lhe perguntado se estava bem, porém não quis arruinar o momento, por mais egoísta que isso me fizesse ser.

Mas a mão de Aaron não foi a lugar algum, apesar de ele não ter dito nada até depois de o garçom ter trazido um copo cheio de líquido âmbar e ele o beber em tempo recorde, virando-o como se fosse água. Ele não tossiu, não estremeceu, nada.

Olhei para o outro lado da mesa e encontrei Brittany e Des o observando com uma expressão engraçada, e, quando me pegaram encarando-os, tudo o que pude fazer foi dar de ombros, não querendo assumir o crédito por ter levado Aaron a beber um duplo.

Quando a mão sobre a minha a apertou mais uma vez, ele se inclinou para o lado e sussurrou:

— Venha dançar comigo.

Hum.

— Tudo bem, acho. Mas não sei dançar...

— Daremos um jeito — ele disse, já me fazendo ficar em pé, seu olhar tão intenso que quase comecei a me preocupar.

Assenti e segui em seu encalço enquanto ele serpenteava entre as mesas e ia em direção à pequena área nos fundos com a pista de dança, agora, vazia, exceto por um casal mais velho. Geralmente, não era naquele tipo de atmosfera que eu dançava, isso quando eu dançava. Na rara ocasião em que isso acontecia, costumava ser em uma pista cheia no casamento de alguém ou em alguma festa quando todos estavam bêbados demais para prestar atenção no que acontecia.

E aquela não era uma pista de dança cheia.

Mas, surpreendentemente, no segundo em que Aaron parou quase no meio e esticou os braços com as duas mãos indo para minha cintura, parei de pensar. Parei de me importar. Qualquer um poderia estar sentado por ali, me observando e me julgando, e não teria a menor importância. Com meu estômago ainda esquisito por causa da reação de Aaron a tudo o que tinha sido dito e feito nas últimas vinte e quatro horas, eu estava tanto nervosa quanto apreensiva de ficar tão perto dele.

Mas, na maior parte, nervosa, mesmo quando os meus braços se ergueram e as mãos foram para seus ombros. Por alguma razão, entrelaçá-las ao redor do pescoço dele pareceu íntimo demais.

E Aaron devia ter notado, porque se aproximou mais de mim, tão perto que nossas testas roçaram. Eu tinha dançado com homens o bastante no passado, amigos ou irmãos e parentes distantes, para saber que não era daquele jeito que se dançava.

Parei de respirar e perguntei:

— O que você está fazendo?

Por um breve momento, Aaron me encarou bem nos olhos, então, nos aproximou ainda mais, tão perto que pude sentir a lateral de sua mandíbula na minha têmpora.

Eu não perderia tempo analisando o fato de Aaron não querer manter contato visual, mas ele nos fez ficar tão perto que não tinha como aquilo ser amigável.

Não tinha.

Mas analisei.

Porque... *o que estava acontecendo?*

— No que você está pensando? — tentei não sibilar, mas falhei.

Algo áspero tocou minha têmpora, e não imaginei o suspiro que fez seu peito encontrar o meu. Sua voz soou mais baixa, mais rouca, as palavras arrastadas e lentas:

— Você quer mesmo saber?

Se eu queria?

— Se for algo ruim, não — respondi, apenas alto o bastante para Aaron me ouvir sobre a música, sobre as vozes das pessoas e o tilintar de pratos e talheres.

Ele emitiu um barulho que mais pareceu um bufo de um riso à beira de lágrimas.

— Ruby...

Foi patético, mas pressionei a testa ainda mais na dele, sabendo que não tinha direito algum de fazer aquilo, que não deveria fazer aquilo porque havia uma centena de motivos pelos quais era uma ideia terrível, mas, de alguma maneira, meu aperto ficou ainda mais possessivo, mais forte.

— Por que estamos tão perto um do outro?

— Porque sim. — Uma das mãos na minha cintura a apertou. — Porque eu quero.

Gaguejei.

— Por quê?

— Ruby — foi tudo o que ele disse.

Ele sentia pena de mim? Achava que eu era uma idiota? Ele estava fazendo aquilo porque achava que...

Havia lágrimas espreitando nos meus olhos, totalmente patéticas e prestes a caírem. Mas, ainda assim, eu disse a ele:

— Não quero que você pense que sou uma idiota. — Funguei e senti as lágrimas se agarrarem aos meus cílios. — Já me culpei o suficiente por isso ao longo dos anos. Sei o quanto foi idiota. Nunca planejei contar a ninguém, porque... nunca conheci ninguém para quem eu quisesse contar. Até você.

Senti todo o corpo dele enrijecer. *Senti* a tensão tomar um músculo atrás do outro em seu corpo incrível. Eu o *senti* inclinar o rosto para baixo e *senti* a respiração que saía de sua boca atingir a concha da minha orelha. As mãos na minha cintura se contraíram ainda mais, e Aaron me puxou para mais perto, tão perto que até eu soube, sem dúvida alguma, que aquilo não era algo que amigos faziam. Jamais. Amigos não ficavam com as partes íntimas tão próximas. Amigos com rostos bonitos pelos quais você era apaixonada não falavam com a voz rouca em seu ouvido:

— Você não é idiota. Eu não acho que você é idiota, burra ou patética, entendeu? Nem um pouquinho. — Os dedos ao redor da minha cintura me deram um apertão ainda mais forte, e tive certeza de que seus lábios roçaram minha testa enquanto ficamos parados ali, uma ilha se mantendo imóvel no mundo. — Odeio te ver pensando assim sobre si mesma, porque não é verdade.

Então, ele repetiu, por via das dúvidas:

— Você não é idiota, Ruby. — O peito dele pressionou ainda mais o meu na respiração seguinte, e ele disse: — Você é o oposto de todas essas coisas. Cada uma delas. Você é inteligente, você é engraçada, você é talentosa... — Aquela boca foi outra vez até minha têmpora e simplesmente ficou lá, sussurrando palavras para mim. — Acha que me esqueci de você e daquela porcaria de "sou só Ruby"?

Eu praticamente me engasguei.

E ele continuou, alheio:

— Você é linda, Ru. E é meiga e gentil. Você é todas essas coisas que pensa não ser... todas essas coisas que você pensa que todo mundo na sua família é, e mais. Eu não entendia por que você não via isso em si mesma, mas agora entendo.

Com todas aquelas perguntas saltitando pela minha cabeça, só consegui focar em uma. Ele entendia agora?

— Eu não estava pensando nada de ruim a seu respeito, RC — continuou falando naquela voz baixa. — Não estou bravo com você. O que mais tenho pensado é em como vou acabar com aquele merdinha na primeira chance que tiver pelo que ele fez com você, e nada do que você fizer ou disser vai me fazer mudar de ideia.

Parei de respirar outra vez.

— E eu estava pensando que você errou, como a maioria de nós erra, ao ficar com alguém de quem acabou se arrependendo — explicou.

Acho que nunca pensei assim. Mas também era raro eu me permitir pensar naquilo. Era um dos pontos mais baixos da minha vida.

— Mas, na maior parte do tempo, Rubes, quero voltar no tempo e socar a cara de todo mundo que já te fez duvidar de si mesma, porque a garota que me faz sorrir até o meu rosto doer num dia de merda precisa enxergar isso. Sinto que te devo isso.

Aaron beijou minha têmpora, e não consegui respirar, não consegui pensar, não consegui fazer minhas células se moverem.

Minhas pernas estavam fracas.

E, como se aquilo não tivesse sido o bastante, ele continuou. Ele *continuou*:

— Eu virei um caso perdido na primeira vez que você me irritou. — Aaron sorriu. — Talvez até antes disso.

Eu estava prestes a desmaiar. Bem ali naquela pista de dança idiota, eu simplesmente desmaiaria. Porque os meus joelhos... tinham virado gelatina.

Aquela mão que havia segurado a minha incontáveis vezes nos últimos dias subiu, e Aaron acariciou minha bochecha com o polegar. Eu o ouvi engolir em seco. Eu o ouvi respirar. Eu o senti por todo o comprimento do meu corpo.

— Você é tão especial, Ruby. Vou te dizer isso todos os dias, se for preciso.

Não consegui olhar para ele. Não consegui. Precisei de uma força descomunal para me manter em pé.

— Certo. — Engoli em seco enquanto minha mente girava, realidade e praticamente tudo se acomodando o suficiente para que eu pudesse ligar os pontos. Então, parei de me mover e ergui a cabeça para poder encontrar seus olhos, enquanto eu abria e fechava a boca. — Espere um segundo.

Aaron ergueu uma sobrancelha loira, seus traços faciais em uma mistura de esperança e nervosismo. *Nervosismo*. Vindo de Aaron. *O que estava acontecendo?*

— Não entendo — falei devagar, ainda processando tudo, me forçando a recuar um pouco.

— O que você não entende? — perguntou com calma, um pequeno sorriso no rosto.

Semicerrei os olhos.

— O que você quer *dizer*?

— Como assim o que eu quero dizer?

Pisquei.

— Você...? — Eu não poderia falar aquilo. Não poderia, mas precisava. Tinha que falar. As palavras saíram em sílabas, meu rosto corando com o fato de que eu estava prestes a lhe *perguntar* aquilo porque parecia tão surreal. — Você gosta de mim? É isso o que está tentando dizer?

Ele apertou minha cintura, seu olhar atento.

— Sim.

Meu mundo todo se transformou em um borrão quando eu disse, com mais esperança do que jamais poderia ter imaginado:

— Como mais do que amiga?

Todos os traços faciais de Aaron suavizaram e murcharam, até seus ombros pareceram cair um pouco. Aqueles olhos acaju cravaram nos meus, capturando-os e não os soltando ao dizer uma única palavra:

— Sim.

Foi um milagre meu queixo simplesmente não ter caído, então eu o encarei.

— Como muito mais do que só uma amiga — esclareceu, como se o "sim" não tivesse bastado. Sua voz soou um pouco lacrimosa e incerta, e aquilo... acabou comigo.

Senti como se... tudo fosse uma mentira. Como se eu não soubesse de nada. Como se tudo o que eu soubesse fosse besteira. Um ceticismo do qual eu nem sabia ser capaz pareceu escorrer com minhas palavras enquanto eu o olhava mil por cento confusa.

— Mas você... você disse que... — *Aaron gostava de mim?* Eu não conseguia assimilar nem a primeira palavra daquela frase, muito menos o resto. — Você disse que eu era como uma irmã para você — praticamente o acusei.

Ele emitiu um rosnado bem fundo na garganta, seu olhar nunca se desviando.

— Nem um pouquinho, Rube. Eu estava bêbado, e estava... — Ele engoliu em seco e balançou a cabeça. — Eu estava tendo dificuldades para tentar me convencer a parar de pensar em você desse jeito, mas não funcionou.

Depois disso, tenho certeza de que falhei em manter a boca fechada.

E devo ter falhado mesmo, porque o sorriso de Aaron cresceu um tantinho, e ele baixou a cabeça, chegando mais perto, até o nariz tocar minha testa.

— Primeiro, você era apenas uma estranha legal. Então, virou minha amiga, e eu realmente queria que você fosse feliz e vivesse sua vida — explicou baixinho. — Mas as coisas mudaram. Quando percebi, você estava me contando sobre algum babaca te beijando e isso me irritou mais do que qualquer outra coisa na vida.

— Mas... mas... mas... — gaguejei, meu pulso acelerando, minha respiração ficando pesada, minha mente nadando contra a correnteza. — Mas você... mas eu... mas...

O riso dele soou baixo.

— Ru.

Inclinando a cabeça para trás, olhei para ele, incerta quanto ao que raios eu estava sentindo. Aaron gostava de mim. Ele gostava de mim? Eu não estava pronta para aquilo. Era o que eu queria, o que eu deveria querer, mas...

— Aaron, por que você está me contando isso?

Aquilo o fez piscar.

— Porque eu preciso. Eu quero que você saiba.

— Mas por quê?

— Porque você me deixa feliz, Ruby. Porque não tem mais ninguém que quero que esteja ao meu lado.

Em qualquer outra circunstância, eu talvez teria desmaiado, mas não desmaiei. Minha sanidade estava entrando em colapso, e não consegui espalhar todas as peças e remontar o quebra-cabeça. Não enquanto eu tivesse milhares de perguntas e inseguranças saltitando pela minha cabeça.

— Mas você não... — balbuciei, tentando pensar no porquê eu arruinaria aquele momento e, então, me lembrando. — Essa foi uma péssima ideia.

Suas pálpebras penderam tão baixas sobre as íris que quase não pude vê-las.

— Por quê? — perguntou sem pressa.

— Porque eu também sou louca por você, mas não vai dar certo. Acho que eu preferia não saber — contei, honestamente.

— Por que foi uma péssima ideia? Por que não funcionaria? — sussurrou quase com cautela.

— Porque não! — sibilei.

— Por quê?

— Porque você sabe que quero me casar um dia — falei rapidamente. — E você não quer.

Ele ergueu uma sobrancelha.

— Mas mais porque você não quer me contar certas coisas por alguma razão — respondi, quase sem fazer barulho. — Me importo tanto com você... Eu te amo, Aaron, mas não quero ficar do lado de fora. Eu te disse ontem. Toda vez que te pergunto algo a que você não quer responder, você não responde. Me conta quase tudo, eu acho, mas as coisas que não conta... — Estremeci. — Não quero que fique sozinho. Eu quero que saiba que estou aqui, mesmo se for apenas como amiga. Mas não posso te amar enquanto você ficar remoendo e guardando segredos dentro de si. Sei como é, entendo que tem muita coisa que você não quer me contar porque eu não compreenderia, mas tenho certeza de que existem muitas coisas que não são o caso.

Aaron me encarou por tanto tempo que pensei que o tinha feito mudar de ideia, e quis acreditar que eu ficaria bem com aquilo porque não queria estar com alguém que escondia tanto de mim. Aquilo não seria justo. Mas, finalmente, *finalmente*, uma palma soltou minha cintura e envolveu minha nuca, puxando-a com gentileza até minha bochecha se acomodar em seu peitoral. Aaron me abraçou, o peito se expandindo amplamente sob mim. Suas palavras soaram suaves:

— Desculpa, Ru. Você tem razão. Eu não deveria fazer isso. Eu te contei quase tudo. O que você quer saber?

Havia tanto, eu sabia que havia. E eu estava grata por ele não estar fingindo que era apenas uma. Então escolhi a maior delas, a que vinha revirando meu estômago há dias:

— Quem tem ligado e te deixado chateado?

Senti seu suspiro sob minha bochecha.

— Minha mãe biológica.

— O que aconteceu?

Aaron suspirou outra vez, e a mão na minha nuca deslizou pelas costas e pousou na minha cintura.

— Ela está me ligando porque sabe que estou de volta aos Estados Unidos — explicou. — Nós não... Tudo bem, eu não gosto de conversar com ela nem sobre ela, desculpa. Tenho certeza de que você sabe disso por causa das nossas mensagens. Ela foi embora quando eu era pequeno. Ela traiu o meu pai. Lembro-me dela dizendo o quanto era infeliz. Como tinha sido ele quem quisera filhos, e como foi ela quem ficou presa em casa nos criando enquanto ele trabalhava o tempo todo. Como não éramos o que ela havia desejado para a vida dela.

"Um dia, ela simplesmente foi embora. Não a vimos nem tivemos notícias pelos seis anos seguintes, até eu fazer treze anos. A única razão pela qual ela tentou voltar foi para pedir mais dinheiro do que havia conseguido com o divórcio. Eu nem sabia que eles tinham se divorciado, acredita?"

Fechei os olhos com força e assenti, focando nos braços em minhas laterais.

— Há uns dez anos, ela voltou, alegando ter se reencontrado numa religião e dizendo que queria ter um relacionamento conosco. Convenceu meu irmão Colin, mas Paige e eu não caímos na armadilha. Sabemos como as coisas funcionam com ela. Minha mãe só aparece quando quer algo do meu pai; na maioria das vezes, dinheiro. Uma vez, foi um carro. Ela tem ligado para casa, e sei muito bem o que quer, e isso simplesmente... isso me tira do sério, Ruby. Mexe com minha cabeça. Minha mãe deixou meu pai falido quando foi embora. Ela... — Aaron suspirou de novo. — Mas ele superou e seguiu em frente e... Tem dias que eu não consigo fazer isso.

Eu sabia como era não ter dois pais presentes ao mesmo tempo, mas meu pai sempre esteve a uma ligação de distância. Sempre.

— Desculpa, Aaron.

Ele deu de ombros.

— Desculpa não ter contado. Eu não falo sobre isso. Sobre ela. Você entendeu.

— Eu talvez também não fosse querer te contar — admiti. — Mas sinto muito por sua mãe ser assim.

— Eu te falei, as doidas gostam de mim. É de família — ele disse, quase como se estivesse tentando contar uma piada.

— Eu não sou doida e gosto de você — falei, tentando soar como se estivesse brincando, mesmo não estando.

Aaron me puxou para perto outra vez, a boca se abaixando para que pudesse falar diretamente no meu ouvido.

— Você não é doida. Você é incrível, e merece coisa melhor do que eu, mas espero que não se importe.

Eu não teria um ataque de pânico e muito menos desmaiaria. Não, não, não. Talvez eu apenas derretesse no chão, na pior das hipóteses. *Isso não é um sonho*, disse a mim mesma. *Eu repito, isso não é um sonho. Você está acordada.*

Eu não queria acreditar nele. Eu realmente não queria. Mas...

— Você acha que eu faria por qualquer um o que fiz por você? — perguntou, me lembrando de que sempre tinha sido capaz de ler minha mente.

Porque eu sabia como era quando nada daquilo era real, e agora era diferente. Nem perto. Estava tão longe de ser falso quanto possível.

Porque era Aaron.

— Tem certeza? — sussurrei.

O "hum" dele ressoou no meu cabelo.

— Tem certeza *mesmo*?

Ele riu no meu cabelo, alto.

— Tenho certeza mesmo.

— Preciso me certificar de que não entendi isso errado, tudo bem? — falei, quase rouca, e ele riu de novo, muito baixo, sensual e quase confiante, assentindo. — Não ria. Estou falando sério.

— Tudo bem. — Ele ainda ria, suas mãos se fechando na minha cintura. — Desculpa por não ter te contado as coisas, RC. Desculpa mesmo. Você é a única pessoa para quem eu alguma vez quis contar algo. — Aaron se afastou apenas o suficiente para que pudesse me olhar, e eu conseguisse encará-lo. — Sei que eu te disse que não tenho certeza se quero me casar e tal, mas... — O pomo de adão dele saltou.

— A ideia de você estar com outro... até de só trocar mensagens com eles... ele... mesmo antes de eu ter visto seu rosto ou escutado sua voz, Rube... Não quero te ver com mais ninguém. Você é a minha Ruby, e tem sido por um bom tempo.

Sem dúvida alguma, na minha mente, eu desmaiei. Com certeza. Minha irmã Tali teria me dado um tapa na cara, e Jasmine teria me dito para crescer. Talvez eu devesse ter questionado mais aquilo. Talvez eu devesse ter pensado mais, mas não o faria. Eu sabia o que eu sentia. Era capaz de sentir o que Aaron sentia. Do que mais eu precisava?

Nada. De absolutamente nada.

— Isso quer dizer que você quer me beijar? — tomei coragem e tagarelei.

Ele não riu vocalmente, mas pude sentir as vibrações que vinham do peito antes de ele dizer, sorrindo para mim:

— Uhum.

Ele queria me beijar. Aaron queria me beijar.

— Não como amiga? — esclareci.

— Não como amiga — confirmou, diversão colorindo suas palavras.

— Você está me dizendo isso porque agora sabe que não sou virgem?

Houve uma pausa. Ele congelou de novo. E, quando notei, ele tinha mergulhado o rosto no meu pescoço, sobre o meu cabelo. E ele estava rindo, *rindo*, enquanto beijava lá, e tudo em mim *saiu do controle*.

— Não — pensei que ele tivesse dito. — Eu ia te contar em algum momento. Amanhã, acho. Você está sempre me apressando.

Bufei, mesmo parecendo estar sendo engolida por areia movediça, sendo levada direto a um lugar onde eu não sabia o que fazer.

Aaron gostava de mim? Aaron. Gostava. De. Mim?

Acho que os sinais tinham estado lá.

Ainda assim...

— O que vamos fazer agora?

O riso dele soou reconfortante, sua mão indo para a parte inferior das minhas costas enquanto os olhos castanhos me encaravam com mais amor e afeto do que eu era capaz de lidar.

— O que você quiser, RC. Continuaremos fazendo o que estamos fazemos. Vamos dar um jeito.

@capítulo vinte e dois

Aaron gostava de mim, esse foi meu primeiro pensamento quando acordei.

A possibilidade de Aaron me amar foi a segunda.

Fiquei acordada por quase uma hora depois que cheguei ao meu quarto na noite anterior, repassando tudo o que havia acontecido na pista de dança no restaurante, e, ainda assim, o tempo não tinha sido suficiente. Mas entendi o que meu coração pensava, o que sentia. E era que Aaron Tanner Hall me amava. Talvez ele não tivesse usado essas palavras, mas não precisou. Tudo que tive que fazer foi pensar no que aquele homem achava de mim, em como ele me tratava, e comparar a como outros caras com quem minhas amigas tinham namorado as havia tratado, e me senti muitíssimo confiante.

Afinal de contas, eu não tinha dado um jeito de dizer que o amava, e ele não comentara nada?

Talvez alguém pudesse até me dizer que eu estava me precipitando e chegando a uma conclusão que não era totalmente real, mas minha intuição discordava. Não achava que estava imaginando coisas. Mas também, se ele fosse tão incrível assim e não me amasse, eu poderia viver com aquilo para sempre. O que era o amor, senão uma única palavra que as pessoas usavam para tentar descrever algo que não era tão facilmente explicado ou cultivado em uma atitude ou declaração?

Cresci sabendo que o amor era complicado. Mas eu sabia como identificá-lo. Como era senti-lo. E eu havia aprendido do jeito difícil, ao longo da minha vida e da vida das pessoas que eu amava, que havia uma linha muito tênue entre amor e ódio. Dizer a alguém que você o ama não significa que acabariam juntos. Era só a droga de uma palavra.

Então eu não me preocuparia com aquilo.

Com muito mais ânimo no meu caminhar do que o normal, saí da cama e fui tomar banho, me sentindo revigorada, ainda mais forte e melhor do que antes porque eu tinha feito algo do qual pensei nunca ser capaz. Eu tinha dito a uma pessoa, pela qual estava completa e loucamente apaixonada, que não tinha certeza de que poderíamos ficar juntos porque ele não correspondia às expectativas que eu tinha.

Quem eu era? Uma valentona? Eu já tinha chegado a esse nível?

Eu nunca, jamais teria imaginado ser capaz de fazer aquilo. Nem em um milhão de anos. Nem mesmo nos meus sonhos mais loucos, mas, se havia algo que aprendi sobre mim rapidamente, era que eu merecia coisa melhor. Precisei aprender. E não me contentaria com menos.

Então, foi o que fiz.

Até mesmo Jasmine teria me chamado de fodona.

Com o sol parecendo sair brilhando de mim, me sentindo rejuvenescida e incrível, terminei o banho, me vesti e segui escadaria acima, como se pudesse enfrentar qualquer coisa. Eu realmente poderia. Depois de pegar uma garrafa de água, fui direto para o deque e inspirei uma grande lufada de ar salgado, simplesmente pensando comigo mesma: "Isso é incrível".

Então, a culpa pelo que aconteceu nos minutos seguintes foi do sol e de eu me sentir praticamente indestrutível.

Porque foi naquele segundo que o telefone dentro da casa tocou.

E, quando me virei para olhar lá dentro, Aaron não estava na cozinha como nas outras duas manhãs quando o atendeu.

Foi no segundo toque, enquanto eu estivera ocupada demais focando no fato de que o telefone estava realmente tocando, que a imagem de Aaron bravo e chateado durante aquelas ligações às quais estivera se sujeitando preencheu o meu cérebro. E aquilo me deixou nervosa. Então, eu praticamente entrei marchando na casa, sentindo como se eu fosse uma versão totalmente diferente da Ruby que pensei ser capaz.

E atendi àquela porcaria de telefone dentro do armário ao lado da geladeira com um "alô" rabugento que eu também não sabia estar guardando em mim.

Houve silêncio do outro lado da linha.

— Alô — repeti, soando tão agressiva quanto da primeira vez.

— Alô — a voz feminina do outro lado respondeu, soando hesitante.

— Posso te ajudar?

Houve uma pausa antes de a mulher pigarrear e dizer com uma voz bem clara e inflexível:

— Posso falar com o Aaron?

— Posso perguntar quem é? — Eu sabia quem era, mas já tinha visto minha família jogar joguinhos o bastante para saber como me portar naquela situação.

— É a mãe dele — a mulher respondeu com a voz afiada.

— Entendi — falei, pensando nas palavras que ele tinha usado noite passada. — Ele não está disponível agora.

— Posso deixar um recado?

— Acho que não — respondi, com honestidade e calma.

Ela não disse nada, de novo, por outro momento.

— Como é?

— Acho que não — repeti.

— Com quem eu estou falando? — a mulher perguntou, sua voz ganhando uma pitada de grosseria.

— Com a namorada dele — falei antes de poder me impedir. — E, se você for continuar ligando e o chateando, eu gostaria que não fizesse isso.

— Como é que é? — a mãe dele ralhou. — Quem é você para...

— Olha, eu não sei quais são as suas intenções ao ligar, mas tudo o que vou te dizer é que você deveria realmente pensar duas vezes antes de forçá-lo a conversar, sendo que você só o está deixando irritado. Se realmente estiver tentando voltar para a vida dele, talvez deva pegar mais leve e mudar de tática. Se você não... Deixa quieto. Tudo o que eu sei é que não vou deixar você arruinar a manhã dele. Tenha um bom dia — me despedi. Então, desliguei.

Nem mesmo dois segundos depois, a adrenalina me atingiu.

Que *merda* eu tinha acabado de fazer? Tinha mesmo dito aquelas coisas para a mãe de Aaron?

Eu não podia acreditar.

Eu não podia acreditar, caramba.

Quem era aquela nova Ruby?

— Tudo bem? — soou uma voz que me fez pular no lugar e fechar a porta do armário com tudo.

Era Aaron.

— Ah, sim — gaguejei. — Hum. — Eu sabia que precisava contar a Aaron. Eu não poderia *não* contar. Ainda assim, meu rosto ficou vermelho. — Ah, sua mãe ligou.

Ele estava na metade do caminho até a cozinha quando interrompeu o movimento. Já de calção de banho e camiseta branca, piscou para mim, ainda meio com sono.

— Deu tudo certo? — perguntou devagar.

— Sim — respondi, fingindo alegria na voz e falhando miseravelmente. — Não diga que eu nunca fiz nada por você, ok?

Me encarou por tanto tempo que estremeci, achando que tinha feito algo errado.

— Eu não queria que ela te deixasse irritado e estragasse o seu dia — tentei explicar.

Aaron deu um passo à frente, então, mais outro e outro até parar na minha frente, e, na velocidade da luz, suas mãos foram para o meu rosto, envolvendo as bochechas com as palmas ásperas e grandes. Um sorrisinho começou a se abrir em sua boca em determinado momento. Logo antes de beijar minhas duas bochechas com aquela sua boca perfeita, falou:

— Eu já te disse hoje o quanto estou feliz por você estar aqui?

— Jasmine. *Jasmine*, me escute...

— Não.

— Eu não estou brincando. Se as suas coxas enormes... — as pernas dela não chegavam nem perto de ser grandes. As pernas de Jasmine eram o sonho da maioria das pessoas. Fortes e atléticas que ficavam boas vestindo qualquer coisa, ou nada. Mas eu não ia elogiá-la — ... rasgarem minha meia-calça, vou cortar uma franja em você igual àquela de quando éramos crianças, você se lembra?

Houve uma pausa, e tenho certeza de que, mesmo ela não conseguindo se lembrar de ter me pedido para contar seu cabelo quando tinha cinco anos, nem do corte terrível que se seguiu, aquilo tinha sido muito bem documentado pela minha mãe através de fotos. Jasmine sabia que tinha acontecido. Então, minha irmãzinha tomou sua decisão.

— Prefiro arriscar a franja. Vou usar sua meia-calça. Tchau, Pequenina.

Então, desligou na minha cara.

Tudo o que pude fazer foi basicamente tossir e rir de surpresa, quando eu não deveria ter ficado nem um pouco chocada.

— Do que você está rindo?

Eu ainda sorria quando me virei no assento e encontrei Aaron parado na porta com uma cerveja e uma garrafa de água em cada mão. Indo em direção à cadeira na qual ele geralmente se sentava, dei um tapinha no apoio de braço enquanto eu respondia à sua pergunta:

— Jasmine me mandou uma mensagem perguntando onde guardo algumas das minhas meias-calças, então liguei para perguntar por que ela queria saber. Uma coisa levou a outra, e ameacei cortar o cabelo dela se as vestisse e rasgasse. Então, ela simplesmente disse: "Tchau, Pequenina" e desligou na minha cara.

— Alguma meia-calça em... específico? Mas o que são mesmo meias-calças?

— Uma meia fina. — Sorri. — A que Jasmine queria tem gatos. Acho que ela tem algum encontro para estar perguntando.

Aaron assentiu ao se sentar, a mão com a garrafa de água estendida na minha direção. Aceitei.

— Meia-calça de gatinhos, é?

— Meia-calça de gatinhos.

— Fofo.

O que eu deveria dizer depois daquilo?

— Eu tenho uma com elefantes também.

Ele ergueu uma sobrancelha ao levar a lata de cerveja até aquela boca que havia tocado diversos lugares do meu rosto na noite anterior.

— Eu gostaria de vê-las.

Era em horas como aquela que eu realmente queria ter alguma experiência com flertes, em vez de ficar sem palavras e não saber o que dizer.

— Espero que um dia você veja — falei, incerta se aquilo era muito presunçoso ou não.

Mas o sorriso que ele me deu disse que não.

— Um dia — Aaron confirmou.

Abri a boca e fechei. Perguntas me afligiram enquanto estivemos fora caçando mais algumas vieiras por umas duas horas e, então, quando passamos a tarde limpando nossa pesca na garagem usando colheres. Até pensei nas minhas perguntas enquanto tomava banho e almoçava. Depois, enquanto ajudava Aaron a preparar o jantar, minha cabeça se encheu a ponto de eu sentir que estava prestes a explodir. Eu sabia que não estava sendo muito graciosa, elegante ou misteriosa. A verdade era que eu não era nenhuma daquelas coisas. Gostava quando as pessoas eram diretas comigo quanto a suas expectativas e seus pensamentos. Então, simplesmente fiz o que eu queria. Perguntei a Aaron:

— O que isso realmente significa? Você e eu?

As sobrancelhas dele subiram enquanto os lábios deixaram a borda da garrafa, e ele engoliu, pensativo, um dos pés descalços indo se acomodar no joelho oposto.

— O que você quiser que seja, Ru.

Aquilo não estava ajudando em nada.

— O que isso quer dizer?

Aaron sorriu.

— Eu só não quero... exagerar na proporção das coisas. Isso faz sentido? — perguntei, hesitante, seu sorriso sucumbindo a um menor enquanto os olhos se semicerravam.

— Como você exageraria na proporção?

Por que essa conversa estava me deixando agitada e com coceira?

— Tipo, talvez nós dois gostemos um do outro, mas você ainda quer continuar solteiro...

— Não.

Lancei a ele um olhar e continuei com meus exemplos, mesmo não querendo.

— Talvez você goste de mim, mas, quando não estivermos juntos, seguimos nossas vidas e saímos com outras...

— É claro que não.

Pisquei.

— Não?

A expressão toda dele mudou, e Aaron apoiou a cerveja em uma das mesas de canto.

— Faz meses que não gosto da ideia de você namorando outras pessoas — soltou as palavras com tanto nojo que não pude evitar me apaixonar ainda mais. — Estou ficando irritado, neste exato momento, só de pensar nisso, Ruby — ele disse naquela voz baixa. — Senti ciúmes quando eu não tinha nem te visto, quando eu não sabia o quanto gostava de te ter por perto... quando eu não tinha nem ouvido sua voz... — Ele engoliu em seco. — Mesmo se você... não tivesse a aparência que tem, eu estaria aqui, me sentindo assim por você. Isso ajuda a entender?

Aaron estava se sentindo de qual maneira?

Minha confusão deve ter continuado clara, porque aqueles olhos castanhos perfuraram os meus.

— Você é minha garota, Ruby. E, se tivéssemos nos conhecido e não tivéssemos nos dado bem, eu me sentiria diferente, mas não me sinto. Não foi assim que as coisas rolaram entre nós.

Balancei a cabeça devagar, observando o rosto dele, perdida, ainda confusa e um pouco sufocada.

— Não vou a lugar nenhum. Não hoje nem amanhã. Podemos fazer isso no ritmo que você quiser. É o que estou tentando lhe dizer. Vamos avançar, mas podemos fazer isso quando você quiser — explicou.

— Só para ter certeza de que não estou entendendo errado...

Ele deu um sorrisinho, e eu sorri de volta.

— Só para me certificar — reiterei. — Estamos falando de sexo?

Aaron jogou a cabeça para trás e riu antes de me olhar outra vez e a inclinar para o lado, com um sorriso grande no rosto.

— Eu estava falando de darmos as mãos, de eu te beijar e de sexo também, acho. — Ele riu de novo. — O que eu vou fazer? Te dizer não?

Bufei. Não pude evitar observá-lo, de repente me sentindo no controle pela primeira vez na eternidade e não muito certa quanto ao que fazer com aquilo.

— Mas você *quer* fazer sexo comigo?

A ponta dos seus dedos subiu para pressionar o espaço entre as sobrancelhas enquanto ele ria e me olhava pelo canto da mão, e continuava rindo.

— Por que está rindo de mim? Eu quero ter certeza de que entendi — choraminguei.

— Sei disso, mas está me dando vontade de rir quando você chama aquilo de sexo.

— Por quê? É sexo.

— Caramba, Ruby — ele disse, rindo de novo. — Eu pensei que estaríamos tendo essa conversa daqui a meses.

— Por quê?

— Porque sim!

— Mas por quê? — insisti, me divertindo demais para sentir vergonha. — Por que você está todo tímido?

Aaron corou, enquanto sorria e balançava a cabeça.

— Venha aqui.

Senti meu corpo se levantar.

— Onde?

Com as duas mãos na altura do peito, ele gesticulou para que eu me aproximasse.

— Aqui.

Eu o observei e pisquei, e aquilo só me fez sorrir ainda mais.

— Venha aqui, e poderemos falar de sexo.

Meu corpo todo ficou quente e vermelho. Com certeza vermelho. Eu sinceramente não teria ficado surpresa se os meus olhos tivessem saltado para fora das órbitas, e tudo o que consegui fazer foi rir.

— Este parece o tipo de momento sobre o qual minha mãe

costumava alertar Jasmine quando ela começou a ter namorados, e ela se preocupava de que poderia acabar grávida.

— Ela não teve esse tipo de conversa com você?

Franzi a testa para ele e balancei a cabeça.

— Não. Nem uma vez. Na verdade, pensando bem agora, isso faz com que eu me sinta meio mal. Ela nunca conversou sobre sexo comigo. Tenho vinte e quatro anos, e ainda estou esperando.

Aaron riu.

— Vou te contar tudo sobre sexo.

Resmunguei, o que o fez rir mais.

— Você é terrível. Está fazendo isso comigo de propósito.

Ele balançou a cabeça, seu sorriso tão grande que sua covinha poderia ser uma estrela.

— Você sabe que estou. Eu sei, Ruby. Eu te conheço. A decisão é sua, desde que saiba que não vou a lugar algum. Não vou desistir de você. Estava pronto para enfrentar aqueles caras com quem você estava saindo se tivesse ficado sério.

Talvez tenha sido errado da minha parte lhe dar o maior sorriso de que eu era capaz, mas não me importei.

Aaron inclinou o rosto para baixo, sua expressão de repente ficando séria.

— Isso não é só pelo fim de semana. Não é só pelo resto do mês. — Minha expressão deve ter parecido descrente, porque ele me puxou para si, seu rosto solene. — Você não faz um vestido em um dia, certo?

Com um nó na garganta, assenti.

— Geralmente, não.

— Seus melhores vestidos levaram centenas de horas para ficarem prontos, não é?

— Sim. — Aonde ele queria chegar com aquilo?

— Um empreendimento não é bem-sucedido da noite para o

dia. Não se é promovido em uma semana. Tudo leva tempo. Tudo que é importante, bom e valioso leva tempo. Não sou o tipo de cara que não sabe disso. Só de olhar para você, já fico feliz. Te ouvir me faz feliz. Então venha aqui se quiser, mas só se quiser.

Ele estava me matando. Talvez já tivesse feito aquilo, e, agora, eu estivesse em uma dimensão alternativa. Ou no paraíso. Eu poderia acreditar que ali era o paraíso se Aaron estava dizendo aquelas coisas e todas as setas apontassem para mim. Talvez eu fosse ingênua. Talvez eu tivesse sido incrivelmente idiota na minha vida antigamente.

Mas eu não seria agora.

Então, me levantei e parei na frente dele enquanto o meu coração batia, batia e batia, frenético, frenético e frenético.

E Aaron sorriu para mim ao escorregar para o lado e se sentar direito na cadeira, as mãos indo até meus quadris e me puxando para ele. Meu traseiro foi até uma de suas coxas, meu quadril encostando no dele, e meus ombros fizeram amizade com os de Aaron.

Pela primeira vez na minha vida, eu estava sentada no colo de um homem. Eu já tinha imaginado aquele momento dezenas de vezes, mas cada vez tinha sido com alguém que não se parecia em nada com Aaron. Eu pensava, naquela época, que nada me deixaria mais feliz do que me sentar no colo de tais homens e ser o objeto de seu afeto.

Foi o que pensei.

E eu era uma imbecil. Uma idiota.

Era como se... *aquele momento* fosse tudo que eu esperasse durante toda a vida. Como se todo o resto, se tivesse existido alguma outra coisa, tivesse sido uma imitação pálida e patética. Gotas em um balde do qual eu nunca me lembraria.

Mas aquilo, aquilo era diferente.

Sentar-me no colo de Aaron no deque de sua casa na praia, com um punhado de estrelas no céu e os sons das pessoas na praia... era apenas uma das dezenas de lembranças que eu havia criado com Aaron das quais eu nunca me esqueceria.

Eu tinha saído centenas de vezes com outras pessoas para fazer coisas que tinham parecido divertidas na hora, mas eu não conseguia me lembrar de nada, exceto por um resumo nebuloso e vago dos eventos. E talvez tenha sido assim que eu soube que aquilo era diferente. Como tudo com Aaron era diferente. Era especial. Com a minha intuição, enquanto vivenciávamos o momento, eu soube que nunca poderia nem iria me esquecer de como ele sorriu para mim enquanto eu me sentava em seu colo. Ou da sensação de quando sua mão tocou a lateral da minha coxa. Ou de como seus olhos me observavam do jeito que eu sempre quis ser vista, como se meu coração estivesse rodeado de abelhas e minha pele, coberta por borboletas.

Eu nunca, jamais me esqueceria daquilo.

— No que você está pensando?

Pressionando um lábio no outro, mordi a parte interna da bochecha por um segundo enquanto estudava todo o seu rosto com os olhos, e disse:

— Em você.

— É? — perguntou, entretido.

— É, sr. Modéstia. Não soe tão animado. — Eu ri. — É a primeira vez que me sento no colo de alguém.

Aqueles olhos castanhos analisaram o meu rosto, e a mão na minha coxa deu um apertão.

Com dedos trêmulos, toquei um daqueles ossos lindos e angulosos logo abaixo de seu olho, incerta se aquilo era algo que eu podia fazer. Mas ele não disse nada. Em vez disso, se inclinou na direção do meu dedo um pouco mais.

— Alguma vez você já se olhou no espelho e pensou: "Cara, como eu sou sortudo"?

Houve um barulho agudo que me fez olhar para a expressão que

Aaron fazia antes de rir e balançar a cabeça.

— Do que você está falando?

— De você. Já agradeceu à sua mãe biológica e ao seu pai por terem lhe dado a melhor estrutura facial do mundo? — perguntei, escorregando o dedo pela ponte de seu nariz.

— Não. — Ele riu. — Nunca ouvi isso antes.

Parei de mover o dedo e olhei em seus olhos.

— Não?

Aaron franziu o nariz e balançou a cabeça.

— Não.

Soltei um barulho pensativo.

— Aposto que você já ouviu que é lindo diversas vezes.

A mão no meu quadril deu um apertão.

— Às vezes, as pessoas só veem o que está do lado de fora, nem sempre se importam com o resto, Ruby. Aparências podem enganar.

Com os dedos na bochecha oposta, olhei para o rosto dele outra vez, imaginando o que tinha acontecido com ele no passado para dizer algo assim. Então, me lembrei e continuei movendo os dedos pelo osso da bochecha enquanto dizia em uma voz baixa e controlada:

— Bem, sorte a minha que sua melhor parte está do lado de dentro, não é? — Então parei os dedos e envolvi seu rosto com as duas mãos de repente, aproximando suas bochechas, não o admirando nos olhos de propósito. — Não sei se algum dia vou me acostumar a olhar para o seu rosto. É como se… você não pudesse ser real. Como se eu não pudesse ser real. Como se eu não devesse estar sentada, aqui, no seu colo, porque…

Aaron esticou os braços ao meu redor e envolveu os dedos nos meus pulsos, seu queixo para baixo.

— Pode ir se acostumando — ele disse.

Então, se aproximou.

Aaron se inclinou para frente, seus dedos ainda ao redor dos meus pulsos, e devagar, tão devagar que eu poderia ter me movido a qualquer instante ou o impedido, a pontinha daquele nariz perfeito tocou o meu. Pude quase ver cada manchinha de cor em seus olhos de tão perto que estávamos, e, se ele tivesse algum poro naquela pele imaculada, eu teria sido capaz de vê-lo enquanto ele esfregava a pontinha do nariz no meu, me fazendo sorrir e sentir como se o mundo pudesse estar pegando fogo naquele instante e que, ainda assim, eu teria morrido com um sorriso.

— Eu poderia me acostumar com os beijos de esquimó — sussurrei.

E, em um movimento do qual eu nunca teria acreditado ser capaz, inclinei o rosto apenas o suficiente para pressionar a boca na dele. Foi um selinho. Lábios secos contra lábios secos. Durou um segundo antes de eu me afastar alguns poucos centímetros.

Então, foi Aaron quem pressionou a boca contra a minha. Dois segundos antes de se afastar.

Em seguida, nos revezamos. Eu, por três segundos. Ele, por quatro. Eu, cinco. Ele, seis. Sete. Oito. Nove.

No décimo selinho, movi a boca para cima e beijei aquele lábio volumoso. Então, o puxei para dentro da minha boca com uma mordidinha brincalhona, como se eu realmente soubesse o que raios estava fazendo. Meu subconsciente deveria estar totalmente ciente de que Aaron não seria o responsável por ir longe demais daquela vez, então eu fui. Foi minha boca que se inclinou para o lado, que roçou minha língua pela abertura de seus lábios. Foi minha mão que foi até sua nuca para mantê-lo no lugar. Meus dedos que tocaram os cabelos macios e curtos bem ali. Mas foi Aaron que abriu a boca e roçou a ponta da língua na minha.

Eu não tinha beijado muitos homens, mas havia beijado o suficiente, ainda mais nos últimos meses. E, apesar de ter gostado da maior parte, não foram nada comparados àquele. Ninguém tinha feito os pelos dos meus braços se arrepiarem. Ninguém tinha me feito ficar sem fôlego ou feito com que eu me contorcesse para chegar mais perto e pedir mais. Ninguém tinha feito com que eu me sentisse como se ali fosse onde eu deveria estar.

Aaron me beijou, me beijou e me beijou com a mão ao redor da minha cintura, a pontinha dos dedos logo sob a barra onde minha camiseta tinha subido. Ele me segurou contra si, e juro que pude sentir algo duro e grosso bem ao longo do quadril. E continuamos nos beijando. Meu rosto se inclinou para um lado, e o dele foi para o outro, enquanto a língua acariciava a minha devagar e com carinho. Suguei um de seus lábios entre os meus com gentileza, e ele fez o mesmo comigo. Nossa respiração ficou mais pesada. Minhas mãos foram mais fundo em seu cabelo. Meus mamilos endureceram, e não sei se me arrepiei por causa da brisa ou por causa de Aaron.

O que sei é que foi Aaron quem se afastou, seu nariz tocando o meu enquanto soltava uma respiração irregular contra minha bochecha com um riso seco que não soou nem um pouco entretido.

— Jesus, Ruby.

Não pude evitar sorrir, me sentindo muitíssimo satisfeita comigo mesma.

— Você está com uma lanterna no bolso ou achou tanto quanto eu que o beijo foi bom?

Ele riu de primeira, seu peito tremendo.

— Tenho certeza de que estamos de acordo em relação ao beijo — murmurou, soando um tantinho sem fôlego.

Foi minha vez de rir.

— Podemos nos beijar de novo?

@capítulo vinte e três

Acordei com dor de estômago na manhã seguinte.

Era o nosso último dia inteiro em San Blas e... perceber isso era terrível. Péssimo. Eu sempre me sentia aliviada em voltar para casa depois das férias, com saudade da minha cama, das minhas coisas, da minha vida, mas, embora sentisse falta de certas coisas, não exatamente sentia do resto. Não de verdade. Não o suficiente para acalmar a dor de saber que aquele era o meu último dia com Aaron.

Ao que parece, eu havia me transformado em uma *daquelas* garotas.

E, sinceramente, não me importava. Não me importava nem um pouco.

Não precisei olhar a hora no meu celular para saber que eram cerca de seis da manhã, por causa do tom arroxeado se infiltrando pela cortina. Aaron e eu tínhamos ficado acordados até quase duas, e havíamos entrado na casa para ver um filme quando as pessoas começaram a soltar fogos de artifício na praia. Aaron ficara tenso todas as vezes que os estalos do lado de fora ficavam notadamente altos, mas não deixei transparecer que havia notado. Eu não tinha nem certeza de que ele havia notado, como se fosse algo mais instintivo do que qualquer outra coisa. O restante do grupo tinha aparecido cerca de uma hora depois de o filme ter começado, após a queima de fogos, se jogando no sofá para ver *Stargate*.

Quando finalmente descemos as escadas e seguimos em direção aos nossos quartos, pensei em perguntar a Aaron se queria dormir comigo, mas me acovardei e simplesmente beijei sua boca como se fosse a melhor tarefa que eu faria todos os dias pela manhã pelo resto da minha vida e da próxima, se me dessem a chance.

Mas foi a mão dele envolvendo a parte de trás da minha cabeça enquanto mergulhava a boca mais fundo na minha que me fez ficar na pontinha dos pés. Tão rápido quanto havia se inclinado para frente, ele se afastou, beijando com pressa uma das minhas bochechas.

Eu estava perdida. Eu estava tão perdida.

Com a cabeça cheia, tomei meu banho e me depilei, então, subi as escadas, sabendo que aquilo era o máximo de rotina que eu tinha pela manhã. Em vez de sair no deque como tinha feito quase todas as manhãs, abri a geladeira e comecei a tirar os ingredientes. Havia acabado de colocar o primeiro omelete em um prato quando os degraus rangeram com o peso. Como esperado, era Aaron, recém-saído do banho e não parecendo tão cansado como de costume.

Mas havia algo em seus olhos que eu não tinha visto antes.

— Bom dia.

— Bom dia, RC — respondeu, com aquela voz baixa e áspera, caminhando devagarinho na minha direção. — O que você está fazendo?

— Omeletes — falei. — Já preparei um para você. Imaginei que fosse querer pelo menos dois, certo?

Seu olhar se voltou para a panela que eu tinha em mãos antes de assentir.

— Precisa de ajuda?

— Não. — Olhei em direção ao fogão outra vez. — É minha vez hoje.

Eu não ficaria triste. Seria um bom dia. Um ótimo dia. Um em que eu não acabaria chorando no travesseiro porque no dia seguinte eu voaria de volta para casa.

Não. Aquele seria um bom dia, se dependesse de mim.

— Você está brava com os ovos ou algo assim? — soou a voz entretida de Aaron.

Parei com o batedor em mãos e olhei para a mistura mexida até demais na tigela.

Ele deveria estar parado bem ao meu lado, porque seu quadril encontrou o meu, quase me fazendo gritar de susto.

— Vá para o lado. Vou te ajudar para que você termine antes e possa se sentar comigo.

Para que eu pudesse me sentar com ele.

Lágrimas pinicaram a parte de trás dos meus olhos, e parei de piscar para que não tivessem nenhuma ideia quanto ao que fariam em seguida. Os minutos seguintes passaram devagar, mas a coisa mais memorável foi avidamente evitar os olhos de Aaron enquanto nos movíamos ao redor um do outro, preparando mais dois omeletes na metade do tempo que eu havia levado para fazer o primeiro.

— Quem te ensinou a cozinhar? — resmunguei, sabendo muito bem que Aaron deveria ter ouvido minha voz engasgar.

— Minha madrasta. Na verdade, ex-madrasta. Ela só preparava o café da manhã e o jantar. Se estivéssemos com fome no resto do dia, éramos responsáveis pela nossa comida. Ela não seria empregada de ninguém, era o que costumava dizer.

Aquilo me fez sorrir.

— Minha mãe diria a mesma coisa.

Pude vê-lo tentar fazer contato visual comigo, mas não consegui me obrigar a ceder. Eu não podia. Sabia que choraria. Só precisava de... mais um segundo. Ou cinco.

— Encontrei algumas receitas sozinho, se puder acreditar — ele disse de maneira sarcástica.

Ainda não estava no clima para sarcasmo, não quando parecia que havia um abismo gigante no meu peito crescendo a cada segundo.

— É difícil de acreditar — respondi baixinho.

Houve uma pausa. Silêncio. Então, ouvi um suspiro antes de dois braços surgirem ao meu redor por trás, e uma boca falando ao meu ouvido:

— Não tem motivo para você ficar triste, tudo bem? Este não é o nosso último dia.

Inspirei fundo e não emiti qualquer som antes de sussurrar:

— Me incomoda o quão bem você me conhece.

— Azar o seu.

Aquilo me fez rir, mesmo soando lacrimosa e de coração quase partido.

— Está vendo? Vai ficar tudo bem. Vamos tomar café no terraço, pode ser?

E foi exatamente o que fizemos.

— Você acha que comprou lenha suficiente?

Aaron riu ao derrubar os dois últimos fardos de madeira no cobertor que eu havia esticado quando me pediu para ajudá-lo a organizar tudo.

— Isso era tudo o que eles tinham. Estou surpreso de ainda terem tanto, depois do feriado de Quatro de Julho. Me passe quatro pedaços, por favor, perseguidora.

Foi minha vez de rir ao entregar a ele o que havia pedido. Tínhamos ido até a praia logo depois do jantar e encontrado o lugar onde outras pessoas tinham feito uma fogueira. Pedras pesadas e grandes já tinham sido alinhadas em um grande círculo. Eu tinha notado naquela manhã, quando fomos à praia. Eu usava um chapéu enorme e ridículo, e havia apenas metade da quantidade de pessoas que estiveram tomando sol e nadando no dia anterior. Foi outro lembrete doloroso de que a viagem estava chegando ao fim.

Mas tentei não deixar transparecer. Sorri para Aaron toda vez que ele me olhou, e toda vez que não. Eu consumiria todos os momentos que ainda nos restavam e os guardaria para quando não estivéssemos juntos. E, então, *só então*, eu pensaria em todas as coisas que ele tinha dito, em todas as coisas que ele havia dado a entender e em todas as coisas que ele tinha me prometido. Eu só queria devorar todo o resto enquanto isso.

— Precisa de ajuda? — perguntei a Aaron enquanto ele caminhava em um círculo ao redor da fogueira, olhando para o centro com a testa franzida.

Ele riu.

— Sei o que estou fazendo.

— Não disse que não sabia.

Ele caminhou bem na minha frente, roçando os dedos pela minha bochecha antes de se curvar.

— Eu fui escoteiro.

— É mesmo?

— Sim.

— É difícil conseguir todas as insígnias, não é?

Um daqueles olhos castanhos me olhou sobre o ombro.

— Sim.

— Eu sempre quis ser lobinha.

Pude vê-lo parar onde estava, as mãos soltas na frente do corpo enquanto ajeitava a madeira em formato de tenda.

— Você não conseguiu ser?

— Não. Não tínhamos dinheiro. Minha mãe não tinha tempo para me levar para as reuniões. — Esfreguei as mãos. — Ela tinha que trabalhar de dia e estudar de noite. Era difícil. Talvez, um dia, quando eu for mais velha, possa liderar minha própria tropa ou algo do tipo. Seria divertido.

— Sua mãe frequentou a escola noturna? — perguntou, as costas voltadas para mim.

— Ah, sim. É por isso que éramos tão unidas. Ela voltou a estudar para conseguir um diploma logo depois que meu pai foi embora. Largou a faculdade quando se casaram. Na verdade, foi assim que se conheceram. Ela era estagiária na empresa em que ele trabalhava. Era jovem e queria ter filhos. Então, depois disso, fez mestrado, pois queria ser auditora. Ela é meio que incrível. Eu não pensava muito nisso quando era pequena, tudo o que eu sabia era que ela saía muito e que minha tia e meu avô cuidavam de nós o tempo todo durante a semana. Então, os sábados eram para as tarefas de casa, e os domingos, nosso dia em família. Ela se desculpou algumas vezes quando ficamos mais velhos, mas todo mundo disse que ela não tinha nada pelo que se desculpar. Ela se esforçou por nós.

— Meu pai também trabalhava o tempo todo, então entendo o que você quer dizer, mas ele simplesmente gosta de trabalhar.

A lembrança do trabalho do seu pai fez uma sensação desconfortável preencher meu estômago. Seria melhor eu me fazer de burra, ou dizer alguma coisa? Observando as linhas em suas costas, eu sabia a resposta no segundo em que perguntei.

— Aaron.

— Sim?

— Você sabe que não me importo se o seu pai for rico, certo?

Devagar, muito devagar, ele se virou, ainda agachado, e me encarou.

Eu sorri.

— Sei que pareço não saber das coisas, mas eu sei.

— Ruby...

— Só queria que você mesmo tivesse me contado.

Seus lábios se abriram, e ele ficou boquiaberto, a pele de seu pescoço corando e escurecendo enquanto a cor subia pela mandíbula e cobria suas bochechas.

— Eu ia te contar. É só que...

Ergui a mão para impedi-lo.

— Não é da minha conta. Só queria que você soubesse que eu sei, tudo bem?

Pude notar que Aaron estava desconfortável. Envergonhado, talvez. E, sinceramente, eu poderia ter repetido dezenas de vezes que não tinha problema não ter me contado sobre sua família ou sobre quem era dono da casa na praia, mas... por quê? Fiquei um pouco magoada quando descobri e terminei de ligar os pontos. Eu entendia o motivo de ele ter feito isso. Eu entendia.

Mas...

Ele não tinha me contado, e aquilo me chateou. Só um pouquinho. Eu não poderia curar problemas de confiança da noite para o dia.

— Ru...

Ficando de pé, tirei um tronco da pilha e caminhei ao redor até o outro lado da fogueira.

— Você precisa de outro. Eu não fui escoteira, mas posso notar que isso vai cair daqui a pouco.

A boca de Aaron se abriu e fechou. Ele colou um sorriso tenso nos lábios, então, assentiu e engoliu em seco, provavelmente achando que eu não havia notado, mas notei.

— Você ainda não acendeu o fogo? — soou a voz de Max um momento antes de começar a chutar areia a apenas alguns passos dali, parando na beira da fogueira com as mãos nos quadris. — Quer que eu faça isso?

Aaron bufou um riso tenso na mesma hora em que Max lhe lançou um olhar feio.

— Você fazer isso? Até parece.

Max revirou os olhos.

— Alguns de nós envelhecemos sabendo fazer as coisas sem termos de ser escoteiros.

— Foi por isso que você me fez trocar o seu pneu duas vezes?

Max piscou.

— Vá se ferrar.

Eles trocaram insultos durante a hora seguinte enquanto Aaron acendia a fogueira, depois de ter resmungado sobre atiçar o fogo.

Então Brittany, Des e Mindy vieram com sacolinhas plásticas bem quando o sol tinha se escondido por completo atrás do horizonte e tudo havia escurecido. Do outro lado da praia, pude ver uma pequena fogueira acesa. Sentei em uma das cadeiras que eles tinham trazido da casa, esfregando as mãos sobre as panturrilhas para esquentá-las enquanto o fogo crescia. Mindy se aproximou e se sentou ao meu lado, ficando quase o tempo todo digitando no celular. A cada minuto que passava, ficava mais difícil aceitar que aquela era minha última noite ali e ainda mais difícil fingir que não era nada de mais.

Aaron estava confortável com seus amigos, discutindo com Des e Max sobre assuntos diversos. Apenas o observei. Em algum momento, assim que começaram a pegar os sacos de marshmallow, biscoitos e barras de chocolate, fizemos contato visual. Pisquei para ele.

— Acho que vou me sentar... para lá — Mindy disse abruptamente, se levantando sem hesitação e indo até o outro lado.

Observei Aaron sorrir enquanto ele também se levantava e dava um tapinha no ombro dela ao passarem um pelo outro. Então foi minha vez de sorrir quando veio para minha frente, as mãos envolvendo o topo da minha cabeça antes de deslizarem para baixo e repousarem nos meus ombros.

— O que você está fazendo sentada aqui tão longe e sozinha?

Dei de ombros.

— Nada. A cadeira parecia solitária.

Ele franziu a testa ao se ajoelhar na areia, afastando minhas pernas. Aaron se acomodou entre elas, suas costas contra o assento, meus joelhos ao lado de seus ombros. As mãos foram para os meus tornozelos, circulando-os. A lateral da bochecha dele se acomodou na parte interna do meu joelho. Pude sentir sua respiração ali, e foi o que me avisou de que ele estava falando.

Inclinando-me para frente, me aproximei apenas o bastante para ouvi-lo.

— O que foi que você disse?

Aaron me observou pelo canto dos olhos enquanto ele tirava minha mão de onde eu a havia repousado na coxa, levando a palma até seu peitoral perfeito, músculo rígido e corpo quente. Mas foi a sensação do coração batendo de maneira calma que me relaxou.

— Eu disse que poderia ficar sentado aqui pelo resto da vida.

— Ah, foi isso o que você disse?

Pude ver o canto de sua boca se curvar para cima em um sorriso preguiçoso.

— Sim.

Movi a mão em círculo sobre o seu peito, sentindo ainda mais o corpo dele em mim.

— Desculpa não ter te contado — ele disse contra o meu joelho.

— Não tem problema.

Ele balançou a cabeça.

— Tem, sim. Desculpa, Ru. É só que...

Movi a mão para alisar seu cabelo, e ele se reclinou contra mim.

— De onde eu venho, todo mundo conhece minha família. Não é segredo algum.

— Eu sei.

— Não, eu quero te dizer que... a gente vive por tanto tempo sob a sombra da nossa família que, quando não queremos mais estar lá, todo mundo pensa que somos babacas.

— Você não é babaca. Quem te fez se sentir assim? — perguntei, um pouco na defensiva.

— Todo mundo. — A boca dele tocou a parte de dentro do meu joelho. — Foi por isso que me alistei. Eu não sabia o que queria fazer, mas sabia que não queria fazer faculdade e entrar para o negócio da família, como o meu irmão tinha feito, e como o meu pai antes dele. É o que todo mundo espera. É o que todo mundo sempre faz. Participar de um dos negócios da família.

Havia mais de um? Mas, em vez disso, perguntei:

— Você não quer fazer isso?

Uma das mãos de Aaron envolveu a minha panturrilha exposta.

— Não. Na verdade, não. — Houve uma pausa. — Eu não sei mais, Ru.

— Então não faça isso — falei com tanta facilidade quanto ele me dizia que eu podia fazer qualquer coisa. — Ou faça. Isso vai soar clichê, mas é verdade: você pode fazer o que quiser. Qualquer coisa. Você vai dar um jeito. Só porque não foi para a faculdade antes não quer dizer que não possa fazer isso no futuro. Pode continuar sendo militar, se quiser. Pode fazer qualquer coisa. Desde que esteja feliz, é impossível fracassar. Você não tem que ganhar milhões para ser bem-sucedido, sabia? Olhe para mim, eu prefiro ser pobre e estressada a ter um emprego estável que odeio — hesitei. — Talvez eu não seja o melhor exemplo. O que estou dizendo é que você pode fazer o que quiser. É isso o que está sempre me dizendo, não é?

Ele bufou contra a minha perna enquanto a acariciava da panturrilha até o tornozelo e, então, subia outra vez. Aaron não disse nada por um tempo, seu olhar fixo na fogueira em frente.

Com a mão que não estava em seu peito, toquei o cabelo loiro e macio e me inclinei até mais perto de seu ouvido.

— Eu também não sei o que fazer da minha vida, sabia? Mas alguém que eu conheço me disse para não desistir dos meus sonhos. Você sabe que vou te ajudar do jeito que for possível, assim como sei que você vai me ajudar do jeito que for possível. Ruron, lembra?

Aquilo o fez virar o rosto para o lado, me olhando sobre o ombro, pensativo. Antes que eu pudesse reagir, antes mesmo de eu poder pensar, ele pressionou a boca na minha. Lábio contra lábio, apenas uma leve pressão, então, um selinho no canto antes de sorrir devagarinho e assentir quase de maneira hesitante, como se acreditasse no que eu tinha dito, mas ainda continuasse um pouco incerto.

E tudo bem. Porque eu não pararia de dizer o que ele precisava ouvir. Nunca.

Não falamos muito enquanto comemos os *s'mores*, e, horas depois, quando o fogo tinha esmorecido o suficiente para o apagarmos por completo, nos arrastamos de volta à casa. Minha cabeça estivera cheia de todo tipo de coisas nas quais eu queria pensar e de todo tipo de coisas nas quais eu não queria pensar.

Mas havia uma que eu não conseguia tirar da cabeça.

E aquela ideia em particular ficou me atormentando ao voltarmos para casa, assim como quando fiz um desvio para tomar banho porque fedia a fumaça. Com a ideia ainda em mente, me vesti e disse a mim mesma que eu só tinha a chance de viver esta vida uma vez. Só uma vez.

E, em algum lugar, lá no fundo, eu era a garota de vinte e quatro anos corajosa que tinha feito algo que nunca imaginaria repetir. Só que, daquela vez, com alguém que toda parte de mim estava convencida de que me amava de volta. Me amava de volta e não teria medo a ponto de esconder aquilo, se houvesse algo a esconder.

Mas não havia.

Não havia, mas... Se houvesse, Aaron nunca me faria ser seu segredinho sujo.

Nunca.

Então, quando vi o feixe de luz sob a porta de seu quarto, que estava um tantinho aberta, afastei o formigamento que surgia na ponta dos dedos e falei para mim mesma que eu era uma pessoa diferente da que tinha sido havia apenas alguns dias.

Empurrei a porta só mais um pouquinho, nervosismo zumbindo pela minha pele e tentando me convencer de que eu estava com medo. Ignorei aquilo o máximo que pude.

Se eu seria corajosa por alguém, seria por Aaron.

— Oie — tentei falar, mas soou como um sussurro.

Ele estava ajoelhado em frente à cama, a mala aberta enquanto remexia nela, mas, assim que falei, ele parou o que estava fazendo e olhou para trás, sorrindo tranquilo.

— Você está bem?

— Sim — eu disse, abrindo a porta ainda mais. — Posso entrar?

— Você não tem que perguntar, Rubes — respondeu em um tom reprovador. — Como se eu alguma vez fosse dizer que não quero te ver.

Como ele fazia aquilo comigo? Como? Engolindo o nó na garganta, finalmente abri a porta de uma vez e entrei, fechando-a e trancando-a. Os olhos de Aaron continuaram no meu rosto o tempo todo, obviamente ciente de que eu tinha acabado de sair do banho por conta do quão molhado meu cabelo estava, preso em um coque no topo da cabeça. Sorri para ele ao caminhar até sua cama, me sentando na beira do cantinho mais perto dele.

— O banho foi bom? — perguntou, se levantando com uma camiseta limpa e uma cueca boxer em mãos.

Assenti, dando o meu melhor para ignorar o frio na barriga que aumentava com o que raios eu estava prestes a dizer.

Algo deve ter transparecido no meu rosto, porque Aaron abriu uma expressão boba.

— O que foi?

— Nada — falei com a voz rouca.

Ele ergueu uma sobrancelha.

— Não tem nada de errado.

Sua sobrancelha continuou alta.

— Aaron.

— Ruby.

— Aaron, é sério.

— Ruby, é sério.

Resmunguei e caí para trás na cama com um suspiro, encarando o teto como se aquilo fosse me dar os colhões mágicos de aço que me faltaram a vida toda. O colchão afundou, e não precisei ver o rosto de Aaron para saber que ele estava bem ao meu lado... se aproximando do meu quadril, pela maneira com que a cama se movia e pelo calor atingindo minha pele.

Sua mão pousou na mão que eu tinha apoiada na barriga, e ele emitiu um barulhinho.

— Me conte o que está acontecendo.

Se eu queria olhá-lo nos olhos ao dizer o que tinha a dizer? Não. Na verdade, não.

Eu deveria?

A resposta foi um sim infeliz.

Deslizando os cotovelos para cima no edredom que eu tinha acabado de perceber ter sido arrumado com cuidado em algum momento, me levantei e soltei o suspiro profundo que não notei estar segurando. Eu tinha escovado os dentes e feito gargarejo, então, pelo menos, tinha isso a meu favor. Seus olhos castanhos estavam em mim, prestando atenção, a boca torcida apenas o bastante para sua covinha aparecer.

É agora ou nunca, Ruby. Estava na hora do jogo.

Engolindo o nó gigantesco na minha garganta, praticamente sussurrei:

— Posso dormir com você hoje à noite?

Seus olhos castanhos piscaram.

Agora ou nunca, repeti para mim mesma. O mundo era dos fortes.

Então continuei:

— E por dormir, quero dizer mais tarde, bem mais tarde, se é que você me entende.

Ele entendeu o que eu quis dizer. Ele sempre entendia o que eu queria dizer.

— Você não precisa se não quiser — me apressei a dizer, sentindo minhas bolas imaginárias e minúsculas rolando para longe e se escondendo.

Rosa e vermelho subiram pelo colarinho da camiseta de Aaron, subiram, subiram e *subiram* enquanto ele se sentava ali sobre os calcanhares, olhando para mim, como se não pudesse acreditar no que eu tinha acabado de dizer. Eu também não acreditava. Deslizando a mão para longe dele, levei os dois punhos aos olhos e soltei um gemido.

— Ou podemos só fingir que eu não falei nada. É uma opção. Provavelmente, nossa melhor opção. Quer saber? Vamos fazer isso. Combinado?

O riso dele não foi imediato. Levou alguns segundos para sair dele, soando todo contente como um grande felino. Ao mesmo tempo, o colchão afundou e balançou ainda mais. O calor do seu corpo me atingiu da cabeça aos pés. Minhas mãos foram retiradas com cuidado do rosto, e, quando senti a cama afundar bem ao lado da minha cabeça, abri os olhos e encontrei Aaron curvado sobre mim, sua covinha toda à mostra, basicamente pronto para arruinar minha vida.

E ele estava sorrindo, apesar do pescoço estar corado e de parecer dividido entre diversas emoções diferentes que eu não conseguia identificar com precisão.

Foi minha vez de piscar.

— Por que você está sorrindo?

Ele riu. Alto.

— Tem alguém de mau humor.

Fechei os olhos e resmunguei.

— Então, e a fogueira?

Aaron riu de novo, todo o comprimento de seu corpo estendido ao lado do meu, e me peguei o espiando outra vez. A mão que ele usava para se sustentar se moveu, indo envolver minha bochecha enquanto ele continuava sorrindo, aqueles olhos castanhos indo de um dos meus olhos para o outro.

— Ruby, não vamos fingir que aquilo não aconteceu.

— O quê?

— Aquilo. O que você disse.

Mantendo o rosto neutro, abri os olhos por completo e dei de ombros sob aquele olhar.

— Não sei do que você está falando.

Seu riso me fez sorrir, mesmo eu não querendo.

— Você fritou meu cérebro por um segundo — explicou com calma, sorrindo como se eu fosse a coisa mais divertida do mundo. Ou a mais idiota. — Você não pode falar uma coisa dessas e esperar que eu seja capaz de pensar direito depois.

— Eu não deveria ter te pressionado — tentei voltar atrás com uma desculpa. — Nós não temos que...

Aaron me beijou. Não com um selinho. Ele veio com tudo. Sua boca se moldando à minha, sua língua escorregando pelo meu lábio superior por um segundo todo antes de eu o deixar entrar. E, simples assim, estávamos trocando carícias com ele sobre mim. Ele me beijou e me beijou, indo mais e mais fundo a cada movimento da língua. De um lado ao outro, me beijando e me beijando.

A verdade era: eu não fazia ideia do que estava fazendo. Do que eu deveria fazer. Eu tinha beijado outros antes, mas nunca deitada. Mais importante do que isso, nunca com Aaron. Com alguém por quem eu era louca. Alguém em quem eu não conseguia parar de pensar. Alguém que me fazia sentir viva e especial, como se pudesse enfrentar qualquer coisa.

Ele sabia que eu era muitíssimo inexperiente. Eu sabia que ele não era. Mas eu queria que ele se lembrasse daquele momento. De seja lá o que fosse acontecer.

Com sorte, exatamente o que eu queria que acontecesse.

Porque era naquilo que eu não havia conseguido parar de pensar. Esperei minha vida toda para transar uma única vez. E agora... bem, agora eu não queria esperar. Aquela vez não tinha sido incrível nem lendária. Tinha doído e sido esquisito, e tinha sido corrido.

E não havia significado nada.

E os beijos de Hunter não chegavam nem aos pés dos de Aaron. Como se ele estivesse tomando minha força vital toda vez que sua boca raspava na minha, como se não pudesse parar de me beijar. Como se não pudesse se saciar.

Foi com essa ideia em mente que enrolei os braços ao seu redor. Uma mão foi até a parte de trás de sua cabeça, e a outra até a parte de baixo das costas, deslizando sob a barra da camiseta para tocar toda a pele macia e quente. Ele era tudo. *Tudo.*

— Jesus, eu amo os seus lábios — sussurrou, de repente afastando a boca com um arquejo. Seu rosto estava a apenas uns cinco centímetros de distância do meu, seu peito roçando o meu corpo a cada respiração. Aqueles olhos castanhos saltaram por todo o meu rosto por um momento antes de ele baixar a boca outra vez, salpicando beijos de boca fechada ao longo da minha mandíbula, um, dois, três, então, descendo pelo meu pescoço, parando no segundo beijo e me dando um chupão que me fez inclinar a cabeça para trás em busca de mais, mais e mais. Aaron gemeu na minha pele, o corpo se mexendo até que o cotovelo ao lado da minha cabeça se moveu e uma mão deslizou sob a barra da minha camiseta, a palma grande cobrindo a maior parte da pele da minha barriga.

Aaron moveu sua linda boca pelo meu pescoço, os lábios se demorando no meio dele, alternando entre beijos e aquela sucção que toda vez me fazia engolir um choramingo. Os dedos na minha barriga se moveram lentamente em um círculo, provocando e tocando, nunca subindo muito.

Tudo o que pude fazer foi inclinar a cabeça para capturar a boca de Aaron com outro beijo.

Não sei exatamente quem começou a tirar a roupa do outro, se fui eu que puxei a camiseta dele pela cabeça ou se foi ele que fez o mesmo com minha regata. Tudo o que sei é que, em questão de segundos, nós dois estávamos em algum estágio de nos sentarmos sem camiseta. Os olhos de Aaron escorregaram pelo meu peito, sua respiração muito mais pesada do que eu teria esperado.

— Eu vim preparada — falei com a voz rouca, gesticulando em direção ao meu peito sem sutiã, tentando quebrar o gelo.

Foi como se ele não tivesse me ouvido enquanto me observava com atenção.

Engoli em seco quando sua mão veio na minha direção, envolvendo meu seio, basicamente o engolindo por inteiro no dourado escuro de sua pele e me fazendo parecer quase pálida, apesar das horas gastas sob o sol na última semana. Sua mão estava quente, e seu movimento foi gentil, mas os dedos agiram de maneira totalmente oposta quando o polegar e o indicador beliscaram o mamilo que havia enrijecido no momento em que ele tinha começado a me beijar.

— Você é tão linda, Ru — Aaron sussurrou, envolvendo o leve peso do meu seio todo outra vez, seus olhos indo e vindo entre meu peito e meu rosto. — Não consigo pensar quando estou te olhando assim. — Ele sorriu, nossos olhos se encontrando outra vez, e ele se curvou para frente para me beijar. — Deite-se para mim — pediu, se afastando apenas um pouquinho.

Eu estava um pouco assustada. Só um pouco. Mais nervosa do que qualquer outra coisa, na verdade, em grande parte porque eu estava sentada ali, praticamente nua, dizendo *oi, olhe para mim*. Aquele homem lindo, perfeito, que tinha mais do que provavelmente namorado várias mulheres bonitas antes de mim olhando para mim e só para mim. Sem pressão.

Mas fiz o que ele pediu. Deitei-me totalmente de costas, observando-o enquanto ele se virava de bruços, sua palma deslizando de onde estivera segurando meu seio, dedos esparramados, indo em direção ao centro da minha barriga e parando bem no meio. Aaron me observava, e ainda não havia parado de me observar, suas pálpebras pesando, a respiração ficando mais ruidosa. E ele se moveu, a cabeça pairando bem acima do meu peito, e, entre um piscar de olhos e outro, sua boca desceu.

Ele beijou a lateral do meu mamilo. Então, o outro. Por cima.

Por baixo. Sua língua desenhou um círculo ao redor do botão duro e, em seguida, finalmente, sugou-o com a boca.

Eu arqueava as costas como louca. Inspirando fundo, sibilando alguma coisa, soltando um barulho que eu não achava ser possível um ser humano emitir. Eu o senti expirar em pequenas lufadas contra a umidade do que ele havia deixado no meu seio. E fez a mesma coisa do outro lado, aquela sua mão subindo e descendo pela minha barriga, do espaço entre os seios e para baixo, e ainda mais para baixo até a barra do short de pijama.

— Ruby, Ruby, Ruby — sussurrou, sugando o mamilo outra vez, macio e duro, usando a pontinha da língua para mexer nele dentro da boca e, então, parando.

Eu me contorcia como louca, querendo mais, desejando tudo o que eu tinha visto em filmes e em pornôs antes. Estremeci, tremi.

— Por favor — suspirei. — Por favor.

Mas, em vez disso, Aaron se afastou. E me observou. Devagarinho, se deitou de costas ao meu lado, suas mãos indo até os quadris, e, enquanto eu me sentava, observei-o empurrar o calção para baixo. Observei uma linha de pelo castanho-claro emergir e observei enquanto mais pelos aparados apareciam, então, uma base grossa e cilíndrica surgiu, e, lentamente, centímetro a centímetro de rosa pálido, o comprimento do pau aflorou até saltar para cima, apontando direto para o ar. Ele era longo, mais grosso na base, e com uma cabeça vermelho-vivo que parecia ter uma pequena gota branca na ponta. Aquelas chapas que formavam seu abdômen pareciam se agitar com uma respiração acelerada que eu nunca teria esperado dele enquanto chutava o calção até o outro lado do cômodo para se deitar ali, nu.

Eu não sabia o que eu tinha feito em outra vida para merecer aquele corpo deitado ao lado do meu, mas tudo o que eu sabia era que seja lá o que tivesse sido, eu teria feito milhares de vezes só para ter uma única chance de ver Aaron assim outra vez. Aqueles quadris magros, os cumes de músculos ao longo dos oblíquos que pareciam apontar direto para o pênis grande que se inclinava em direção ao umbigo, e aquele rosto...

— Parece que é meu aniversário — sussurrei, incapaz de parar de sorrir. Aaron corou ainda mais, mas sorriu de volta. — Posso...?

— O que você quiser — disse, engolindo em seco com força, me observando enquanto eu me endireitava e me sentava, chegando mais perto devagarinho.

Fui em direção à sua barriga primeiro, movendo a mão de uma costela para a outra. Desci a mão pelo centro, passando-a sobre o umbigo, escorregando pela trilha de pelos loiro-acastanhados que desciam, lado a lado das veias volumosas, em direção à região mais grossa da base do pênis. Eu tinha acabado de roçar seus pelos pubianos, e Aaron arqueara os quadris com uma respiração áspera. Foi quando comecei a mover a mão para cima outra vez, em direção ao peitoral, observando seu rosto para me certificar de que eu não estava fazendo nada de errado.

Com a mão espalmada nele, esfreguei o peitoral, sentindo o pelo curto do peito fazer cosquinhas na minha palma. Até mesmo esfreguei o polegar ao redor do mamilo rosa antes de me mover e circular o outro lado do peito, o músculo firme e quente. Então, desci de novo, trilhando a pontinha dos dedos pelos gomos do abdômen, observando-o hipnotizada segurar o fôlego enquanto eu fazia aquilo.

— Por que você é tão bonito? — perguntei, unindo as mãos para que eu pudesse sentir toda a sua barriga como se eu nunca fosse ter outra chance.

Aaron soltou um suspiro que poderia ter se passado por riso se não tivesse soado tão dolorido.

— Você pode agradecer aos meus pais outra hora — praticamente resmungou, arqueando as costas em direção ao meu toque.

Sorri. Como eu poderia não sorrir? Abaixando-me de lado, foi minha vez de me esticar contra ele, de me esticar contra aquele lindo homem nu que parecia ser meu. Que parecia gostar de ser meu. Como se pertencesse a mim. Erguendo os olhos até o rosto dele, baixei a boca para roçar os lábios para o conjunto de costelas mais perto de mim, ouvindo-o sibilar. Ele era macio ali, e tão quente que tudo o que eu queria fazer era me enrolar nele e absorvê-lo.

Mas não fiz isso. Movi os lábios até o umbigo e dei um beijo na pele bem ali.

— Ruby — ele sibilou. — Venha aqui.

— Eu estou aqui — falei, beijando o lugarzinho sob o umbigo.

Ele gemeu.

— Não. Aqui — Aaron disse, suas mãos subindo para dar um tapinha bem no centro do abdômen.

Nervosa, nervosa pra caramba, joguei uma perna sobre a cintura dele para que pudesse me acomodar em sua barriga, endireitando as costas para me ajoelhar sobre ele, incerta quanto ao que estava pedindo, mas sabendo que não seria nada. Ele me deu um sorriso suave, um rubor cobrindo o peito e o pescoço. A sensação de suas mãos pousando na parte de fora das minhas coxas me assustou um pouco. Mas Aaron me observava enquanto deslizava as mãos sob o meu short até a ponta dos dedos parecerem roçar a parte inferior das minhas nádegas.

Então, uma das mãos desapareceu por um momento e, quando percebi, havia pressão sobre minha vagina, bem no topo, arrastando-se pelo comprimento. Aaron me observou com aqueles olhos muito, muito castanhos enquanto movia o que deveria ser a almofadinha do polegar para cima e para baixo da abertura dos meus lábios sobre a calcinha, parando bem no topo com um círculo suave que me fez inspirar fundo.

Ele sorriu.

E fez aquilo de novo.

E de novo, e de novo...

— Mais — implorei, muito provavelmente soando louca.

E ele me deu mais, seu toque gentil, leve, circulando e

desenhando uma linha bem pelo meu centro antes de subir de novo para uma segunda, terceira, quarta, quinta, décima e vigésima vez, até eu poder sentir o quão encharcada minha calcinha estava, até eu poder sentir o quão dolorida a parte central do meu corpo tinha ficado. De jeito nenhum Aaron poderia ter deixado de notar, ainda mais quando a outra mão deslizou pelo meu short e puxou a calcinha para o lado um segundo antes de a mão que estivera me deixando louca fazer a mesma coisa, só que, agora, sobre a pele nua.

Então, ele deslizou um dedo para dentro de mim, e perdi o controle. Para dentro e para fora, um dedo e, depois, dois, se curvando e deslizando, me forçando a cair e me apoiar nas mãos e nos joelhos sobre ele. Sua boca encontrou um dos meus mamilos e lhe deu uma mordiscada que me deixou arrepiada. Era a primeira vez que alguém, além de mim ou do meu vibrador, havia estado em algum lugar tão próximo do centro do meu corpo. Nem mesmo o outro idiota, o idiota original, tinha chegado lá.

Eu só sabia que estava ofegante porque pude me ouvir ao mover os quadris ao redor dos dedos de Aaron em busca de mais. E, assim que comecei a sentir a tensão, a sentir que um orgasmo estava chegando bem no lugar em que minhas coxas se uniam, ele parou.

Ele *parou*, droga.

— Aaron, por favor — comecei a choramingar, sendo pega de surpresa quando ele se sentou, as mãos frenéticas nos meus quadris enquanto empurrava meu short e calcinha pelas coxas, me ajudando a manobrar para fora deles em um emaranhado que só não foi esquisito porque estávamos ambos desesperados. Desesperados demais.

Em um segundo, ele estava de costas outra vez, e eu, montada em seus quadris. Aaron me observou ao lamber sua palma e a fechar ao redor da carne ampla e dura que se alinhava bem ao longo dos meus lábios. Seus dedos roçaram a pele sensível na abertura ao esfregar a palma para cima e para baixo pelo seu comprimento, antes de se pressionar onde eu estava quente, molhada e tão desejosa que teria sido patético se eu me importasse. A glande roçou no meu clitóris enquanto ele se alisava de cima a baixo, lambendo a palma mais uma vez antes de repetir o movimento.

Então, se alinhou ao lugar com o qual eu havia brincado o suficiente no passado para saber que era minha entrada, e, flexionando os quadris e as mãos em minha cintura, Aaron se impulsionou para cima na mesma hora em que me sentei no pau parado ali na vertical esperando por mim. Um centímetro de cada vez, prendi a respiração enquanto ele me esticava e continuava a esticar, indo até onde apenas uma outra pessoa tinha ido antes, mas, de alguma maneira, eu não conseguia me lembrar de nada daquela vez.

Então, com uma leve ardência que não era algo digno de ser mencionado, e apenas desconforto o suficiente para me fazer não querer me mover por um tempinho, atingi as coxas dele, e nós dois arquejamos. Ninguém se moveu, respirou, nem fez nada, apenas... existimos.

— Você está bem? — perguntou com a voz áspera depois de um momento, soando quase como uma pessoa completamente diferente.

Assenti, flexionando os músculos internos como se aquilo pudesse ajudá-los a se acostumarem com o novo amigo que tinham feito, que não estava nem perto de ser pequeno ou magricela. E Aaron rosnou, rouco e por um bom tempo, seu abdômen subindo e descendo enquanto piscava para mim como se sentisse dor.

— Você está bem? — perguntei com um sibilo de algo que não era dor quando ele pareceu flexionar, em resposta, o grande membro enterrado em mim.

Aaron sorriu, engolindo a saliva, seu pomo de adão saltando, a respiração descompassada.

Me apoiei em seu ombro, ganhando um gemido vindo do fundo de sua garganta enquanto ele se movia dentro de mim.

— Ei. Se você bater as botas agora, nunca vou me recuperar.

Um sorriso dolorido cresceu em sua boca, e ele praticamente resmungou:

— Eu não estou bem. Nunca vou ficar bem.

Ri, e aquilo apenas o fez gemer ainda mais.

Aaron inclinou a cabeça para trás, arqueando o tronco.

— Ruby — sussurrou —, mova-se, mova-se só um pouco, e vou te contar tudo o que você quiser saber. Vou fazer o que quiser que eu faça, juro por Deus... Talvez eu morra se você não fizer isso — ofegou.

Bem.

Pensando por esse lado...

Engoli o nó na garganta enquanto erguia os quadris apenas alguns centímetros e voltava a descer. Certo, tudo bem. Então, fiz de novo, para cima e para baixo, indo um pouco mais fundo, ficando cada vez melhor, *muito melhor* a cada movimento. Eu não fazia ideia se estava fazendo aquilo direito, mas tentei fazer o que eu tinha visto em filmes antes. Não era lá muito complicado. Levando as mãos até o peito dele, comecei a tomar tudo, cada centímetro de seu comprimento até parecer que ele tinha quase saído, aquela cabeça grande a única coisa ainda dentro de mim, e voltei a descer com um sibilo.

Foram as mãos de Aaron na minha cintura, me massageando, que me fizeram começar a me esfregar contra sua base quando voltei a me acomodar tão fundo que eu estava em seu colo. E então, *então*, foi incrível. Mais do que incrível. A cada fricção do meu clitóris contra o osso púbico dele, a necessidade de um orgasmo se tornava mais pronunciada. Mais dolorosa. E, pela maneira como Aaron respirava, ele também estava perto.

Congelei, pairando sobre ele, mas Aaron me empurrou para baixo outra vez e me fez circular os quadris enquanto eu o empalava, de novo e de novo, e gozei. Gozei com um grito, engolindo a saliva, com um gemido que me fez cair para frente, meu peito contra o dele, a lateral do meu rosto fazendo a mesma coisa.

E, então, Aaron gemeu, resmungou, seu corpo enrijeceu e todos os músculos se tensionaram quando ele saiu com tudo de dentro de mim, quente, seu calor pegajoso cobrindo a parte de cima das minhas coxas enquanto me segurava contra si.

Eu me afastei um momento depois, e olhei para ele, respirando de maneira tão pesada que eu não tinha certeza se algum dia recuperaria o fôlego, e disse as palavras que ele deveria saber que estavam no meu coração. Amar Aaron não era algo que eu poderia simplesmente manter para mim, aquilo me fazia querer explodir, esticando cada emenda na minha alma e do meu corpo. Quando amávamos alguém, dizíamos para a pessoa. Não havia outra opção.

E eu disse a ele a minha maior verdade, como se fosse algo de que eu sentia orgulho e que contaria para todo mundo... porque eu podia e faria exatamente isso:

— Talvez esta seja a hora errada, mas não me importo. Eu te amo, perseguidor.

Com a lateral do meu rosto na pele quente e úmida de seu peito, ele sussurrou as palavras em resposta para mim enquanto outra mão se apoiava na parte de baixo das minhas costas:

— Eu também te amo, Ruby Chubi. Você sabe disso.

@capítulo vinte e quatro

Eu estava triste.

Muito mais do que apenas triste.

Eu estava tão triste que minha boca tinha gosto de cinzas. A ponto do meu coração doer.

Eu nunca havia realmente passado pelo luto, mas aquilo, com certeza, parecia estar bem perto disso. Até então, eu havia tido sorte de ninguém próximo ter morrido, mas aquilo... eu conseguia entender como algumas pessoas nunca se recuperavam se o que eu estava sentindo fosse apenas uma fração de como era perder alguém de verdade.

Nenhum de nós tinha dito muita coisa na última hora e meia desde que havíamos saído da casa a caminho do aeroporto. Aaron tinha me levado café da manhã ao nascer do sol de novo, mas, daquela vez, tínhamos acordado juntos na cama dele. Tomamos banho juntos, e ele lavou minhas costas, beijou meus ombros e me abraçou enquanto estávamos molhados e escorregadios. Eu me sentara ao balcão da cozinha enquanto ele cozinhava, e, então, fomos ao deque para comermos os waffles e uma porção de amoras.

Nós dois sabíamos que dia era aquele. O que irmos ao aeroporto significava. Significava que as férias tinham acabado. Nosso tempo juntos tinha acabado.

Significava que Aaron teria de voltar dirigindo para Shreveport, se despedir de seus entes queridos e, então, dirigir até o Kentucky e voltar para sua base.

Ou seja, eu iria de passar o dia todo com ele para... nada.

Todo pensamento que ricocheteava em minha mente desde que a realidade começou a fazer sentido tinha sido focado no fato de que eu não fazia ideia de quando seria a próxima vez que o veria ou estaria perto dele.

E, sinceramente, lutei contra as lágrimas o tempo todo. Aquilo não parecia justo. Não parecia nem um pouco justo que, agora que eu o tinha, eu teria que deixá-lo partir. Eu teria que voltar para casa. Pela primeira vez na eternidade, não houve tanto conforto nisso.

— Você já fez o check-in do voo? — soou a voz baixa e distante de Aaron ao volante. Tínhamos saído mais tarde do que deveríamos, mas não me importei nem me preocupei muito se daria tempo ou não.

Engoli em seco, lutando contra a tristeza que parecia capaz de esmigalhar meus pulmões.

— Não — murmurei ao passarmos por uma placa que anunciava a direção do aeroporto.

Não foi minha imaginação que Aaron havia desacelerado a picape.

— Ruby...

Eu não queria olhar para ele. Eu não podia.

— Eu queria poder ficar mais tempo aqui com você — eu disse, mantendo o olhar focado na paisagem borrada do lado de fora da janela. — E estou me sentindo horrível por não estar tão animada quanto deveria por estar indo ver meu pai, porque estou triste de te deixar.

— Ru — sussurrou, engolindo em seco tão alto que pude ouvi-lo.

Eu não olharia para ele. Não mesmo.

— Ei — Aaron falou, direcionando a caminhonete para um aglomerado de carros enfileirados, o que me disse que nosso tempo estava prestes a acabar. — Eu também não quero te deixar, você sabe disso, não é?

Balancei a cabeça, ainda olhando para fora. Onde estava uma tempestade quando eu precisava dela? Eu não poderia nem soluçar sem que ele me ouvisse.

— Ruby — repetiu, e apertei os lábios enquanto ele entrava na faixa de desembarque, tentando muito não chorar. Eu soube que tinha falhado quando pelo menos cinco lágrimas escorreram dos meus olhos. — Ruby Chubi — ele disse. — Você poderia olhar para mim?

Balancei a cabeça de novo, mais duas lágrimas descendo em direção às suas mortes vergonhosas.

— Ei.

Engoli em seco e, devagarinho, virei a cabeça para olhá-lo, muitíssimo consciente de que havia lágrimas nos meus olhos, e eu não tinha qualquer esperança de escondê-las, sabendo muito bem que, no segundo em que encarasse Aaron, eu choraria.

E foi exatamente isso o que aconteceu.

Em um segundo, eu estava olhando pela janela e, no outro, me movendo no assento do passageiro, encontrando aqueles olhos castanhos calorosos, então, quatro lágrimas se transformaram em cem, e eu sussurrei:

— Por que parece que nunca mais vou te ver? — solucei.

Antes que eu pudesse entender o que ele estava fazendo, Aaron desafivelou o cinto e esticou os braços, suas mãos indo em direção a mim por cima do console central, espalmando o meu rosto, me envolvendo e colando minha testa na sua. Seus lábios pairaram a milímetros dos meus, volumosos e de um tom rosado que eu nunca tinha visto nele, e Aaron disse as palavras que me consumiram por completo.

— Isso não é um adeus. Você sabe, não é? — sua voz resmungou, praticamente me matando.

Não tive chance de responder antes de ele me dar uma resposta, sua voz quebrando, rangendo e mais rouca do que nunca.

— Você sabe disso. Sabe que vai me ver de novo — ele alegou para mim, para ele, para todas as pessoas no mundo.

Apertando os lábios, quis dizer a Aaron que não era o que parecia. Que, na verdade, parecia um adeus definitivo, mas talvez fosse apenas uma parte minha que não entendia nem aceitava por completo a separação. Eu podia admitir. Quando meu pai se mudou para a Califórnia, chorei todos os dias por meses. Eu me acostumei, mas levou um tempo. Não havia como esconder. Mas, ainda assim, isso... isso parecia aquela época, mas, de alguma forma, ainda pior, porque eu não sabia o que aconteceria com Aaron e sua carreira.

Eu queria tudo, por mais egoísta que isso me fizesse ser.

Tudo.

Com nossas testas ainda apoiadas, sua boca beijou uma das minhas bochechas e, então, a outra. Aaron roçou meus lábios com os seus, com muito, muito, muito afeto. Um canto e depois o outro. As mãos eram a coisa mais gentil que eu já sentira na vida. E ele falou contra minha pele, direto ao meu coração, minha alma, tudo em mim.

— Não quero te deixar. Quero dar meia-volta com essa caminhonete e te levar para casa comigo, então, quero te levar para o Kentucky e te ter ao meu lado enquanto decido o que fazer da vida no próximo ano. Com você. — Engoliu em seco, sua voz sumindo.

O som que saiu de mim foi algo entre uma risada e um soluço, e não deixei de notar o sorriso que ele deu na minha bochecha.

— É só por um tempinho. Você sabe disso, não é? — alegou. — Me diga que sabe disso.

Se eu sabia? Não precisei olhar muito tempo para dentro para notar que eu sabia. Eu sabia que ele não queria me deixar no aeroporto, me deixar voltar ao lugar que eu quase sempre havia chamado de casa.

O polegar que Aaron tinha na minha bochecha direita deslizou. Seu nariz tocou o meu, e sua voz estava fraca ao sussurrar:

— Você pode vir me visitar sempre que quiser, e não diga nada sobre dinheiro. Me visite todo mês. A cada duas semanas. Caramba, toda semana, se você quiser — ofereceu. — Isso é só temporário. Entendeu?

Fechei os olhos e assenti, não tendo forças para dizer as palavras que eu não queria que saíssem chorosas ou parecendo apelos de *me leve com você, por favor, por favor, por favor.*

— Eu te amo, Rubes, e sei que você também me ama — sussurrou. — Foi você quem me disse que alguns milhares de quilômetros não importariam no grande esquema da vida, lembra?

Aquilo quase me fez cair no riso. Quase, mas soei despedaçada, nada parecida comigo mesma.

— Sim — falei com a voz rouca, admitindo, mas não querendo.

— Você e eu vamos dar um jeito. Nós vamos fazer isso funcionar.

Eu estava outra vez espremendo os lábios e assentindo, e mais algumas lágrimas escorreram dos meus olhos com a tristeza infinita que pesava em mim, mesmo eu sabendo que Aaron falava a verdade.

— Eu te amo, perseguidora. Tempo. Distância. Nada vai mudar isso. Vamos dar um jeito, eu te prometo. — Ele beijou meus lábios de novo, e, daquela vez, eu o beijei de volta. Lábios quentes contra lábios quentes, e desejei que houvesse um hotel barato onde pudéssemos parar e nos esconder sobre as cobertas juntos, pele contra pele, seu peito contra o meu rosto, suas pernas enroladas nas minhas, mais uma vez, só mais uma última vez. Eu deveria sentir vergonha do quão grudenta eu estava sendo, mas não tive forças para isso. Nem um pouco.

— Você acredita em mim? — perguntou, roçando a ponta do nariz no meu da maneira que eu teria amado em qualquer outra ocasião.

Assenti.

— Me fale. — Ele continuou me beijando como um esquimó. Segurando o meu rosto. Me mantendo calma. — Me fale — repetiu, soando quase angustiado.

— Eu acredito em você. Minha cabeça sabe que vai te ver de

novo, mas meu coração acha que você está me deixando aqui e que eu nunca mais vou te ver.

— Nunca mais vou te ver? Eu não poderia me esquecer de você nem daqui a cem anos, mesmo se eu tentasse, Ru. E nada vai me convencer a tentar. Absolutamente nada. Tudo acontece por uma razão, lembra?

— O que aconteceu por uma razão?

— Você me encontrou na AuS. Eles poderiam ter dado o meu nome e o meu endereço para qualquer outra pessoa, mas deram para você.

Quase não consegui segurar um engasgo.

— Eu pensei que você tivesse me encontrado.

A voz dele soou baixa:

— Não, Ruron. Você me encontrou.

Fechei os olhos com força e assenti, me apoiando nele para que eu pudesse enterrar o rosto em seu pescoço.

— Eu provavelmente vou ser uma namorada bem ruim, bem grudenta.

— Você não conseguiria ser ruim em nada.

Eu ri.

— Você é minha, RC. Isso não vai mudar.

Engoli em seco, sentindo como se estivesse me afogando. Com um soluço preso na garganta, assenti, com muita, muita, muita pressa. Eu ia chorar. Eu ia chorar de verdade, caramba, e não queria.

— Eu queria estacionar...

— Não tem problema. Preciso me apressar, de qualquer maneira — eu disse entre dentes cerrados, encarando o painel. Engoli em seco. — Você poderia só me dar um abraço do lado de fora?

Ele resmungou, abrindo a porta e saindo antes mesmo de eu ter desafivelado o cinto. Quando fechei a porta, ele já tinha tirado minha mala e bolsa de viagem, empilhando-as. Eu o observei, cada centímetro que eu tinha visto na noite anterior. Vendo suas mãos cerradas nas laterais, pude notar que Aaron respirava fundo, pela maneira com que sua camiseta abraçava o peito. Me demorei deslizando os olhos para cima até pousarem naqueles traços nos quais eu pensava o tempo todo. Ele me observava, com o sorriso mais triste que eu já tinha visto em seu rosto, porque estava tão cheio de afeto e amor. Aquilo partiu meu coração.

— Venha aqui — ele disse, estendendo a mão na minha direção.

Eu fui. Envolvi os braços ao redor de sua cintura, e o abracei como se nunca mais fosse vê-lo. Sua boca estava na minha orelha enquanto me apertava contra si, como se estivesse tentando nos unir.

— Eu te levaria comigo se pudesse, Ru, mas divirta-se com o seu pai — falou, me acariciando enquanto a mão trilhava minhas costas de cima a baixo. — Vamos fazer isso funcionar. Eu prometo.

Não chorei no avião, e não chorei quando minha mãe chegou na área de desembarque do aeroporto e, então, falou na minha orelha durante toda a volta para casa, me contando tudo sobre Jasmine finalmente ter voltado a trabalhar com a treinadora.

Também não chorei quando cheguei ao meu quarto naquela noite.

Mas, quando me deitei na cama, a saudade louca de Aaron me atingiu bem no peito.

E, então, eu chorei. Só um pouquinho. Duas lágrimas pequenas. Mas foram o bastante.

Ruby: Sinto como se eu estivesse gripada. Me conte algo engraçado.

Mandei uma mensagem para Aaron, usando algumas palavras que ele já tinha usado comigo.

Trinta segundos depois, a resposta dele chegou.

Aaron: Por que o papel higiênico não atravessou a rua?

Não tive a chance de responder antes de outra mensagem dele chegar.

Aaron: Porque ele ficou preso num buraco.

Dez segundos depois, meu celular apitou de novo.

Aaron: Já te disse hoje o quanto estou feliz por você me aturar?

E como eu poderia ficar triste depois disso?

@epílogo

17 de maio de 2012, 10:03

Aaron: Bom dia.

Ruby: Bom dia.

Aaron: Está se sentindo melhor?

Ruby: Não. Acabei de medir minha temperatura e estou com trinta e oito graus de novo.

Aaron: Tome aspirina.

Ruby: Já tomei. Achei o frasco na mesinha de cabeceira ao lado do termômetro.

Ruby: Obrigada.

Aaron: ☺

Aaron: Toquei no seu rosto antes de sair e achei que você estava quente mesmo. Vá ao médico.

Ruby: Eu sei. Eu deveria ir. Não quero que você também fique doente.

Ruby: Eu falei para a Jasmine que estava passando mal, e ela perguntou na mesma hora se eu estava grávida. Por que é nisso que ela pensa todas as vezes?

Aaron: Porque é a Jasmine.

Ruby: Haha. Você tem razão.

Ruby: Falando nela, acabamos brigando no final da conversa porque ela quer trocar de par na patinação.

Aaron: E o que aconteceu?

Ruby: Nada de mais. Acho que eu ainda a pego de surpresa quando a respondo, então sinto que ganhei quando ela não tem uma resposta pronta. Veremos o que ela vai decidir. Você sabe como ela é.

Ruby: Vou tomar um banho e ver se isso ajuda. Vou ligar para o médico depois e ver se posso dar uma passada lá.

Aaron: Certo.

Aaron: Ligue se precisar de algo.

13:15

Ruby: Adivinha?

Aaron: O quê?

Ruby: Não é gripe, é só uma infecção das vias aéreas superiores.

Aaron: Eles te deram remédio?

Ruby: Sim.

Aaron: Sinto muito, linda.

Aaron: Quer que eu passe na farmácia quando voltar para casa?

Ruby: Não precisa. Já estou aqui na fila.

Ruby: O médico fez questão de me dizer três vezes que o anticoncepcional não vai ser tão efetivo enquanto eu estiver tomando antibiótico.

Aaron: Você disse a ele que estamos planejando que você pare de tomá-lo depois da sua próxima menstruação?

Ruby: Sim. Foi muito esquisito. Parecia que ele estava fingindo não me ouvir.

Aaron: Haha. É esse seu rosto fofo e inocente.

Ruby: ☺

Ruby: Enfim, como está o seu dia?

Aaron: Tudo certo.

Aaron: Meu comandante está de mau humor.

Ruby: Sinto muito. Mais um ano, e você pode repensar o que quer fazer.

Aaron: ☺ Só um ano.

Ruby: Vai passar rápido.

Aaron: ☺

14:55

Ruby: [imagem anexada]

Aaron: [imagem anexada]

Ruby: O que é isso???

Aaron: Tacos de um food truck novo na cidade.

Ruby: Traga alguns para casa, isso deixou o meu sanduíche no chinelo.

Aaron: Dormiu, perdeu.

Aaron: Venha almoçar comigo amanhã.

Aaron: Se você estiver se sentindo melhor.

Ruby: "Se você estiver se sentindo melhor."

Ruby: ......

Aaron: ☺ Eu te amo.

Ruby: Tá, sei.

Ruby: Eu também te amo, mas te amaria mais se você me trouxesse tacos.

16:50

Aaron: O que vamos jantar?

Ruby: O que você quiser trazer para casa. ☺

Aaron: Foi o que pensei.

Aaron: Comida vietnamita?

Ruby: Sim, por favor.

Aaron: Certo.

Aaron: Você está deitada?

Ruby: Sim. Tentei cortar algumas bandanas para aquele pedido enorme do Canadá, mas me cortei porque não estava prestando atenção, então comecei a me preocupar em contaminar o tecido e em infectar outras pessoas e parei.

Aaron: Jesus, RC.

Aaron: Relaxe um pouco.

Aaron: Você vai dar conta. Preocupe-se em melhorar. É só isso que importa.

Ruby: Você é incrível, eu já te disse isso hoje?

Aaron: Eu sei.

Aaron: Hoje não.

Ruby: Arrogante.

Aaron: Você nunca reclamou.

Ruby: Eu sabia que você diria isso.

Aaron: ☺

Ruby: Por que esqueletos não veem filmes de terror?

Aaron: Porque eles não têm colhões.

Ruby: Você sabia dessa???

Aaron: EU CHUTEI.

Ruby: Tchau.

Aaron: Estou com uma lágrima no olho.

Ruby: ...

Aaron: ...

Aaron: Vou sair daqui a pouquinho, Ruron.

Ruby: Tudo bem, Ruron.

Aaron: Pense numa piada melhor antes de eu chegar em casa.

Aaron: Também esqueci de te falar para jogar suas pílulas fora.

Ruby: Você é muito mandão e um pé no você-sabe-onde.

Aaron: Eu sei.

Ruby: E estou doente.

Aaron: E? Eu não tenho medo de uma infecção de nada.

Ruby: Ah, cara.

Ruby: Estou me sentindo mal, mas não tão mal assim.

Ruby: Mas, se você ficar doente, não me culpe.

Aaron: Nunca.

Ruby: ☺

Aaron: ☺

Fim

Quer saber mais?

**Então leia a história de Jasmine Santos,
irmã de Ruby, em *De Lukov, com amor*.**

QUERIDO AARON   500   MARIANA ZAPATA

@agradecimentos

Acho que é um fato bem conhecido eu ter os melhores leitores da face da Terra. Obrigada a todos vocês por me deixarem de queixo caído com seu amor e apoio em todo lançamento. Não importa se está comigo desde o começo ou se está me dando uma chance pela primeira vez, minha gratidão não tem limites. Do fundo do meu coração, obrigada.

Um grande obrigada aos meus amantes de *slow burn*! Vocês são meu espírito animal. Obrigada por serem tão compreensivos quando desapareço por longos períodos, haha. Vocês são o melhor grupo de leitores da internet.

E um grande obrigada a Nissa por todos os conselhos e conhecimentos de comida filipina, e por ser sempre tão legal.

Um grande obrigada para minha amiga Eva. Você sabe o quanto faz por mim. Eu sei o quanto você faz por mim. O grupo também sabe. Obrigada por tudo.

Obrigada a Letitia Asser, da RBA Design, pela capa incrível e por aguentar minhas ideias idiotas e baboseiras. Jeff, da Indie Formatting Services, obrigada por ser sempre tão profissional e ótimo. Virginia e Becky, da Hot Tree Editing, por nunca me fazer chorar com as edições. Lauren Abramo e Kemi Faderin, da Dystel & Goderich, por serem sempre a melhor equipe.

Aos meus leitores betas e amigos que não conseguem se livrar de mim. Eu jamais poderia lhes agradecer o bastante pelo que fazem e por nunca quererem nenhum crédito por isso. Meus livros não seriam os mesmos sem os seus comentários: "Mariana, mas por quê?".

Um grande obrigada à melhor família do mundo. Mãe e pai, Ale, Eddie, Raul, Isaac, Kaitlyn, minha família Letchford e o resto da família Zapata/Navarro. A Chris e aos meus garotos, Dor e Kai. Todos os livros são para vocês, pessoal.

Entre em nosso site e viaje no nosso mundo literário.
Lá você vai encontrar todos os nossos
títulos, autores, lançamentos e novidades.
Acesse www.editoracharme.com.br

Você pode adquirir os nossos livros na loja virtual:
loja.editoracharme.com.br

Além do site, você pode nos encontrar em nossas redes sociais.

 https://www.facebook.com/editoracharme

 https://twitter.com/editoracharme

 http://instagram.com/editoracharme

 @editoracharme